U0729627

浙江省"八五"社科规划重点课题
浙江省重点学科"比较文学与世界文学"资助

蒋承勇 ● 著

十九世纪现实主义文学的现代阐释

（修订本）

中国社会科学出版社

图书在版编目（CIP）数据

十九世纪现实主义文学的现代阐释（修订版）/蒋承勇著.
—北京：中国社会科学出版社，2010.5
ISBN 978-7-5004-8555-1

Ⅰ.①十…　Ⅱ.①蒋…　Ⅲ.①现实主义—文学研究—欧洲—
19 世纪②现代主义—文学研究—20 世纪　Ⅳ.①I109.6

中国版本图书馆 CIP 数据核字（2010）第 030543 号

责任编辑　罗　莉
责任校对　韩天炜
封面设计　王　华
技术编辑　李　建

出版发行　中国社会科学出版社
社　　址　北京鼓楼西大街甲 158 号　　邮　编　100720
电　　话　010－84029450（邮购）
网　　址　http://www.csspw.cn
经　　销　新华书店
印　　刷　北京君升印刷有限公司　　装　订　广增装订厂
版　　次　2010 年 5 月第 1 版　　　印　次　2010 年 5 月第 1 次印刷
开　　本　880×1230　1/32
印　　张　13　　　　　　　　　　插　页　2
字　　数　311 千字
定　　价　33.00 元

凡购买中国社会科学出版社图书，如有质量问题请与本社发行部联系调换
版权所有　侵权必究

引 语

文学史的过去因现在而改变，正如现在为过去所指引。

——〔英〕T. S. 艾略特

为什么要思考艺术？可能的回答是：思考艺术即反思人类自身！因为艺术是人类存在的诗意栖居之地，是我们生命的家园。

——〔法〕维克多·雨果

我们之所以有现在，是因为有过去。我们之所以有未来，是因为有现在。我们所有的过去，都是已经过去的现在，我们所有的未来，都是即将到来的现在。

——〔日〕岸根作郎

目 录

序　言

郑克鲁

　　19世纪欧美现实主义文学在我国一直获得高度的评价，这毫不奇怪，因为它既是资产阶级文学发展的高峰，又是欧美文学发展的高峰，无论在思想上还是在艺术上都取得了极其杰出的成就。可是，长期以来，我国评论界对19世纪欧美现实主义文学较多地从社会历史的批评角度来研究，视野不免失之于狭隘。改革开放以来，外国文学研究的一些新方法介绍到我国，多角度地研究19世纪欧美现实主义文学，成了一个有意义的新课题。蒋承勇的这部《十九世纪现实主义文学的现代阐释》就是这方面的一个成功尝试。这是他十多年来从事外国文学教学和研究的丰硕成果，之所以这样说，是基于下面三个理由。

　　首先，《十九世纪现实主义文学的现代阐释》不是孤立地去评价19世纪现实主义文学，而是与20世纪文学紧密联系起来，从发展眼光去衡量和分析这一重要的文学现象。蒋承勇指出："19世纪现实主义作家处在新旧文化的交替阶段，他们既从社会历史发展的角度深刻批判和揭露资本主义社会的种种弊病，同时又从文化哲学的角度，揭示人类深层的精神—心理内蕴。因此，他们的创作既具有强烈的社会批判性，又具有文化批判的深刻性……酿就了 20 世纪的现代文化基因。"他还进一步指出，19世纪现实主义文学完成了 20 世纪文学现代文化基因的积累过程，沟通了与现代主义文学在文化内质上的血缘联系；另外，19 世纪现实主义文学的内倾性、主观性和表现性的倾向，与 20 世纪的现代主义也是一脉相通的；在创作手法和创作观念上，两者并不是迥异的，而是存在继承和发展的关系。这一论断准确地抓住了外国文学的一个发展特点，没有被表面现象所迷惑。蒋承勇的论述是令人信服的，对以往的观点是一大修正。过去，不少评论家都援引现代主义作家的一些言论，认为现代主义是对 19 世纪现实主义的彻底反叛、彻底否定。其实，这只是表明了现代主义作家力图摆脱以往的窠臼，勇于创新的愿望而已。现代主义作家不可能与 19 世纪现实主义完全割断联系，一刀两断，两者在任何方面都截然相反。不错，现代主义不同于 19 世纪现实主义，无论从创作方法还是从内容来看，都不可同日而语，甚至有着质的区别，然而，现代主义不可能凭空产生，它的创作方法必然有所依托，这种依托正是包括了 19 世纪现实主义文学所具有的某些特点和创作手法。蒋承勇敏锐地抓住了文化基因的联系与发展，阐述了内倾性、主观性、表现性的开拓与发展等方面的前因后果，深入地指出了这两种表面上看来迥异的文学流派的内在联系。这是符合实际、独具慧眼的真知灼见。

其次，《十九世纪现实主义文学的现代阐释》吸收了改革开放以来某些外国文学批评的新观点、新方法，例如关于内倾性的论述、系统论、结构主义、接受美学等。蒋承勇对 19 世纪现实主义文学进行了深入的研究，认为这些作家存在着外倾性与内倾性两大类，巴尔扎克、狄更斯等属于外倾性作家，即这些作家更多的从外部社会形态上去反映社会和塑造人物；司汤达、托尔斯泰、陀思妥耶夫斯基等属于内倾性作家，即他们更注意展示人的心灵世界。这两种不同的审美心理机制，构成了 19 世纪现实主义文学的丰富性、广阔性与深刻性。而内倾性作家与后世有较多的联系，20 世纪作家的内倾性与此一脉相通。蒋承勇进而从 19 世纪作家的心理原型的角度，去探索作家的主体性与表现性特征，拓展对内倾性的阐述。系统论似乎与结构主义有较多的联系。蒋承勇在对《红与黑》的主人公于连的性格进行分析时，指出这个形象的多元多层次结构，它的核心部分与其他因素的制约关系，从而形成具有系统性的整体功能。这一分析较清晰地显示了形成于连性格的诸因素。同时，蒋承勇以接受美学的观点，分析了读者的审美心理与人物形象的实际的差异性，指出两者往往会出现"错位"现象，这种现象使得人物形象的审美价值具有丰富多样性。

结构主义和接受美学是第二次世界大战后在欧美出现的重要文学批评流派，在欧美有较大的影响。如果说 19 世纪的文学批评较为注重文学作品的内容的话，那么，20 世纪文学批评的重大功绩，则在于对文学作品的形式和语言方面作了较深入的分析，而且注意从读者的角度去研究文艺作品的意义和影响。结构主义和接受美学对文学作品的切入点是别开生面的，这两种批评方法自 80 年代介绍到我国以后，产生了很大的反响，不少批评家从中获益匪浅。从蒋承勇分析 19 世纪现实主义文学时所运用的这两种批评方法来看，应该说，是颇有新意的，尤其对于连性格的剖析有独到之处。

第三，《十九世纪现实主义文学的现代阐释》能以理论分析与实例相结构，即以 19 世纪现实主义作家的创作来印证作者所提出的理论。蒋承勇善于从理论角度来思考问题，他对 19 世纪现实主义作家的研究十分注意从理论问题着手。例如，他指出："现代认识论认为，人对世界的认知性质不仅依赖于刺激物的性质，也依赖于感觉的结构和机能的性质，依赖于感受体的内部状态。就文学创作而言，这个感受体就是作家的心灵世界，更确切地说就是作家的审美心理机制。"他从这一理论高度去考察 19 世纪现实主义大师的创作特点，并以托尔斯泰、巴尔扎克、陀思妥耶夫斯基、司汤达等大作家为例，分析他们的审美心理机制的特征。理论与实例紧密结合，既体现了以理论性见长的分析特点，又以实例相印证，不流于空泛。同样，在分析司汤达小说中的主人公时，蒋承勇从反映的变形这个新角度去剖析这些人物，以便说明在司汤达的创作中主体意识的体现。他指出，从司汤达小说的各个主人公身上，可以发现作家的原型——深层构架。他由此得出结论："这个心理原型是司汤达在长期的生活体验中获得的情感、意识等内容凝结后的产物，其中蕴涵了作者自身的人格力量。"他接着从宏观、中观、微观三个层次去分析司汤达的主体意识在作家笔下人物身上的表现，或者说变形的表现。这一章节处处紧扣理论阐述，高屋建瓴地去观照司汤达的人物塑造，条分缕析、脉络清楚，给人以启发。这部专著的各个章节都具有上述理论与实例相结合的特点，理论框架相当严密。虽然每一章节都可以单独成为一篇篇论文，但在总体上则成为一个整体，从而使这部专著具有理论与实例相结合的优点，既避免了一般泛泛地论述 19 世纪文学，又不过分流于理论概念的枯燥演绎。在近来出版的论著中，这样的论述方法并不多见。

此外，蒋承勇的视野是相当广阔的，搜集的材料不可谓不多。他长期从事外国文学的教学工作，出于教学需要，他必须广泛接触 19 世纪现实主义文学，然而，教学工作的要求毕竟有一定的限度，没有个人孜孜不倦的钻研是不可能深入地提出自己的新观点、新见解的。况且，从这部专著所涉猎的范围以及所引用的材料来看，足以见出蒋承勇阅读书籍的广泛和细致，这里包括大量的理论著作和作家传记、评传，等等。应该说，这样相当广博的知识是他能够研究 19 世纪现实主义文学的扎实基础。

　　蒋承勇是学有所成的青年文学研究者，这部专著的问世只是他在研究道路上迈出的第一步，我期望他百尺竿头，更进一步，在不久的将来取得更大的成绩。

1994 年 7 月 29 日于上海

导　言

十九世纪现实主义文学的现代性

　　19世纪现实主义文学，这显然是一个陈旧的课题。然而，笔者认为，作为一个理论课题，不管人们已作了多少研究，19世纪现实主义至今仍然有许多课题尚待深入探讨和重新审视。特别是站在现代人的角度，对19世纪现实主义文学作出新的理解与阐释，更有其现实意义学术价值。

一　十九世纪现实主义文学与我们

　　当作家把自己对人生与世界的感受、体悟和理解用文字符号构建成文学文本之后，人类的精神现象就被物化了，文学作品就以物质的存在构成漫漫绵延的文学史长河。在这个意义上，文学史的长廊就是人类精神、心理、情感的历史博物馆，世界文学史上难以数计的文学作品作为一种客观存在，对人类来说似乎也成了与他们没有直接牵连的"历史文物"。然而，作为人类的精神文化产品，文学在本质意义上的存在并不是物质形态的，而是精神形态的。因为，文学作品不是供陈列之用的，它要通过读者的阅读参与才显示其价值，显示它与人类的依存关系。文学作品也就是在被读者阅读、理解、接受并产生共鸣的过程中才实现其本质意义上的存在。那些被一代代人公认的文学名著，是人类文学史上不同时期的文学精品和经典，它们记录和传达了不同时代的人的情感与心理体验，反映了不同时代人的生存状态。它们由于是"名著"，因而总是被一代又一代的人阅读。它们在不同时代读者的阅读过程中，由物质形态的文本一而再地、无穷尽地转换为无形的、弥散性的、流动的和混沌的精神形态，因此，由这些文学名著构成的世界文学史，是永远充满生命活力，永远与人类同在的。由于不同时代的读者总是具有不同的审美期待视野和现实的功利需求，他们总是以自己的方式解读文学名著，因而文学名著也就不断地被重新理解，显示新的审美效应，文学史也不断地被赋予新的内容和意义。从这个角度看，19 世纪现实主义文学是面向当今，面向我们的。

在我国，"现实主义"曾经享有崇高的甚至独尊的地位。作为一种创作方法，现实主义被认为是最合理、最有价值、最能体现艺术创作规律的；在文学批评和理论研究中，现实主义的美学原则成了评判一切文学作品的基本标准。正因为现实主义在我国拥有如此显赫的地位，所以，在外国文学的介绍与研究中，欧美19 世纪现实主义文学也是"一枝独秀"，比其他任何一个西方文学流派都获得了更多的承认和接受。因而，在我国外国文学研究领域中，19 世纪欧洲现实主义文学的研究成果最多，研究也最深入。但是，在今天看来，这些研究都是在特定的政治、历史背景下进行的；这些在特定时期里取得的研究成果，有一些未必是研究得最成功、最透彻的。19 世纪现实主义对今天的我们来说显然具有现代意义。为了进一步证明这一点，这里不妨简要列举一些历史事实。

"现实主义"的概念是五四运动前后从欧洲传入我国的。我国对欧洲现实主义文学研究与接受的一个明显特点是：一方面接受外来的现实主义理论（特别是苏联的），而缺乏深入全面的研

究；另一方面从"文以载道"，强调文学的社会教化作用的民族
文化心态出发，取欧洲现实主义文学中符合我国现实需要的东
西，从而形成一种民族化、本土化和功利化的现实主义理论。这
种"现实主义"理论以后又成为一种既定的规范和原则，用于指
导我们的创作实践和文艺批评，并且还反过来作为选择与研究欧
洲现实主义作家和作品的基本尺度，用这些作家作品来证明这个
既定的理论。因此，欧洲 19 世纪现实主义文学也在被"中国化"
之后，似乎改变了自己的面目。这恐怕就是我国现实主义研究中
的一大特点，它对我国文学创作和文学研究必然也有某些不良影
响。为了改变这种现状，我国理论界曾经发生了多次关于现实主
义问题的重大论争，但关于现实主义的理论很少有新的突破，
"现实主义"也总是那副老面孔。由于处在这样一种理论基础和
研究层次上，一段时期里，现实主义在主体论的讨伐面前显得软
弱无力。我们当然要看到主体论者对现实主义的某些非难是片面
性的，但也要看到这种批评在一定程度上正是基于以往我们的现
实主义理论与创作本身的不足，也基于我们对 19 世纪欧洲现实
主义理解和研究的不全面、不深入，因而不乏合理的成分。所
以，如果我们能跳出以前从理论到理论的局限，用具体的作家作
品去印证一种不完备的理论规范的思维怪圈，深入到 19 世纪欧
洲现实主义作家与作品中去，客观公允地去体悟、剖析与开掘这
一流派的原本艺术品格和美学内涵，让人们对它有一个更全面准
确的认识，这对维护现实主义的声誉和地位，繁荣我国的社会主
义文学，显然具有现实的和现代的意义。由此我们同样可以说，
19 世纪现实主义文学是面向我们的。

二　十九世纪现实主义文学与现代主义文学

历史的经验教训还告诉我们，要使我们对 19 世纪现实主义

的研究有所发展，就必须摆脱既定的现实主义理论框架，在消解了"现实主义"的种种固有限定之后，换一种视角，换一种评判尺度和参照系，从新的层面重新审视它。笔者认为，"××主义"之类的名称，作为对某一特定时代具有共同美学倾向的作家作品的归类，是有助于人们认识与把握文学现象和文学发展的脉络与规律的。但是，一旦众多的作家作品被纳入到"××主义"的范围之内，并用"基本原则"的封条永久地将其禁锢起来之后，千姿百态、变幻无穷的文学现象也就变得单调刻板、缺乏生机，对于文学研究来说，就会产生片面性和误解，研究本身也就失去意义和魅力。为了避免这种局限，笔者在研究 19 世纪现实主义文学时，一方面承认"现实主义"（或批判现实主义）对这一特定时期的文学的历史限定，另一方面又尽量突破"现实主义"的陈规，力图用自己的观点重新解说 19 世纪现实主义文学的内涵。虽然这同样难免有失偏颇，但可以免去重蹈覆辙之误。在研究中我发现：19 世纪现实主义文学与 20 世纪现代主义文学之间存在着血缘关系，现代主义是在 19 世纪现实主义文学的土壤中孕育成长出来的。按常理说，这并不是什么值得称道的发现，因为，文学的继承性是历史发展的规律。然而，如所周知，现代主义作家认为自己是彻底地反传统、反 19 世纪现实主义的；一些现实主义的拥护者也在排斥现代主义的同时，竭力否认现实主义与现代主义的内在联系，以维护现实主义的尊严，大有与现代主义势不两立之势。这种固守陈规的思维方式，与现代主义者宣称"反传统"一样是封闭性的，两者都违背了文化史和文学史发展的固有规律。在笔者看来，如果说作为精神形态而存在的文学是在读者参与的过程中显示其存在的永久性的话，那么，作为物质形态而存在的文学文本，则因其中蕴涵了人类深层的精神—心理本原而绵延相接，文学史的发展演变是以螺旋式的圆周运动向前推进的。从这种深层文化意蕴的角度看，所谓文学史的"传统"与"现代"的界定都是人为的和暂时的，现代的文学可以说是传统文学母题的不同形态的重现，或者说是传统文学的同源变体。当然，从文学发展与演变的角度看，这样说可能会被认为否认和轻视了艺术创新的意义，因而是有失偏颇的。但是，用这种认识方法来说明文化史和文学史发展的继承性与延续性，说明19世纪现实主义文学与20世纪现代主义文学之间必然存在的"遗传关系"，是不能说没有道理的。在本书中，笔者既努力论证19世纪现实主义文学在文化基因上与现代主义的血缘关系，也客观地阐述19世纪现实主义文学中初露端倪的现代主义的美学倾向。当然，这种美学倾向是不成熟的。这种"不成熟性"便是19世纪现实主义为它的后继者——现代主义所提供的创新的可能性和必然性。由此，我们就找到了19世纪现实主义与20世纪现代主义必然联系的某些内在根据，我们也就可以从又一种意义上说，19世纪现实主义文学具有现代性。

三 十九世纪现实主义文学与人性之真实状况

自文艺复兴起，欧洲人就开始借助科学的力量抨击教会和宗教，展开了对上帝的不停的排斥，到了科学空前繁荣的19世纪，人更自信自傲了，上帝也对人失望了。科学导致了西方文明史上人文观念的根本性转折，也导致了西方文学对人性理解与表现上的根本性变化。也正是由于科学对19世纪现实主义文学产生了深刻的影响，致使19世纪现实主义在人文观念与人性抒写上拥有了承先启后的特征。

（一）科学与现实主义文学之人文观念

浪漫主义从卢梭的感性主义那里获取灵感与精神养分，发展壮大之后又在整体上构成了对启蒙哲学的反叛。然而，启蒙哲学最主要的精神是张扬理性、崇尚科学，卢梭本人也是不排斥理性的，理性毕竟是 18 世纪的最强音。而且，理性与科学几乎在 18 世纪轰毁了宗教世界观之后，高视阔步地走向了 19 世纪。因此，尽管浪漫主义不无先见地预感到了人偏于理性与科学的不良后果，但是，由于理性本身所拥有的人文性，启蒙运动也进一步昭示了这种人文性，人们对它的崇尚无疑有增无减。在这种理性精神鼓舞下，19 世纪的科学取得了比 18 世纪更辉煌的成就；或者说，18 世纪的理性启蒙之花，在 19 世纪结出了科学的丰硕之果。"同以往所有时期相比，1830 到 1914 年这段时期，标志着科学发展的顶峰。"① 而且，科学与技术相结合加速了财富的创造，给人们带来了生存的实惠。所以，科学成了人们心目中给人以力量的新的上帝，理性也自然被认为是人之为人、人之高贵强大的本质属性。较之 18、19 世纪对理性的崇拜有增而无减，甚至达到了"理性崇拜"的地步。科学史家曾经为我们描绘过 19 世纪人类科学与理性的壮美图画：

> 19 世纪的最初 25 年，此时以工业革命为转机，人类社会已经天光大亮了。这个时代，资本主义高度发展。与成熟的资本主义社会相伴随的经济危机，开始周期袭来。在打破了过去僵化的世界观之后，科学研究也开辟了新的领域。新的发明和新的发现接连不断地涌现出来，19 世纪建设科学文明的篇章就由此展开……从而出现了科学的黄金时代。非欧几里得几何学的诞生，能量守恒定律的确立，电报通讯技

---

① ［美］爱德华·麦克诺尔·伯恩斯等：《世界文明史》（第三卷），罗经国等译，商务印书馆 1995 年版，第 282 页。

术的飞速发展。……以铁为原料、以煤为动力的大工业取得
了巨大发展。达尔文的《物种起源》像一发巨型炮弹炸开，
把进化思想带进了哲学、艺术、政治、宗教、社会以及其他
一切领域。19世纪下半叶，近代欧洲的政治发生了非常大
的变化，80年代，自由资本主义开始进入垄断资本主义时
代，这是近代史上一个转折时期，卡特尔和托拉斯全面发
展。革命性的动力——电能的出现和应用，电动力开始代替
蒸汽动力，这是生产中的革命变革。与此同时，19世纪的
风格是，科学家——工程师——商人，而不是17、18世纪
的科学家——数学家——哲学家的风格了。①

　　这幅19世纪的科学图画告诉我们：在西方人的文化观念中，
19世纪是一个科学取代上帝的时代，是一个理性崇拜的时代，
是西方理性主义文化发展到了高峰的时代。此时，人们更坚定了
三个信念：人是理性的动物；人凭借科学与理性可以把握自然的
规律与世界的秩序；人可以征服自然、改造社会。对科学的崇
拜，使人们对科学的理解不仅仅限于科学本身，而且还用科学的
方法去研究一切问题。英国科学史家丹皮尔曾指出：

　　　　在19世纪的上半期，科学就已经开始影响人类的其他
　　活动与哲学了。排除情感的科学研究方法，把观察、逻辑推
　　理与实验有效地结合起来的科学方法，在其他学科中，也极
　　合用。到19世纪的中叶，人们就开始认识到这种趋势。②

---

　　① ［日］汤浅光朝：《科学文化史年表》，科学普及出版社1984年版，第70—
99页。
　　② ［英］W. C. 丹皮尔：《科学史及其与哲学和宗教的关系》，李珩译，广西师
范大学出版社2001年版，第262页。

科学的这种影响在 19 世纪的欧洲形成了与其他世纪明显不同的普遍风气：任何其他学科，唯有运用科学的方法才令人信服。正如赫尔姆霍茨所说："绝对地无条件地尊重事实，抱着忠诚的态度来搜集事实，对表面现象表示相当的怀疑，在一切情况下都努力探讨因果关系并假定其存在，这一切都是本世纪与以前几个世纪不同的地方。"① 不仅如此，19 世纪的许多人还以借助理性思维和科学方法，建立一门科学并相应有一整套严密的概念、定理、范式予以支持为一种非常荣耀的事，为此，人们称这是一个"思想体系的时代"②。恩格斯对当时的这种现实也深有感触地说："在当时人们是动不动就要建立体系的，谁不建立体系就不配生活在 19 世纪。"③

正是这样一种区别于以前世纪的精神文化风气，影响着文学的发展，熏陶出了巴尔扎克、福楼拜、左拉等一批写实主义倾向的作家。巴尔扎克就是用动物学、解剖学等自然科学方法去从事文学创作的，正是动物学的"统一图案说"帮助他构建了《人间喜剧》的社会结构图，正是科学思维启发他形成把文学创作看成研究社会与历史的写实主义理念。左拉几乎在相同的文化思想路线上追随着巴尔扎克且又作出了独特的贡献。福楼拜则借用医学科学的方法，更冷静细致地解剖人的心灵。其他的现实主义作家如狄更斯、托尔斯泰、陀思妥耶夫斯基等现实主义大师，尽管不像巴尔扎克、左拉和福楼拜那样直接运用自然科学进行文学创作，但他们创作中的写实原则，无不与科学理性精神血脉相连。

---

① Helmholtz, *Popular Lecture on Scientific Subjects*, Eng. trans. E. Atkinson, London, 1873, p. 33.

② 阿金编：《思想体系的时代》，光明日报出版社 1989 年版，第 2 页。

③ 《马克思恩格斯选集》第 4 卷，人民出版社 1972 年版，第 212 页。

也许读者要问：你这里讲的科学、理性对现实主义的影响，不过是在创作方法、艺术思维方式和审美观上的影响而已，这些都是艺术理念上的问题，而不属于人文观念上的事。其实不然。且不说艺术理念原本就要影响文学创作中的人文观念的表达，就是艺术理念本身，也是由作家的人文观念和人文追求决定的。或者也可以说，正由于现实主义作家有一种延续自启蒙理性的人文观念，才会接纳科学的方法与观念去从事他们的文学创作；正是由于接纳了科学方法，现实主义文学才形成了普遍遵循的"真实"、"写实"理念；正是这种"真实"、"写实"理念，才会有现实主义文学对人的灵魂的空前真实、细致的剖析，才会出现与浪漫主义文学不同的人文观念。如果说源自启蒙哲学之先验理性，重灵感与感性的浪漫主义文学理念对"人"的形象的塑造则起一种扩张与外现作用的话，那么，源自启蒙哲学之经验理性，重分析与理智的现实主义文学理念对"人"的形象的塑造则起一种收缩与内敛的作用，而这都直接或间接地影响着 19 世纪现实主义文学人文观念的表述和人性抒写方式。

由此可见，科学对 19 世纪现实主义文学的影响，表现在更深层次上，正是它在驱逐了上帝之后带来的人文震撼。

（二）披露上帝退隐后的人性之恶

在 19 世纪与 20 世纪之交，尼采发出了振聋发聩的惊呼："上帝死了！"这一声惊呼告诉人们：以基督教为核心的西方传统文化价值体系崩毁了。

那么，上帝是怎么死去的？他的死给人类带来的后果是什么？

文艺复兴时代，人文主义者虽然并不反对上帝，但他们以人的感性抗拒上帝对人性的压抑，以人智向上帝索要人的独立性。

他们在向上帝标示自身价值与意义时，就意味着人同上帝开始疏离。到了 17 世纪，笛卡尔的"我思故我在"和培根的"知识就是力量"的口号，实际上是用人的智性能力向上帝标示人的强大，认为人自己就有上帝一般的智慧，因而可以知道上帝才能知道的事——世界的奥秘，这种理念推动了科学的快速发展。18 世纪科学的发展，进一步增强了人的信心，也增强了对上帝的傲慢，人们开始以科学为武器攻击上帝存在的合理性，一种没有人格化上帝存在的新的宇宙观和世界观开始形成。再到 19 世纪，科学走向了前所未有的繁荣，它不仅给人类创造了极大的财富，导致人们对它的热烈追求，更重要的是，科学使人们确立了新的世界观、人生观和历史观。人们认为有了科学，人可以做一切上帝能做的事，人们把科学当作上帝来崇拜，实际上，科学成了上帝，人也就走到了上帝的位置上，人把上帝给驱逐了。或者说，在人类不再需要上帝之后，上帝也撒手而走了。所以，如果说"上帝死了"的话，那也正如尼采所说的：他是被人杀死的！而且，尽管尼采在 19 世纪末报告了上帝之死的消息，但这并不是一种预告，而是一种对"已死"之实的报告。19 世纪就已经是一个上帝退隐的时代。

就这样，从文艺复兴到 19 世纪的几百年里，西方的所有世俗学说，几乎都在竭尽所能驱赶上帝，改变人与上帝的关系，正如鲍姆所描绘的那样：

> 从宗教改革以来到现在为止的上帝观念史，宛如一份地震仪的记录，所记录的是许多诞生、死亡，以及一次大震撼的事迹。在这段时期，人们把那么多的注意力放在这个大震撼上，竟至很容易忘掉欧洲所具有的创生新神的能力，或赋予上帝新特征的能力，或必要时把旧特征重新加以组合的能

力。上述的新神，包括十八世纪自然神论"缺席者"式的神。十九世纪内在演化式的神。这两种神大大不同于"正统的"、超越而全能的上帝。不过，记录在地震仪上最引起纷扰的不是宗教大动乱，而是较近的所谓"上帝之死"。尼采所预言的这件事情，不仅仅是意味着一个神的死亡，而是意味着所有神祇的死亡。这件事情代表着欧洲思想朝着宗教的怀疑主义与宗教的无所谓心态发展之趋向，这趋向从十七世纪以来就很强烈，后来更是加速发展。这个趋向的最终产物在今天仍具体可见，就是西方文明世界有史以来最世俗化的社会。①

这里所说的"最世俗化的社会"就是上帝退隐的社会，这个社会从 19 世纪甚至更早一些时候就开始了。

上帝退隐了，西方人实现了多少代人为之奋斗的共同目标。然而，上帝退隐了，魔鬼却肆无忌惮了。这是人的灾难，这是人类文明的悖谬。

人在自然属性上是感性的动物，进入了文明社会之后，才成了理性的动物，然而其动物性的一面——原始欲望——依然存在，它会导致人自私、贪婪、好斗等劣根性。因此，进入文明社会后的人，必须凭借自己创造的文明，如国家权力、世俗道德、宗教规范等，来约束原始本能，以维持正常的人与人、人与社会的关系。宗教在道德的意义上起到了国家权力和世俗道德规范所起不到的作用。上帝设置的天堂与地狱的境界，其实是在道德上给所有俗世贱民与权贵、弱者与强者、贫民与富人平等的道德天

---

　　① F.L. 鲍姆：《西方近代思想史》，中国文联出版社公司 1988 年版，第 122 页。

平，因为在上帝面前，谁也逃脱不了末日的审判，贪婪自私者无论在俗世处于什么位置，都只能因自己的罪恶而进不了天堂。因此，上帝的存在，对世俗的人来说，无疑从道德的角度扼制贪欲的膨胀，扼制邪恶的滋长，也就制止了魔鬼的横行。"在上帝之光的普照下，人人平等，无高低贵贱之分。末日审判时，谁进天堂，谁进地狱，一切均取决于人们自身的善恶行为。身后的归宿决定了人们的价值取向。权贵们为了身后的理想去处，不得不对自己的贪婪之心有所收敛。"① 所以，"上帝的意义，在于人的有限性，在于人需要爱护、怜悯和救赎，在于人的灵魂在爱与恨、贪婪与满足之间需要平衡，受伤的心需要慰藉和温暖。上帝是一种光，一分温暖，一线希望，一块精神馅饼"。② 而上帝退隐之后，就意味着他设置的天堂和地狱都不存在了，宗教道德不再对人的善恶起规范作用，对处于 19 世纪的西方人来说，个性自由、自由竞争，人可以"想干什么就干什么"了。一个在道德领域里上帝退隐的时代，必定是一个恶欲横行的时代。这就是 19 世纪自由资本主义时代，这是一个上帝远离人世的时代！这个向来靠天堂、地狱、上帝等制约人的行为、扼制人的恶欲冲动的西方社会，一旦既有的道德规约逐渐丧失，那将是一个什么样的情形？这是一个"他人成为自己的地狱"的社会。

在此，我要引出一个发人深思的问题：启蒙运动昌明了人的理性，繁荣了科学，激活了人的个性，改变了社会结构，这无疑是文明的进步，然而，当科学在思想领域里动摇了上帝在人们心目中的地位时，当激活了的个性为了个体生存而无视上帝的规约时，当科学给人以力量和自信进而成了人们崇拜的上帝，而这个

① 启良：《西方文化概论》，花城出版社 2000 年版，第 150 页。
② 同上书，第 132 页。

上帝又对世俗中的人在道德上无动于衷也无能为力时，人到底是趋善还是趋恶的呢？人们还应该一个劲儿地倡导个性自由与解放吗？这大致上也可以说是 19 世纪现实主义作家普遍关注与忧虑的问题。现实主义作家也就是在这种情况下，热衷于描写人性中的恶，并借此守护着人的心灵的纯洁，追寻着使人性完善和趋善的方法与途径的。请看：

巴尔扎克在他的《人间喜剧》中"把新生的资本力量、灵魂的统治者——金钱作为他伟大史诗的主人公"。[①] 他警告人们，恶欲和利己主义已成为这个世界的动力。他的小说，展示了人类的善良天性是如何在金钱的诱惑下向地狱沉落的。他还借《高老头》中高老头之口发出了"这个世界不是要灭亡了吗"的惊呼。

福楼拜在他的小说中揭示了情欲正如"魔鬼"一样潜伏于人的灵魂深处，人的行动不可抗拒地受其控制。由此，他也产生了对世界的悲哀与厌恶。

萨克雷热衷于揭露身居高位的人的丑恶，展示金钱对人的心灵的侵蚀。"他跟维多利亚女王时代早期的大多数作家一样，倾向于对人类的邪恶进行自负的说教。"[②]

列夫·托尔斯泰描写了俄国社会由封建主义向资本主义转型时期人的心灵状况。他通过对人类作反复细致的研究发现了人类自身存在的恶本能。"没有任何一个人像托尔斯泰那样目睹并感受到了发自尘世的情欲。"[③] 他的小说给人们指出：人本身的情欲与邪恶，是滋生社会罪恶的根源。

---

① ［丹麦］勃兰兑斯：《十九世纪文学主流》第五分册，刘半九等译，人民文学出版社 1997 年版，第 2 页。

② J. G. 罗伯特：《英国文学史》，剑桥大学出版社 1996 英文版，第 240 页。

③ ［奥地利］斯蒂芬·茨威格：《作为宗教和社会思想家的托尔斯泰》，见陈燊编《欧美作家论列夫·托尔斯泰》，中国社会科学出版社 1983 年版，第 456 页。

陀思妥耶夫斯基一生都处于对人类天性之恶的无休止的发掘之中，他告诉人们："恶在人身上隐藏得要比那些社会主义者兼医生所估计的要深得多，在任何制度下也避免不了恶，人的灵魂永远是那个样，反常现象和罪孽主要来自灵魂本身。"① 他的小说告诉人们，由于人自身存在着永恒之恶，因而人永远成不了人文主义者想象的"巨人"，而是"虱子"。

　　……

不必再多列举了，现实主义作家似乎个个都像有"嗜恶癖"，以展示人之恶为快。其实不然。确实，他们不像浪漫主义者那样一味地张扬个性自由，也极少抒写人性美的颂歌，而更多的是披露人性之恶。因为，在他们看来，在上帝不管人类道德事务的时代，个性的自由将会激活人的恶欲，19 世纪的欧洲现实已然如此。然而，他们披露恶是为了消除恶进而保持天然人性之善与美，因而在追求人性之善上，他们与浪漫主义者是大致相仿的。然而，恰恰是现实主义作家的这种"嗜恶癖"，使他们的小说展示了那个上帝退隐时代的人性之真实状况，于是，他们的创作也拥有了警世意义。对此，18 世纪爱尔兰文学史、思想史学者伯克的一段话颇发人深思：

　　　　人们能够享受自由的程度取决于他们是否愿意对自己的欲望套上道德的枷锁；取决于他们对正义之爱是否胜过他们的贪婪；取决于他们正常周全的判断力是否胜过他们的虚荣和放肆；取决于他们要听的智者和仁者的忠告而不是奸佞的谄媚。除非有一种对意志和欲望的约束力，社会就无法存

---

① 转引自米·赫拉普钦科《艺术家托尔斯泰》，上海译文出版社 1987 年版，第 495 页。

在。内在的约束力越弱，外在的约束力就越强。事物命定的性质就是如此，不知克制者不得自由。他们的激情铸就了他们的镣铐。①

① 转引自陆建德《破碎思想体系的残编》，北京大学出版社 2001 年版，第 195 页。

第一章

现代文化基因的原始积累与
"批判"的双重超越

　　现代主义作家是打着"反传统"的旗号登上文坛的，人们也普遍认为现代主义是对 19 世纪现实主义的反动。但是，如果把"反传统"理解为现实主义与现代主义的绝然隔裂，那么，持这种观点的人无论对现实主义还是对现代主义都缺乏深层的认识与把握。

　　人们还普遍认为，19 世纪欧洲现实主义之所以被称为"批判的"现实主义，是因为它深刻地揭露和批判了资本主义社会的种种弊病，引起了人们对资本主义现实制度之永久性的怀疑，具有强烈的社会批判性。其实，社会批判性还不足以说明 19 世纪现实主义深刻性的全部内涵。批判现实主义的"批判"并非仅仅是社会批判，而且是文化批判。这种文化批判是基于对西方近代传统文化观念的怀疑与动摇，基于对人类未来前景所作的哲学沉思后的忧虑与困惑，其中蕴涵了 20 世纪西方文化中普遍存在的危机意识；这种文化批判是 19 世纪现实主义作家为揭示人类共同的精神—心理内蕴，力求使文学超越社会—历史和时间—空间的限定所作的不懈努力。正是这种具有双重超越的深层文化探索，构成了 19 世纪现实主义向现代主义过渡的重要契机。

第一节 上帝不是在一夜间死去的

19 世纪末，尼采在《查拉图斯特拉如是说》（1883—1884）中发出了振聋发聩的惊呼："上帝死了！"尼采这一关于上帝之死的寓言，预告了将要笼罩 20 世纪西方人心灵世界的痛苦、孤独、空虚与焦虑之精神夜幕的降临，是对自文艺复兴以来的人道主义和希伯来—基督教文化价值体系的彻底否定。他提出"重新评价"和"再次评价"旧传统，宣称："重估一切价值，这就是我为人类终极的自我审视行为提供的药方。"① 尼采的反传统文化的思想和他所揭示的现代人的痛苦、孤独、空虚和焦虑的心理是现代主义文化和文学的基本精神。尼采对人类前景所产生的悲观情绪，弥漫了 20 世纪西方的知识界，他是西方现代主义文化和文学的精神导师和先驱者。当然，尼采的精神同盟还有叔本华、柏格森和弗洛伊德等，他们各自用不同的声音和方式发出了上帝之死的惊呼。"上帝"是旧文化传统的象征，"上帝死了"是对西方新文化价值体系崛起和旧文化体系解体这一重大文化史现象的哲学概括与表述，是对历史的过去的总结，也是对历史的未来的预言。

作为西方旧文化价值体系之象征的"上帝"，它不是在一夜间死去的，而是在新文化形成与发展的过程中慢慢死去的。一种旧文化体系的崩溃和一种新文化体系的形成，都不是一朝一夕的事，而往往有一个酝酿、过渡的阶段。"沉舟侧畔千帆过，病树

---

① 转引自 W. 考夫曼《尼采》，普林斯顿大学出版社 1950 年英文版，第 75 页。

前头万木春。"西方传统文化衰落的过程，正是新文化萌生的过程；新文化又是在旧文化衰落的过程中完成它原始积累的艰难旅程，在旧文化的母体中发育问世的。这一进一退、一沉一浮的历史变换，构成了新旧文化的"交叉地段"。在欧洲社会历史发展的过程中，这"交叉地段"便是 19 世纪资本主义的形成期和发展期，也正是批判现实主义文学的形成期和发展期。尼采"上帝死了"的惊呼是对"历史的过去"的总结，而这个"过去"主要是指"交叉地段"的历史与文化，其中当然就包含了批判现实主义文学，因而批判现实主义必然是为尼采等文化先知们提供现代精神养料的土壤。这反过来又说明批判现实主义文学与西方现代文化有血缘关系。

作为人的精神意识的文化价值观念，它的演变就其外部因素而言，决定于社会政治经济情势的变更。诸如"20 世纪"、"19 世纪"的时间概念，除了对有生命之有限性的人类来讲能提供文化发展的时间纵向坐标之外，对这种文化本身来讲，并无实际意义。因此，当我们将上述两个时间概念隐去时，我们可以看到，尼采等人揭示的现代文化价值观念无所谓属于"20 世纪"还是"19 世纪"，而是属于它赖以生长的资本主义的物质土壤。站在尼采所处的历史基点看，所谓"历史的过去"是指资本主义形成、发展期，即自由资本主义时期，"历史的未来"是指垄断资本主义时期，而这两个阶段整个地又属于资本主义时期。它们作为资本主义发展的两个不同历史阶段，虽然具有不同特点，但在本质上是一脉相承的。这种社会政治经济因素上的同一性，便是尼采"上帝死了"的惊呼能对"历史的未来"作出"预言"的社会历史依据，也说明了两个不同阶段的文化内质具有同一性。因而，现代文化观念不仅属于 20 世纪，也属于 19 世纪，关于现代文化基因在批判现实主义文学中存在的推论，也是符合历史发展逻辑的。为了进一步证实这种推论的正确性，我们不妨对西方资本主义社会的历史与文化作一简要考察。

19世纪是欧洲资本主义取代封建主义并走向强盛的时期。资本主义的诞生是人类历史上的一场社会大变革，它打碎了固定的传统社会结构，改变了人的生存处境，也改变了人们原有的价值观念，因此，资产阶级革命和资本主义的确立与发展是西方文化价值体系新旧嬗变的直接原因。在封建时代，"每个人在社会秩序中都有自己应该感到满足的固定位置"[①]；每个人的地位与价值，似乎一生下来就已被确定好了，无须个人付出努力。爱上帝、爱邻人，四海之内皆兄弟的基督教伦理观念使人与人之间不无脉脉之温情。在社会经济方面，行会制度限制了商品交换的地域范围。人们参与商品交换的主要目的是为了获取生活必需品，而不是为了积聚财富，否则是要受道德谴责的。因此，在封建时代，人们虽然缺少人身自由，但有一种自觉满足的安全感，社会稳定性强。资本主义的出现，粉碎了传统的社会关系，把个人从各种封建的束缚中解放了出来，人的自我意识得到了强化，人的命运也发生了重大改变。在资本主义经济制度中，"人不再是'万物的尺度'。19世纪资本主义的最典型的方面，首先是对工人进行无情的剥削"；"在资本主义与受雇的工人之间根本不存在人类团结一致的意识"；"商人之间的激烈竞争毫无道德限度，就像资本家对工人的剥削一样"。[②] 资本主义似乎给人带来了自由与解放，而实际上"个人自由完全是虚幻的东西"。[③] 资本主义使人的无限发展成为可能，但是，在强烈的竞争观念支配下，欲

---

① ［美］埃利希·弗洛姆：《健全的社会》，中国文联出版公司1988年版，第87页。

② 同上书，第84页。

③ 同上书，第86页。

望驱使人们想办法超过竞争对手，每个人都为自己的利益、自己的成功而奋斗。在这个社会里，"人不再是自身的目的，人成了他人的工具"，"人被人所利用，这表现了作为资本主义制度基础的价值体系"。[①]"对一个人超过他人的极大强调，严重地堵塞了爱自己邻人的可能性。"[②] 总之，由于资本主义的出现，"人的群体关系恶化，个人从家长式的专制及等级制中'摆脱'出来，却付出了放弃群体联系这个代价。人们的相互关系失去了道德义务感和情感特征，从而变得靠单一的经济利益来维持。所有的人际关系都基于物质利益"。[③]"19 世纪的社会性格本质上是竞争、囤积、剥削、权威、侵略和自私"，[④] 这是一个一切人反对一切人，他人成为自己的地狱的社会。

面对这样一种残酷的社会现实，人们不仅怀疑资本主义制度的合理性，而且萌生了反抗情绪，对"自由、平等、博爱"的信仰产生动摇，对自文艺复兴以来以理性原则为核心的人道主义、希伯来—基督教文化价值体系产生了怀疑。人们在人欲横流、唯利是图的社会现实中看到了人的不完美，人的本性并非总是趋善，同时也是趋恶的，"从心理学的角度看，理性开始和'情感'与'意志'分离"。[⑤] 人们从文化哲理的层次上发现：给人带来苦难的现实环境本身也是人自己造成的；人不能实现自身价值的终极原因正在于人本身。在此种情况下，西方人的心灵深处产生了深深的焦虑，因为，"焦虑乃是人在其生存受到威胁时的基本

---

① ［美］罗洛·梅：《人寻找自己》，冯川等译，贵州人民出版社 1991 年版，第34 页。

② ［美］埃凯：《世界范围内的反现代化思潮——论文化守旧主义》，张信译，贵州人民出版社 1991 年版，第 76 页。

③ ［美］埃利希·弗洛姆：《健全的社会》，第 93 页。

④ 同上书，第 97 页。

⑤ ［美］罗洛·梅：《人寻找自己》，第 33 页。

反应，是某种人视为与其生存同等重要的价值受到威胁时的基本反应"。① 这种由焦虑而生的困惑、孤独、痛苦与恐惧的精神心理因素开始侵入西方人的心灵，悲观主义情绪和危机意识也由此产生。

到了 20 世纪垄断资本主义阶段，"19 世纪习以为常的那些资本主义剥削方式差不多被淘汰。但是这并不能掩盖一个事实，即 19 世纪和 20 世纪的资本主义奠定在一个原则之上：人把人作为工具"。② 从 19 世纪开始的"一切人反对一切人"的战争演化为 20 世纪的"国对国的战争"，"人道主义价值和希伯来—基督教价值，特别是其中个人的价值，因野蛮主义的恶性膨胀而受到了践踏"，③ 人成了非理性动物，人类似乎到了在劫难逃的世界末日。因此，一种更深重的恐惧、焦虑、痛苦甚至绝望的悲观主义情绪，吞没了西方世界。"事实上，20 世纪的精神病比 19 世纪更为严重，尽管 20 世纪资本主义出现了物质的兴盛。"④ 20 世纪的危机意识和悲观主义情绪是 19 世纪的延续和深化。可见，19 世纪自由资本主义与 20 世纪垄断资本主义在本质上的同一性，决定了从属于这两个时代的文化在本质上的同一性和延续性；现代文化是在 19 世纪自由资本主义时代完成原始积累，而在 20 世纪垄断资本主义时期得到盛行的，因而，现代文化基因在 19 世纪批判现实主义文学中的存在是必然的，现代主义和批判现实主义在文化内质上的血缘关系的存在也是必然的。当然，我们还应从具体的作品中寻找更确凿的根据。

---

① ［美］罗洛·梅：《人寻找自己》，冯川等译，贵州人民出版社 1991 年版，第 25 页。

② ［美］埃利希·弗洛姆：《健全的社会》，第 87 页。

③ ［美］罗洛·梅：《人寻找自己》第 35 页。

④ ［美］埃利希·弗洛姆：《健全的社会》，第 101 页。

第二节 司汤达:自由的困惑

"不自由，毋宁死！"这是司汤达的格言，也是《红与黑》中于连的格言。司汤达生活在自由主义和封建专制主义生死较量的阶段，这是一个社会政治制度和文化价值观念新旧交替的时代。作为拿破仑的追随者，司汤达不能不在自己的作品中表达自由主义的政治理想；作为一个继往开来的杰出艺术家，司汤达对人的生存状态的艺术观照不会仅仅停留在社会—历史的表面，而是上升到了文化—哲学的高度。因此，"自由"一词，无论对司汤达还是对于连来说，其内涵都不可能是单一的，它不仅包含了社会政治的内容，包含了近代人文主义、启蒙主义的理性文化观念，同时又孕育了20世纪的现代文化基因。这也许就是司汤达同时代的人对《红与黑》不予接受的根由之一，也是尼采称司汤达"以拿破仑的步伐走向了现代"[1]的理由之一。

一 人身自由的追求

司汤达出身平民阶层，自幼深受启蒙思想的熏陶，对封建专制和教会势力深恶痛绝。他早年投身拿破仑军队，为扫荡封建恶势力作出过贡献。自由平等是他的社会政治理想。在人的价值观念上，司汤达肯定人的自我力量，主张维护人的基本生存权利，强调个体的人身自由。从文化渊源上看，司汤达的这种人的价值观念植根于文艺复兴、启蒙时期的人本主义文化价值体系，而与封建主义文化价值观相对立。正是这种政治的和文化的观念，使

---

① 纽约1958年矮脚鸡古典文学名著丛书英文版《红与黑》前言。

司汤达的《红与黑》以及其他所有的小说都表现出强烈的反封建的政治色彩，由此认为《红与黑》是一部"政治小说"，不是没有根据的。于连对封建贵族有一种发自本能的敌意。他一开始就不愿与仆人同桌吃饭，这不能简单地认为是他鄙视下层人民，而是对贵族等级制的本能反抗。因为，既然人是平等自由的，人本身的自我力量是确定其社会地位与价值的根本标准，那么，于连认为自己不应该生来就屈居于那些傲慢无礼而又愚蠢的贵族之下，而同仆人一桌吃饭。他同瑞那夫人和玛特儿小姐的"恋爱"，初始动机都是为了表示他对贵族的蔑视与反抗，以证明自己的自我力量与价值。他屈从于木尔侯爵，也不能简单地认为是他向贵族阶级的妥协投降，而是为了借贵族的肩膀登上特权阶层，从而超越他所处的环境，取得他以为应有的社会地位，以证明自己的价值与力量，获得人身的自由。因此，在"屈从"的背后，隐藏着反抗的深层心理内容，是自我观念、自由平等的人生价值意识的曲折表现。他临死前在法庭上对敌人们厉声陈辞："先生们，我没有荣耀属于你们那个阶级，你们可以看见我是一个乡下人，不过对于自己处境的微贱，敢作反抗的举动罢了。"这是于连对自己的行为之动机的最清楚的自白。

于连人身自由的追求对当时欧洲社会的政治和文化心理有很大的包容性。在封建制度下，每个人的地位与价值似乎一生下来就已被确定好了，"每个人在社会秩序中都有自己应该感到满足的固定位置"，[①]个人企图改变的努力是不必要的也是徒劳的，贵族与平民有一道不可逾越的鸿沟。资本主义的兴起，粉碎了这种固定的社会关系，动摇了关于人的旧的价值信念，人的自我意识得到强化，人的命运也产生了重大改变，一种建立在自由竞争

----

① ［美］埃利希·弗洛姆：《健全的社会》，第87页。

原则基础上的新的价值观念取代了旧的价值观念。19 世纪上半期的法国，随着资本主义势力的壮大，这种新的价值观念在社会中逐渐占主导地位，成为指导人们行为的准则之一。通过自由竞争实现个人价值，获得社会地位，对那些发展中的资产者，尤其是出身贫贱渴望人身自由的下层平民，更具有强大的心理驱动作用。他们对卷土重来的复辟王朝，对不凭自我努力身居高位的贵族阶级自然切齿痛恨，而对拿破仑的自由时代深深地怀恋。《红与黑》产生于这种政治文化背景之下，描绘的也是这种背景下人的生存状态，于连对人身自由的追求就凝聚着这一时代人们的精神—心理—情感的内容，体现了社会转型时期一种新的文化价值观念对旧传统价值观念的否定。

二 心灵自由的追求

但是，于连对自由的追求决不仅仅限于人身自由上，而更侧重于心灵自由、人格自由；于连的反抗，不只是针对封建专制残余，同时也是针对资本主义制度和文化的。

在资本主义社会中，人虽然从封建关系中解放了出来，自由竞争原则使个体价值的实现成为可能，但是，一种人们始料未及的悖谬现象也伴随资本主义的产生而出现了，人们陷入了"俄狄浦斯的困惑"之中。在强烈的竞争原则支配下，欲望驱使人们想尽办法超过竞争对手，每个人都为自己的利益、自己的成功而奋斗。在这个社会中，"人不再是自身的目的，人成了他人的工具"；"人被人所利用，这表现了作为资本主义制度基础的价值体系"[1]；"所有的人际关系都基于物质利益"[2]。从人与人的关系角

---

① ［美］埃利希·弗洛姆：《健全的社会》，第 93 页。
② ［美］埃凯：《世界范围内的反现代化思潮——论文化守旧主义》，第 76 页。

度看，这里发生着一切人反对一切人的战争，这是自由资本主义的本质特征。马克思对此作过更深刻的分析，他在描述人类历史发展的历程时作了三个阶段的科学归纳：

> 人的依赖关系（起初完全是自然发生的），是最初的社会形态，在这种形态下，人的生产能力只是在狭窄的范围内和孤立的地点上发展着。以物的依赖性为基础的人的独立性，是第二大形态，在这种形态下，才形成普遍的物质变换，全面的关系，多方面的需求，以及全面的能力体系。建立在个人全面发展和他们共同的社会生产能力成为他们的社会财富这一基础上的自由个性，是第三阶段。[①]

马克思这里讲的第一阶段包括了原始社会和封建社会，"对人的依赖"表现为个体的人对神、部落、国家实体、民族、血缘家族的依赖关系。此时，作为生命个体的人依附于某种偶像或权威，丧失了个性和主体价值。第二阶段包括资本主义阶段，此时人的个性挣脱了权威、偶像、血缘关系等的束缚，获得自由的发展而具有了一定的独立性，用以证明个性自由发展和价值的主要是财富的创造。因此，这时人的独立性是以对物的依赖为基础的。第三阶段是生命个体充分独立发展的自由阶段，即共产主义阶段。所以，在资本主义阶段，个人的竞争成了对物的竞争，人成了物的奴隶，无限自由的个人私利追求，使人与人之间陷于"他人就是我的地狱"的困境之中，人也就面临着失去心灵自由从而被"异化"的现实危机。这就是司汤达所处的社会现实的又一层面，也是《红与黑》中于连生存环境的另一面。

---

① 《马克思恩格斯全集》第46卷，上册，第104页。

司汤达在强调人的人身自由的同时，更注重心灵的自由，反对把人的自由追求停留于对物的追求上。他对资产者从来没有好感，正是这种自由观的曲折表现，在《反对工业家的一个新阴谋》中，他对工业企业家进行了猛烈抨击："工业家们是作为法国公民而运用他们的自由的，他们可以随心所欲地支配他的资金，这很好；但是为什么要我来加以'赞赏'呢？而更可笑之至的，是要我用自由的名义来加以赞赏！"①司汤达决不认为被物欲所驱使的人是真正自由的；攫取财富的自由与真正人的自由、人身的自由与心灵的自由不是同一回事。而现实的情形是：人们普遍为了积聚财富，为了人身的自由，忘却和抛弃了心灵自由。所以，在司汤达看来，资本主义新秩序的建立，却为人类心灵的自由设置了新屏障。于是，近代人文主义和启蒙主义以理性为核心的文化价值观，又成了司汤达反对资本主义腐败和"异化"现象的有力武器。在《红与黑》中，就表现为于连既有对人身自由的追求，又有对物欲的批判，对金钱关系的否定，对心灵自由的强烈追求。

年轻时于连十分鄙视父兄们满足于孜孜不倦地积聚金钱的行为，以至于在被判死刑后，他知道父亲要来看他，顿时感到这是一个痛苦的事。他抱怨道："命运在我将死的时候，还来给我一个最后的打击。"他希望父亲快快离他而去，并终于想出了一个打发父亲的办法：把自己的遗产——钱——分给父兄们。父亲心满意足地走了。于连痛心地说："这就是父爱！"于连对父亲的唯利是图、无休止的私欲，一生都投之以深深的厌恶。于连对哇列诺的蔑视，主要因为他是靠剥削囚犯与弃婴起家的。于连痛恨德·瑞那市长，除了因为瑞那的专横傲慢之外，还因为他满身铜

---

① 《外国文学评论选》上册，湖南人民出版社1982年版，第260页。

臭，爱钱如命。在维立叶尔城马路修建、河流改道时，瑞那都要以对他有利为原则。于连同样也仇视木尔侯爵府里那些利欲熏心，互相钩心斗角的"两足动物"。于连说："只要我少受一点欺骗，我就可以看出巴黎的客厅里充满着的都是些像我父亲一样的正人君子，或者像犯人一样精巧的坏蛋。"所有这些人，在于连眼中都是"刽子手"、"社会蠹贼"，他感觉到了这个"人对物的依赖"的社会中的"财富的污秽"，以及人与人之间关系的险恶和人的心灵的阴暗。在这个社会中，取得金钱和权力，某种意义上也取得了人身自由，但却失去了心灵自由。于连痛恨这个金钱主宰的自私的社会，不肯为金钱而丧失心灵和人格的自由，即使是瑞那夫人好心送钱给他，让他买几件衣服，他也觉得这会丧失人格，丧失心灵的自由。维护心灵自由和人的尊严在于连心中是一种"责任"。虽然，处在这虚伪的世界里，他也曾在金钱、权力和伪善面前有过妥协，但正如他自己所说："我曾有那个有力的责任观念。我为我自己规定的责任，无论正确的或是错误的，好比一个坚强的树干，在风暴中可以依靠；我动摇过，我受过颠簸。总之，我是一个人……但是我并没被风暴卷去。"可见，自由平等、理性主义的价值观念在支配着于连为争取人身自由而斗争的同时，也鼓舞着他为维护人格自由和心灵自由而反抗资本主义的自私伪善以及被异化的斗争。人身自由与心灵自由，在于连对自由的追求中是结合在一起的。《红与黑》通过对于连追求心灵自由的描写，表现了司汤达对早期资本主义文明的怀疑与否定。

三　自由的困惑

但是，如果说于连形象的文化内涵仅限于近代人文主义、启蒙主义的文化价值观，那么它的意义和价值就大大降低了，这个形象和整部小说的更深刻之处在于超越了近代文化阈限，孕育了现代主义的文化基因。

司汤达在人的问题的研究上，与同时代作家们一个突出的不同点是，他注重人的内部世界的研究。自文艺复兴开始，人摆脱了神的束缚，人的力量无限地向外扩展，在人文主义"巨人"思想的鼓舞下，人们满怀信心地去开拓自然，征服自然，改造社会，而对于人自身的局限性以及由此给社会和生存环境造成的危害性的认识与研究，则暂时被忽视了。这在文学创作中就表现为对社会外部结构和人的外部生活的分析和反映的热衷上。19世纪启蒙时期，出于对不合理的封建社会的否定和建立资产阶级"理性王国"的革命需要，英国的现实主义小说和法国的哲理小说在社会分析研究上较之以往的文学更有进展，而对人的"内宇宙"的研究仍显得肤浅。司汤达则独辟蹊径，以"人类灵魂观察者"的身份，热衷于研究人自身心灵的奥秘，"他唯一经常研究的对象是人的灵魂，他是第一批认为历史本质上是心理学的现代思想家之一"。① 他的小说创作便是对人的心灵研究的结晶。这种对人的内部世界研究与描写的重视，使司汤达更深地把握了人的内部世界，看到了人自身存在的局限对人的生存环境造成的危害，改变了仅仅从社会本身认识社会恶的传统的认识路线，从而与20世纪现代主义在人的研究和人的描写内倾化上产生了联系。

在哲学上，司汤达不仅接受了18世纪"百科全书派"的理性哲学，同时还与众不同地接受了当时不受人欢迎的哲学家孔狄亚克、爱尔维修的思想，而且，后者对他的影响是极为深刻的。他对这两位哲学家"效忠致敬，即使在反对他们的偏见泛滥一时

---

① ［丹麦］勃兰兑斯：《十九世纪文学主流》第五分册，第250页。

之际，他也决没有过片刻的动摇"。①　爱尔维修认为："自爱是从我们幼年起就铭刻在我们的心里的唯一情感，是对我们自己的爱。这种以肉体的感性为基础的爱是人人共存的。不管人们的教育多么不同，这种情感在他们身上永远一样：任何国家、任何时代，人们过去、现在和未来都是爱自己甚至于爱别人的。"②　他从纯生物属性的角度把"自爱"（自私）看成是人类唯一的情感，是人的永恒的天性，即人的本性是自私的，这种自私本能决定人的行为和动机。司汤达可以说是不折不扣地接受了爱尔维修的这一观点的。司汤达是一个"直言不讳的享乐主义者。除了自我利益，也就是说，除了对享乐的期望和痛苦的畏惧，他不承认行动另有什么主要动机"。③"他也不承认有什么英雄行为，认为一切生物，从昆虫到英雄，他们的第一条原则就是爱惜自己，保护自己，不受侵害，因此，英雄们的举动与动物的举动在'最初'动机上是没有什么两样的，都是从获得幸福，免遭痛苦这一基本原则的愿望出发的。"④　总之，司汤达认为，自私是人的本能，由此他又认为人与人之间是不可信任的，他告诫人们："不要相信别人！……永远认定你的邻人是受了报酬在向你撒谎！"⑤　很难相信，一个热烈追求平等自由的司汤达竟会对人类抱有这样一种认识。正如勃兰兑斯所说："一方面强烈爱好自然而然和坦率无隐，另一方面又那么深谋远虑，耍尽花招，把这两方面结合在一起的性格是世上少有的；那么诚实又那么醉心于弄虚作假，那么

---

① ［丹麦］勃兰兑斯：《十九世纪文学主流》第五分册，第249页。

② 《十九世纪法国哲学》，人民出版社1982年版，第50页。

③ ［丹麦］勃兰兑斯：《十九世纪文学主流》第五分册，第250页。

④ 转引自许光华《司汤达比较研究》，华东师范大学出版社1991年版，第22页。

⑤ ［丹麦］勃兰兑斯：《十九世纪文学主流》第五分册，第260页。

痛恨虚伪又那么缺乏坦率正直，这样的心灵也是世上少有的。"①
这种矛盾性既反映了司汤达文化人格结构的复杂性，也表现出他
对人的认识的深度与局限。这种文化人格和关于人的观念在于连
身上的投射，使之显示出文化意蕴上的复杂性。

于连一方面对自私伪善、金钱至上的人和社会深恶痛绝，另
一方面又经常受金钱、权力和荣誉的诱惑，不时地以伪善的手段
对待伪善的环境，"为达目的，不择手段"，这曾经是他的行为准
则。这种矛盾性导致他在追求人身自由、心灵自由的过程中最终
陷于对自由的困惑与迷惘之中。像于连这样崇尚拿破仑，追求自
由平等的人，如果处在拿破仑时期，他的成功是可能的。然而他
却生不逢时，生活在复辟王朝时期，生活在"到处是伪善"的
"自私的沙漠"中。此时，他除了扮演伪君子，再没有别的成功
之路了。他虽才华出众，但却只能仰人鼻息，精神上和物质上都
被压得透不过气来。他内心愤懑，但单靠对德·瑞那市长的傲慢
专横当面报之以"没有你我照样不会饿死"的回敬，却难以真正
改变现状，获得自身自由，更不用说心灵自由。他在无能为力而
又怀恨在心、愤愤不平之际，不得不把对自由的渴望埋在心底，
用伪善对待伪善，不能不对金钱、权力和荣誉时有渴慕。因为，
这个社会已进入到了"对物的依赖"阶段，财富的拥有成了衡量
个体价值的重要标准，因而，金钱、权力、荣誉在这个社会中，
毕竟是人身自由的某种标志。所以，于连对财富、荣誉的渴望与
追求，他的行为的伪善，在道德观上不无恶的特征，而从深层心
理动因看则是发自对自由的追求，发自他的"责任"观念。正因
如此，他每每在使用伪善手段时，内心又感到难忍的痛苦，并
"凄苦地嘲笑自己"。既要人身自由，又要心灵自由；既不愿被

---

① ［丹麦］勃兰兑斯：《十九世纪文学主流》第五分册，第250页。

"物化"，又不得不依赖财富维护人身自由；既不愿伪善，又不得不使用伪善。这就是于连在生存状态上所处的进退两难的尴尬，也是导致他在同伪善环境的搏斗中难以胜过哇列诺之流的根本原因，最终仍败在伪善的手下。他的"犯罪"和被判死刑，本身是一个伪善的阴谋。

　　于连在狱中对自己进退两难的生存困境有了哲理性的领悟。他一方面觉得自己"并没有被暴风卷去"，另一方面又觉得"我是一个伪善者"。他责问自己："为什么一面诅咒伪善，一面又要伪善呢？到处是伪善，到处是欺诈。甚至最有德性、最伟大的人也不例外"，"人绝对不可相信人！"作为一个理性主义的信仰者，于连相信善可以战胜恶，自由平等的理想可以实现；而作为一个现实中的人，他又觉得人本性是自私的，不仅他自己是伪善者，"甚至最有德性、最伟大的人也不例外"，"人绝对不可相信"。所以，虽然他爱真理，"但是真理在哪里呢？"这个"到处是伪善，到处是欺诈"的环境本身就是人自己造成的。可见，于连进退两难的困境，实际上就是处在"对物的依赖"阶段的人的困境。既然人是平等的，人是"理性的动物"，人就应该追求人身自由和心灵自由；既然人有自私的本能，那么，人在追求人身自由的过程中就难免被物欲所困扰，付出牺牲心灵自由的惨重代价，不仅"他人成为自己的地狱"，而且，"自己成了自己的地狱"，自己成为物的奴隶，实现心灵自由便成了可望而不可即的神话。于连正是在认真思考自身进退两难困境的同时，认识到了人普遍存在的这种悲剧性"宿命"，因而深感痛苦与孤独，领悟到了自由的困惑。他最后虽被判处死刑，但完全可以在玛特儿小姐和瑞那夫人的帮助下，通过上诉，保全已取得的利益与地位，重新获得"人身自由"。但他没有这样做，而是放弃上诉，放弃实现"人身自由"的现实可能，从容地走上了断头台，结束了他年轻的生命。

他仅是以死表示对封建复辟社会的抗议吗？其实不尽然。因为于连追求的不仅是人身自由，更重要的是心灵的自由，而心灵自由在他看来并不存在。如果他和玛特儿小姐一起生活，保住既得利益，这意味着他得继续屈从于贵族，继续用伪善的手段与那伪善的世界周旋，其中没有心灵自由可言。而企图同和他真心相爱的瑞那夫人一起生活，现实环境告诉他，那只不过是痴心妄想。所以，于连是在看到了人本性的自私，看到了整个世界的伪善，因而对人的自由产生困惑与失望时，才舍生就死的，这就应了他那"不自由，毋宁死"的格言。

于连对自由的困惑，就其文化内涵来说，是对理性原则指导下的近代人文主义、启蒙主义文化价值体系的怀疑。人文主义者和启蒙主义者都认为人的高贵在于其理性，人在理性原则指导下可以改造社会，消除人类社会的恶，建立自由平等的理想社会，就像浮士德，不管魔鬼如何引诱作恶，却始终趋善。于连也曾经是理性主义的追随者，爱真理，为自由而奋斗，但现实告诉他，人的理性克服不了自私的本能，"到处是伪善，到处是欺诈"的现实无法改变，自私的本能也就是人自身存在的对人类发展的永恒的破坏力。司汤达通过于连形象表现出来的对人的自身局限性和人类命运的认识与把握，实质上与现代主义文学热衷于表现的人的非理性和人自身的恶以及对人类前途的悲观主义情绪，具有文化内质上的血缘关系。自私本能使人永远走不出心灵的炼狱，到达自由的"天堂"；非理性的存在使人类永远失去了人的那种崇高性，人类对自由的追求就步入了绝望的困境。这显然是司汤达的《红与黑》和现代主义文学在人类认识上相异又相同的两种结论。由此可见，《红与黑》中表现的对自由的困惑具有 20 世纪现代文化之内蕴；它关于人的观念的表述是对近代人文主义理性文化价值体系的超越。

当然，司汤达认为自私是人类自身永恒存在的本能，认为人类社会永远达不到自由的境界的观点，存在着认识路线的根本性错误。确实，静止地看自由资本主义时期的人，似乎物欲泛滥，自私成性，私欲是人本身存在的永恒劣根性，人的真正的自由与解放是"神话"，于连和司汤达的"困惑"正起源于此。然而，从历史发展的眼光看，自私观念或者私欲并不是人的天性，它是私有制社会形成以后，在人的心灵中长期积淀而成的深层意识，或者说是私有制文化在人的心灵中的投影，具有"集体无意识"的结构形态，因而它根深蒂固，使人感到如同人的自然本能一样具有永恒性。其实，在马克思主义者看来，随着私有制的被消灭，人的私有观念也就自然消失，人的心灵自由的理想，人类真正美的和自由的境界，是可以实现的。《红与黑》在人的问题上所表现的深刻性不在于其结论，而在于它不再停留于近代人文主义者所抱的那种理性主义的、天真的、自恋癖式的盲目乐观上，不再停留于高扬人的理性就可以消除社会罪恶的自我陶醉式的虚幻说教上。司汤达透过社会和文化的表层，看到了私有制条件下人的自私痼习及其对人类自身的危害。他告诫人们，在私有制被消灭之前，要充分看到人自身存在的破坏之力，这种破坏之力的膨胀积聚将带来人类的灾难；放纵的自由将使人自己走向"地狱"。20世纪的历史现实正说明司汤达对人的把握有其合理成分。这也许就是《红与黑》至今仍具有无穷魅力和现实意义的重要原因吧。可见，这部小说不仅具有社会的和政治的批判性，也具有文化的批判性，这种批判超越了社会历史和时间空间的限定，上升到了文化批判的高度，上升到了对人类本体之哲学把握的高度。

正是《红与黑》对人类生存状态的超时空把握，正是它所蕴涵的那种20世纪现代文化基因，成了它难以被当时文化背景下的阅读者所理解和欢迎的根本原因，也是尼采宣布司汤达"以拿破仑的步伐走向了现代"的重要理由。既然作为批判现实主义奠基人的司汤达的作品中存在着现代文化基因，那不正说明批判现实主义与20世纪现代主义文学存在着继承关系吗？

第三节　托尔斯泰:堂吉诃德与西西福斯的融合

在人文主义者塞万提斯的笔下，手持长矛，骑着瘦马的堂吉诃德先生，怀着对正义的坚定信念，不辞艰辛，为实现扫除邪恶的理想而苦苦奋斗。融理想与奋斗为一体，是这一形象的典型特征。

在存在主义者加缪的笔下，大力神西西福斯推巨石上山，而巨石总是滚回原地。这是一项无望而无用的工作，但他依旧每日劳作，与绝望作斗争。融绝望与奋斗于一体，是这一形象的典型特征。

82岁高龄的托尔斯泰老人，在经历了漫长的精神跋涉之后，带着迷惘、痛苦与焦虑，继续寻找失落的太阳。他执著探索与奋斗的精神，不亚于堂吉诃德先生与西西福斯。但是，他没有堂吉诃德那毫不动摇的坚定理想，却又不无追求理想的精神；他没有西西福斯那看破生活之荒谬而生的冷漠的绝望，却又不无近乎绝望的悲观。堂吉诃德与西西福斯两者谐调又不谐调的奇异结合，正是处在旧文化价值体系行将崩溃，新文化体系尚未成型时代的托尔斯泰之文化人格的本质特征，也是他的小说的文化结构的本质特征。这种奇异的结合，使托尔斯泰一只脚跨进了20世纪现代文化大厦的门槛，另一只脚却始终陷于旧传统文化土壤之中。我们透过托翁小说那坚实的传统文化外壳，可以看到深层的现代文化内蕴，可以感触到他那痛苦而焦灼的灵魂。

一 他曾经是一个浮士德

托尔斯泰从青少年开始，就努力追求人格的完美，道德的自我完善。"人生的目的是什么？"他认为，"人生的目的在于使人类得到全面发展"。① "人类生存的目的是尽一切可能使一切存在的事物得到最全面的发展"。② 他从研究自我心理出发研究人类共同的心灵奥秘，从人类本体的思考与研究延伸到对社会问题的研究。在他看来，人之所以要走道德自我完善的道路，是因为人本身是不完美的，社会的不完美起因于人自身的不完美。每个人身上都有一个"肉体的自我"，它引发出人的自私、情欲、虚荣、伪善等；"每个人灵魂中都有恶的根子"③。"肉体"的人追求物质的和情欲的满足，追求个人的幸福与快乐，人类之恶也由此而生，因而，人的完善就需要有上帝的约束，也即"灵魂的自我"的约束。所以，托尔斯泰认为："自由是相对的，对于物质人是自由的，而对于上帝人是不自由的。"④ 正是这种在上帝或"灵魂"制约下的"不自由"，才使人臻于完善，人类社会也有了走向完善的可能。青年时期，托尔斯泰在追求自我完善的过程中，总是存在着"灵魂"与"肉体"的激烈冲突，他也由此加深了对人的心灵奥秘的了解。他在日记中写道：

---

① 《托尔斯泰日记·一八四七年》，见《托尔斯泰文集》第十七卷，人民文学出版社 1991 年版，第 6 页。

② 同上书，第 5 页。

③ 《托尔斯泰日记·一八五一年》，见《托尔斯泰文集》第十七卷，第 14 页。

④ 同上书，第 24 页。

看到生活的无聊——罪恶一面,真使我毛骨悚然。我不能理解,它怎么会吸引我。当我诚心诚意地祈求上帝接纳我的时候,我感觉不到肉体的存在,我只是一个灵魂。可是肉体——生活的无聊一面又占了上风,还不到一小时,我几乎是有意识地听到了罪恶、虚荣、生活的无聊一面的呼声。我知道这呼声来自何处,知道它会葬送我的幸福,我挣扎,但还是依从了它……①

无论怎样研究自己我都觉得,在我身上占上风的是三种坏的欲望,即好赌、好色、好虚荣。我早已确信,德行,甚至最高的德行,都在于没有坏的癖好。因此,只要我真的把我身上占上风的这些癖好除去,哪怕一点点,我都可以勇敢地说,我变好了……②

我真心诚意想成为一个好人,但我年轻,我有多种情欲,当我追求美好的东西时,我茕茕一身,十分孤单。每当我企图表现出构成我最真诚的希望的那一切,即我要成为一个道德高尚的人,我得到的是轻蔑和嘲笑;而当我只要迷恋于卑劣的情欲,别人便来称赞我,鼓励我。虚荣、权欲、自私、淫欲、骄傲、愤怒、报复——所有这一切,都被尊敬……③

从许多资料中可以看到,类似这种"灵魂"与"肉体"的搏斗,在托尔斯泰一生的生活中都存在着,而青年时代表现得最为强烈。他一方面认为,放纵"肉体"的欲望,会使人堕落,因此必

---

① 《托尔斯泰日记·一八五一年》,见《托尔斯泰文集》第十七卷,第18页。
② 同上书,第26页。
③ 托尔斯泰:《忏悔录》,见《外国文学教学参考资料》第五册(下),福建人民出版社1982年版,第355—356页。

须尽力克制它；另一方面他又从自己和他人身上感悟到它是一种神秘的、潜在的和强大的力量，常常要冲破"灵魂"也即理性的束缚而放浪形骸，为此，他感到苦恼与困惑。实际上，托尔斯泰的这种感悟，是他对以后被人们称之为人的"非理性"的最初体察；他此时的苦恼与困惑便是他对传统理性主义文化的怀疑与动摇，也是他以后急剧增长的精神危机的萌芽。这说明，托尔斯泰早期的文化人格结构中已经蕴涵了现代文化基因。只是，像他这样一个执著地追求着道德自我完善的人，传统的理性主义文化观念在他的文化人格结构中还占重要地位，他对人和世界的看法自然难以摆脱传统的羁绊。他认为："人的肉体和灵魂对幸福的追求是了解生命奥秘的唯一途径。当灵魂的追求与肉体的追求发生冲突的时候，灵魂的追求应该占上风，因为灵魂是不朽的，正如灵魂获得幸福是不朽的一样。取得幸福是灵魂发展的过程。灵魂的缺陷是被败坏了的高尚的追求。"[①] 可见，早期的托尔斯泰在洞察了人心的黑暗面和人的非理性力量时，始终坚信"灵魂"、上帝和理性的力量可以使人走向自我完善，人类最终是可以获救的。他还说："人类的使命是力求道德的改进，而这种改进是容易的、可能的、永久的。"[②] 青年时期的托尔斯泰像接受魔鬼的诱惑，又始终抵制魔鬼的诱惑而自强不息的浮士德，他的文化人格结构呈两重性趋向。

正是这种两重性的文化人格结构，使托尔斯泰早期的作品一方面充满乐观情调，那些主要人物形象往往能够自己主宰内心"灵魂"与"肉体"的冲撞，顺利地实现自我完善，成为灵魂健

---

① 《托尔斯泰日记·一八五三年》，见《托尔斯泰文集》第十七卷，第 44 页。

② 托尔斯泰：《青年》，转引自《托尔斯泰研究》，陕西人民出版社 1985 年版，第 23 页。

全的人；另一方面又隐隐地透出了对人的深层"肉体"欲求的忧虑。《战争与和平》是这方面的代表作。这是一部历史小说，但作者在1853年的日记中谈到小说的创作原则时指出："每一个历史事实必须从人的角度进行解释，而避免历史的陈词滥调。"①因此，无论是历史人物还是虚构人物，作者都以道德标准代替政治、历史的标准予以评判，而这种道德标准实质上就是人如何主宰内心"灵魂"与"肉体"的冲突的问题。"肉体"欲望的自由放任，将导致人的行为上的自私、纵欲、虚伪、虚荣，等等，从而使他失去与他人，与国家、民族和人民的联系；反之，约束"肉体"欲望，会使一个人显得无私、真诚、善良、朴实，使他不只为个人谋幸福，能够爱人，保持与人民、国家与民族的血肉联系。小说中的库拉金公爵和爱仑、阿那托尔等，都是"灵魂有缺陷"，"肉体"欲求占上风的人，而安德烈、彼尔和娜塔莎等则是"灵魂"占上风的人。库拉金公爵的"肉体"欲求主要表现为物欲的膨胀，"一切以自己为中心"。作者曾这样剖析："随着环境、随着他和人们的接触，他心中经常形成各种计划或打算，他自己从来没有弄明白这些打算和计划，但它们组成了他的整个生活兴趣……他遇见了有权势的人就本能地阿谀他，和他亲近，说出他自己需要的东西。"他趁人之危窃取别竺豪夫伯爵继承遗产的遗嘱，还强拉遗产继承人彼尔同自己的女儿爱仑结合。追逐名利是他整个生活的兴趣。这种私欲驱使灵魂的人把自己降到了只知物质追求的动物的位置。他的女儿爱仑则是只求感官刺激的情欲的动物。在她看来，"任何一种宗教事务只是在满足人类愿望的时候，维持一定的仪式"。她的"灵魂"已被"肉体"挤出身

---

① 转引自赫拉普钦科《艺术家托尔斯泰》，上海译文出版社1987年版，第89页。

外，成了天然的利己主义的代表。阿那托尔也是自我中心的享乐主义者。这类人只知道本能地满足欲望的冲动，只是为"肉体"而活着，他们的存在本身就是罪恶，更谈不上对他人、对国家与民族会有什么益处。

安德烈才华出众，善于解剖自己，探求生命的意义，显示出完美人格与道德追求者的基本特征。他身为贵族，但能跳出"蛊惑的圈子"，寻找自我的真正价值。开始，他是带着强烈的荣誉感，做着"英雄梦"走上战场的。在托尔斯泰看来，刻意追求个人荣誉，其实是一种虚荣心的表现，而"虚荣心是希望自己感到满意"，[①] 这仍然与"肉体"的欲望——私欲——相联系，不属真正的"灵魂"的追求。因此，安德烈还不算是道德完善的人。在奥斯特里莎战场上中弹倒地后，从空旷难测的天空的崇高中，他领悟了个人的渺小、荣誉的渺小，从而走向了为他人、为人民而活着的更高境界。在临死之前，他在《福音书》中找到了"幸福的源泉"：爱一切人。于是，他也就体会到了"灵魂追求的幸福"。彼尔的"灵魂"与"肉体"的冲突之苦远胜于安德烈。他向往有理想有道德的生活，却混迹于花花公子们的行列酗酒纵乐；他懊悔自己的放荡行为，却又不自觉地去过那"熟悉的放纵生活"；他明明不爱放荡的爱仑，却又在"虚伪的爱情"掩护下与之结合，顺从了"肉体"的诱惑。他一度迷失于"肉体"与"灵魂"冲突的十字路口，在痛苦与失望中难以自拔。后来，共济会的博爱教义使他的灵魂得到了洗涤，在拿破仑的俘虏营里受到农民士兵普拉东的影响，皈依了上帝，最终走上了和谐地追求个人幸福与他人幸福的道路。娜塔莎与爱仑相反，虽然她也一度受肉欲的诱惑，抛弃安德烈而企图与花花公子阿那托尔私奔，但

---

① 《托尔斯泰日记·一八五三年》，见《托尔斯泰文集》第十七卷，第44页。

最终经受住了"灵魂"与"肉体"冲突的考验，成了内心和谐的贤妻良母。

《战争与和平》通过对库拉金、爱仑和阿那托尔等"灵魂"堕落者的否定，通过对安德烈、彼尔和娜塔莎等"灵魂"健全者的肯定，高扬了理性主义的文化精神。然而，堕落者如此迷恋于物欲与情欲，即使道德自我完善者，如彼尔和娜塔莎，也会出现"肉体"之迷误，需要经过内心的搏斗才能挣脱欲望的羁绊，说明人与自身"肉体"欲求的斗争虽然最终能取胜，但又有其艰巨性，人类在自我完善的道路上仍有误入歧途的危险性。这实际上是托尔斯泰对人的非理性神秘力量体悟后产生的隐隐的忧虑，这些描写又超越了理性主义的文化价值观。所以，这部小说虽然总体上表现了近代人文主义、理性主义的传统文化价值观念。但其中已蕴涵了现代文化基因，这种现代文化基因在作者以后的创作中表现得更为充分。

二 "阿尔扎玛斯的恐怖"

《战争与和平》完成后的 1869 年 9 月，托尔斯泰因事途经阿尔扎玛斯，深夜，在肮脏的旅馆中他首次体验到了忧虑与死亡的恐怖。此后，这种"阿尔扎玛斯的恐怖"频繁地向他袭来，打破了先前宁静的心境。这预示了他精神危机的到来。他说："在六十年代里，'婚后生活'挽救了我免于'灰心失望'，如果不是结婚生活，我对生活的看法在那个时候就已经可能发生剧变。"[1]显然，这种危机因素早已在托尔斯泰身上存在。当然，把精神危机的出现与否完全和婚姻生活联系在一起是不妥当的。托尔斯泰处在社会政治与文化的转变期，特别是六七十年代，社会变化加

---

① ［苏］贝奇柯夫：《托尔斯泰评传》，人民文学出版社 1981 年版，第 390 页。

剧，危机感的产生与加剧是很自然的。"阿尔扎玛斯的恐怖"的出现，实际上是托尔斯泰在社会急剧变革和文化裂变来临时焦灼不安的心理表征，也是他自身文化人格结构发生变异时躁动不宁的心理表征。1869 年夏，托尔斯泰对叔本华的哲学产生了兴趣，这无疑加深了他对人类心灵、人类本体的了解与把握，从而也加深了他对旧文化传统，对自己以前理解的人生意义的怀疑。"读叔本华的东西，了解圣经和佛教，都只能更助长托尔斯泰身上那种由于一切旧生活方式急剧'破灭'的时代而引起的悲观主义心情。"① 叔本华是像尼采那样预示了 20 世纪精神危机的文化先哲，他的意志主义摇撼了自苏格拉底以来构筑了数千年的理性主义文化大厦，使现代文化开始了向非理性主义的转折。在他看来，人的本质是意志而不是理性；理性只不过是外表，犹如地球的外壳层，在它的内部还深藏着意志这个内核。由外表观之，似乎是人的意志、欲望受人的理性的引导、支配，而实际上理性只不过是意志的向导。人从心灵到肉体最终是由他的意志、欲望所推动的，而且世界的本质也是意志。托尔斯泰是个坚定不移地独立思考与探索的人，他不会轻率地接受任何一种未经自己研究与思索的理论，因此，他对与自己的文化价值观念不完全一致的意志主义哲学，也不会轻易肯定和接受。但是，当叔本华的意志论中关于人的非理性的阐述正好帮助他看清并解释"肉体"欲求的奥秘时，他不能不感到由衷的喜悦，不能不奉叔本华为知音。他对自己以前"灵魂与肉体的追求相冲突时，灵魂应占上风"的观点也开始怀疑。因为，正如叔本华所说，人的肉体和灵魂最终是由意志、欲望所推动的。"灵魂"到底能否制约"肉体"呢？他

① 〔苏〕贝奇柯夫：《托尔斯泰评传》，人民文学出版社 1981 年版，第 392—393 页。

的困惑与恐惧就由此而生了。他一方面更深入地看到了"肉体"欲望的不可抗拒性，另一方面又无法完全抛弃理性主义的价值观念从而肯定这种欲望的合理性。事实上，托尔斯泰在否定叔本华的同时又接受了叔本华，他的文化人格结构中也就更多地产生了现代主义文化基因。正如英国学者亨利·杰弗德所说："托尔斯泰从阅读叔本华著作中得到支持，他已区别理智推论出的客观必然性向意识显示出无可怀疑的自由的本质。"① 苏联学者贝奇柯夫也认为："托尔斯泰否定了（叔本华）那些学说，但不曾完全否定：在他对'肉的'、'物质'生活的断然谴责中，就包含了那一类（即叔本华等）思想家的某些论证成分在内。他害怕死，害怕自己肉体上的毁灭，这种念头就不可避免地产生了悲观主义心情。"② 《安娜·卡列尼娜》（下文简称《安娜》）正是托尔斯泰的文化人格结构出现新的变异、精神上产生危机感和悲观主义情绪时的代表作。

《安娜》的悲观情调、死亡意识、焦灼不安的人物心态，其精神内质恰好是"阿尔扎玛斯的恐怖"的艺术外化。在小说的最初构思中，安娜是一个堕落的女人。显然，作者原先心目中的安娜是一个否定性人物，她是《战争与和平》中爱仑式人物的重视。确实，《安娜》中安娜的情欲和性意识方面更甚于爱仑，但作者又赋予她爱仑所不具备的令人同情的美的因素。这种变化正显示了精神文化危机中的托尔斯泰的内心矛盾与困惑，显示了他文化价值观念的变化。安娜嫁给比她大 20 岁的"官僚机器"卡列宁，这对她实在是不公平的。卡列宁伪善、自私、过于理性化

---

① ［英］亨利·杰弗德：《思想家托尔斯泰》，牛津大学出版社 1982 年英文版，第 50 页。

② ［苏］贝奇柯夫：《托尔斯泰评传》，人民文学出版社 1981 年版，第 393 页。

而生命意识匮乏，他不是一个健全的人。相反，安娜真诚、善良、富有激情，生命力强盛，但缺乏理性。如果按照托尔斯泰以前的价值标准去要求，安娜在面临这种不公平的境遇时，必须让"灵魂"去控制"肉体"并占上风，也即由理性制约非理性。若此，安娜必须忍受甚至无视卡列宁的伪善和毫无生机。像奥勃朗斯基的妻子道莉那样，听任丈夫生活上的荒唐放纵，恪尽妻子与母亲的责任。然而，托尔斯泰自己似乎也感到这样要求安娜是残酷的、不合情理的，他已经无法再像以前那样相信理性的力量，但又不能完全抛弃传统文化压在他心口的沉重十字架。所以，在小说中，他没让安娜服从"灵魂"的准则，而是带着矛盾、恐惧甚至犯罪似的心情，不无肯定地描写安娜对情欲、对个人幸福的热烈追求。安娜身上那蓬勃的生命力和强烈的性意识，以不可遏止之势泄露了出来，并且在同样充满生命活力和追求个人幸福的渥伦斯基眼中得到了迅捷的反馈。安娜在同渥伦斯基邂逅之后，感情的波涛以一泻千里之势奔腾而下。她拒绝丈夫的劝说，反抗丈夫的阻挠，冲破社会舆论的压制而与渥沦斯基公开一起生活。她一方面不顾一切地追求个人的爱情与幸福，另一方面心底又时时升腾起"犯罪"的恐惧，随着时间的推移，她的罪恶感、恐惧感、危机感愈演愈烈。这种内心的恐惧决定了她爱的追求的脆弱，这种脆弱又是导致她精神分裂与走向死亡的内在原因。她的死亡本身是一种矛盾，一种迷惘，一种困惑。似乎谁也无法解说安娜到底应该服从"肉体"还是"灵魂"，谁也分不清神秘的非理性力量到底是善的还是恶的，所以，"申冤在我，我必报应"，只有神秘的上帝才能解开这神秘的"斯芬克斯之谜"。在安娜的灵魂冲突中，我们可以看到作者对"肉体"与"灵魂"的矛盾与困惑以及对生命的意义、人的价值难于解说而生的焦虑，表明了《安娜》中现代文化基因的增长。小说中列文的精神危机同样说明了这一点。

三　寻找新的上帝

在完成了《安娜》后的 70 年代末 80 年代初，托尔斯泰经过一生最艰苦的精神探索，心灵的冲突渐趋平静，他找到了新的上帝，从而对"肉体"的人施之以更严厉的否定。在他极度悲观的时候，他认为，"生活是不存在的，是罪恶，转化为空无是生活唯一的幸福"。[①] 这种"罪恶"的根源在于人有一个充满情欲的肉体，它使人"更喜欢黑暗而不是光明"[②]，"肉体"生活是罪恶和谎言，"因而肉体生活的消灭便是幸福"。[③] 在写作《安娜》时，他对"肉体"的看法是矛盾的，此时，为了摆脱矛盾和恐惧，他干脆彻底否定了"肉体"，同时又抬出新的上帝来保持心灵的平衡。他在《福音书》中找到了"真正的基督教"，他说，"上帝就是生命"。[④] 这个上帝不是以前那个爱的化身的上帝，而是境界更高，内涵更丰富的新上帝，也即体现了"托尔斯泰主义"全部精神的上帝，它除了爱之外，还包含了仇敌间的互相宽恕，"勿以暴力抗恶"等。找到了新上帝后，托尔斯泰终于摆脱了精神危机，他说：

> 我恢复了一种意志的信仰，这种意志使我诞生并对我抱有希望；我恢复了我生活的唯一目的是要我成为更好一些，即生活得和这种意志相一致；我恢复到我能够从全人类在我

---

① 托尔斯泰：《忏悔录》，见《外国文学教学参考资料》第五册（下），福建人民出版社 1982 年版，第 371 页。

② 同上书，第 380 页。

③ 同上书，第 371 页。

④ 同上书，第 386 页。

所不了解的远古时代制定的指导原则中找到这一意志的表现，也就是我恢复了对上帝的信仰，对道德完善，对表现了生活意义的传统的信仰。区别仅仅在于：以前这一切是不自觉地被接受的，而现在我知道，如果没有这一切我便不能活下去……这样，生命的力量在我身上复苏了，我重新开始生活。①

从此以后，托尔斯泰似乎不再为"肉体"的善与恶困扰，也不再为人生的目的与意义困扰；他的创作也不再有危机时期那明显的矛盾、恐惧与焦虑，虽然不少主要人物也往往由堕落走向道德自我完善，但心中只有对上帝的深深忏悔，而没有怀疑与反抗的表现，说明堕落只是"灵魂"的迷误，而非像安娜那样意识到是"犯罪"却仍要继续"犯罪"，尽管她内心不无矛盾与痛苦。

《复活》是托尔斯泰精神危机平息后的代表作，它集中表现了晚年的托尔斯泰政治的、文化的思想观念。男主人公聂赫留朵夫因"灵魂"受"肉体"的诱惑，即"动物的人"战胜了"精神的人"，犯下了诱奸玛丝洛娃的罪恶。十年之后，他发现了自己灵魂中的丑恶，为此展开了深深的忏悔，"灵魂"恢复了对"肉体"的控制。为了杜绝一切"肉体"欲求，他开始过禁欲的生活。他放弃财产，并要求随玛丝洛娃流放西伯利亚。此时他对玛丝洛娃产生的是一种抽取"肉体"欲望的圣洁的"爱"。最后，他在《福音书》中找到了关于生命意义的最后答案：要永远地爱人和宽恕人，在上帝面前永远承认自己有罪。人类生活的唯一意义在于按《福音书》规定的真理的原则行事，不杀人、不动怒、

---

①　托尔斯泰：《忏悔录》，见《外国文学教学参考资料》第五册（下），福建人民出版社1982年版，第386—387页。

不奸淫、不起誓，有人打你右脸，你还给左脸让他打，要爱你的仇敌。认识到这一切，聂赫留朵夫"复活"了。女主人公玛丝洛娃也殊途同归，在上帝的"爱"的感召下获得了新生。这里，托尔斯泰把"肉体"毫无疑问地贬为人自身的罪恶之源，同时也是社会罪恶之源，所以，人应该抛弃"肉体"的各种欲望，追求"灵魂"的健全与幸福，这才是真正有意义的人的生活。如果人人心中都发生"灵魂的革命"，社会也就完善无缺，人们离上帝就不远了。这是托尔斯泰的美好理想——一种堂吉诃德式的理想。在这种理想指导下创作的《复活》自然不会有《安娜》那样的恐怖与焦灼。不过，这只是表面现象而已。

　　《复活》中托尔斯泰对人的"肉体"的无情否定，对上帝的虔诚，对人生意义、人类前途的理想描绘，看起来他的文化人格结构已完全转向传统的理性主义和人文主义文化体系，其实不然。在对人的"肉体"以及由此引发出来的社会之恶的看法上，托尔斯泰与叔本华的观点在本质上依然是相似甚至相同的。叔本华认为人的意志即欲求，欲求即痛苦；欲求永无满足，痛苦也绵绵无尽期，生命便是痛苦，人类永远摆脱不了痛苦的阴影。要解脱人生之不幸，唯一办法是实行禁欲。首先是自愿的、彻底的不近女色，不要性满足；其次是自愿的、故意的造成贫困、苦行，以使生活的甜蜜不刺激意志，使欲望之火无从点燃。一句话，从根本上否定"肉体"的人。托尔斯泰也认为："如果你能抛弃七情六欲，于生活一无所求，不希罕人世间的任何幸福和享受，对人世间的事漠然视之，那么生或死在你就会是一样了，你将死得庄严而安详。""假如一个人脱离了情欲的王国，他就像接触到永恒的生活……上帝首先是爱，上帝又是当一个人消灭了欲念从而消除掉罪孽时所出现的一种合乎戒律的精神……脱离了欲念和淫欲的整个王国以后，我们在自己心里感觉到的是静穆和安宁。"① 这里，托尔斯泰也在根本上否定了"肉体"，要人们过简朴、苦行的生活。《复活》十分彻底地表现了这种观念。我们不能绝对地说托尔斯泰的这种文化价值观念完全受胎于叔本华的思想，但两者的相似甚至相同之处是显而易见的。托尔斯泰在《忏悔录》中对"生活是不存在的，是罪恶"的观点的表述，直接转引了叔本华的话，随后他又自己作出"生活是罪恶和毫无意义"②的结论。他还说"生活是毫无意义的罪恶，这是不容怀疑的，我对自己说，但我曾经生活过，现在还活着，整个人类也曾经生活过，现在还活着。怎么一回事呢？它可以不必存在，为什么要存在呢？难道只是我和叔本华这样聪明，理解了生活的荒谬和罪恶吗?""谁也不会妨碍我们和叔本华一起去否定生活。"③ 可见，托尔斯泰在得出人的"肉体"是罪恶和人生无意义的结论时，始终是在叔本华的理论中得到支持并一定程度上受其影响。这并不是说托尔斯泰对人与生活的否定性认识直接来自于叔本华的理论，因而，没有叔本华也就没有后来的托尔斯泰。其实，托尔斯泰对人的认识根本上来自于他自己对人的深刻的研究，他和叔本华无非是殊途同归而已。当然，作为后来者的托尔斯泰，他曾经以叔本华为自己思考的参照并一定程度上受其影响那是自然的事。同样的道理，托尔斯泰对人的否定性认识也不直接来源于基督教，虽然他晚年虔诚信仰基督教。托尔斯泰已在更深、更高的层次上把握了人的心灵，这正是他对传统文化价值体系的超越之表现。

---

① 转引自卢那察尔斯基《论文学》，人民文学出版社 1978 年版，第 280—281 页。

② 托尔斯泰：《忏悔录》，见《外国文学教学参考资料》第五册（下），第 380 页。

③ 同上书，第 375 页。

托尔斯泰与叔本华及以后的尼采的不同之处在于，他头脑中的理性主义传统文化意识更为根深蒂固，所以他在发现了人本身的罪恶和人类的罪恶，也即非理性因素时，痛苦与恐惧也更甚。他一方面无法回避自己所发现的事实，但另一方面在情感上和理智上又不太愿意接受和承认这个事实，因为他把人看得过于理想化，过于人文主义式，所以，他既极度地悲观、恐惧，以至于在一段时期内随时有自杀的念头，但又不肯陷于这种悲观主义的绝境中。于是，他寻寻觅觅，终于找到了幻觉中的新的上帝，借以安抚那遭受重创的心灵，给自己行将死亡的旧文化机体注射了"强心针"。我们也很可以说这是一种"精神吸毒"。他的精神虽是"复活"了，但他的心灵深处的悲观绝望的病根并未清除也无法清除。贝奇柯夫说过，"实际讲来，对宗教的醉心正是他悲观主义和极端失望心理的表现"。[①] 因此，对《复活》这样的作品，我们不能为其表层的理性主义传统文化外壳所迷惑，认定它体现的完全是近代传统文化观念，而应看到，小说对人的"肉体"的断然否定和关于"动物的人"的描写。都基于对人的非理性内容的把握和觉察；聂赫留朵夫对宗教的虔诚与皈依，是内心对非理性力量的恐惧和悲观主义心理的曲折表现，是在绝望的苦海中挣扎的人对救命稻草的依恋。因此，《复活》在传统理性主义文化外壳的内部，蕴涵了比以前的创作更为丰富的现代文化基因；在理想主义的虚幻的外衣里，包藏着浓重的悲观主义实体。在现实生活中，托尔斯泰并不能做到像聂赫留朵夫那样，在上帝的感召下，走向心灵的净化与宁静，在临死前的 1910 年 5 月，他在日记中写道：我"为什么活在这个混乱、复杂、疯狂、恶

---

① ［苏］贝奇柯夫：《托尔斯泰评传》，第 393 页。

毒的世界上?"① 正是托尔斯泰这种难以排遣的悲观与焦虑,导致了他最终离家出走,带着困惑和绝望,继续追寻他幻觉中的新的上帝。

综上所述,虽然托尔斯泰把人的"肉体"欲求也即非理性因素视之为人自身的"恶"及社会"恶"的根源的观点是不正确的,但正是这种文化价值观念沟通了他与现代文化的联系,他的小说也客观地表现出传统文化和现代文化的复杂内容,表现出理想主义与悲观主义的双重组合,从而也说明了 19 世纪现实主义文学与 20 世纪现代主义文学在文化传统上的血缘联系,现代主义是在 19 世纪现实主义的母腹中完成"原始积累"过程的。不过托尔斯泰小说中的现代因素,尽管表明了"他的思想的破坏力可以与尼采相比"②,但是,浓重的传统文化观念又使他不能够站到尼采、叔本华那样的高度去预示未来。这就使永远探索与奋斗,永远追求道德自我完善的托尔斯泰只能在新世纪的文化大厦的门槛上痛苦地徘徊,他最终的归宿只能是:

堂吉诃德十西西福斯＝托尔斯泰!

需要说明的是,我们强调托尔斯泰小说对人的心灵冲突的描写之现代意义,并不意味着否定他的创作的深刻的社会批判性。托尔斯泰的创作一刻也没有离开俄国的现实生活,始终关注着俄国社会的前途与命运,表现了他作为艺术家的良知和强烈的社会责任感。不过,艺术家的天性又决定了托尔斯泰对人类生存状态

① [英]亨利·杰弗德:《思想家托尔斯泰》,牛津大学出版社 1982 年英文版,第 12 页。
② 《托尔斯泰日记·一九一〇年》见《托尔斯泰文集》第十七卷,第 357 页。

的艺术观照不会仅仅囿于社会历史的限定，而是努力开掘社会历史背后的东西，从人类本体意义上探索人的心灵发展的秘密，他的小说就具有了深层的文化批判意义，社会批判也因此获得了深层底蕴而显得更为强烈和深刻。社会批判是人类心灵探索的产物。当我们看到了托尔斯泰那艺术家的天性时，我们也许就会领悟到他的创作描写灵魂痛苦所显示的精深与博大，而不至于一味责怪他没有为我们找到关于人和社会问题的准确答案了。

第四节　巴尔扎克：对人类生命本体的忧思

文艺复兴时期的本·琼森说，莎士比亚不只属于一个时代，他属于所有的世纪。其实，真正堪称"大师"的文学家都属于所有的世纪，巴尔扎克也是一位这样的艺术大师，他的小说以广阔、全面、真实地反映社会生活著称。他自称是19世纪法国历史的"书记员"，他的《人间喜剧》也确实写出了那个时代的风俗史（对此本书在后几章中还将论及）。然而，当我们从深层文化意蕴的角度去看这部人类文学的巨著时不难发现，巴尔扎克对社会与人的研究，并不仅仅停留在历史的表层，而且还穿透了社会—历史的外壳，剖析人类的生命本体，寻找人类社会深层的破坏力与创造力，因而，他的小说不仅具有广泛的社会批判意义，同时具有深刻的现代文化哲学意蕴。

一　人的生存与发展的悖谬

关于"异化"，虽然可以有种种不同的解释与理解，在不同的历史阶段，异化的具体表现形态及其形成的原因也各不相同，但它作为人类生存状态中的一种现象，其基本内涵是有同一性和相对稳定性的。不管是在黑格尔和费尔巴哈那里，还是在马克思和弗洛姆那里，异化都是指：人的各种有目的的活动的总和形成一种盲目的力量反过来支配人自己，成了人的异己力量；在异己力量的作用下，人丧失了自身本质，丧失了主体性，丧失了精神自由，丧失了个性，人变成了非人，因而，人通过自身的活动反而变得与自身疏远、隔离、陌生了。所以，"异化"也即人类自身存在与发展的一种悖谬。

　　自人类诞生以来，人就为自身的生存与发展进行着艰苦卓绝的努力。这种努力的根本目的是寻求人的自由与解放，也就是马克思主义者所说的追求人的个性的全面发展。然而，直到历史发展到巴尔扎克所处的那个时代，甚至到今天，由于客观世界的复杂性和人类自身的种种局限性，人类依然未能完全把握自然与社会发展的规律，始终未能避免异己力量的捉弄，人类也就未能摆脱被异化的威胁，总是处在发展与失落的悖谬之中。不同的时代，异化和悖谬具有不同的表现形态。文学总是以审美的形式反映不同历史阶段的人的生存状况。它不仅反映人的自由与争取自由的外在形态，更关注并反映人因丧失自由所致的异化与反异化的精神、情感与心理状态，表现处于悖谬中的人的尴尬、迷惘与困惑。只要生活本身存在着异化与悖谬，文学就必然表现这种异化与悖谬。

　　早在古希腊神话中，人们就以神话隐喻的方式表现了人的这种悲剧性命运。普罗米修斯盗火的神话，表现了人类在与大自然的搏斗中第一次取得了决定性的胜利，标志着人类文明史上的一大发展，也标志着人类第一次获得了自由，人的意识的第一次觉醒，说明人类从前人类生活的无意识存在升华到了人的水平。然而，普罗米修斯正因为盗火给人类，才受到了天神宙斯和命运女神的惩罚，被钉在高加索山上受折磨。空前的胜利与巨大的痛苦成了一种共生现象。这说明人类的痛苦是伴随着第一次与异己力量作斗争并取得胜利而来的，人类向文明迈进时，异己力量就给以报复性吞噬。普罗米修斯的神话是关于人类异化与悖谬的象征性预言。在西方社会进入到中世纪的漫漫长夜后，基督教在人们的精神生活中占统治地位，人类社会的发展被理解为人依赖上帝拯救自身而免遭地狱之灾的历史。上帝原本是人的理性精神的象征，人创造上帝的初衷是遏止人自身的"原欲"以有助于人类的生存与发展。而随着上帝"权力"的畸形膨胀，人成了上帝的奴仆，丧失了自主性，人由于对神性的一味依附而导致人性的失落。到了中世纪晚期，人们意识到自身的悖谬处境，并开始了对上帝这一异己力量的反抗。较为充分地表现人被上帝异化和人的反抗的是但丁的《神曲》。《神曲》中，人的痛苦呻吟与默默忍受，便是被上帝异化的中世纪的人的现实图画。不过，在《神曲》的"地狱"中，主持对邪恶进行审判的"上帝"身上已渗透了现实中人的主体意识，而不完全是教会宣扬的那个上帝的本来面目，这无疑曲折地表现出了对宗教异化的反抗。至于"炼狱"与"天堂"，则更充溢着人性的内容。表现人被异化的痛苦与人对异化的反抗是《神曲》两重性的内在原因。莎士比亚的戏剧一方面表现人在冲破宗教的枷锁后，高昂地追求人性的自由，另一方面又表现了人所面临的财富与权力的新的异化危机，说明在文明的进步，新的自由的获得的同时，新的异化、新的失落也接踵而至。哈姆莱特的永恒困惑便是人对自身发展与失落的迷惘与困惑。17、18 世纪，西方社会进入到"以物的依赖性为基础"的阶段后，人的异化集中体现为人被"物化"的现象，而人的"物化"又具体表现为被金钱和财富所主宰。笛福的《鲁滨逊漂流记》通过鲁滨逊的言行表现了以占有财富的多寡为衡量人的价值标准这样一种新的价值观念。在这种价值观念驱使下，"物"将他的自然情感从心灵中挤走了。小说在客观上表现了人被"物化"的悲剧，但无论是笛福还是鲁滨逊，都不曾意识到在占有了物的同时又失落了自我的悖谬结果，因而小说对人在新的文明背景下的异化与悖谬缺乏深层把握，也缺少对异化的反抗精神。只有到了巴尔扎克的小说中，人类的这一悲剧性命运才有了全面深刻的表现。

在巴尔扎克小说的艺术世界里，真正的"英雄"是灵魂交给了金钱的人，被金钱煽起的情欲是小说的真正主人公。他的小说为人们揭示的是社会历史发展过程中人被物化的历史悲剧。巴尔扎克也由此探索着人类的前途与命运的问题。

葛朗台老人一生只恋金钱，从来是只认钱而不认人。侄儿查理为父亲的破产自杀而哭得死去活来，他居然说："这年轻人（指查理）是个无用之辈，在他心里的是死人，不是钱。"在葛朗台看来，查理应该伤心的不是父亲的死，而是他不仅从此成了一贫如洗的破落户子弟，而且还得为死去的父亲负 400 万法郎的债。人死是小事，失去财富是大事。妻子要自杀，葛朗台原本无所谓，而一想到这会使他失去大笔遗产，心里就发慌。他临死时最依恋的不是女儿，而是将由女儿继承的那笔财产，并吩咐女儿要好好代为管理，等到她也灵魂升天后到天国与他交账。葛朗台把爱奉献给了金钱，而把冷漠无情留给了自己，并通过自己又施予他人。他手里的财产剧增，成了索漠城经济上的主人，也成了家庭中的绝对权威。高老头的女儿们领受了父亲的金钱后抛掉父亲，踩着父亲的尸体登上了巴黎的上流社会。拉斯蒂涅的成长是一个不断受金钱腐蚀而人性丧失的过程。他在经过了人性与物性的反复较量，流尽了年轻人最后那点人性的眼泪后，成了所向披靡的强者。建构他的"英雄"性格的是对金钱权位的无穷欲望，而不是人类高尚的情操。伏脱冷惯于谋财害命，不怕弄脏双手，他以毒攻毒，大刀阔斧地杀入芸芸众生，掠取金钱，最后大功告成，上升为暴发户。而高老头在发了横财后仍保留着一缕发自人性的温情，则成了饿死荒郊的野狗；像鲍赛昂夫人那样，企图寻找发自内心的恋情，则身价一跌再跌，从辉煌的社交界王后沦落为乡村"弃妇"；像欧也妮那样痴心地保持"童贞"，却孤独地处身于人性与情感的荒漠之中，成了虽生犹死的金钱看护人。纽沁根在金钱的战争中，用无数人的尸骨垒起了他银行家的高楼大厦；吕西安出卖灵魂而得以平步青云；大卫为保持灵魂的纯洁却身败名裂、锒铛入狱。

上述种种都告诉人们，谁能尽快地将灵魂交出去，把金钱的上帝请进来，谁就能尽早地成为"英雄"。巴尔扎克的这些描写应该说不无艺术夸张的成分，但这恰如透过放大镜观察微生物，巴尔扎克在这艺术性的集中和夸张中把握了金钱时代人性被物化的本质特征，而且，他的小说还以一种象征隐喻的模式表述了人类生存与发展中的悖谬现象：历史的进步是靠财富的创造来推动的，而创造财富的过程必然伴随着人性的失落；为金钱所点燃的情欲驱动着人们去疯狂、忘我地积聚财富，而情欲之火又烤干了人性的脉脉温情，也耗尽了追求者自身的精力与生命；人类在与物质世界的不懈斗争中不断征服自然，创造物质文明，而与之抗衡的对象又不断吞噬着人类，使人沦为物的奴隶。在人类发展进程的"对物的依赖"阶段尤其如此，这是人类文明发展所要付出的沉重代价。所以，巴尔扎克小说所表现的人的异化与悖谬，虽然与自古希腊神话以来的西方文学有相同之处，前者是后者的延续，但巴尔扎克表现的是"对物的依赖"阶段人的异化与悖谬，这种异化与悖谬集中体现在人与物之间的畸形关系上。巴尔扎克由此思考与探索着人的生存与发展的问题。

巴尔扎克的小说不仅深化了自古希腊神话开始的异化与悖谬的主题，而且，也为 20 世纪文学奏响了现代人异化与悖谬的前奏曲。西方现代文学特别是现代派文学表现"物"对人的异化更为全面而深刻，对人的悖谬的把握也更为透彻深入。在现代派文学中，"物"的含义较之巴尔扎克的小说更为宽泛而抽象，"物"被扩大为包括金钱、物质财富和科学技术等客观存在物在内的整个西方现代物质文明与社会形态，人与物的对立关系也就泛化为人与除精神世界之外的整个物质世界的对立。巴尔扎克的小说在表现人与物的关系时，着重显示物对人的腐蚀和人对来自物的异化的抵御和不接受；而现代派文学着重表现人在物面前的无能为力和恐惧感，人已在物质世界抛弃，人类处在一个难以理喻、无法把握和解释的陌生世界，而且人自己已蜕变成了物，世界是荒诞的，人类的生存失去了意义。在艾略特的《荒原》中，物质世界已使人的精神世界毁灭，世界成了生命死寂的"荒原"，人要找回自己就必须返回远古的神话时代。奥尼尔《毛猿》中的扬克象征着在物质文明挤压下痛苦地寻找着自身归属的现代人。他的悲剧说明物质文明高度发展的社会使个体的人无法存在。在尤奈斯库的《新房客》中，我们看到的是物威胁着人的生存，整个世界变成了物的奴仆。劳伦斯小说展示了现代机械文明如何破坏了人与自然的天然关系，使人类的两性关系变成畸形病态。显然，现代派文学表现的是比巴尔扎克的小说更严重得多的物对人的异化和人的悖谬现象。但现代派作家对异化与悖谬的广泛而深入的理解与把握，无疑从巴尔扎克那里得到了影响和启示。

二　对"恶"的崇拜与恐惧

在巴尔扎克的小说中，社会是个人私欲的竞技场，人类的恶欲展现出了巨大的驱动力。这样的描写是不无超时代之意义的。

这种描写基于巴尔扎克对人类历史发展以及人自身的创造力与破坏力的深刻认识与把握。丹纳在《巴尔扎克论》中是这样评述巴尔扎克世界观的:"世界是什么?什么是它的动力?在自然主义者巴尔扎克的眼里,情欲和利己主义是世界的动力。它们往往以优雅的姿态出现,伪善把它们的真实面目隐蔽起来,浅薄借用动听的名词将它们装潢起来。但是归根到底,十个行动有九个是发自于利己观念。对此,一点也不值得奇怪,因为,在这个极为混乱的世界里,每个人相信的是他自己,这个世界里的'动物'不断地想的是如何保护自己、如何使自己生存下去。这些'动物'维持着这个人类……这就是为什么巴尔扎克把社会看作利己主义竞技场的原因。"① 丹纳对巴尔扎克的这个评述是十分准确的。在"对物的依赖"阶段,人们在以拥有财富的多寡作为人的价值标准的观念驱使下,"完全埋头于财富的创造与和平的竞争",② 金钱与财富对人的心灵产生了前所未有的刺激作用,人类的私欲也就焕发了前所未有的生机,这是资本主义自由竞争阶段的必然现象。但是,这种新的价值观念却严重践踏了平等、博爱的信条,毁坏了西方社会延续了几个世纪的传统道德体系。强有力的私欲驱使人们创造财富,推动着历史的发展。在自由资本主义这个血与火的历史阶段,私欲虽在道德伦理观上以恶的形式出现,但它却成了历史发展的杠杆。正如恩格斯所说,自私有制产生以来,人的私欲就成为历史发展的杠杆。③ 也如黑格尔所说:"假

---

① [法]丹纳:《巴尔扎克论》,傅雷译,人民文学出版社 1990 年版,第 218—220 页。

② 马克思:《路易·波拿巴的雾月十八日》,《马克思恩格斯选集》第 1 卷,第 604 页。

③ 《马克思恩格斯选集》第 21 卷,第 330—331 页。

如没有情欲，世界上一切伟大的事物都不会得到成功。"① 对恶做出此种自觉的认识，是 19 世纪以来的人才能做到的。从历史发展的眼光看，是不无现代意义的。作为 19 世纪上半叶的现实主义作家，巴尔扎克也以自己的方式对恶与私欲作了类似的理解，并以艺术的方式加以表述。

巴尔扎克看到，历史的发展是不可抗拒的，而历史的发展却以私欲为动力，那么恶的存在就有其历史合理性：既然把魔鬼当上帝的"英雄"是社会的强者，卑劣的私欲可以推动历史的进程，人类社会不过是个人私欲的竞技场，那么，私欲就有其存在的价值。所以，巴尔扎克的小说对"英雄"、对金钱与私欲之魔力给予了赞美，这意味着对人类恶和人的私欲的肯定。巴尔扎克并不认为人性原本就是恶的，而是认为现今这个腐化堕落成风的社会中，"纯洁善良是存在不了几天的"；既然私欲是行为动机的内驱力，达到欲望高峰的人就是时代的"英雄"，恶可以雄踞善的神圣宝座，人们也就犹如飞蛾扑灯，从恶如流，善良天性的失落是必然的。拉斯蒂涅原本不是那么纯洁善良吗？然而，金钱、权力的诱惑勾起了他强烈的欲望，经过内心深处善与恶的搏斗，恶占据了他的整个心灵。于是，他宁肯听从魔鬼的使唤走向罪恶的深渊，也不愿为那点可怜的人性之善而熄灭情欲之火。他最后对大学生皮安训说："朋友，你能克制欲望，就走你平凡的路吧！我是入了地狱而且还得留在地狱。"他决定以恶为武器，与社会拼一拼，那非凡的气概，恰如视死如归的古罗马斗士。巴尔扎克的善恶论，并不源于基督教。他认为："人性非恶也非善，人生出来只有本能和能力；与卢梭所说的相反，社会不仅没有败坏人

---

① 黑格尔：《历史哲学》，三联书店 1956 年版，第 62 页。该译本中的"热情"应译为"情欲"。

心，反而使人趋于完善，使人变得更好；可是利欲却同时过分地发展他的不良倾向。"[①] 所以，巴尔扎克认为人性趋恶。趋恶之动力在于私欲；这种趋恶倾向在金钱时代表现出前所未有的不可抗拒性。可见，巴尔扎克小说所表现的性恶论，体现了对文艺复兴以来关于人的观念的崭新认识。

人文主义虽然从上帝那里收回了人，人的个性获得了自由与解放，而人文主义思想体系中的"人"却又有浓重的上帝的成分。在很大程度上，人从上帝的束缚中解放出来后，又被人自己放到了上帝的位置上，上帝成了人自己。这个"人"不仅具有上帝那样的力量，更具有上帝那样的博爱和理智的禀赋。"人是理性的动物"这一命题成了近代西方思想文化中旷日持久、深入人心的信念。人因其具有上帝那样的理性和善，因而就能自觉克制人自身的情欲，善的力量必然战胜恶的力量，人类历史也被理解为善战胜恶的必然发展过程。巴尔扎克的小说固然还表现了近代基督教—人本主义文化价值观念，但在对人的认识上，却开始与近代人文主义文化观念相分离。在他的小说中，人类的理性和善的力量远不如情欲与恶的力量来得强大，而且，情欲与恶成了被肯定甚至被赞美的"英雄"。这种关于"人"的文化观念是超越传统而具有现代意味的。

不过，巴尔扎克毕竟还处在 19 世纪的中期，他的文化人格中传统文化的成分仍然占了很大的比重。他的小说对人的私欲与恶表现出赞美之情的同时，又表现出了对人类前景的深深忧虑。他的《人间喜剧》展现了"遍地腐化堕落"的情景："在煊红的光亮下，无数扬眉怒目、狰狞可怕的人形被强烈地烘托出来，比

---

① 巴尔扎克：《〈人间喜剧〉前言》，转引自《外国文学教学参考资料》第五册，福建人民出版社 1982 年版，第 272 页。

真的面貌还要神气，有活力，有生气；在这人群里蠕动着一片肮脏的人形甲虫、爬行的土灰虫、丑恶的蜈蚣、有毒的蜘蛛，它们生长在腐败的物质里，到处爬行、钻、咬、啃。在这些东西的上面，则是一片光怪陆离的幻景，由金钱、科学、艺术、光荣和权力所缔造成功的梦境，一场广阔无垠、惊心动魄的噩梦。"① 这不仅仅是巴尔扎克眼中当时的法国社会，也是他给人类描绘的为人的私欲所创造的那个未来的社会前景。这个情景所昭示的不是人类的光明与希望，而是危机与死亡。由此，巴尔扎克又发出了人性恶的哀鸣。拉斯蒂涅等"英雄"们的悲剧，也正是巴尔扎克所理解和揭示的人类的悲剧：人类在创造自己中又毁灭自己。因而，巴尔扎克的小说不无悲观情调，他的文化价值观念是矛盾的。巴尔扎克小说中所表现的这种对人类生命本体的思考，在20世纪现代作家的创作中得到了延续和深化，他的小说的悲剧意识也为现代作家所发扬光大。不过，巴尔扎克对现实生活和人类前途的态度，较之现代作家多了一份热情与执著，而少了一份冷漠与悲观。因为巴尔扎克并没像大多数现代作家那样将人看作非理性的动物。他认为人曾经是善的，只是到了金钱时代，人性被吞噬了。他肯定恶，那只是因为恶是被社会发展所认可了的一种客观的、现实的和无法抗拒的存在。他在情感的深处鄙视和痛恨这种存在，又无可奈何地承认它并一定程度上与之认同。他承认社会恶这个事实，又为之而恐惧，于是借小说发出了"这个世界将要死亡"的惊呼。他在赞赏"英雄"们的雄才大略的同时，又不无谴责之意。那么，巴尔扎克是否自甘陷身于这矛盾之中而无意自我拯救和寻找解脱与安慰了呢？

---

① ［法］丹纳：《巴尔扎克论》，第111页。

三 "无尽挽歌"为谁唱

从阶级分析的眼光看，巴尔扎克的世界观是矛盾的。他出身中小资产阶级，因而常常站在这个阶级的立场观察与分析社会。但他同时又有浓重的封建贵族意识。他追求贵族式的虚荣，渴慕上流社会的奢侈生活，不断地追逐贵妇人，等等。他对 1830 年七月革命后的金融大资产阶级的垄断统治颇为不满，对唯利是图、贪得无厌的大资产阶级充满憎恶，对金钱统治下人欲横流、道德沦丧的社会现实也是十分厌恶的。所以，他希望通过君主政体的力量来扼制金融大资产阶级势力的膨胀，并希望借宗教的理性力量抑止人欲的泛滥，而对贵族阶级则颇有好感。1871 年他参加了保王党，成了一个正统派。尽管他也知道贵族阶级在资产阶级咄咄逼人的进攻面前必将退出历史舞台，他对资产阶级的生命力也不无赞美，但是，他的同情依然在贵族阶级一边。所以，在他的小说中，对资产阶级野心家、暴发户的谴责多于赞美，对贵族阶级的同情多于批评。正如恩格斯在《致玛·哈克奈斯》中所说："巴尔扎克在政治上是一个正统派；他的伟大的作品是对上流社会必然崩溃的一曲无尽的挽歌；他的全部同情都在注定要灭亡的那个阶级方面。但是，尽管如此，当他让他所深切同情的那些贵族男女行动的时候，他的嘲笑是空前尖刻的，他的讽刺是空前辛辣的。"[①] 恩格斯从社会学、历史学的角度，用阶级分析方法对巴尔扎克的世界观和他的创作思想作出如此的评价，无疑是客观正确的。巴尔扎克对没落的贵族阶级的同情说明他的政治思想和社会思想是落后甚至反动的。然而，巴尔扎克是一位文学家，他的世界观和阶级观念，他的政治理想与社会理想固然会制

① 《马克思恩格斯选集》第 4 卷，第 463 页。

约他的创作，但是，文学创作毕竟不是对社会和人作纯政治学、社会学、历史学的考察，而是一种审美评价；文学作为人学，它也不是对人作单一的阶级分析。文学除了表现一般社会的政治的内容之外，还以象征隐喻的方式，"将世俗生活神话化"，从而"揭示人类之天性和人类共有的心理及玄学之本原"。[①] 因此，从文化人类学和艺术的神话诗学的角度看，巴尔扎克对贵族形象和资产阶级野心家与暴发户形象的描写，还寄寓了作者对人类生命本体的深层思索，因而也隐含了深层文化意蕴。

巴尔扎克看到，处在"对物的依赖"阶段，人的私欲和人性之恶以空前凶猛、不可抗拒之势驱使着人的行动，人的理性和人性之善缺乏抵御能力。在他的小说中，人的私欲和人性之恶体现得最为充分的往往是那些资产阶级暴发户和野心家，所以作者对他们不无赞美又强烈谴责，既有历史的认同又为之深感恐惧；而人的理性和人性之善体现得最为充分的则往往是贵族形象，他们显得"高雅"而"人道"，因而作者对他们不无批评又寄予深切的同情，对他们既有历史的否定又有割不断的依恋之情。从文学的神话隐喻特性上看，资产阶级暴发户和野心家形象乃人的私欲和人类恶的象征，贵族形象乃人的理性和人类善的象征，因此，作者对资产阶级人物形象的矛盾心态，便是对私欲和恶之理解的矛盾心理的表现，对贵族形象的同情与惋惜便是对人性善的依恋。巴尔扎克虽然对私欲与恶有认同甚至有赞美，但他毕竟不愿意看到一个私欲和恶统治下的人类世界；而私欲和恶又有其不可抗拒的生命力，人类理性和善的失落也成必然之势，他的忧思与恐惧就油然而生。巴尔扎克对历史的观照是有其深刻一面的，他在小说中揭示了人性的失落和人的物化，实际上就是马克思所说

---

① ［苏］叶·莫·梅列斯金：《神话的诗学》，商务印书馆1990年版，第3页。

的资本主义社会人的异化的现象。面对这一历史现象，马克思提出了无产阶级革命的理论，对人类发展前景的展望是社会主义与共产主义，而巴尔扎克则借小说抒写了自己为人类天性的失落而发的满腔忧虑，他恐惧"恶"横行的社会的到来，对人类前途感到悲观与失望，他的矛盾的文化人格也决定了他在无可奈何之际，仍然割不断对传统文化价值观念的怀恋——希望失落的人性之善的复归。他的小说对贵族人物的惋惜，确实可以认为是对贵族阶级的同情。因为，历史的发展造就了人类文明的进步，但新的文明注定以人性的失落为代价，并且将要成为人类进步的新枷锁。每逢此时，人类就萌发出思古之幽情，希望回归到旧时代。从深层文化意蕴上看，巴尔扎克通过这些象征理性和善的贵族形象，寄托了他对人性复归的一丝希望。所以，巴尔扎克的那"一曲无尽的挽歌"，不仅是唱给当时没落了的贵族阶级的，更是唱给被异化、人性失落的人类自身的。这种对人性善的呼唤与眷恋使巴尔扎克描绘的"遍地腐化堕落的"世界透出了一线光明，他的小说也不至于像现代派作品那样让读者感到深重的悲观与绝望。作为一种社会政治理想，巴尔扎克的愿望显然是远离马克思主义理论的，但作为文学家，他对人类的思考与审美的观照却是深刻的。由此可以说《人间喜剧》是人类生命本体的忧思录。巴尔扎克的这"一曲挽歌"从古唱到今，它依然在现代文学中回响，无非其中增加了更多冷漠与绝望的音符而已。这不正是巴尔扎克小说对传统文化的超越吗？

第五节　陀思妥耶夫斯基："人"的定位的困惑

　　在叙述方式上，陀思妥耶夫斯基的小说是复调的或多声部

的，这已是人们对陀氏小说在艺术上的独特性的一种共识。那
么，形成陀氏小说这种复调性的深层文化动因是什么呢？

19世纪中后期的俄国，封建专制政体趋于瓦解，资本主义
生产关系急剧上升，社会处于转型时期。新旧价值观念的尖锐冲
突，使一直沉睡于"黑暗王国"中的俄国人顿时感到梦醒的痛苦
和迷惘。一些文化精英在为国家与民族的兴衰存亡而寻寻觅觅，
思考着"俄国啊，你将奔向何方"、"谁之罪"、"怎么办"等一系
列问题。在他们之中，一直处于贫病交集的困境并饱尝人间辛酸
的陀思妥耶夫斯基，敏感地触摸到了从睡梦中惊醒的俄国社会的
精神脉搏的紊乱和心跳的失常。他苦苦地追寻着"我是谁"、"人
是什么"等问题，企图在人自身方面寻找社会黑暗的原因与俄国
解放的出路。他的小说给人们抖露了潜藏于惶惶不安的心灵中的
各种隐秘，尤其是因自我丧失、人性异化、信仰失落、灵魂无所
依托所致的痛苦与焦虑。而当他发现人的本性中存在着如此复杂
的内容，人的内心世界是如此难以捉摸时，他愈感到回答"人是
什么"的问题的困难，从而陷入到"人"的定位的迷惘与困惑
之中。

一　人是"虫"？

陀思妥耶夫斯基作为一位杰出的现实主义作家，他在自己的
小说中真实而深刻地揭露了沙皇俄国社会的黑暗与反动，描绘了
下层贫民备受压迫的现实图画。他的处女作《穷人》尤其明显地
表现了这方面的成就。因此，别林斯基当时看了这部小说后，惊
喜地称陀思妥耶夫斯基为果戈理的后继者，把他列入了"自然
派"作家的行列。小说的主人公杰弗什金也被别林斯基认为是果
戈理笔下的阿卡基·阿卡基耶维奇式的"小人物"形象。确实，
《穷人》通过描写善良诚实的杰弗什金饱受蹂躏的凄惨遭遇，揭

示了俄国社会中贫穷的"小人物"的悲剧，寄托了作者对下层劳动人民的人道主义同情，具有深刻的社会批判意义。但是，小说的深刻性远不只于此。作为处女作，《穷人》中已蕴涵了属于陀思妥耶夫斯基而不属于果戈理的那种文化的与美学的基因，也即超越了果戈理，超越了"自然派"的因素。这集中地表现在杰弗什金这一人物形象的描绘上。杰弗什金不仅仅是"小人物"悲剧命运的真实写照，同时也是新旧社会转型时期人的内心痛苦的表述者，是人的生存状态与人的命运的一种象征，其中隐含着作者对人的生命本体的哲理思考，具有深层的文化哲学意蕴。

杰弗什金心地善良，安分守己，终年辛勤劳作。他以真诚之心尊重别人，爱别人，也企盼着别人爱他尊重他，把他当人看。然而，他贫贱的处境，使他在周围的世界中丧失了人的尊严。别人总是不给他尊重不给他爱，不把他当人看，视其为"破抹布"。久而久之，他也怀疑起自己来了，觉得自己真不像一个人，从而讨厌自己，自卑自贱。但内心他又觉得自己是善良的，自己应该是一个人，而一旦受到外界的凌辱，他重又怀疑自己，深感受辱的痛苦与恐惧，终日惶惶不安。杰弗什金倾心地爱上了孤苦伶仃的邻居瓦莲卡，但在周围的人看来，如此贫贱的他是不配去爱瓦莲卡的。当别人嘲笑他与瓦莲卡的爱时，他感到自卑，害怕得不敢去看她。一开始他就知道得不到瓦莲卡，但在内心深处依然不变初衷，愿意为瓦莲卡牺牲一切。杰弗什金似乎在对瓦莲卡的诚心的爱中找到了作为人的自我，因而也得到了一点安慰。但是，最后他还是失去了瓦莲卡。事实证实了他是不配去爱瓦莲卡的，尽管瓦莲卡同样是一个被压迫被侮辱的人。这个不明白自我是什么的孤独者企图通过爱别人来证明自我的无可奈何之举也失败了。他在这人群里永远被看作"破抹布"，永远是异类。他想使自己成为人，但现实证明他不是人；他明明心里在说"我是人"，但又明明在说"我不是人"。在这场人与非人的心灵冲突中他感到痛苦与绝望。

陀思妥耶夫斯基立足于描述杰弗什金唯唯诺诺、怯懦无能、自卑自贱、惶惶不安的精神与心理状态，使之显出了一副"虫"相。杰弗什金自己虽然还不曾像陀氏以后的小说《罪与罚》中的拉斯柯尔尼科夫那样说出"我是虱子"、"人是虱子"的话，但他已隐隐地感觉到自己是"虫"，"破抹布"也即"虫"的代名词。他害怕被当作"破抹布"，也就是害怕成为"虫"。杰弗什金的灵魂深处已隐藏了"人"的自我与"虫"的自我的矛盾冲突，他心灵的痛苦与绝望也正来自于这双重自我的不断争斗。他时时感悟到"虫"的自我的存在，但总不愿接受它，总想维护"人"的自我。他曾为自己的善心不泯、人格犹存而骄傲。他虽然穷，但他说"我有良心和思想"，"我的一块面包也是我自己的，是劳力挣来的"。然而，在那不把人当人看的冷漠世界里，愈是像他这样良心犹存的人，就愈受压迫和侮辱；他愈是怀着人的真诚之心去做人，反而愈使他丧失人的权利和尊严，从而沦为"虫"。越是保持善良天性和遵奉人道原则的人，对社会越不具有破坏力；而越是对社会不具有破坏力的人，就往往越不被社会当人看。这是非人的世界里的一种悖谬现象。陀思妥耶夫斯基正是深入到这种悖谬现象中去写杰弗什金的矛盾、痛苦与绝望的，也是从人的这种悖谬处境中提出"我是谁"、"人是什么"的疑问的。

因此，如果说果戈理式的"小人物"主要在向自己的生存环境和社会提出"我为什么贫困"、"我为什么受压迫"、"我在这社会上有何位置"之类的问题的话，那么，陀思妥耶夫斯基笔下的杰弗什金则在此基础上进而向自己也即向人自身提出"我是谁"、"我对于他人是什么"、"人是什么"的问题。正是在这种意义上说，《穷人》具有耐人寻味的象征性和哲理性。陀思妥耶夫斯基已把"人"的问题从形而下上升到了形而上。这种象征性、哲理性的内容，是当时盛赞《穷人》的别林斯基所不曾领悟到的。为此，陀思妥耶夫斯基在接受了这位杰出批评家的赞誉后又感到不满。因为，他不明白"为什么这篇小说的哲学主旨却未能被接受"。① 这种象征性与哲理性是体现非"果戈理式"而更"陀思妥耶夫斯基式"的因素。这种因素在陀氏以后的创作中还在不断增长并走向成熟。如果说《穷人》对杰弗什金内心矛盾与疑虑的描写只是陀氏小说对"人"的提问和寻找的开端的话，那么，此后的小说则大大深化和拓展了这一主题。人的"虫"相以及对自我的怀疑在一系列人物身上愈见深重，人物内心的矛盾与痛苦也不断加剧。而且，为了使人摆脱"虫"相，他们不惜使自己现出"兽"相。

二 人是"兽"?

从人物形象的精神延续和演化的角度看，《双重人格》中的高略特金是《穷人》中杰弗什金在一个新的阶段中的发展。高略特金继续着杰弗什金身上的善良温顺、贫穷低贱、怯懦自卑、唯唯诺诺和惶恐不安的"虫"相。不过，他发觉了自己被人当"抹布"后，在深感屈辱与痛苦的同时，并不只是停留在是"虫"还是人的自我矛盾中，而是向往着想象中的另一个自我。这个自我胆大包天，为所欲为，拍马奉承，投机取巧，不择手段，毫无廉耻。高略特金的这种想象，表现出了他内心深处那种杰弗什金所不具备的反叛心理，是对"虫"的自我的一种审视与否定——既然保持人的善良天性和遵奉人道原则反而使人沦落为"虫"，不

---

① ［苏］尤·谢列兹涅夫：《陀思妥耶夫斯基传》，黑龙江人民出版社1992年版，第45页。

如干脆抛弃人道，为所欲为。这个向往中的为所欲为的自我给高略特金带来了在现实中人格失落的心理补偿。但这个为所欲为的自我视人为非人，恣意践踏人道，它本身已成为"非人"而显出"兽"相。如果人是这样的话，还成其为人吗？所以，高略特金对它感到异常恐惧。他向往这个"兽"相的自我而又不敢接受它，而不接受它就意味着要接受"虫"相的自我，这同样使他恐惧。人是"虫"吗？人是"兽"吗？抑或依然是人？似乎都是，又都不是。那到底是什么呢？高略特金陷入了困境。他感到矛盾、痛苦和绝望，于是他发疯了。

　　高略特金虽然在"虫"的自我与"兽"的自我之间摇摆不定，无所适从，但从他的内心深处的自我期待看，"兽"相的自我对他更具有诱惑力，因为这个自我毕竟可以使他免受人格丧失的屈辱。陀思妥耶夫斯基对"兽"相的自我的描写也是颇具笔力的。表面上看，这个自我并不代表作者个人的观点，而是作品中一个独立的声音，实际上在深层情感意蕴上却不无作者的倾向性。在对这个"兽"相的自我的出色描写中，表现出陀思妥耶夫斯基对具有破坏性作用的人类自身的野性本能和极端利己主义秉性的深刻洞察。他的《地下室手记》，继续深化《二重人格》中的"虫"与"兽"的矛盾，而且，主人公"地下人"身上的"兽"的自我更显得强悍有力。在他的想象中，人似乎在不断地向"一种二足直立的生物"演变，因此，他不惜"让世界毁灭"，以维护个人的生存权利。到了《罪与罚》中，"兽"相的自我从想象中走向了现实。

　　《罪与罚》中的拉斯柯尔尼科夫基本属"虫"类，用他自己的话讲就是"平凡的人"，这种人仅是"虱子"和"蟑螂"。不过，拉斯柯尔尼科夫同样不愿承认和接受这个"虫"相的自我，而想象和寻找着"不平凡的人"的自我，实质上就是高略特金亦已向往的那个为所欲为的"兽"相的自我。拉斯柯尔尼科夫旁征博引，为这个"兽"相的自我创造了一套不无说服力的"理论"，让其戴上了"英雄"的桂冠。他以为，"平凡的人"只是"不平凡的人"的工具，"不平凡的人"则是世界的主宰；"不平凡的人"为了达到自己的目的可以不择手段，无所不为，甚至杀死那些"平凡的人"。拉斯柯尔尼科夫为了证明自己不是"虱子"而是"英雄"，就杀死了放高利贷的老太婆。但是，事后那"平凡的人"的自我又从人道的角度竭力否定了"不平凡的人"的自我的合理性。从此，两个自我陷入了无休止的争辩和搏斗之中。每逢"平凡的人"的自我发起进攻时，另一个自我就出来辩护：杀死一个可恶的老太婆并不能认为是犯罪，拿破仑也会这样做的，这比起"巴黎大屠杀，忘记在埃及的一支军队，在莫斯科远征中糟蹋五十五万多条人命"的事来是微不足道的。然而经过反复的较量，"不平凡的人"的自我低头了，拉斯柯尔尼科夫主动投案自首了。表面看来这是"平凡的人"的胜利，人道的胜利，但实际上那个为所欲为的"兽"相的自我并没真正屈服，它比陀思妥耶夫斯基以前小说中的同类型的自我更具体更鲜明也更强有力。它在卢仁、斯维里加洛夫的印证下，更具有雄辩的说服力和不可否定性。《罪与罚》关于"人是什么"的探讨，也比以前的小说更具有形而上的哲理思辨色彩。

三 人是"上帝"？

在总结性的《卡拉马佐夫兄弟》中，"兽"相的自我愈显出恣肆狂放的特征，而且呈放射状向卡拉马佐夫父子身上渗透，又以各种不同的表现形态归总于"卡拉马佐夫气质"，在这部作品中，以往"虫"相的自我与"兽"相的自我的冲突，演化"上帝"的自我与"兽"相的自我的冲突，冲突的实质依然是"我是什么"、"人是什么"的问题。

小说中的老卡拉马佐夫，年轻时不择手段地从一个贫贱的食客一跃而成为拥有十余万财富的地主。他几次结婚都是为了夺取他人的财产。为了一个风尘女子，他不顾人伦道德，竟与儿子争风吃醋。在他身上集中体现了人的情欲、贪婪、冷酷、卑鄙等阴暗面。老卡拉马佐夫与疯女人的私生子斯麦尔佳科夫是个仆人，他怯懦自卑，但内心阴暗歹毒，品格低下。他无视一切道德原则，为所欲为，为了钱财杀死了生父。他是《罪与罚》中拉斯柯尔尼科夫"兽"相的自我的现实化。阿辽沙是这一家族中唯一心灵纯洁、富有博爱和牺牲精神的"圣者"。他宣扬并忠于驯良、忍让、爱一切人的基督教精神，理智与情欲在他身上得到了和谐统一。他的人格是上帝化了的，在他心灵深处，"上帝"的自我占据了绝对支配一切的地位。小说的中心人物伊凡和德米特里则是处于"兽"相的人与"上帝"的人之间的形象，他们身上的自我趋于双向分裂。伊凡是一个无神论者，不承认上帝的存在。他认为"既然上帝并不存在，那么一切都可以为所欲为"。他在现实生活中找出确凿的根据来说明这一点。他比拉斯柯尔尼科夫更坚定地信奉"为所欲为"原则，"兽"性的自我在他身上也更强悍有力。他虽不曾像拉斯柯尔尼科夫那样用行动去证实自己属于"兽"性的人——因为在他看来，这是用不着证明的，但他对父亲与德米特里的争斗听之任之，而且，他的关于"兽"性的人的理论强有力地影响了斯麦尔佳科夫的杀父行动，一定程度上，他是斯麦尔佳科夫走向犯罪的教唆犯。但是，另一方面，他又同情被为所欲为者残害的弱者，尤其痛恨虐杀儿童的残忍行为。他因同情人类的苦难而苦苦地寻找着人类的美好理想。从这一点上看，他是因为找不到理想才倾向于"兽"的自我的，在心灵深处仍依恋着善良纯洁的"上帝"式自我。伊凡表面上对"兽"的自我推崇备至，而在心灵的最深处却矛盾重重。他曾对阿辽沙说：
"我并非不相信上帝，你要懂得这一点，我是不相信上帝创造的
世界，上帝的世界，而且也不同意接受！"这足见他心灵中矛盾
和痛苦之深。伊凡的哥哥德米特里，一方面有像父亲一样的寡廉
鲜耻，自私贪婪，有一个"兽"的自我；另一方面又有弟弟阿辽
沙那样的仁爱圣洁的"上帝"式自我。因而，他一方面为所欲
为，追求欲望的满足，生性粗暴残忍，不顾一切地与父亲争夺格
鲁申卡；另一方面又良心尚存，真诚地去同情和帮助受辱者。他
说："尽管我下贱卑劣……然而上帝啊，我到底也是你的儿子"，
"不要以为我是披着军官制服的禽兽，终日饮酒荒唐，我差不多
一直想这个，想着受辱的人"。德米特里同样是一个找不到自我，
内心充满痛苦的人。

　　卡拉马佐夫父子的矛盾归根结蒂是"上帝"的自我与"兽"
的自我的矛盾，这个家族中的五个主要成员分别是这两个自我的
不同形态的表现，同时也是陀思妥耶夫斯基以前的小说中众多人
物的不同变体。老卡拉马佐夫代表着病态、畸形地发展的"兽"
性的人。斯麦尔佳科夫代表着"虫"相的人蜕变为"兽"性的
人，在他身上，实现了高略特金向往过但未曾付诸实践的那个
"兽"性的自我，也体现着拉斯柯尔尼科夫身上"不平凡的"自
我的延续。因而，从人物的演变与延续角度看，斯麦尔佳科夫既
是高略特金、"地下人"等人物的变体，也是拉斯柯尔尼科夫的
变体。伊凡和德米特里代表着具有"上帝"式自我和"兽"性的
自我的人的双向演变。伊凡始终不承认上帝，于是向"兽"的人
发展；德米特里皈依了上帝，灵魂最后"复活"，于是向"上帝"
式的人发展。阿辽沙作为这个家族中唯一真正保持"上帝"式自
我的"圣者"，他和老卡拉马佐夫分别代表着"上帝"式的人和
"兽"性的人的两极。整个家族和陀思妥耶夫斯基全部小说中的

众多人物的人格追求取向都以阿辽沙"上帝"式自我为指归。

　　根据陀思妥耶夫斯基的创作初衷，他写《卡拉马佐夫兄弟》是要把多年探索而未得到解决的"我是谁"，"人是什么"的问题给出明确的回答。他希望人不是"虫"，也不是"兽"，而是"上帝"。正是从这种善良的愿望出发，他在《卡拉马佐夫兄弟》中延续性、总结性地呈现了以往小说中主要人物的精神特征，而且众多的人物都以阿辽沙这一"上帝"式的人物为指归。于是，"我是谁"、"人是什么"的问题似乎也总结性地表述为：人不是"虫"、不是"兽"，而是"上帝"。从小说的结局看，阿辽沙对他周围的世界起了影响，一些人物在他的道德感化下，也都纷纷灵魂"复活"，人格趋向于"上帝"式的自我。因此，人与"虫"，人与"兽"的心理冲突在指归于"上帝"后解决了，这些人物的灵魂痛苦也从此消退了。陀思妥耶夫斯基如此回答"人是什么"的问题，如此煞费苦心地安排小说人物的人格归属，难怪后人要指责他是"消极"甚至是"反动"的。不过，陀思妥耶夫斯基果真认为"人是上帝"？果真认为他小说中的人物都能归属于阿辽沙那种"上帝"式的人？回答显然是否定的。从小说的实际描写来看，我们完全有理由认为作者对《卡拉马佐夫兄弟》的结局安排以及"人是上帝"的回答，是有悖于他自己内心真实的一种无可奈何之举。在卡拉马佐夫家族的五个主要人物形象中，最圣洁高尚的阿辽沙其实是最惨白无力的形象，最卑劣无耻的老卡拉马佐夫和斯麦尔佳科夫是最真实可信的形象。伊凡关于"兽"性的人的种种议论也是富有说服力的，陀思妥耶夫斯基自己也这么认为。这个家族的五个主要成员作为人的不同侧面的自我的象征，实际上各自依旧以自己的声音在互相争辩，而不曾屈从于"上帝"式的阿辽沙。这些各自独立的声音中，"兽"性的人的声音最冷酷也最有力；"虫"相的人的声音最痛苦最绵绵不断，"上帝"的人的声音最神圣却最微弱。因此,在《卡拉马佐夫兄弟》中乃至陀思妥耶夫斯基所有的小说中,"我是谁"、"人是什么"的问题实际上并没有得到肯定明确的回答,陀思妥耶夫斯基也无法作出肯定明确的回答。他自己在这一问题上一直都是自我矛盾的,即使到了他创作晚期的 70 年代,依旧陷于矛盾困惑中难以自拔。他一会儿说:"人只要不丧失在世界上生活的能力,他们是可以成为美好的和幸福的。我不愿意也不能相信恶是人的一种正常状态。"一会儿又说:"隐匿在人类之中的恶远比包治百病的社会主义者所想象的要深刻得多,任何一种社会制度都无法避免恶……"① 陀思妥耶夫斯基自己在人性认识上的矛盾性,也就使他在创作中难以准确回答"人"的问题。他的任何时期的小说中那些具有不同自我的人物形象的客观存在,正说明了陀思妥耶夫斯基在"人"的定位问题上的迷惘与困惑。

四 在"困惑"的背后

陀思妥耶夫斯基"人"的定位的困惑,在具体作品中则表现为人物自我定位的困惑,而人物自我定位的困惑又展示了人被异化,新旧价值观念冲突造成的人的焦虑与迷惘。

与侧重于表现金钱对人的异化的巴尔扎克和狄更斯等西欧作家不同,处在资本主义势力入侵,而封建专制又尚未寿终正寝的"黑暗王国"中的陀思妥耶夫斯基,他在自己的小说中表现人的异化具有两重性,即金钱和权力对人的异化。而在金钱对人的异化的描写上,以往的作家大多表现占有金钱财富、追逐金钱财富者人性的扭曲,人成了"物"的奴隶。如,巴尔扎克的葛朗台、

---

① 陀思妥耶夫斯基 1876 年和 1877 年《作家日记》,转引自《外国文学教学参考资料》第五册(下),福建人民出版社 1982 年版,第 239—240 页。

拉斯蒂涅，狄更斯的董贝等，与之相似，在权力对人的异化的描写上，以往的作家大都表现拥有权力者和追求权位者人性的变异，人成了权力的奴隶。如，莎士比亚的李尔王，托尔斯泰的卡列宁，司汤达的德·瑞那市长等。而陀思妥耶夫斯基则表现占有金钱和权力者与丧失金钱和权力者的双向异化，"兽"相的人因追逐和占有金钱与权力而走向异化，以致无法自我定位；"虫"相的人由于金钱的匮乏和地位的低下成了人的异类，同样无法自我定位。尤其具有现代意味的是，以往的作家侧重于描述人被异化的过程以及被异化者的外部行动，而陀思妥耶夫斯基则关注面临和遭受异化的人的内心痛苦与恐惧。

卡夫卡的小说《变形记》通过格里高尔的变形揭示了人被异化的事实。"我是谁？""我是一只甲壳虫。""人是甲壳虫。"小说通过对格里高尔的心理描述，展示了现代人深感人性异化的痛苦。他虽是虫的外形，但有人的心灵，而虫的外形隔绝了他与人的沟通，最终在孤独绝望中悄然死去。陀思妥耶夫斯基小说中"虫"相的人物在外形上依然是人，但他们内心有着被沦为"虫"的无穷恐惧。他们千方百计地想使自己成为人，但总是无法使自己定位于人。他们刚一开口说："我是人"，心灵深处的另一个自我马上说："我是虫。"他们每每在惶惶不安中寻找希望，甚至不惜使自己成为"兽"，而"兽"的自我向他们靠拢时，又害怕成为"兽"。"我是谁"、"人是什么"的问题无休止地撞击着他们的心灵，使他们深感困惑与焦灼。他们虽无虫的外形，却无法真正与他人沟通，于是又痛感世界的冷漠与人生的凄凉。陀思妥耶夫斯基笔下的异化者总是陷于心灵的惶恐与痛苦之中，他们的精神气质酷似"卡夫卡式"人物。所不同的是，"卡夫卡式"的人物已确认自己成了异类，内心充满绝望，而"陀思妥耶夫斯基式"的人物感悟到自己成了异类，但还未确证，还企图获救，因而还留一丝希望。所以，"陀思妥耶夫斯基式"的人物是具有现代色彩的，但还保留着传统的胎记。陀氏对人的异化的认识已远比同时代的作家来得深刻，他的小说表现的人的异化形态蕴涵了浓厚的现代文化意味。

陀思妥耶夫斯基小说中处于迷惘困惑中无法自我定位的人物的互相争辩，既表现出作者对传统文化价值观念的怀疑与依恋，也表现出作者对新的文化价值观念的忧虑与认同。这是一种极为复杂而矛盾的文化心态，这也是新旧社会转型时期的时代特征和人们普遍的文化心理状态。"虫"相的人尊崇的是人道的原则，体现着人性的美，代表着传统的基督教人本主义价值观念。然而，他们在"兽"性的人的逼迫下沦落为"虫"，意味着传统价值观念所面临的严重危机。小说中的人物对"虫"相的自我的矛盾心态，正体现了作者对传统价值观念的怀疑。"兽"性的人尊崇的是为所欲为的极端个人主义原则，体现着人的个性的绝对自由，代表了正在崛起的新的价值观念。然而，他之沦落为"兽"，显示出了人性的阴暗与丑恶，表现出了对人类自身生存与发展的巨大破坏性。正是由于"兽"性的人的出现和存在，才使人沦为"虫"，人类社会才变得那么冷酷，才充满了危机。如果说，人类社会将是"兽"性的人的一统天下的话，那么，这将是一幅怎样可怕的情景呢？卡拉马佐夫父子的争斗与残杀，以及"宗教大法官"统治下的那个社会便是很好的说明，《罪与罚》中拉斯柯尔尼科夫最后做的那个怪诞的梦，更是人类可怕前景的象征和预言：

　　……所有的村镇，所有的城市和民族都染上这种疾病而疯狂了。他们惊恐万状，但彼此都不了解，每个人都认为只有他自己拥有真理，而在看别人的时候又非常苦恼，捶着自己的胸膛，哭泣，伤心欲绝。他们不知道应该评价什么人和怎么评价，对什么是善，什么是恶，也得不到一致的看法。他们不知道应该判谁有罪，判谁无罪。人们出于毫无意义的仇恨，互相残杀。他们集成大军，互相攻打，但军队还在途中行军就自相残杀起来，队伍溃散了，军人们互相火拼，互相砍杀，你咬我，我咬你，你吃我，我吃你。……

这个"梦"的世界，就是"兽"性的人横行的世界。在那里，美丑颠倒，是非混乱，个性的绝对自由使人性阴暗与丑恶的一面袒露无遗，人蜕变成了"兽"。这个"梦"固然是荒诞的，但它象征了价值观念变换后的未来的人类世界，它也预告了即将到来的20 世纪的欧洲社会。这个"梦"既表现出陀思妥耶夫斯基对人性阴暗面的深刻洞察，也表现出他对"兽"性的人、人性的恶以及人类前景的深深忧虑。这种忧虑颇似当代英国小说家戈尔丁在《蝇王》中表露的对人性黑暗的忧虑。陀思妥耶夫斯基对"兽"性的人的着力描写，表明了他对人性恶的正视，也表明了他对业已存在的新价值观念的认同。但是，在内心深处，他又不愿意接受它，不愿意接受"兽"性人的世界，正如伊凡不愿接受"上帝创造的世界"一样。由此可见，陀氏对"兽"性的人始终是认同与忧虑交混的。这种矛盾又使他对上帝恋恋不舍。事实上，他从来也不曾割断过对上帝、对传统价值体系的依恋之情。"上帝"式的人的文化内质就是人道原则、人性善的象征，在这一点上，与"虫"相的人相同。尽管"上帝"式的人在小说中是惨白无力的，但毕竟给人以安慰，给人以安全感。只是陀思妥耶夫斯基塑造"上帝"式的人的时候，难道不知道他仍将沦为"虫"吗？这正是陀思妥耶夫斯基的困惑。所以，陀思妥耶夫斯基小说中人物自我定位的困难和叙述方式的复调性，其深层文化内因是现代价值观念冲击所引起的传统文化板块的裂变。从这个意义上说，陀氏小说既有传统文化的胎记，又蕴涵了比托尔斯泰、巴尔扎克等现实主义作家更丰富的现代文化基因。陀思妥耶夫斯基为现代文化基因原始积累的完成作出了重大贡献。

第六节　福楼拜：跋涉于沙漠中的骆驼

　　福楼拜，一个独身主义者，一个冷漠的悲观主义者。他憎恨人间的丑恶，逃避尘世的喧闹，悄然隐居乡间，藏身于艺术的象牙之塔中，寻寻觅觅，度过了孤独而寂寞的一生。面对那充满缺陷的世界与人生，他不惊惶，不恐惧，不哭天嚎地，也不指望拯救，似乎上帝并不存在，似乎一切原本就如此。他的小说在对生活作现实主义的无情解剖与批判时，并不描绘令人振奋的理想的光环，主人公几乎都是难以自救的失败者。福楼拜自己说："我的性格本身就有缺陷，寻找的还永久是缺陷。"[1] 在他那里，往昔的理想主义已失去曾有的辉煌，只剩下一堆没有充分燃烧的灰烬。于是，常常有人责备：福楼拜小说的悲观主义、虚无主义色彩太浓重了。确实，他悲观，他冷漠。不过，他也执著——一种从冷漠中透出的执著。他厌恶甚至逃避丑恶的现实，然而，他又无声地驮负起来自生活与心灵的痛苦与焦灼，默默地进行着："由美而抵于真理的不断的寻求"；"他用人生给自己编织了一件苦衣，时时擦破他的皮肤"，[2] 去完成他艰难的跋涉。福楼拜的

---

　　① 　福楼拜致高莱女士书，转引自李健吾《福楼拜评传》，湖南人民出版社 1980 年版，第 12 页。

　　② 　福楼拜致尚特比女士书，转引自李健吾《福楼拜传》，第 57 页。

文化人格不同于巴尔扎克，也不同于托尔斯泰，因为，他比他们更少了一份对传统文化母体的心理眷恋，从而更走向了现代。

一　"幸福是一个债主，借你一刻钟的欢悦，叫你付上一船的不幸"

> 小姑娘到了热天，
> 想情郎想得心酸。
> ……

当爱玛瞒着丈夫，与赖昂在卢昂城的一家小旅馆沉湎于"爱"的欢乐中时，一个瞎子乞丐在她的身边唱起了这首小曲。那凄婉的歌声，震颤了爱玛的心灵，扰乱了她的心境，顿时，她如坠地狱，心底油然升腾起莫名的恐惧……

奇怪的是，在爱玛弥留之际，门外又传来了瞎子乞丐的歌声：

> ……
> 这一天起了大风，
> 她的裙带失了踪。

闻声，昏死中的爱玛如一具触电的尸首，陡然坐了起来，睁大眼睛，发出疯狂、绝望的狞笑，仿佛看见乞丐正站在永恒的黑暗里吓唬她。一阵痉挛之后，她咽气了。她的悲剧中透出了人生的悲苦与凄冷。

那幽灵一样的"瞎子"，其实就是爱玛，就是人自己！福楼拜在《包法利夫人》中，表述了他对人和人生的深刻领悟，所以他说："爱玛，就是我！"

福楼拜的悲观厌世思想，是从物质的和肉身的人的非永恒性以及人的本质的虚无中得出的，这是他对人的生命本体意义的追寻。福楼拜对生命意义的这种深层体悟，发端于他青少年时代的生活。他自幼就感受着病弱之躯的种种痛苦。他一直患有一种神秘而奇怪的脑系病。他的作为医生并且颇有名气的父亲，却对自己儿子的病束手无策。一直到23岁，这种病痛依然折磨着福楼拜。他的父亲在绝望之际，为他挖好了墓穴，只是福楼拜并没过早地死去。但是，这种由疾病带来的肉体的与精神的痛苦，引发了他对人和人生的独特的体验。他说："然而我自己，因为脑系病，却得到了不少的经验。"① 这种经验，就是对肉身的人的虚无与痛苦的体悟，对生命意义的怀疑："虚无如何侵入而占有我们！才一落地，腐烂就上了你的身体；结局人生不过是它与我们的一场永战，而且越来越占优势，直到临了死亡。"②

另外促使福楼拜去体悟生命之虚无与痛苦的是，他儿时亲眼目睹的那一幕幕有关病人的痛苦与死亡的惨景。他家的隔壁是医院的病房与解剖室，那里面的情景，深深地印入了他的记忆。他在回忆中说：

> 市立医院的解剖学教室正对着我们的花园。有多少次同我妹妹，我爬上花架，悬在葡萄当中，好奇地望着罗列的尸身！太阳射在上面；同一的苍蝇，翱翔在花上，在我们的头上，落到那边，飞回来，又嗡嗡地响着！③

---

① 福楼拜致翟乃蒂夫人书，转引自李健吾《福楼拜评传》，第29页。
② 福楼拜致高莱女士书，转引自李健吾《福楼拜评传》，第27页。
③ 李健吾：《福楼拜评传》，第23页。

尸首是光的，躺在床上，从他的伤口依然渗出血来；脸是可怕的皱缩着，眼睛睁开了，转向加尔细亚那面；尸首的无光而郁暗的视线逼下来，他的牙也响了起来；嘴巴半张着，好些大肉蝇子，嗡嗡地，一直落在他的牙上；颊上的血凝结住，有五六个蝇子胶在里面也飞不开；同时皮肤灰白，指甲惨白，臂与膝盖也有伤口。①

我们看见死者，在可怕的恐怖之中的死者。但是一层厚厚的浓雾立即上升，好些时候阻住我们往清楚里看：他的肚子咕烂了，胸和臀是一层无光的白色；往近里走，马上看出这种白色是无数的蛆虫，贪婪地啃着。②

这一幅幅人生凄惨可怖的图画，也像蛆虫一样啃食着福楼拜稚嫩的心灵，使他的心罩上了浓重的灰暗与忧愁，从而形成了他悲观、虚无与厌世的人生观和世界观。很自然的，福楼拜"所看到的往往是事物相反的一面，看到孩童，脑中立刻浮现老人；看到摇篮便想到墓场；面对大夫不由得联想到他的骸骨；看到幸福，则引发我的悲思；看到悲伤的事情，则产生事不关己的心情"。③这是一颗何等冷漠的灵魂！

福楼拜对生命、人和人生的把握与认识的路线是十分清楚的：物质的、肉身的东西是不能永恒的，而人是物质的、肉身的，因此人和生命是瞬息的；人生的过程就是走向衰朽、死亡的过程，因而人生是痛苦的、无意义的和不值得依恋的；凡是由物质和肉身引发出的幸福是短暂的，并且最终将带来痛苦与不幸；

---

① 福楼拜：《佛罗伦萨的瘟疫》，转引自李健吾《福楼拜评传》，第24页。
② 福楼拜：《惨痛》，转引自李健吾《福楼拜评传》，第24页。
③ 转引自厨川白村《西洋近代文学史》，第141—142页。

因此人生的过程本质上是痛苦与不幸，生命在终极意义上是虚无。正因如此，福楼拜认为："不幸人人相同，逃不脱物质的条例。"① 既然人人逃不脱物质的条例，而人的存在首先又是物质的，因而，福楼拜又认为，"人不自由。我没有自由选择"。② "你，自由，一落地，你就承有一切父母的疾苦；一生下，你就收到所有罪恶的种子，甚至于你的愚蠢，你评判自己、人生与环境的标准。"③ 所以，人从生到死，不过是"命运"手中的玩物。他说："至于我的宿命观，你见怪也罢，反正结在我的深处。我确然信之。我否认个体的自由，因为我不觉得我自由；至于人类，你只要念念历史，就看得出来它不总是朝企望的方向进行。"④ 福楼拜从人的物质属性的基点出发寻找人类生命的意义与价值，对人类的总体价值给出了否定性结论。

在这个基础上，福楼拜又主张人要顺乎所面对的现实生存环境，"接受事物本来的面目"，⑤ 不必苦苦追求欲望的满足及由此而来的"幸福"。他说："决不要想望幸福，这要招魔鬼来的，因为这种观念就是他造出来的，好叫人类吃苦。天堂的概念比起地狱的概念，其实更加地狱。幸福的假设，比起永生苦难的假设更加惨苦，因为我们命里注定了达不到。"⑥ 所以，他告诫人们，"幸福是一个债主，借你一刻钟的欢悦，叫你付上一船的不幸"。⑦ 然而，负有沉重肉身的芸芸众生，常常不能领悟自身的这种悲剧性"宿命"，不能洞察物质的、肉身的自我的局限性，

---

① 李健吾：《福楼拜评传》，第 37 页。
② 同上书，第 39 页。
③ 同上书，第 40 页。
④ 福楼拜：《一个疯子的日记》，转引自李健吾《福楼拜评传》，第 39 页。
⑤ 福楼拜致高莱女士书，转引自李健吾《福楼拜评传》，第 39 页。
⑥ 李健吾：《福楼拜评传》，第 43 页。
⑦ 同上。

因而无法超越与抵御种种来自物质和肉身的欲望，一味沉湎于物质的与肉身的"幸福"的无穷追逐与满足之中，成了一个浪迹于苦难尘世的四处碰壁的"瞎子"。《包法利夫人》正是福楼拜的这一人生价值观念的艺术形式的表达。

福楼拜自己说：爱玛是"一个接近女性的女主角，一个通常所见的女人"。[①] 也就是，爱玛是一个具有通常人的生命活力，同时也激荡着种种欲望的人，是芸芸众生中一个物质的、肉身的人。她的种种欲望，激发了她对生活的无穷想象与渴望，具体表现为对"爱"与"幸福"的追求。这种"爱"与"幸福"虽然不无心灵的、精神的因素，但其主体与原发动因是肉身的和情欲的。她向往"爱"与"幸福"，而在她的现实生存环境中却不存在，于是，她不接受这个环境，不承认这个现实，不满足于她和包法利医生的那种平板、枯燥、乏味的生活。她对现实具有叛离心态。其实，她所想象的"幸福"不过是福楼拜所说的"属于虚伪的诗"[②]，也即由肉身欲望激发并借助幻想营造出来的传奇世界。她明明生活在现实的环境，欲望却盲目地把她引升到传奇的世界。她一味地听凭欲望的驱使，试图让"爱"永远充满疯狂的激情，甚至认为"爱"就是激情，"幸福"的快乐也是实实在在的，理想的情人也是实实在在的。既然如此，人的使命在于不断去寻找这种"爱"与"幸福"，不断去享受快乐。每当找到这种快乐时，她兴奋不已，生活也进一步被她虚化和诗化了。在她第一次与罗道耳夫幽会时，小说是这样描写她的激动与忘乎所以的：

---

① 福楼拜致尚特比女士书，转引自李健吾《福楼拜评传》，第 99 页。
② 同上。

> 我有了一个情人！一个情人！
>
> 她一想到这上头，就心花怒放，好像刹那间又返老还童了一样。她想不到的那种神仙欢愉，那种风月乐趣，终于到来。她走进一个只有热情、销魂、酩酊的神奇世界。周围一望无涯的碧空，感情的极峰在心头明光闪闪，而日常生活只在遥远、低洼、阴霾的山隙出现。

爱玛在与罗道耳夫的偷情中感受到了人生的"幸福"，找到了她向往中的"爱"。当罗道耳夫背叛她后，爱玛又在赖昂那里找回了一度失落的"爱"，同样沉湎于"幸福"与快乐的自我陶醉中。与以前不同的是，爱玛在反复地体验了"爱"与"幸福"后，也渐渐感觉到这种激情之"爱"的非永恒性。她和赖昂相处一久，"他们太相熟了，颠鸾倒凤，并不又惊又喜，欢好百倍。她腻味他，正如他厌倦她。爱玛又在通奸中间发现婚姻的平淡无奇了"。时间告诉她，婚姻和奸淫同样的平板、乏味、现实，或者说，奸淫里并没有她要找的永久的"爱"与"幸福"。可是，爱玛在感悟到"爱"的非永恒性，并感到失望之时，却没有意识到这是人的物质性所决定的，因而又寄希望于通过变换爱的对象，通过无止境的寻找使"爱"成为永恒，这就决定了她的寻求永远是盲目的，等候她的也永远是失败与失望。在爱的对象一个个离她而去时，爱玛的幻想最终破灭了，她从五彩缤纷的传奇世界飘落到切切实实、无法回避的现实世界。于是，她大梦初醒：原来"爱"并非永恒，"幸福"也不存在。实质上，爱玛追求"幸福"的过程，正是不断失败、走向痛苦与绝望的过程。但她并没意识到这点，只是让肉身的欲望牵着鼻子往前走，她一直是一个"瞎子"。爱玛最后说："谁也不要怪罪。"因为，一切在于：她自己是一个"瞎子"。

二　"我要的是无限里的美丽，我寻见的只是怀疑"

既然建立在肉欲之上的"幸福"是不可求的，那么，人就应该让灵魂去克制肉身的欲望，寻找精神的、心灵的"美丽"，寻找灵魂的幸福。"人生最高的努力是跳出物质的困惑。"[1] 同理，爱的追求应该跳出肉欲的困扰。"如果人生有点儿意义，意义不一定就在作爱。还有比这美丽的，就是我们的精神活动。"[2] 这是福楼拜在人的"灵"与"肉"之间找到的新的答案。他的独身主义生活方式中不能不说有追求精神的、崇高的爱的动因，然而，困难的是人首先是在物质的与肉身的基础上存在的，"我们不能离开物质而生存，如果灵魂不能全然驾驭物质，物质却有力量影响灵魂"，[3] "我们不过靠着事物的外在生存……我敢说物质（身体）比气质（道德）重要"。[4] 灵魂、精神无法离开肉身而存在，也无法彻底抵御肉欲的诱惑，这是生命存在的奥秘。彻底否定肉身与肉欲，也就等于否定了生命本身，等于只承认死亡。这实在是令人两难的尴尬！"灵"与"肉"较量的结果常常是："灵魂想出来做帝王，不料反被臣民羁绊住。这两个绝对背道而驰的境界……只要一点点嫌隙，势必马仰车翻，永生于一种不和谐的挣扎。"[5] 生活中的福楼拜自己，也曾处于"灵"与"肉"矛盾的尴尬之中。他不结婚，却又不断地爱；他企图保持爱的纯洁与美丽，却又追求肉欲的满足与刺激；他热恋着高莱女士，却又极少与她见面，还拒绝了她的结婚请求。福楼拜"爱"的矛盾与困

---

① 李健吾：《福楼拜评传》，第41页。
② 同上。
③ 同上书，第37页。
④ 福楼拜致鲍思盖女士书，转引自李健吾《福楼拜评传》，第39页。
⑤ 李健吾：《福楼拜评传》，第37页。

惑，既有对肉欲的恐惧，又有对爱的崇高、纯洁和精神、灵魂之
"美丽"的忧虑。这种"爱"的矛盾与困惑的情感、心理外化为
文学，就是他的《情感教育》。

《情感教育》的主人公弗雷德利克和爱玛相仿，在经历了三
次"爱"的曲折后走向了精神的幻灭。不过，弗雷德利克的
"爱"与爱玛所追求的"爱"有天壤之别。如果说爱玛沉湎于永
不餍足的肉欲之爱的话，那么，弗雷德利克则鄙视这种肉欲之爱
而追求心灵的、精神的爱，寻找灵魂的"美丽"。在那次从巴黎
返回故乡的海上旅行中，年方 15 的翩翩少年弗雷德利克与他以
后倾心爱恋的阿尔努夫人邂逅。留在他记忆中的阿尔努夫人是一
个超凡脱俗的圣女。作者是这样描绘弗雷德利克第一次见到的阿
尔努夫人以及他内心感受的：

> 突然，他仿佛看见一个圣灵出现了。
>
> 她独自坐在板凳当中，或者说，至少他没有看到其他任
> 何人，因为她的眼睛使他眼花缭乱……
>
> 她头戴宽边草帽，背后几条玫瑰色飘带随风飘拂着。黑
> 色的头带，绕过一双浓眉梢，压得低低的，仿佛特别精心地
> 贴在她的鹅蛋脸上。一件圆点子花的浅色细布连衣裙，铺撒
> 开来，形成无数褶裥。她正在绣什么东西；笔直的鼻梁，下
> 巴，整个身躯，都清晰地映在蔚蓝色天空的背景上。
>
> ……
>
> 他平生没见过像她那样光亮的褐色的皮肤，也没有见过
> 像她那样富有诱惑力的身段，更没见过她那样能透过阳光的
> 纤纤玉指。他惊讶地端详着她的针线筐，仿佛在看一件什么
> 宝贝。她姓甚名谁，家住何方，生活得怎样，经历如何，一
> 连串问题涌上心头。他希望能看一看她卧室的摆设，见一见

她穿过的所有衣裙，结识一下她交往的人。然而，由于被一
种更为深沉的欲望所支配，由于一种折磨人的巨大的好奇心
占了上风，肉体上占有的欲望反而消失了。

这些描写中，透出了弗雷德利克最初对阿尔努夫人的爱的情感。
这种爱不能说没有情欲的成分，但情欲很快升华为情感的、心灵
的爱，而且以后他们一直保存着这种爱的纯真，从而显示出他们
情感与心灵的"美丽"。他爱她，至真至诚，但不求任何报答；
他爱她，至深至切，却没有海誓山盟的表白；他爱她，如痴似
狂，却永远只停留在精神与心灵的交流之中。他像最初见面时一
样，在以后与阿尔努夫人的交往中，弗雷德利克也曾有过欲望的
萌动与肉体上占有的想象，但每逢见到阿尔努夫人时，他的情感
瞬即净化了，就连直接向她表达爱的勇气也丧失了。小说曾写
道："弗雷德利克对阿尔努太太的了解越多（也许正因为如此），
反而越比从前胆怯。每天早上，他都发誓这回要放大胆子，可
是，由于一种难以克服的害臊心理，每天依然如故。此外，他没
有任何榜样可借鉴，因为这个女人不同于一般。凭借幻想的力
量，他早把她置于凡人之外。每当她在身旁，他就觉得自己活在
世上微不足道，远不如那些从她剪刀上掉下来的细碎绸子有意
义。"弗雷德利克把对阿尔努夫人的爱作为情感的与精神的"美
丽"去精心地爱护她。然而，这个切切实实肉身的弗雷德利克，
虽然有精神的"美丽"，有纯洁情感的自慰，但情欲的冲动并没
因此而消解，他的人格结构趋于双向分裂状态。一方面是"灵"
的自我在与阿尔努夫人相爱，另一方面，"肉"的自我则轻而易
举地使他接受了萝莎妮和唐布罗士夫人。他在这两个女人身上得
到了情欲的满足。他和她们两人的"爱"是爱玛式的肉欲之爱。
弗雷德利克在与这两个女人谈情说爱时，俨然是一个风月老手，

显得胆大妄为，放荡不羁，情感的崇高、精神的"美丽"是不存在的。初时，他也渴望这种肉欲之爱，并把它视为"难以言喻的幸福"，但是，这种幸福实现了之后，他也不觉得愉快。这又更促使他珍视对阿尔努夫人的这份圣洁的情感，从中找到了在萝莎妮与唐布罗士夫人那里不曾有的精神自慰，甚至从中感受到了人生与生命的"美丽"。令人悲伤的是，阿尔努夫人留给他的这种"美丽"最终又成了幻影。那是在 27 年之后，经过种种人生的曲折，弗雷德利克依然眷恋着昔日的阿尔努夫人。此时的阿尔努夫人，丈夫去世，孑然一身。这天晚上，阿尔努夫人意外地出现在弗雷德利克门前。他们彼此激动不已，在热烈的拥抱之后，互诉衷肠。弗雷德利克说，从前，"如果我们彼此相属，我们本来会多么幸福啊！"果真会如此吗？阿尔努夫人脱掉帽子，在灯光照射下，弗雷德利克看见了她的满头白发！他顿时如遭当胸一击，但竭力掩饰了这种内心的震颤。她对他说："我恨不得使你快乐。"闻此言，弗雷德利克以为她是来为他献身的，他内心产生了"一阵强烈、疯狂、热切的欲望冲动"，可是，随即"他感到一种难以言喻的心情，一种厌恶，一种乱伦的恐怖……使他不敢逞其所欲"。在异常惊讶之后，阿尔努夫人像母亲一样吻别弗雷德利克，还剪给他一绺白发，说："留下它吧！永别了！"这一绺白发对弗雷德利克来说是残酷无情的，它意味着毁灭、死亡与空无，它像一堆白骨！福楼拜从人的本体的角度，说明了灵魂的和精神的幸福与"美丽"亦是不存在的，非永恒的，因为灵魂与精神的东西不能脱离肉身的与物质的载体而存在。"我要的是无限里的美丽，我寻见的只是怀疑"。[①]

---

① 福楼拜：《一个疯子的日记》，转引自李健吾《福楼拜评传》，第 42 页。

三　"我有一个非常过分的欲望，可是我从来没有给它们一个满足"

物质的、肉身的幸福和灵魂的、精神的"美丽"在现实的人生中都不可求，都不存在，那么，苦难的人类要获得生存的宁静，就得割舍诸多尘世的欲求：物质的、肉欲的、情爱的、荣誉的、权势的……要超越物质，归根结底要超越尘世，进入宗教的境界。福楼拜的一生，也做着这种超越尘世的努力。他厌弃现实，回避生活，克制欲望，过着苦行主义的生活。他说："我有一个非常过分的欲望，可是我从来没有给它们一个满足。"[①] 他与世无争，把艺术作为自己的宗教，企图借此忘却尘世的烦恼，得到人生的闲静。他还说，"人生如此丑恶，唯一忍受的方法是躲开。要想躲开，你唯有生活于艺术，唯有由美而抵于真理的不断的寻求"。[②] 他又说，我过着"一种牧师的生活，我仅仅缺少道袍而已"。[③] 确实，在常人眼里，福楼拜的生活方式是古怪的，似乎也清静安宁，其实这只是表面现象而已。他的内心深处，并没有也无法真正与尘世的物质现实和欲望绝缘，他要消除原本"非常过分的欲望"是何等困难。他自己说："再也没有比我纷扰、忧苦、激动、涂炭的了。我没有连着两天或者两点钟在同样的情境之中。"[④] 尘缘难以割舍，欲望无法消解，理性意识又如此敏锐地予以领悟，于是就有福楼拜灵魂深处的绵绵痛苦。这是人的痛苦。在此，我们又看到了一个双向分裂的福楼拜——双向分裂的人，他恰似《圣安东尼的诱惑》中的安东尼。

---

① 福楼拜致尚特比女士书，转引自李健吾《福楼拜评传》，第 48 页。
② 同上书，第 57 页。
③ 福楼拜致高莱女士书，转引自李健吾《福楼拜评传》，第 36 页。
④ 同上书，第 56 页。

安东尼是公元 3 世纪埃及的一名修士。30 年前，他不顾母亲和情人的苦苦挽留，抛家离乡，当了隐修院的修士。在漫长的隐修生活中，他"苦修苦练，功德完满"，信徒众多，德高望重。像他这样的高僧，总该有一个无欲无求的宁静心境了吧，其实不然。进入隐修院后，他从没忘却尘世的生活。他向往着当语法学家、哲学家、天文学家，得到人们的崇敬；他想象着从军参战，建立功勋，辉煌于众人之上；他憧憬着拥有金钱，获得为所欲为的自由；他也想象过妻贤子孝，得享天伦的乐趣。安东尼一直凡心不死，他的修士的显赫功德，是在不断地克制与消除来自尘世的诱惑中取得的。30 年后，正当功德完满之际，他抚今追昔，内心反而更添了骚动与不安。他的那一系列怪诞的梦，正好泄露了他意识深处无尽的欲望与痛苦。

太阳西沉，安东尼经过一天的劳作，闭目冥思，深感修行生活的苦闷。进入梦乡之后，魔鬼开始对他施行种种诱惑。首先，他梦见，"大块红色的肥肉，硕大的鱼，带羽的鸟，带毛的兽，几乎和人体同色的水果。雪白的冰块和淡紫色的水壶交相辉映"。这勾起了安东尼巨大的食欲。接着，他梦见自己拥有"大量的钻石、红宝石、蓝宝石，带有帝王肖像的大金象喷水池涌出的泉水，一起往外喷流，竟在地上形成了一座小山丘"。他的财物占有欲剧烈地膨胀，"我要去那里亲自领略成堆的金子被我踩得往下沉的滋味。我要把双臂伸进金子堆里，就像伸进粮食口袋一样。我要用金币擦脸，我要睡在金子上面！"继而，他又梦见美艳的示巴女王来向他求爱："倘若你把手指放到我的肩上，你血脉里便仿佛燃起了火。你占有我身体最小的部分都会比征服一个帝国更加快活。把你的嘴唇伸过来吧！我的亲吻有如香甜的水果，会在你的心田里溶化！啊！你会怎样在我的云鬓里忘情，怎样吮吸我的酥胸，怎样为我的四肢惊喜得发呆，怎样为我的眸子激动，怎样在我的怀里天旋地转呀！……"示巴女王的诱惑激起了安东尼强烈的情欲，但他同时也在胸前划起了十字。食欲、财欲、情欲等都是修士应当禁绝的，但安东尼的梦却折射出他心灵深处欲望的冲动，说明他在外表的宁静、圣洁里，隐藏着灵与肉冲突而来的痛苦与焦虑。所以，安东尼外表的平静与虔诚，不免有几分失真与伪善，尽管这是出于无奈。正如他的弟子希拉瑞昂当着他的面所指责的："伪君子！沉溺于孤独是为了更痛快地纵欲！你戒肉，戒酒，不去浴室，不用奴仆，谢绝荣誉；然而你纵情想象筵宴、香料、裸体女人和喝彩的群众。你的节操只是更巧妙的腐化，你蔑视尘世是说明你憎恨它而又无力反对它。"这一番话，颇为合乎安东尼的内心真实。消解欲望，是何等的困难！福楼拜通过对安东尼一夜的焦虑与痛苦的描写，不仅披露了自己的内心体验，也揭示了人的真实的生存状态：生命存在，欲望不止；生命与欲望同在，生命与痛苦、焦虑同在。

四　"我已安心做一辈子苦工，不再想望什么报酬"

从《包法利夫人》、《情感教育》和《圣安东尼的诱惑》中我们可以看出，福楼拜的悲观主义思想比巴尔扎克和托尔斯泰要深重得多，也说明了他的文化观念更走向了现代。巴尔扎克与托尔斯泰都体悟到了人性的趋恶性，因而对人失去了人文主义的乐观。但他们又眷恋过去，对人性的复归仍存有一线希望，这正是他们对旧文化价值体系的依恋，也体现了他们在关于人的文化价值观念上的两重性。福楼拜认为，人性非恶亦非善，人的悲剧在于无法超越自己肉体的和物质的属性。人的肉身是生命的载体，来自肉身的欲望正是生命存在的标志。放纵欲望，便是加速生命消耗的进程，也就加速了生命的毁灭；克制欲望，寻求精神和灵魂对物质的超越，根本上又扼制了生命，于是又引来了无穷的痛苦。因此，生命以及人类在本体意义上是痛苦与虚无的，上帝也好，人自身的理性也罢，都无法使人获救。福楼拜对人类的总体价值产生了怀疑甚至否定。他的悲观主义不是基于基督教的"原罪说"，而是基于对人类生命本体的深层把握，他的关于生命的痛苦与虚无的观念，接近于叔本华的悲观主义理论。叔本华认为，人的本质就是意志，意志即欲求，欲求即痛苦；痛苦是生命本质的和不可避免的东西，人生是一种迷误；意志好像一个勇猛刚强的瞎子，因为它是不可遏止的冲动，是一切欲望的根源，但它是盲目的。福楼拜和叔本华所认为的人的痛苦，都基于人自身的欲望，也即生命本身。显然，福楼拜的文化人格远离了近代基督教—人本主义文化价值体系而近似于现代非理性主义文化。从这个意义上说，福楼拜的《包法利夫人》、《情感教育》等小说都不只是从一般婚姻道德意义上描写爱情故事的，《圣安东尼的诱惑》也不只是表现一般的反宗教主题，而都是从文化哲学的高度阐释人类生命本体的价值与意义。这种对人与社会的认识与把握方式也是具有现代意味的。

既然人生是悲观的，痛苦在所难免，那么，现实的人如何面对现实的人呢？这是困扰 20 世纪现代人的难题，而福楼拜在 19 世纪中后期就已体悟到并有了自己的回答。他的态度是，以冷漠态度面对人生，不要企求什么幸福，也不要为痛苦而悲天悯人，而要承认这一切，只管做你的事——对他来说就是艺术；"生慰死，死亦生"①，但求行动，不求结果，面对虚无，一直往前走。他说："我怀疑一切，而且这有什么要紧？和一个黑奴一样，我已安心做一辈子苦工，不再想望什么报酬。"② "我一点不爱生

---

① 福楼拜致高莱女士书，转引自李健吾《福楼拜评传》，第 41 页。
② 同上书，第 43 页。

命，我也一点不怕死亡。绝对的虚无的假说也丝毫引不起我的畏惧。任何时候：我可以安然投入漆黑的巨壑。"① 福楼拜不对人生抱任何热望，而唯有冷漠的悲观，然而，其中也蕴藏着无力而为的执著。这种执著，是他的世界观与人生观的又一层面，更是他为人类找出的与人的"宿命"抗争的方法与态度。有了这份冷漠的执著，他的文化价值观念又超越了叔本华的绝望的悲观主义。福楼拜晚年的短篇小说《一颗简单的心》，正好凝结了他晚年的文化观念。

身为女仆的全福是小说的主人公。她一辈子默默地劳作，灾难一个个地降临于她身上，她都一一承受着。没有超越现实的期望（正与爱玛相反），没有"美丽"的精神追求（与弗雷德利克相反），也没有无穷的欲望要克制，因而也无所谓痛苦与焦虑（与圣安东尼相反）。在人世的风风雨雨中，送往迎来，她认为都是自己的使命，一切本该如此。最后，她悄然告别了尘世。全福的一生，固然反映了作者对贫苦劳动人民的同情，但在深层意义上，是人类命运的一种写照。人生在本质上就是这样卑微、平淡、孤寂和凄冷的，而人人都必须去承受它，完成它。小说的主旨是不无悲观情调的，但又表现了冷峻与执著。福楼拜没有托尔斯泰那份"寻找新的上帝"的理想主义信念，却更多了一份西西福斯那种明知不可为而偏要为之的坚毅与自信。因而福楼拜的文化人格中也更多地蕴涵了现代文化基因。

福楼拜说："我走过一个无尽的寂寞，走向我不知道的地方……"②

我们说：他那时正走向 20 世纪，前面有更广缈的精神沙漠，

---

① 福楼拜致尚特女士书，转引自《福楼拜评传》，第 25 页。

② 福楼拜致乔治·桑书，转引自李健吾《福楼拜评传》，第 55 页。

而他就是那沙漠中的一匹骆驼。

第七节 左拉:"人"的神话的陨落

左拉是自然主义理论的倡导者,同时也是自然主义文学创作的实践者,他在法国自然主义文学史上具有奠基者的功绩与地位,但是,左拉的巨著《卢贡·马卡尔家族》却说明了他同时又是巴尔扎克开创的法国现实主义的继承人。我国评论界也一直认为左拉的创作"达到了现实主义的高度",有的还认为左拉可以与巴尔扎克相媲美。[①] 在此,我们无意于去辨析左拉小说在哪些方面是现实主义的,哪些方面又是自然主义的,这不是本书研究的根本目的。左拉既然是从现实主义走向自然主义的,并且,自然主义的写实精神与现实主义有同源关系,那么,我们姑且把左拉放在现实主义的范畴内,从现实主义文学发展演变的角度,来探讨他的创作的现代文化基因,这样也许更容易使我们看清 19世纪现实主义从传统向现代延伸的潜在轨迹。

以科学精神指导文学创作,在 19 世纪前期现实主义文学中已是一个普遍现象。然而,完全把文学创作理解为对人的科学研究和科学实验,把作家当成医生和解剖家,那是左拉等自然主义作家那里才有的。特别是左拉,他有一整套系统的理论。左拉对自然科学的不无极端化的强调,从渊源关系上看,是巴尔扎克、福楼拜等作家的现实主义"真实观"的逻辑发展,但其中又包含了新的文化内涵,从而又体现了左拉对巴尔扎克式现实主义传统

---

① 参阅柳鸣九《关于左拉的评价问题》(一)(二),见《外国文学评论》1989年第 1、2 期。

的超越。左拉借助于 19 世纪下半期自然科学的新精神、新思维，把欧洲自文艺复兴以来对人的自我认识引向深入，在欧洲传统文学的花园中，播下了现代文化的种子。

一　"新人"形象的凸现

卡西尔认为，人是能利用符号去创造文化的动物，文化则是人的符号活动的"产品"，文化无非是人的外化与对象化，"作为一个整体的人类文化，可以称作人不断解放自身的历程"。[①] 因此，特定时期的文化，必然投射了特定时期关于人与世界的价值观念和总体认识。文学是人学，它作为构成文化的一个组成部分，不仅植根于特定的文化土壤，而且以人的价值观念的演变为自身演变的重要动力源。特定时期的文学中必然潜隐着该时期的文化的投影，因此，新旧文学思潮的更迭，必然也表现为文化观念的嬗变，新旧文学之间必然存在着文化时差。从这个意义上看，左拉走上自然主义的创作道路，是有其文化动因的，他的创作与他的前辈现实主义作家的创作之间，必然存在着一种文化时差。

在近代文明史上，自然科学的发展不断拓宽了人对自然与社会认识的视野，也改变着人对自身本质属性的看法。19 世纪是自然科学以前所未有的重大成就，大踏步地推动文明、文化进程的时代。其中，1859 年问世的达尔文的《物种起源》，是欧洲科学史、文化史上的一部划时代的著作，它在近代以来欧洲传统文化的"板块"上轰开了一道深长的裂缝。"这本书注定了要彻底改变人对于人自己的观念。在达尔文之前，人由于存在着所谓的灵魂而被排除在运动王国之外。但进化论却使人成了大自然的一

---

① 　［德］恩斯特·卡西尔：《人论》，上海译文出版社 1985 年版，第 288 页。

部分，成了运动世界的一个成员。这个激进的观点的被接受，就意味着对人的研究可以沿着自然主义路线去进行了。人成了科学研究的对象，除了他的更复杂性之外，跟其他生命形式没什么区别。"[①] 达尔文的进化论以及在这一理论影响下发展起来的生物学、生理学等自然科学，改变着 19 世纪后期欧洲社会的精神文化气候。左拉正是在这种文化背景中形成其有悖于传统观念的新文化价值意识，从而走上自然主义的创作道路的。

左拉是一位富有创新精神的作家。他崇拜巴尔扎克和雨果，但又为自己生于巴尔扎克和雨果之后而感到生不逢时。他的那种力求创新的个人意志时时警告着他：要超越巴尔扎克，而"不能像巴尔扎克那样"[②]。为此，左拉努力寻找一种能足以"向巴尔扎克挑战"[③] 并击败巴尔扎克的方法。这种方法首先来自于达尔文等人的遗传学、生理学理论。1864 年，法文版的达尔文著作在法国出版后，"左拉如饥似渴地阅读过"。[④] 达尔文认为，人是由动物进化而来的，人和动物在生物性这一层面上存在着共同性，生物性是人的自然属性，人类永远无法摆脱这种自然属性。这种理论深深触动了左拉，他曾经"被看作是生命化身的遗传学所激动"[⑤]，"生物的人"的观念也由此开始形成。他曾经构想撰写一个关于"科学或哲学的诗作的三部曲"[⑥]。达尔文是促使左拉的文化观念产生根本性变化的自然科学家。此后，左拉"又读

---

① ［美］卡尔温·斯·华尔：《弗洛伊德心理学入门》，新美国文库出版社 1979 年英文版，第 5—6 页。

② ［法］阿尔芒·拉努：《左拉》，黄河出版社 1985 年版，第 140 页。

③ 同上书，第 145 页。

④ 同上书，第 142 页。

⑤ 同上书，第 145 页。

⑥ ［美］M. 乔斯弗逊：《左拉和他的时代》，纽约大学出版社 1958 年英文版，第 71—72 页。

勒图尔诺医生的《情感生理学》。1865 年，克洛德·贝尔纳的
《实验医学导论》出版……左拉如获至宝地读过这部书……不仅
遗传学为他的小说里的人物提供了必要的联系，而且科学也为他
提供了新的表现方法"。① 在 1868 年到 1869 年两年间，他又仔
细研读过吕卡斯医生的《自然遗传论》，并作过详尽的摘录。吕
卡斯认为："人是大自然的缩影，研究人就是研究自然。在社会
方面，遗传牵涉到所有制，政治方面牵涉到主权，世俗方面牵涉
到财产。遗传是法制、力量、事实。"② 左拉一度将吕卡斯的遗
传理论看作科学真理，并用来研究人和社会。除自然科学外，当
时流行的实证哲学也深深影响着左拉"生物的人"的观念的形
成。孔德的实证主义理论是左拉自然主义理论的哲学基础。孔德
把社会现象解释为生理现象。他认为："社会的流通有如运动的
血液循环。整个社会像人的机体一样，存在着不同的部分、不同
的器官的互相关联的关系。正因如此，如果某一器官腐烂了，其
他许多器官将受到感染，于是，非常复杂的并发症将随之出
现。"③ 孔德的这种思想当时遭到严厉的谴责，"然而，左拉却选
中了他的这种思想"，④ 而且，以后他还根据这种思想绘制了一
幅关于人和社会的世系分支图，他的《卢贡·马卡尔家族》就是
以这个世系分支图为结构基础的。⑤ 丹纳的艺术哲学也为左拉自
然主义理论提供了理论依据。丹纳的理论是以生物学作为结构框
架的，左拉无疑通过丹纳的理论加强了他在人的问题的认识上与

---

① ［法］阿尔芒·拉努：《左拉》，第 142 页。
② 转引自郑克鲁《左拉文艺思想的嬗变及其受到的影响》，《上海师大学报》
1989 年第 3 期。
③ ［法］阿尔芒·拉努：《左拉》，第 143 页。
④ 同上书，第 143 页。
⑤ 同上书，第 178 页。

生理学的联系。总之，在自然科学与哲学的冲击下，左拉形成了对人与世界的新的价值观念和总体认识，传统的那个理性的、社会的、抽象的人在左拉头脑中成了"生物的人"。他认为："在所有人的身上都有人的兽性的根子，正如人人身上有疾病的根子一样。"[①]"具有思想意识的人已经死去，我们的整个领域将被生物的人所占有。"[②] 左拉的这种说法不免有些言过其实和极端化。其实，社会的、理性的人在左拉的观念中还是客观存在的，他所说的"具有思想意识的人已经死去"，只不过是当他拨开传统理性主义文化的迷雾，惊异地发现那个崭新的"生物的人"时产生的一种情感化的表述而已。当然这也说明他在情感上和理智上对"生物的人"给予了高度的关注，一个"新人"形象凸现在他的脑海中，而传统文化所描述的那个关于"人"的神话，在他的心目中已经支离破碎、模糊不清了。这标志着左拉的精神世界中新的文化观念的形成。

二 把人还原为生物

显然，在文化观念上，左拉超越了前辈作家巴尔扎克和雨果等人。对左拉来说，文学创作就是对人做实验，作家就是医生，而且，他认为，"作为生物学的人已经进入了文学，并且是那么强而有力"。[③] 在创作中，左拉并不对人做纯生理的研究，事实上也无法真正做到这一点，他往往把生理研究与社会研究结合在一起，因此，他的小说在描写人时，生理与遗传因素常常和社会因素结合在一起，从而展示第二帝国时代法国社会的真实风貌。

---

① 伍蠡甫、胡经之：《西方文艺理论名著选编》（中），北京大学出版社 1986 年版，第 203 页。

② 同上。

③ ［法］阿尔芒·拉努：《左拉》，第 178 页。

但是，生理学和遗传学始终是他研究人和社会的切入点和基本方法，"生物的人"也始终是他描写的中心。他是从"生物的人"这一透视点放射开去看人与环境、人与社会、人与人之间的关系，分析社会对人的作用的。因此，他的创作在文化价值观念上不无反传统倾向。

左拉在《卢贡·马卡尔家族》中要写的是"第二帝国时期一个家族的自然史和社会史"。这里，"自然史"的研究是"社会史"研究的起点和贯穿始终的主线。1869年，左拉在给出版商拉克多瓦提交的关于《卢贡·马卡尔家族》的写作计划中表明了他写这部巨著的基本设想：第一，研究一个家族的血统和环境的问题，逐步探索同父所生的几个孩子由于杂交和特殊的生活经历而形成的不同的情欲与性格。总之，以生理学上的新发现为线索，延伸到人的高尚品行和巨大罪恶得以形成的生活的深层，去开掘人类惊心动魄的戏剧。第二，研究整个第二帝国时代，从政变起到今天。通过典型的人物展示这个社会，描写英雄和罪人；通过描写各种事实和情感，并通过描绘千万种风俗和事件发生的细枝末节，来展现这个社会。从左拉的这个基本设想中可以看出，他描写人的前提是：人是生物。他在小说中要展示的就是生物意义上的人怎样互相联系、互相争斗并形成一个具有生物性联系的社会，这个社会又怎样制约这些人。不管左拉的这种设想与观念是否正确合理，事实上左拉是以此作为其创作的指导思想的。不管左拉能否不折不扣地按这一指导思想进行创作，但我们确实可以从他的小说中看到这样一个无法回避的事实：他笔下的中心人物基本上没有偏离他预先设计的家族血统图中的既定位置，这些人物大多具有明显的生理学特征；他描写的人的生存状况和社会结构是以自然性、生物性为内在基础的，这个"内在基础"就是他要寻找的"现实的内部隐藏的基础"。[①]

卢贡·马卡尔家族中的主要人物都是阿戴拉意德·福格两次结婚所生的。由于福格患有精神病,她与健康的卢贡结婚所生的后代中多数是健康的,但有的因遗传因素而患有精神病。福格在卢贡死后与神经不正常、酗酒成性的私货贩子马卡尔同居后所生的后代,都因父母双方的不健康而患有各种先天性疾病。显然,两大家族的成员都是按遗传规律繁衍开来的。而且,卢贡家族的后代中有的是金融家、医生、政治家等,成了上流社会的成员,而马卡尔家族的后代则多数是工人、农民、店员、妓女等,成了下层社会的成员。两大家族的后代在社会关系中的不同处境和结局虽然有其社会的原因,但作者充分强调了遗传因素的作用。这样的描写符合左拉的指导思想与创新原则,也体现出了"生物的人"的观念。

两大家族中的主要人物形象,虽然不能不具有社会的、理性的特征,但"生物的人"的特征使他们获得了新的文化的与审美的意义。《娜娜》中的娜娜可以说是情欲的象征符号,在她身上,左拉集中剖析了作为"生物的人"所具有的原始本能——性本能。性本能作为人的一种生物属性,是人类得以生存与繁衍的永恒能量,就其自然形态而论,无所谓善恶美丑,但在特定的社会群体、社会环境中,就获得了伦理道德的含义。左拉正是从自然的、生物学的角度出发,通过娜娜及其周围的人揭示性本能在社会群体中的具体表现形态,在这种表现形态中又显示出人的精神品格与道德风貌。这样一种表现方法,在当时无疑是惊世骇俗的。小说第一章中,左拉紧扣着性意识、性心理去描写娜娜那非

---

① 《外国文学参考资料》(19—20 世纪部分)下册,高等教育出版社 1958 年版,第 789 页。

同寻常的首次登场：

> 娜娜是裸体的。她凭着十分的大胆，赤裸裸地出现在舞台上。她对于自己能够主宰一切的肉之魔力，有十分的把握。她披着一块细纱，然而，她的圆肩，她那耸着玫瑰色的乳尖的健壮的双乳，她那诱惑地摆来摆去的宽大的双臂，和她整个的肉体，事实上，在她所披着的薄薄一层织品之下，那白的像水沫似的整个皮肤任何一部分都可以揣想得出，都可以看得见。……她举起两只胳臂，她腋下金黄色的腋毛，在脚灯的照耀下，台下也都看得见。……从她身上，飞出一道色欲的光波，就和冲动的兽类身上所发出来的一样，这个光波在散布，并且越来越强烈，充满了整个剧场。①

当娜娜这个原始本能的象征符号出现在舞台上时，观众的反应如何呢？作者有这样一段描述：

> 台下没有掌声。没有一个在笑。男人们往前紧倾着身子看，一个个露出郑重其事的面孔，和受了猛烈刺激的五官，嘴里都有一点发痒，有一点干燥。似乎有一阵风吹过去似的，一阵轻柔又轻柔的风，风里带着一种神秘的威胁。忽然间，发现站在台上的这个女人，像一个跳跃不定的孩子，她没有一处不暗示人兴起急渴的念头，她给人带到性的妄想，她把欲的不可知之世界的大门，给人们打开了。②

---

① 左拉：《娜娜》，安徽人民出版社 1982 年版，第 32—33 页。
② 同上书，第 33 页。

台上台下的两种情景给人们揭示的几乎是纯生理的人与人之间的互相吸引，这两幅图景中的人的存在状态几乎完全是一种生物性的自然状态。观众们以娜娜为圆心，在她发出的"性磁力"作用下，形成一个向心圆。整部小说所展示的人物关系，也就是这样一个向心圆型结构形态。使这个向心圆得以稳态存在的主要是"生物的人"所具有的那种性吸引力。莫法伯爵、舒阿尔侯爵、银行家史坦那、公子哥儿乔治和他的哥哥菲力浦、戏子丰当及其朋友普鲁里叶尔，等等，这些所谓的"社会名流"、"上等人"轮番追逐娜娜，个个都想将娜娜占为己有。正如左拉所归纳的："一群公狗跟在一只母狗后面，而母狗毫无热情，并且嘲弄着跟在她后面的公狗们。男性的欲念是使得世界不得安宁的巨大力量。在他们眼里，世界上只有供他们玩弄的女人和他们一心追求的荣誉与地位。"这里的"男人们"显然只能是特指那些腐化堕落的"上等人"的，在他们对娜娜的生物性追逐过程中，充分展示了他们卑下的道德风貌，也披露了畸形社会中人的变态的精神心理与情感世界。小说也因此拥有了批判法国社会现实的意义。但这都是在剖析人的性本能及其在特定社会关系中的表现形态的过程中得以实现的。所以，在《娜娜》的整个描写中都弥漫着性意识，主要人物形象的突出特征是生物本能的强烈奔突，小说为我们描绘的也是一个生物形态的人类社会——虽然其中不乏深刻的社会意义。

在《德莱丝·拉甘》、《人面兽心》和《土地》中，左拉通过对德莱丝·拉甘、雅克·朗蒂埃、塞瓦丽娜、弗安等人物的描写，集中解剖了在情欲驱使下人与人之间的争斗与残杀。在这些人物身上，左拉形象地给"生物性的人的好斗和性欲以适当的位置"[①]。《萌芽》是一部描写工人斗争的优秀小说，它的社会意义

① [法]阿尔芒·拉努：《左拉》，第245页。

之深刻，是左拉小说中少有的。但我们不能不看到，即使这样的小说，作者也没有改变从"生物的人"的角度描写人这一创作原则，在这种生物过滤镜的透视下，工人的行为方式是受生理因素的支配的，他们的反抗，是生存竞争的生物规律发展的必然。小说告诉人们，为了物种的美和延续，较强的必然吃掉较弱的，强大的人民吞噬弱小的资产阶级。在工人们的日常生活中，生物的性本能成为男女关系的内在纽带。在主人公艾蒂安身上，留有马卡尔家族中酗酒的遗传基因，这种生物基因使他的行为常常具有破坏性。这类描写当然有损于工人的形象，更谈不上符合马克思主义的社会学思想，但我们不能由此忽视其中的新文化意识。《崩溃》是一部以描写战争本来面目为宗旨的小说，但左拉是用生物学观念去观察与分析战争的，因此，他揭示的"战争本来面目"也具有特殊的含义。我们可以从他描写的战争场面中看到这一点。

　　您可以想象我们所在的是一个什么地方，是一个糟透了的洞窟，一个真正的漏斗，四周都是树木，那些普鲁士猪猡可以四脚爬近，使我们注意不到他们的偷袭……那时，刚七点钟，炮弹落到我们的饭锅里。真是混账透顶！不容迟疑，我们马上跳向枪架。直到十一点钟，真的！我们以为给他们以沉重的打击了……可是，您应该知道，我们并不是一支五千人的队伍，而那些猪猡倒不少，并且继续不断地袭来。我在一个小丘的荆棘丛后边卧着，我看见正面、左边和右边，哦！爬出真正的蚁群，一行一行的黑蚂蚁，当您以为没有了，可是他们还有，还继续爬来。这不是要说长官的坏话，可我们大家都认为我们的长官都是没有头脑的金丝雀，他们要我们拥塞在这样的蜂窝里，远离友军，使我们被敌人占领了，我们转移到一座山上，我想，这就是他们所说的盖斯贝尔吧。到了那里，我们隐蔽在一个宫堡里，把那些猪猡杀了那么多！他们从上往下跳，看着他们大头朝下倒下去，的确很有趣的……①

在左拉的笔下，战争中的人是生物性的。战争也带有生物界那种盲目的互相残杀的意味。由此，他对人类战争的作用也得出了独特的看法："战争是可诅咒的，然而它就是生命。在大千世界中，任何事物的诞生，成长和发展无不经过斗争。为使大千世界永远存在下去，必须吃掉别人，或者被别人吃掉。"②《崩溃》中表达的正是这种物种竞争思想指导下的战争观。正如法国小说家都德所指出的："《崩溃》不仅是一部小说，而且是一部关于战争的哲学著作。它研究人类最强烈的本能的暴露。"③

我们如此强调左拉小说中的人的生物性和"生物的人"，并不是无视他的创作的社会性和在社会批判上所取得的现实主义成就，也不意味着对他的这种生物性的人的描写大加赞美，而是想强调指出：左拉小说中的"人"的形象确实是生物性的，这是否认不了的客观历史现象，左拉确实"不同于巴尔扎克，因为他要在他的作品里阐明生理因素的作用"。④ 文学是人学，左拉小说所展示的"人"既是社会性的，也是生物性的，而且首先是生物性的。人类不管进入到何种文明的社会，人的生物性永远是人性的一部分。正如左拉在小说《人面兽心》中所说的那样："人们有了火车跑得更快了，也更聪明了……但是，野兽终归是野兽，

---

① 左拉：《崩溃》，转引自阿尔芒·拉努《左拉》，第352—353页。
② ［法］阿尔芒·拉努：《左拉》，第255页。
③ 转引自［法］阿尔芒·拉努《左拉》，第259页。
④ ［法］让·弗莱维勒：《左拉》，新文艺出版社1957年版，第40页。

无论人们发明什么样的机器都无济于事，人类之中仍然还有人面兽心的东西。"[1] 左拉小说中生物性"人"的形象的描写，正是他对"人"的观念的艺术形式的表述。

三　西方文化链条上的一环

左拉小说对生物的人的描写，在当时曾引起了许多读者和批评家的谴责与攻击，他们把左拉的小说视为"腐败文学"，骂左拉是"一个热衷于色情描写的疯人"，一个"淫秽作家"。[2] 而左拉却不以为然。在文学作品中到底怎样写人的生物属性？人的生物属性是否可作为文学表现的对象？诸如此类的问题是可以有不同的看法的。但是，左拉在文学创作中对人的生物性的格外关注，我们不能简单地斥之为"淫秽"、"伪科学"，也不能只从现实主义文学观念出发，简单地把这种描写看成是对文学的社会性的削弱，将其列为左拉创作的"局限性"或"消极因素"就万事大吉了，而应站在历史发展的高度，充分看到这种貌似"消极因素"的文学现象里蕴涵的新文化因素，而且，这种客观存在的新文化因素不会因为人为地贴上"消极"的标签就走向消亡，而会不以人的意志为转移地影响后世的文学，成为连接文学史的过去、现在与未来的中间环节。

左拉小说中"生物的人"的出现，标志着自古希腊到19世纪中期欧洲文学中关于"人"的神话的陨落，标志着20世纪流行于西方社会的非理性主义文学观念的萌芽。在古希腊太阳神阿波罗的神殿上有一句名言：认识你自己。古希腊的文学中就记录了童年时期的人类对自己的认识。古希腊神话中的神和英雄们，

---

[1] ［法］阿尔芒·拉努：《左拉》，第345页。
[2] 同上书，第133页。

实际上就是原始初民自我形象的幻化投射。神和英雄放纵原欲，追求自由的个性，是因为他们把原欲和自由都看成是人自身的属性，而不是运动的属性，并且，原欲和自由是需要借助人的理性和智慧才得以实现的。因此希腊神话与史诗中所揭示的"人"是一个高于动物的崇高形象。神话与史诗所具有的那种乐观与浪漫，正是离开了自然的母腹，摆脱了动物的习性的原始初民的自豪感的体现。中世纪基督教文化背景下的文学，"人"的形象实际上被上帝所取代了，而上帝在本质上是人的理性的异化形态。基督教把人的原欲看作是"原罪"，人性就等于理性，而理性便是上帝。中世纪宗教文学中"人"的形象是理性的抽象符号，由于他远离了动物，因而显得崇高而又空洞，神圣而又不现实。文艺复兴人文主义文学中的"人"既呼唤高贵的理性，又寻找失落了的自然属性——原欲，但原欲来到眼前时却又不敢正视，"原罪"的宗教阴影笼罩在他们的心头。与其说他们是"巨人"，不如说他们像一个儿童离开了上帝妈妈后步履蹒跚地走在"魔鬼"横行、前途渺茫的道路上，充满了焦虑、恐惧与迷惘。哈姆莱特便是最突出的典型。18世纪的浮士德深感自身存在着恶欲的冲动，但又坚信善与理性的力量，在他一生不断追求生命价值的过程中，理性与善终究战胜了原欲与恶，"人"永远不会丧失高贵的理性而变得"比禽兽还要禽兽"。浪漫主义者雨果虽然让恶站在善的旁边，让丑靠着美，让理性与原欲处于同一平面，但他最终仍然让美与理性象征的埃斯梅拉尔达、让冉·阿让取代了一切融善恶于一体的人。他似乎也不愿意承认人与动物有必然联系。巴尔扎克虽然已感染了自然科学的精神，但对人的本质的认识依然囿于传统的价值规范中。他虽在朦胧中感悟到人的原欲的难以扼制，这种原欲在环境的刺激下会使人从恶如流。对此，巴尔扎克感到恐惧与迷惘，但对人又抱有人本主义式的浪漫的幻想。当巴尔扎克借助高老头之口喊出"人类将要灭亡"的惊呼时，其实又深信人并非动物，人的高贵理性在一时迷失后终将复归。总之，从古希腊到 19 世纪中期，欧洲文学长河中，人们对自身的自然属性虽不时地有所觉察，"人"的形象几经变幻，但始终在理性光环映照下，具有向上帝般圣洁的神话世界飞升的趋向。这种关于"人"的神话，在以非理性主义为文化内核的西方现代文学中已宣告破灭。左拉的创作则是"人"的神话破灭的先声。他有幸处在进化论等自然科学和哲学迅速发展的 19 世纪下半期，这种精神文化气候使他在巴尔扎克等前辈作家们关于人的探索的基础上向前迈进了决定性的一步。他的创作把"人"的形象从理性主义的圣堂拉回到了生物的世界中。左拉当时备受攻击，不为许多读者和批评家所接受，其原因正在于他的创作中出现了一反常态的"生物的人"，以及由此造成的文化时差的客观存在。我们当然应当看到左拉对"生物的人"的描写中存在的非科学、非道德化倾向，也要看到他的创作所达到的现实主义高度及其为欧洲 19 世纪现实主义文学所作出的贡献，但我们还应看到他创作中存在的那种文化时差。因为正是这种文化时差，表明了他的创作对传统理性主义文化的反拨和对现代非理性主义文化的催化。事实上我们无法否认左拉创作中的新文化观念对 20 世纪文学产生的深刻影响。这种影响不仅仅是指现代派文学对性本能、性心理、"恋母情结"、白痴、虐待狂、偏执狂、荒诞主题、病态精神、酒精中毒、色情狂的描写和左拉的创作有渊源关系，更重要的是，左拉小说中表现的"'生物的人'这种思想，在他之后进入了世界各国的小说创作"[①]；这种"生物的人"的观念突破了理性主义文学对人的描写的既有领域，而扩展到了人的生理性区

---

① ［法］阿尔芒·拉努：《左拉》，第 345 页。

域。这种科学主义的认识路线和弗洛伊德、荣格的心理学是相关联的，他们是被同一条文化纽带所串联的。"生物的人"虽不同于现代主义文学热衷描写的"非理性的人"，但已超越传统理性主义文化范畴而步入非理性主义文化的门槛。显然，左拉是传统理性主义文化与现代非理性主义文化链条上的中间环节，他的创作在文化观念上所具有的现实主义和现代主义两重性，正是他开创的自然主义文学思潮所具有的独特的文学与文化的价值之所在。

余　论

由此可知，那些杰出的 19 世纪现实主义作家从人类文化的角度批判现实，表达对人类共同命运与前途的关心与同情，他们关注的不仅仅是一个国家、一个民族和一个时代的人的生活。因此，他们的创作既具有社会批判的强度，又显示了文化批判的深度和广度，社会批判源于文化批判，并且是文化批判的"副产品"；他们的创作所反映的生活超越了社会—历史和时间—空间的限定，上升到了人类文化哲学的高度。此外，19 世纪现实主义实现着现代文化基因的原始积累，沟通了与现代主义文学在文化内质上的血缘联系，这说明 19 世纪现实主义和现代主义不仅没有隔绝，而且，从人类文化嬗变的角度看，现代主义是 19 世纪现实主义合规律的发展与延续，它是从 19 世纪现实主义脱胎出来的。可见，现代主义者要"反传统"，但历史的"宿命"却注定了他们只能是传统的子孙。

如果上述的分析及其结论是正确的，那么我们还可以进一步说，那些杰出的 19 世纪现实主义作家的创作，并不像某些作家和评论家所说的那样是"肤浅的文学",表现生活的深刻性也不专属于现代主义。诚然,"现实主义的高瞻远瞩,不是靠对商店或起居室或车站作盘点式的细节描写所能体现的。这些可以作为情节的要素,但它们不是实质性的现实主义。如果仅仅为了作这种描写就把它们都写进去,实际上破坏了作为这种方法的精髓的协调;比如他们会把注意力从人的身上转移到场面上去。就是这样一种认为此类装备齐全的小说样样都有,只是缺少现实个人生活的感觉,在 20 世纪 20 年代确实导致了现实主义的名声败坏"。① 然而,无论哪位杰出的现实主义作家都不会满足于这种"盘点式"的描写。无论哪位文学家和思想家或哲学家,只要是世界级的,他往往不满足于让自己仅仅作为一定阶级或时代的大脑去诊断某历史横断面的弊端,而不以人类之心的资格去纵深探寻地球文化的来龙去脉或剖析人性结构。上述 19 世纪现实主义作家就是最好的例子。可见,事实已证明,现代主义作家也好,19 世纪现实主义作家亦罢,他们对生活的反映和对人类生存状态的艺术观照,各有其深刻性的表现,并且这种深刻性互有相通相似之处。一味地恭维现代主义之深刻的人,常常在迷恋于现代主义艺术表现方式时,把它在形式上的新奇、怪异以及由此造成的思想内涵、哲学意蕴上的深奥、隐晦,以及对现代主义阅读接受过程中的阐释之困难误认为是深刻,这大概不是个别的现象。而认为 19 世纪现实主义"肤浅"的人,又表现为另一种偏执,即从既定的"现实主义"理论概念出发,认为现实主义只是模仿生活的外部结构形态,甚至为某种政治和社会需要服务,自然无深刻性可言。然而,这只是对现实主义,至少是对 19 世纪现实

---

① 〔英〕R. 威廉斯:《现实主义与当代小说》,见《文艺理论译丛》(3),中国文联出版公司 1985 年版,第 131 页。

主义的误解或曲解。因为，只有"在较低级的范围内，现实主义还在退化为新闻报道、论文写作和科学说明，一句话，正在退化为非艺术；而在其较高范围内，由于它有那些伟大的作家们，有巴尔扎克和狄更斯，陀思妥耶夫斯基和托尔斯泰，H.詹姆斯和易卜生甚至左拉，它就常常能超越其理论的限制：它创造了想象的世界"。① 作为人类文学史上一个辉煌奇异的峰峦，批判现实主义文学本身要比现实主义理论对它的解说要深刻得多，它的许多杰出作家往往透过社会的和文化的薄层，寻找"人类永恒的破坏或创造之力"，② 开掘"来源于人类之天性和人类共有的心理及玄学之本原"。正是在这些方面所作的不懈努力，使现实主义的创作在深层文化内涵上走向了现代，他们创作中蕴涵的现代文化基因，又在现代主义文学中得到延续；他们的创作也显得博大精深，超越了社会—历史和时间—空间的限定。由此我们可以指出：那些认为19世纪现实主义是"肤浅"的文学的人，恐怕恰恰是因自己对现实主义创作本身理解与认识上的肤浅，才使自己陷入了理论的迷误。既然19世纪现实主义具有这种深刻性、广阔性和现代性，而且我们的国情决定了我们需要现实主义，那么，我们就有必要抛弃偏见，越过理论之迷津，重新认识和考察19世纪现实主义这一宝贵的文学遗产，吸取其真正的精华，用以滋养我们自己的现实主义理论与创作的机体，从这个意义上讲，19世纪现实主义是面向我们的。

当然，我们肯定19世纪现实主义在文化批判、在对人类总体把握上具有深刻性和现代性，并不意味着对它在人类自身恶的

---

① ［美］R.韦勒克：《批判的诸种概念》，四川文艺出版社1987年版，第243页。

② ［苏］叶·莫·梅列斯金：《神话的诗学》，商务印书馆1990年版，第3页。

认识以及人类前途的悲观态度上的完全肯定。19 世纪现实主义作家和现代主义作家都过分夸大了人的情欲（或恶，或非理性）因素，过分强调了它对人类社会历史发展的破坏性。他们还把社会的恶归之于人自身的永恒的恶，从而产生悲观思想，这一认识路线是错误的。不过，我们对 19 世纪现实主义文学深刻性的认识与借鉴，重要的是取其对人类命运与前途真实的、孜孜不倦的探索精神和忧患意识，而不在于其结论的正确与否。

第二章

审美心理机制的差异性与
反映生活的不同取向

  对 19 世纪欧洲现实主义文学的研究与借鉴，我们向来偏重于它在反映生活上的广阔性，而忽视它的深刻性。这种对传统文学的"偏食"现象，使我国现实主义理论在相当长的时期内始终处于简单幼稚的境地，进而又妨碍了我国现实主义文学创作走向成熟。因此，准确全面地把握 19 世纪现实主义文学传统，对于健全我们的文学理论，繁荣我们的社会主义文学创作，是具有现实意义的。

第一节　审美心理机制与创作风格

  英国现代美学家马克斯·J. 弗里德兰德在《论艺术与鉴赏力》中指出："艺术乃心灵之物，这意味着对艺术的任何科学研究都将是心理学的，它虽然也可能涉及别的科学，但心理学总是必不可少的。"[1] 对 19 世纪现实主义文学来讲，在我们习惯于用

---

  ① 转引自 E. H. 冈布利奇《艺术与幻觉》，纽约万神殿出版社 1960 年英文版，第 1 页。

社会学予以研究之后，转换一个视角，用心理学理论去观照时，就可以发现为社会所遗忘的另一个层面。

受自然科学的影响，欧洲 19 世纪现实主义作家都自觉不自觉地以"文学应具有科学真理的精确性"作为创作的最高理想，文学"必须真实地反映现实生活"是他们创作的基本原则。然而，文学作为"心灵之物"，"只有通过心灵而且由心灵创造活动产生出来，艺术作品才成其为艺术作品"。① 因此，由于作家的个性、心理素质、精神品格的不同，19 世纪现实主义文学思潮中的不同作家，在"真实地反映生活"的过程中会形成不同的创作风格。按理，对于此类文学现象的认识并不是十分困难的事，亚里士多德早就指出过："由于诗人个性特点的不同，诗歌便分为两类：比较严肃的人摹仿高尚的行动，即高尚人的行动，比较轻浮的人则摹仿下等人的行动，他们最初写的讽刺诗，正如前一种人写的是颂诗和赞美诗。"② 亚里士多德的分析尽管还是粗略的，但已注意到作家心理素质、性格禀赋等内在因素对独特创作风格的形成所起的作用，然而，由于我们以往在对 19 世纪现实主义作家的研究中过于强调外部因素对作家创作的重要性，因而也就很少从内在心理因素这个极为重要的视角去发掘不同作家的不同创作个性，而常常用从个别"经典性"作家的创作中总结出来的"基本原则"去笼统地归纳和界定其他 19 世纪现实主义作家，于是，众多作家的创作风格很大程度上就被个别经典作家涵盖了，人们也就没能真正认识和把握这些作家的创作个性，也没能从整体上准确全面地把握 19 世纪现实主义文学的传统与精华。为此，我们从作家审美心理结构的角度，去剖析 19 世纪现实主

---

　① 黑格尔：《美学》第 1 卷，商务印书馆 1979 年版，第 49 页。

　② 亚里斯多德：《诗学》，人民文学出版社 1962 年版，第 12 页。

义作家在反映生活上的不同取向和创作风格，会有助于我们对这
一课题研究的深化。

现代认识论认为，人对世界的认识性质不仅依赖于刺激物
的性质，也依赖于感觉的结构和机能的性质，依赖于感受体的
内部状态。就文学创作而言，这个感受体就是作家的心灵世
界，更确切地说就是作家的审美心理机制。特定的审美心理机
制作为一种稳定的心理模式，它的形成有其先天生理气质的原
因，也有后天社会因素的影响。一个作家的审美心理机制一旦
形成后，就潜隐于意识的深层，以潜在的方式制约着作家对生
活的观察、感知的取向和艺术思维的方式，在创作上就表现为
特定的内容与形式技巧。这种审美心理机制实质上也就是 20
世纪初德国著名美学家沃林格所说的"艺术意志"。艺术意志
是人的"一种潜在的内心要求"，"每部作品就其最内在的本质
来看，都只是艺术意志的客观化"；① 每部作品的风格特点归根
到底就是作家特定心理机制的体现，这是所有艺术风格的心理
成因。

19 世纪现实主义文学是欧洲近代文学的高峰，涌现的作家
之多，可谓是群星灿烂，人才辈出。从微观看，每个作家都有自
己独特的审美心理机制，因而，都有自己独特的创作个性，他们
中任何一位成就巨大的作家都无法涵盖其他作家的独特风格。从
宏观看，19 世纪现实主义作家存在着内倾型与外倾型两种基本
的审美心理机制，因而，在反映生活上也存在着内倾性与外倾性
两种不同的取向。

胡塞尔在《现象学的观念》中说，"世界既是物理领域又是

---

① ［德］W. 沃林格：《抽象与移情》，辽宁人民出版社 1987 年版，第 10 页。

心理领域",① 人类的社会生活是物理境与心理场的双重组合。虽然这两者处在不同的层面，但如果离开了任何一面，那都不是完整意义上的生活。因此，文学反映生活既应再现物理境——外部世界，揭示社会生活的广阔性、丰富性，又要表现心理场——内部世界，发掘人的心灵深处之奥秘。既然文学是通过心灵的创造活动产生出来的，那么，审美心理机制的不同，作家在内部世界与外部世界的把握上就必然有所侧重。像司汤达、托尔斯泰、陀思妥耶夫斯基等具有内向型审美心理机制的作家既表现内部世界，又再现外部世界，但以表现内部世界为侧重点；而像巴尔扎克、狄更斯这样具有外向型审美心理机制的作家，就以再现外部世界为侧重点；至于像福楼拜这样的作家，其审美心理机制既是外倾型的，又有内倾型特征，他的创作兼有内倾性与外倾性双重特征。司汤达和巴尔扎克是19世纪现实主义文学的奠基人，他们分别是内倾性与外倾性两种不同倾向现实主义的创始人。

第二节 司汤达：人的激情—心理的描绘者

一 司汤达的审美心理机制

司汤达处在科学主义刚开始盛行的时代，他自然要受其影响。不过，在哲学上，他接受的并不是风行一时的实证论，而是孔狄亚克和爱尔维修的唯心论。在自然科学方面，他和深深地影响了其他19世纪现实主义作家的生物学、解剖学、遗传学等相距甚远。他倒是研究过生理学和有关人的气质的理论，尤其是对

---

① ［德］胡塞尔：《现象学的观念》，上海译文出版社1987年版，第36页。

人的气质的研究，加上在先天的心理和生理气质上"司汤达明显是内省型的"[①]，致使他在日常生活中倾注于对人的欲望、情感产生之规律的研究，使他养成了热衷于观察人的心灵世界之奥秘的习惯。他曾立志做一个"人类灵魂的观察者"[②]，并以之为荣。由于他天性中的内省特征，在对人的心灵的研究上，他首先是从观察和研究自己的心理开始的。他很能体会自身的心理变化，并能无情地解剖自己的阴暗心理。他的《情爱论》以及日记、笔记、书简等记载了许多此类自我观察、内省和解剖的内容。他在1811 年的日记中写道："这样的人应该从窗户里扔出去。"[③] 这是他对自己下的评语。在自我观察的基础上，他又由此及彼地去研究他人的心灵。正如美国一位司汤达研究者所说：司汤达"能够全身心地去感应所有合乎于自己潜在天性的事物，去探究自身的这种潜在天性，并以这种方法去掌握别人的内心体验"[④]。平时，"他始终保持着心理分析家的好奇心，任何灾难风险，疲劳困倦，都没能转移他的注意力"[⑤]。难怪卢那察尔斯基说，司汤达十分重视心理的科学分析，"他虽然穿着艺术家的外衣，却依然不失为人的天性研究家"[⑥]。可见，在认识和感知世界的方法与态度上，司汤达虽然同后来的巴尔扎克等作家一样追求细致地观察和研究生活，但侧重点在人的心灵世界上，其"瞳孔"是向内的。

---

① ［英］W. D. 哈瓦特：《从 1600 年到现代的法国文学》，牛津大学出版社 1974 年英文版，第 75 页。

② 纽约 1958 年矮脚鸡古曲文学丛书《红与黑》英文本序言。

③ ［苏］爱伦堡：《必要的解释（1948—1959 年文艺论文选）》，中译本，北京大学出版社 1982 年版，142 页。

④ ［美］杰弗里·斯特里克兰特：《小说家司汤达的教育》，剑桥大学出版社 1974 年英文版，第 7 页。

⑤ ［法］朗松：《法国文学史》，转引自《文艺理论研究》1984 年第 1 期。

⑥ 《卢那察尔斯基论文学》，人民文学出版社 1978 年版，第 496 页。

这种对生活的独特感知方式，必然使他的艺术审美情趣趋向于人的心灵世界，形成带有内向性的艺术观。他在著名理论著作《拉辛与莎士比亚》中不是竭力推崇莎士比亚吗？那是因为他认为，莎士比亚的悲剧不仅真实地描绘了外部世界，而且"大量地描绘了人的心灵世界的激荡和热情的最细腻的千变万化"。[①]"莎士比亚很懂得人的心灵。莎士比亚的作品中，任何喜怒哀乐，任何情感，他都能以一种令人赞赏的真实情态细致入微地描绘出来。"[②]司汤达在评价莎剧《麦克白》时还说，剧中"所表现的这种人类心灵的热情变化，就是诗在人们面前最辉煌的展示，而且这种诗深深打动了人也教育了人"。[③]他对拉辛之所以有所否定，主要原因是拉辛的悲剧"从来不写激情的发展过程"。[④]很明显，司汤达所关注的是真实地表现人的心灵世界。通过文学展示人的心灵深处之奥秘，是他对艺术创作的一种潜在的心理欲求。他的审美心理机制是内向型的。

二　注重人物心路历程的描述

　　无论在司汤达的长篇还是中短篇小说中我们都可以看到，司汤达十分注重描写人物心理变化的过程，人物的心理冲突往往是小说的内在情节：作者细致地展示人物情感和心理的细小单元，仿佛是通过显微镜使细微的细胞都清晰可见，而这一连串情感和心理的细小单元结成一个整体，就构成了人物性格，因而，在展现人物心路历程的过程中，人物性格也得到了展示；与此同时，又较为充分地再现了人物赖以存在的外部世界，因为作者总是将

---

① 《古典文艺理论译丛》(8)，人民文学出版社 1964 年版，第 174、159 页。
② 同上。
③ 同上。
④ 同上。

人物的心理冲突放在一定的社会心理背景上展开的，人物的心理冲突，又往往是人与外部社会的冲突在心灵中的投影。所以，司汤达尽管有时也放手描写人物的外部冲突和外部世界，但其归宿始终在表现人物的心灵世界上。难怪勃兰兑斯和朗松说，"司汤达全神贯注心理学现象，把其他一切置之度外"[①]，"什么环境描写、人物外貌、自然风光，在司汤达小说中几乎不占位置"。[②]

《阿尔芒斯》是司汤达第一部成名作。小说描写的核心内容就是阿尔芒斯与奥克塔夫的情感、心理冲突。奥克塔夫出身贵族，但一向蔑视金钱、地位，厌恶上流社会的生活。当他知道贵族小姐太太们因为他将得到两百万巨额赔款才对他大献殷勤时，更增强了对上流社会的恶感。然而他发现在众人当中，表妹阿尔芒斯却没有向他献殷勤，因而觉得在这个上流社会中"仅有她一人有高贵的心灵"。于是，他内心对她产生了敬意，以后又深深地爱上了她。但他曾发誓不结婚，另外他还不知道表妹是否也爱他，并且是否也因为他有巨额财产才爱他，因而他竭力克制自己的感情。这样，他的内心深处始终存在着爱与不能爱的心理冲突。阿尔芒斯是个寄人篱下的孤女，但心灵高尚，不为金钱所主宰。共同的思想基础，使她在心底里爱上了表哥奥克塔夫。但是，她又担心表哥自恃有地位和金钱，看不上她这个穷"伴娘"；同时又担心旁人说她为了金钱和地位才爱奥克塔夫，从而给她以无端的嘲笑和攻击，所以，表面上她对他总是十分冷漠。当奥克塔夫亲近她时，她还故意说自己已和别人订婚了。她的内心深处，也始终为爱与不能爱的心理矛盾所骚扰。从本质上讲，他俩

---

① ［丹麦］勃兰兑斯：《十九世纪文学主流》第五册，人民文学出版社 1982 年版，第 250 页。

② ［法］朗松：《法国文学史》，转引自《文艺理论研究》1984 年第 1 期。

的思想、情感是基本吻合的，因而他们的心理距离本该是很近的。但是，环境因素的影响，使得这两颗心灵既互相吸引又互相排斥，心理距离时近时远，他们相爱的过程，实际上也就成了爱与不能爱的心理演绎过程，他们的心灵，始终处于骚动不安的状态中。由于这种心理演绎是在那崇拜金钱、趋炎附势的特定社会心理氛围中展开的，因此，在描写人物心理历程、展示人物性格的同时，又再现了当时法国上流社会的风貌，有内部世界的表现，也有外部世界的再现，而前者是占主导地位的。

《红与黑》是司汤达的代表作，从外在情节看，小说描写了于连在三个不同环境中不平凡的生活经历，因而深刻反映了19世纪上半期法国的社会风尚。但更深入一层可见，小说着重描写的是个人奋斗者于连的心理演变史。他出身低微，在环境的重压下，强烈的自我意识在他的心灵中酿成了自尊与自卑、虚伪与正直、雄心与野心、反抗与妥协等多重心理矛盾。从当家庭教师到被送上断头台这短暂的生活经历，实际上是他内心多重矛盾交替展开的过程。在瑞那市长家，主要是自尊与自卑的冲突；在神学院中，主要是虚伪与正直的冲突；在木尔侯爵府中，主要是雄心与野心、反抗与妥协的冲突（当然每个阶段中多种矛盾冲突有时是同时展开的）。由于内在心理冲突的复杂性，于连的心理流程显得格外蜿蜒曲折、深不可测，所展示的性格也就异常复杂。瑞那夫人和玛特儿小姐虽然不是小说的中心人物，但围绕着中心人物于连所展开的心理冲突同样展示了她们心理演变的"轨迹"。这三个重要人物之间展开的心理冲突，又构成了小说的内在情节，成了小说的重要组成部分。

《巴马修道院》是司汤达小说中描写社会场景最为雄伟壮阔的长篇，但即使在这部作品中，中心内容仍是人物心灵世界的展示。小说中泼墨最多、写得最精彩的，并不是炮火连天的拿破仑征战场面，也不是钩心斗角的巴马宫廷的官场角逐，而是法布里斯、吉娜和克莱莉亚心灵的痛苦与欢乐。法布里斯和吉娜感情至深，但他们之间由道德观念造成的心理障碍使各自处于感情的奔突与理性的束缚带来的心理矛盾之中。克莱莉亚和法布里斯倾心相爱，但政治和宗教的围墙又把他们隔开，各自处于爱而不能的感情与心理动荡之中。这三个人物的情感与心理的变迁是小说描写的主干部分。

与上述作品相仿，长篇小说《吕西安·娄凡》、短篇小说《法尼娜·法尼尼》等，描写人物心理变化过程同样占重要地位。

做以上分析，并不意味着对司汤达小说中的外部描写以及所表现的深刻的社会内容视而不见，而旨在说明：司汤达小说描写的侧重面是人物心灵世界的变化过程，外部世界是在展示心灵世界的过程中得到表现的。如果我们不只是满足于用社会学、历史学的眼光，而是更多地以艺术的、审美的眼光去观照司汤达的小说，那么，就不能不承认：细致地、真实地展示人物情感和心理演变的过程，使司汤达小说产生了很强的艺术魅力，因而也获得了很高的美学价值；多少年来，司汤达小说的备受欢迎，主要原因也在这里。其实，承认这一点，并无碍于我们发掘司汤达小说之社会学历史学价值。

三　披露人物的深层心理

也许，司汤达自己也不甚清楚，他为什么能将笔下人物的心灵之骚动不安、激情之剧烈奔腾写得那么透彻入微。要是他生活在心理科学高度发展的 20 世纪，那就定然明白，这是因为他在描写人物心理历程时，触及了人的深层心理——潜意识与前意识。这正是作为批判现实主义作家的司汤达描写人物心理的深刻之处。

　　弗洛伊德的精神分析理论认为，人的心理结构分为意识、前意识与潜意识。这里，弗洛伊德虽然夸大了人的心理结构中潜意识的容量和性本能的作用，但潜意识和性本能的存在是毋庸否认的。尤其是性本能所导致的"欲"，它作为人的内在生命力的一部分，潜伏于潜意识中，通常也并非均表现为恶。在外力的刺激下，它会上升为前意识中的"情"。"情"是一种长期积累着的情绪记忆，它可以被意识到，但平时只作为一种信息贮存于大脑之中，其中大部分又回归于潜意识领域。"情"以"欲"为本源，并常和"欲"相交融。同"欲"与"情"相对应，意识层次中存在着由各种社会性内容积演而成的"理"，它是可以被人感觉到的。司汤达笔下人物心理的冲突，往往是在"理"、"情"、"欲"这三个心理层次间展开的。

　　德·瑞那夫人与于连之爱有漫长的心理演绎过程，其源头可以追溯到他们最初见面之时。当时，瑞那夫人已经是有两个孩子的母亲，但是，她却从未体验过真正的爱情，并且，她笃信基督，向来把小说中的男女之爱视为邪恶的表现。在于连到她家之前，她想象中他定是个满脸污垢、粗鲁不堪的人。其实，19 岁的尚未涉足爱情的于连是个眉清目秀的"美男子"。当他带着"少女般羞怯"的表情第一次出现在市长夫人跟前时，她发呆了，继而心里"充满少女的疯狂的快乐"，"她只看见于连鲜明俊秀的面色，大而黑的眼睛，漂亮的头发，便为他迷住了"。与之相似，于连第一眼看到瑞那夫人时，"被德·瑞那夫人的温柔的眼睛吸引住了，也忘记了羞怯，立刻，更惊奇的是她的美丽"，接着，于连又闻到了瑞那夫人"夏季衣裳的香味，这对一个穷苦的乡下人来说，是怎样的惊愕啊！于连面红耳赤"。他觉得，这个年逾30 的贵妇人"只是 20 岁的少女"！在这一段内与外的描写中，作者把男女主人公推入一种他们自己都不曾意识到的潜感觉中：

他们都不由自主地为对方的外貌、情态所吸引，客观的信息成了主观的感觉流程。他们"呆"、"乐"、"着迷"、"惊"、"惊愕"、"面红耳赤"等情态的变化，显示了各自潜意识中"欲"的萌动。相比之下，这种"欲"在于连身上显得更突出。作者接着写道：于连"立刻产生了一个大胆的念头，想吻她的手"。但是心里又害怕。吻手的念头是"欲"的进一步外现；而"理"的抬头则使他害怕，阻挠了"欲"的外现。但害怕之后于连又立刻想道："难道我是个无用的低能儿吗？我无用到了这个地步，不能做一个对我很有用的动作吗？也许，这个动作可以减少这个贵妇人对我的轻蔑。"这是于连强烈的自我意识的显现。自我意识是人的个体生存本能与社会环境冲突的产物，长期受社会迫力的作用，曾被挤压在前意识中，一有机会就会显现出来。于连由于从小说受社会、家庭的压迫，因而自我意识格外强烈，当他的头脑中一出现"无能"、"轻蔑"等词时，自我意识很快被激发出来，这是自我意识与"欲"之合力的作用，使刚刚还感到害怕的于连随即"大胆地拿过瑞那夫人的手送到自己的唇边"。对瑞那夫人来说，于连的这一大胆举动，使她"大吃一惊"，觉得"应该生气"，但又很快就"忘记了刚才害怕的事儿"，她对于连根本不存在责备之心了。她的"吃惊"是很自然的，因为像她这样一个贵妇人，"理"的力量是远超过于连的。然而她很快又"忘记"了，这似乎不合理性逻辑，但却符合情感逻辑：由"欲"上升到前意识的"情"主宰了她的心灵，行为也就由感情所操纵。以上的描写，均因显露了人物心理的深层内容，才使人感到男女主人公情感、心理及外部动作、情态的变化入情入理。以后，于连和瑞那夫人之间的爱的心理演绎无论冲突如何激烈，都是以上述心理冲突为原型展开的。于连在花园里出于"责任"第一次把瑞那夫人的手握住，从心理内容上看，主要受前意识中自我意识的驱使，但也受"欲"的鼓动。至于瑞那夫人，对此，她先是"努力缩回"自己的手，继而由于"欲"和"情"的逼攻，她又让自己的手"留在于连手里"，接着又主动地"将她的手送给于连"。这里，人物外部动作的幅度是细小的，但心灵的起伏、情感的流动是大幅度的，其内在原因是深层心理能量的释放。当于连深夜潜入瑞那夫人的房间时，双方心灵中表现出比以往任何时候都剧烈的矛盾冲突，这主要是他们心理结构是"理"与"欲"搏斗造成的。经过漫长的心理演绎之后，他们各自心理结构中"情"的领域扩大了，"欲"的成分减少了，"理"的力量也进一步减退。于是，他俩的心灵趋于平静，他们坠入了倾心相爱的情网之中。到最后，"理"的力量近乎消失，"欲"则高度升华为"情"，他们心灵的冲突和情感的奔突平息了。所以，于连身陷囹圄，他们倒是心心相印，恩爱之情表现出超常的温柔、宁静与优美！总之，在于连和瑞那夫人感情和心理波涛的涨落中，深层心理内容的外现是很明显的。

于连与玛特儿小姐之间的爱的演绎，一开始表现为虚荣、骄傲、自尊、自卑等理性内容的冲突。尔后，他们潜意识中的"欲"逐渐显现，且越来越强烈，而又极少上升为"情"。因此，他们之间的心理冲突主要是在"理"与"欲"之间展开的，他们之间的感情也就决没有于连和瑞那夫人那种真挚、宁静和优美，而是狂热有余而真诚不足，野性有余而温情不足。所以，司汤达自己也认为，前者是"心坎里的爱"，后者是"头脑里的爱"。这种细微差别的显现，也在于披露了人物之深层心理。

在《巴马修道院》中，法布里斯与吉娜的感情虽然没有发展到于连与瑞那夫人那种程度，但就心理冲突的方式而言是基本相似的。只是，由于他们之间的血缘关系的存在，使各自心理结构中"理"的力量特别强大，足以抑制"欲"的充分外现，"欲"

被挤压在前意识和潜意识中，难以达到高度升华，因此，他们的"情"中总是包含了强烈的"欲"。他们总是不时地感到自己爱上了对方，但又只能竭力克制，每逢此时，他们心中有欢乐，但更多的是受压抑造成的忧郁、痛苦甚至狂乱。法布里斯去法国后，吉娜觉得"到湖边散步还有什么意思呢？"而法布里斯回来后，她总是"对什么事都感到强烈的兴趣，总是那么活跃"。当法布里斯拥抱她时，她高兴得"泪如雨下"。以后她发现他和克莱莉亚相爱，内心痛苦不已，时而表现出对克莱莉亚的憎恨之情。吉娜对法布里斯虽有很深的"情"，但其中有强烈的"欲"。正因如此，才使读者始终觉得她对他的感情是远超出作为姑妈对侄子的感情的。法布里斯也一样，他爱吉娜，渴望和她待在一起，但又觉得应该远离她；而远离她时，他又"对她有了他对任何女人都不曾有过的爱情，再没有比永远分离叫他难受了"。在这种情形下，"欲"与"情"不断地企图外现，但又遭到"理"的抗拒，因而导致了他在压抑、忧闷、狂乱之下竟为争夺一个 39 岁的女戏子，同流氓吉莱争风吃醋并杀死了对方。从内在心理动因看，这完全是因为"欲"与"情"的膨胀而又得不到释放导致心理失常所造成的。短篇小说《法尼娜·法尼尼》中的法尼尼，也是因为心理结构中"欲"与"情"的膨胀才使自己的行为走向了爱的极端。

在《吕西安·娄凡》、《阿尔芒斯》等作品中，人物心理冲突的形式略有不同。潜意识中"欲"的显现较为隐晦，"情"的领域也不显得特别庞大。理、情、欲三种心理能量趋于基本均衡，因而，心理的变化、感情的涨落和性格的变迁较为平稳。无论是吕西安、夏斯特莱夫人还是奥克塔夫、阿尔芒斯都是这样。

对司汤达来讲，披露人物的深层心理，尤其是潜意识，并不是一种自觉的目的，他也不可能有这种自觉意识，除非弗洛伊德早诞生一百年！但是，由于司汤达长期倾注于人的心灵的研究，而且他在创作中是通过"自我分析把它反映出来"的，因此，在描写人的内心世界时，对心理变化把握得格外精细，能够较为深刻地揭示人物心理变化的内在动因——潜意识与前意识，从而使人物心理的描写真实、细致、可信。这说明，人的潜意识与前意识也属于艺术美表现的范畴。如果作家能自觉地、有分寸地把握人的深层心理，同时又不切断心理的"外接天线"——环境因素，那么，对真实地展现人的心灵世界之奥秘，发掘人的心灵世界之美，是十分有益的。

四　把注意力集中在性格"自己运动"的泉源上

现实主义文学在人物塑造方面要求再现"典型环境中的典型性格"，但这并不是说性格必须由环境决定。唯物辩证法认为，研究事物变化应把主要的注意力放在"自己运动"的泉源上。[①]因为，"事物发展的根本原因，不是在事物的外部而是在事物的内部，在于事物内部的矛盾性，任何事物内部都有这种矛盾性，因此，引起了事物的运动和发展。事物内部的这种矛盾性是事物发展的根本原因，一事物和他事物的相互联系和相互影响则是事物发展的第二位原因"。[②]这说明外因是变化的条件，内因是变化的根据。就人物性格来讲，它的形成和发展必须以环境为前提，但根本原因则在性格自身的矛盾性。从系统论的观点看，人物性格作为一个开放性系统，具有自组织自调节能力，它虽受环境的作用因而存在自在性的一面，但对环境又有一种超越力量，因而具有自主性，也即"自己运动"的能力。所以，性格并不是

---

①　《列宁选集》第 2 卷，第 712 页。

②　《毛泽东选集》（合订本），人民出版社 1974 年版，第 276 页。

被动地接受环境的作用而作为环境的引申物存在的。司汤达笔下的主人公形象往往具有很强的自主意识，他们总是处在同环境奋力抗争的情境中；他们的性格不是在典型环境中生成的，而是在典型环境中得到展示和强化的；性格和环境虽然有联系因而具有自在性，但性格的衍变基本上是按自身内在的逻辑，在内动力驱使下进行的，而不取决于环境的影响，所以自主性超越了自在性。

于连是司汤达小说中塑造得最为成功的典型。在当家庭教师之前，他的性格就已基本形成，因此可以说是既定的。在维立叶尔城、贝尚松神学院和木尔侯爵府这三个典型环境中，既定的性格得到了充分的展示和强化。因而，性格与环境之关联并不表现为环境对性格的决定作用，而表现为环境促进性格的展现，环境只作为展示性格的条件、前提或外迫力而存在。于连从小受父兄的歧视，但他从不屈服，反抗性就在这种环境中孕育而成。儿童时代他受拿破仑思想的熏陶，渴望凭自身的聪明才智出人头地，并下决心"冒九死一生的危险也要发财"。这说明个人奋斗的性格也是早已有之的。反抗性和个人奋斗是于连性格的总特征。走向三个典型环境后，于连不是环境的奴仆，而是自我的主人，直到生命终止，他那既定的反抗性和个人奋斗性格并没有因环境的"影响"而改变，相反是表现得更为鲜明具体。由于他的这种性格是不见容于那个社会的，所以，他的一生奋斗，实际上是性格同环境激烈抗争的过程，正是在这种抗争过程中，性格才得以展示和强化。这里，既有性格抗拒环境而"自己运动"的自主性，又有性格和环境关联的自在性，并且，自主性是超越自在性的。

当然，于连性格实际上是一个复杂的系统，除了反抗性与个人奋斗之外，还存在着其他一些性格元素，但这些元素也都带有既定的成分。

　　《阿尔芒斯》中的奥克塔夫一出现在读者眼前就是个蔑视金钱、清高自傲，与盛行拜金主义、趋炎附势、虚荣伪善风气的上流社会格格不入的叛逆者形象。作者描写他所处的环境，主要并不着意于用它来说明主人公叛逆性格如何受环境影响而形成，而是为人物提供一种社会心理和精神的氛围，为展示人物心理和性格提供外在条件或依据。所以，奥克塔夫在行动上总表现为我行我素。环境修正不了他的既定性格，性格也抗争不过环境，因而悲剧就在所难免了。这个悲剧正好说明他性格的自主性对自在性的超越。

　　在《巴马修道院》、《吕西安·娄凡》和中篇小说《贾司陶的女主持》中，主人公生活的时间跨度虽然较大，经历也很丰富，但人物性格是按既定指向发展的。《巴马修道院》第一部写法布里斯毅然离家投奔拿破仑，第二部写他大胆地从高180尺的法尔耐斯塔牢逃出，最后写他疯狂地追求已婚的克莱莉亚等，这一系列行动无不是在他那大胆、果断、富于冒险精神等既定性格因素作用下展开的。吕西安一开始就是个不满现实、追求真诚、有叛逆精神的贵族青年。他经历了在外省从军到回巴黎从政等重大的生活转折，环境的变迁是十分显著的，但性格的基本形态一如既往。小说在最后写道：他"还是不改坏习惯"（这里的"坏习惯"指他不和上流社会之虚伪卑鄙同流的那种叛逆性格）。复杂的环境只起说明和展示性格的作用。《贾司陶的女主持》中的虞耳那"强盗"的性格也是在他同环境之间不可调和的矛盾冲突中得以展示的。

　　司汤达小说中人物性格自主性对自在性的超越，说明了作者在塑造人物上，一方面揭示了性格的外部联系，另一方面又不迷恋于外在因素的描写，而是侧重于性格内在动因的探寻，始终把注意力集中于性格"自己运动"的泉源上。这一特点的形成是和作者注重人物心路历程的描写一脉相承、互为因果的。因为，他笔下的人物性格总是在表现心路历程中得到刻画的。注重心理历程的描写必然倾向于性格内在动因和自主性的探索；反之，注重性格内在动因和自主性的探索，必然倾向于揭示人物的心理演变过程。司汤达的这种塑造人物的手法，归根到底又是由他那内倾型审美心理机制决定的。所以，性格自主性对自在性的超越，把塑造人物的注意力集中于性格"自己运动"的泉源上，正是司汤达小说内倾性在又一意义层次上的表现。

以上论述的三个方面，在司汤达同时代的 19 世纪现实主义作家的作品中也不同程度地存在着，只是，表现得如此集中、普遍，首推司汤达。所以，这种内倾性正表现了司汤达小说之独特风格。

五　几点启示

作为 19 世纪欧洲批判现实主义的奠基人之一，司汤达小说之内倾性风格意味着什么呢？

第一，它说明司汤达的创作并未给后来的作家提供纯客观地摹写外部世界的样本；他是既真实地再现外部世界，但又以表现内部世界见长的杰出的 19 世纪现实主义作家。如果说 19 世纪现实主义文学中存在着内倾性与外倾性两种倾向的话，那么，司汤达无疑是前者的创始人。托尔斯泰、陀思妥耶夫斯基等则是和司汤达同类型的作家。不深入研究这些作家艺术地把握世界的独特方法，就不可能准确全面地认识现实主义的全部内涵。

第二，它说明 19 世纪欧洲现实主义文学从一开始就是注重内部世界的描写的。对此，以前我们许多研究者是认识不足的。

第三，它说明现实主义和现代主义在某种程度上存在对立但并不意味着相互间的隔绝。通常认为，现代主义文学是一种"向内转"的文学。我们上述论及的司汤达小说的内倾性，自然和这种"向内转"有某种程度的契合之处。不过，指出这一点并无意于要把司汤达尊为现代主义的祖师，而是想说：内倾化的艺术表现并不完全归属于现代主义，要不然，司汤达只好被拒之于现实主义大家庭的门外了。既然如此，我们就不能不承认司汤达的创作和现代主义文学之间的客观联系。其实，放眼世界文学的大系统细加考察，谁能说司汤达的内倾性对普鲁斯特、亨利·詹姆斯、福克纳等现代主义作家毫无影响呢？

第三节　托尔斯泰:人的精神—心理的描绘

一　托尔斯泰的审美心理机制

从俄罗斯大地上崛起的 19 世纪现实主义巨匠列夫·托尔斯泰在文学史上和巴尔扎克双峰并峙、相互辉映，但在心理素质上他和巴尔扎克相距甚远，而和司汤达极为相似，他本人也承认这一点。也许，正因为心理气质上的接近与契合，一种似乎偶然但又是必然的现象在司汤达和托尔斯泰身上出现了：司汤达对女人的理解和那擅长心理描述的艺术个性，深受卢梭著作的影响；托尔斯泰曾醉心于卢梭的著作，他自己承认卢梭的《忏悔录》、《新爱洛伊斯》等是对他"影响非常大"的作品。① 1905 年时托尔斯泰说:"从我 15 岁的时候起，卢梭就是我的老师。我一生受到两个重大有益的影响:一是卢梭的影响，一是《福音书》的影

---

① ［苏］艾尔默德:《托尔斯泰传》第 1 卷，北京十月文艺出版社 1984 年版，第 47 页。

响。"① 司汤达和托尔斯泰同卢梭的这种关系，从另一个角度说明了他们在审美心理机制上的同类关系。事实上这种关系是客观存在的。

和司汤达相似，托尔斯泰也具有一种先天的自我内省、沉思默想的心理品格。早在他童年、少年时期，他就沉湎于"苦思冥想"之中，"这个孩子的心情不平静，他在思考永生和幸福的问题"。② 他在小说《少年》中说："我少年时代最喜欢思考的问题恐怕不会有人相信，因为，这些问题同我的年龄和处境不相称。""有一年的时间，我过着孤独沉思的生活，各种抽象问题：人的使命、未来的生活、灵魂不朽，都已经出现在我面前。"③ 他早年的这种内向化心理品格，以后在卢梭、司汤达以及感伤主义作家斯泰恩影响下得到强化，从而形成了一种基本稳定的心理结构。在 19 世纪，按照事物过程、起源和发展来思考问题这种"历史观点"是被普遍接受的，但托尔斯泰却用卢梭的"内在论"来否定"历史观点"，认为要解决现世出现的道德、宗教等问题，"唯有从内心寻找方法"，"通过精神反省，才能防止骄傲和欺骗"。④ 在日常生活中，他习惯于通过日记来自我分析和解剖，并由此去体察他人的内心世界。他的大女儿曾这样说："他是这样一个人，不断同自己的欲望作深刻的自我解剖，毫不容情地省察自责，严以律己，也严格地要求别人。"⑤ 车尔尼雪夫斯基曾这样分析："托尔斯泰的'自我观察'一般地会使他观察力特别

① ［苏］亚·托尔斯娅：《父亲》，湖南人民出版社 1985 年版，第 43 页。

② 同上书，第 637 页。

③ 同上。

④ ［英］格林伍德：《托尔斯泰和宗教》，剑桥大学出版社 1978 年英文版，第 210 页。

⑤ 《列夫·托尔斯泰长女回忆录》，北京出版社 1985 年版，第 437 页。

尖锐，使他学会以敏锐的眼光观察别人。"① "托尔斯泰对其他人
的精神现象和心理活动的洞察力是由托尔斯泰深入研究自己的精
神状态决定的。"② "托尔斯泰伯爵所最注意的是一些情感和思想
怎样由别的情感和思想发展而来；他饶有兴趣地观察着，由某种
环境或印象直接产生的一种情感怎样依从记忆的影响和想象所产
生的联想能力而转变为另一些情感。"③ 因此，在对生活的感知
方式上，如果说巴尔扎克善于精确地把握人与事物外部特征的
话，那么托尔斯泰则"善于捕捉人的内心最细微的变化"④，他
是"精细的心理分析家"⑤，他的瞳孔是向内的。这必然又使他
在艺术创作上以表现人的心灵和精神世界为最高理想。他认为，
决定艺术形象魅力的恰恰不是生活，而是作家自我感情的独特
性，他说，"艺术的主要目的是表现一个人的心灵的全部情
况"⑥，"艺术的目的……在于显示，说出有关人的灵魂的真理，
说出用简单的语言无法说出的奥秘"。⑦ "艺术感染力的大小，决
定于下列三个条件：（1）所传达的感情有多大的独特性；（2）这
种感情传达有多清晰；（3）艺术家真挚程度如何。换言之，艺术
家自己检验他们传达的感情时的深度如何。"⑧ 他还说："真正艺

---

① 〔苏〕米·赫拉普钦科：《艺术家托尔斯泰》，上海译文出版社1987年版，第
3页。

② 同上书，第82页。

③ 同上书，第444页。

④ 《俄国作家评列夫·托尔斯泰》，中国社会科学出版社1982年版，第27页。

⑤ 〔苏〕A. 科廖夫：《文学创作心理学》，福建人民出版社1982年版，第63
页。

⑥ 《托尔斯泰全集》（百年纪念版），转引自《外国文学评论》1987年第2期，
第109页。

⑦ 《托尔斯泰文集》第十七卷，人民文学出版社1991年版，第201页。

⑧ 《西方文论选》（下册），上海译文出版社1979年版，第339—340页。

术作品出现的原因是表达积累的感情的内心需要";① "艺术是一架显微镜，艺术家用他来对准自己灵魂的秘密，并且把这些人所共有的秘密展示给人们".② 托尔斯泰的这些论述未必全对，但很清楚地说明了他的美学观的内倾特征。如果说巴尔扎克特别强调写社会风俗史，那么托尔斯泰则尤为注重写人的心理史。所以赫拉普钦科称托尔斯泰是"一个艺术家兼心理学家".③ 显然，托尔斯泰的审美心理机制和司汤达一样也是内向型的。

二 揭示社会表象背后人的精神—心理状态

在具体的创作中，如果说司汤达是循着人物激情的千变万化去发掘心理内容，因而是人的情感—心理的探索者的话，那么，托尔斯泰则是沿着人物紧张的精神探索去展露其心灵奥秘的，因而是人的精神—心理的描绘者。他的小说主要是通过展示人的精神—心理的风貌来反映 19 世纪中后期俄国社会现实的。俄国社会各阶层的人在新、旧社会交替时期精神和心理状态的急剧变化，是托尔斯泰小说描写的中心点。他一方面广泛描写人的外在生活流，另一方面反复详尽地描述人的精神—心理现象流，归宿点则在心灵奥秘的展示上。因此，作为批判现实主义巨匠之一的托尔斯泰，最擅长的也不是逼真地描摹社会外部形态，而是客观地展示人的心灵世界的真实流变。托尔斯泰小说的真正魅力也在这里。

确实，托尔斯泰小说也广阔地再现了俄国社会新旧交替时期的生活，对沙皇专制统治下的黑暗现实有强烈的揭露与批判意

---

① ［苏］亚·托尔斯娅：《父亲》，第 637 页。
② ［苏］米·赫拉普钦科：《艺术家托尔斯泰》，上海译文出版社 1987 年版，第 444 页。
③ 同上书，第 374 页。

义。但是，托尔斯泰对社会外部生活的现实主义描绘同巴尔扎克
等作家有明显的不同，他是由内而外地研究与描写人的生活，也
即从心灵出发去观照人的生存状态的，社会外部生活描写的最终
目的是为了说明人的心灵世界。在托尔斯泰看来，由于人身上除
了"灵魂的自我"外，还有"肉体的自我"，后者往往驱使人去
追求个人幸福，人的自私、情欲、伪善等卑劣的一面都由此而
生，因而，人的"肉体"的欲望是人类天性中的恶本性，个体的
人和整个人类要获救，社会的恶要得以消除，就必须走道德自我
完善的道路，克制恶欲的冲动。"为世界的秩序，必须改变人本
身。托尔斯泰梦想的是内心革命，革命需要的不是武器而是毫不
动摇的、准备承受任何痛苦的良心。这是一次灵魂的革命。"①
所以，托尔斯泰认为，研究社会也必须从研究人的心灵开始，而
通过研究社会，又可以加深对人的心灵的了解，也就有助于引导
人们走向道德自我完善的道路；艺术在观照人的生存状态时，也
应该由内而外地进行，中心点是透视人的灵魂的奥秘，而不是停
留于外部生活的再现。这就形成了托尔斯泰创作的一个明显特
点：善于揭示社会表象背后人的精神—心理状态。

　　不可否认，《战争与和平》中有动人心弦的情节叙述，有对
社会各阶层人的生活风尚的真实描绘，也有对炮火连天的战争场
面的精彩描写，但这些描写与叙述都是围绕着人的精神—心理的
流动而展开，并为揭示特定时代中人的精神—心理风貌服务的。
小说不仅描写了不同形态的生活激流，描写了历史和社会的运
动，更主要的是描写了人内心的生活激流，展示了社会动荡年代
人的群体心理。在国难当头的时候，社会各阶层的人都表现出不

---

①　［奥地利］斯蒂芬·茨威格：《作为宗教思想家的托尔斯泰》，见《欧美作家
论列夫·托尔斯泰》，中国社会科学出版社 1983 年版，第 466 页。

同的心态和精神风貌。在托尔斯泰看来，这种不同的心态和精神风貌的产生，决定于不同的人在把握心灵深处"灵魂"与"肉体"冲突时的不同方式。库拉金公爵那样的宫廷贵族们一味放纵自己"肉体"的欲求，他们孜孜以求的是个人利益和幸福，追求情欲、物欲、权欲的满足，他们不能爱人，也就远离人民。像保尔康斯基伯爵这样的庄园贵族，往往以追求"灵魂"幸福为目标，不仅追求个人的幸福，而且能为他人、为民族和国家谋利益，他们在国难当头时能挺身而出，显示其灵魂之高尚。像普拉东这样普通的农民士兵，更是因为心中装有上帝，一切从"博爱"原则出发，去寻找生命存在的意义，他们是有益于他人、国家和民族的人。各种不同的灵魂，在相似或相同的生活激流的冲击中呈不同的形态，这是灵魂的展览，是社会群体精神—心理的记录。小说中情节的叙述和对重大历史事件的描绘，都达到了透视人的心灵的目的，阐明了追求"灵魂"幸福和追求道德自我完善对国家、民族和社会的重要性。因此，作者说，他在创作这部小说时，"每一个历史事实都必须从人的角度进行解释"[①]，这是一部"心理历史小说"[②]。通过对人的心灵和道德风貌的剖析，小说又回过头来对社会生活的现状进行了道德评判，从而显示出揭露和社会批判的意义。

《复活》一直以广泛地描写和深刻地揭露俄国社会的腐朽没落而著称，它在这方面的价值确实应加以充分肯定，不过，这一切都贯穿着人物的精神—心理内容。聂赫留朵夫的堕落是因为"灵魂"为"肉体"所迷惑，说明人自身存在着恶的劣根性，而

---

① 转引自米·赫拉普钦科《艺术家托尔斯泰》，上海译文出版社 1987 年版，第 89 页。

② 转引自《托尔斯泰作品研究》，陕西人民出版社 1985 年版，第 99 页。

"灵魂"的堕落是可以通过向上帝忏悔，通过道德自我完善而获得新生的。小说的中心也就放在男女主人公的精神"复活"、灵魂忏悔和道德自我完善上。在聂赫留朵夫灵魂忏悔和追求道德自我完善过程中，小说从他的视角出发，广泛地描写了俄国的社会现实生活，那一切丑恶的现象，都加深了他对自身心灵世界的认识，加速了他道德完善的进程。他认识到，社会所有的恶都根源于人的私欲，因此，要在心灵中杜绝私欲，在行动上放弃私有财产，脱离寄生享乐的生活皈依上帝，净化灵魂，广施仁爱，爱仇敌；只要人人心中有上帝、有爱，人人心里发生"灵魂的革命"，人类社会就能走出炼狱，进入天堂。聂赫留朵夫和玛丝洛娃就是灵魂"复活"的典范。所以，整部小说的核心是阐述人类的灵魂怎样堕落又怎样才能"复活"获救的问题。这是一部精神探索的小说，男女主人公精神—心理演变是《复活》的主体内容，在描写主人公精神—心理演变的同时，小说又广泛再现了社会外部生活，社会批判性是心灵探索的副产品。

《安娜·卡列尼娜》在情节上以卡列宁、列文和奥勃朗斯基三个家庭的故事为中心，侧重于家庭婚姻道德问题的探讨，从而批判和揭露了贵族上流社会生活的腐朽，表现了个性解放的题旨。但这也只是这部小说内容的一个方面，而且这些内容是通过描绘人的灵魂的冲突、精神—心理的流变而展现出来的。小说告诉人们，家庭婚姻道德问题也是由人自身的"灵魂"与"肉体"的冲突延伸出来的。受"肉体"支配的人追求情欲的满足，而置"灵魂"所要求的种种责任于不顾；受"灵魂"支配的人不只为了个人情欲的满足，而追求"肉体"与"灵魂"的和谐。小说通过对安娜的描写，集中揭示在家庭婚姻背后隐藏着的"灵魂"与"肉体"的尖锐冲突以及由此而生的心灵的痛苦、困惑与恐惧，这种焦虑不安的精神—心理状态也正是处在传统的过去与险恶的未来之聚合点上的俄国人的心灵世界的现实状态。

三 物景描写的心灵化

托尔斯泰对整个人类生存状态的由内而外的艺术观照方式，又导致了在具体物景描写上的心灵化特征。在巴尔扎克、左拉和福楼拜等作家笔下，对物景的描写力求客观、逼真、细致，符合生活原本的样子，因此，物景往往是物质化的。如巴尔扎克《高老头》中对伏盖公寓的描写，左拉《娜娜》第一章中对剧场门口前厅的物景描写，那种风俗化式的逼真的艺术效果是令人叹服的。这样的描写在托尔斯泰的作品里是罕见的，一则因为托尔斯泰原本就不像巴尔扎克和左拉那样注重物质环境的摹写，二则因为即使描写物景，也往往不是纯客观地进行，也不只是通常的以景衬情、借景抒情，而是从人物心灵出发，并直接为展示人物精神—心理的演变或微妙变化服务，因此，他所描写的物景被心灵化了。如在他的早期作品《少年》的第二章"雷雨"中，从描写雷雨降临到雨后放晴、阳光普照的自然景象，无不起到外化主人公精神—心理的作用。雷雨之前，隆隆的雷声，沉闷的天气，给人以压抑沉闷之感；雷雨乍到时，天空和地面上的景物急剧变化，使人惊慌恐惧。这些都从少年尼考林卡的眼睛出发加以描写，外化出他惶恐不安的心理状态。雨过天晴，各种滋润的野生植物透出阵阵迷人的秀色，林中传来布谷清脆的歌声，这又是尼考林卡愉快心境的外化。

在《战争与和平》中，安德烈在奥斯特里茨战场上中弹倒地，这时，作者从安德烈的视角出发描写高深莫测的天空和空中静静地飘动的灰色的云彩。天空的广阔无边与个人荣誉的渺小，灰色云彩的飘忽不定与功名的虚幻相对应。这一自然物景与主人公的心灵相沟通，展示了安德烈一生中的一次重大的精神—心理演变，作者显然是为写主人公的心情而写这一物景的。又如小说中两次描写老橡树，由于安德烈的心境的不同，同样的老橡树却具有不同的生命特征。当安德烈对人生感到绝望之时，他眼中的老橡树"像一个古老的、严厉的、傲慢的怪物"，它似乎也在谈论和思考那春天、爱情和幸福之类虚幻的、欺骗的故事。而当安德烈在充满诗意的月夜被娜塔莎激起对新生活的憧憬与渴望时，他眼里的老橡树又枝叶繁茂，焕发了生机。这里，作者刻意追求的也不是物的逼真，而是物与心的交融与感应。

《安娜·卡列尼娜》中写到安娜从莫斯科回彼得堡的途中遇上了暴风雪，它冰冷可怕，似乎在背后隐藏着难以抵御的神秘而恐怖的力量，会随时携灾难给人的。这一物象恰恰与安娜内心深处萌生的对她与渥伦斯基的爱的危机感以及对未来命运充满忧虑与恐惧的心境相契合，所以，暴风雪的物景是主人公难以名状的深层心理的外化。

托翁小说中诸如此类的物景描写都不只是一般意义上的移情手法的运用，而是他的艺术思维方式在具体物景描写上的表现，具有更高的美学意义。

四 展示意识流动的无序状态

如前所述，托尔斯泰深刻地洞察人的心灵世界，在描写人的"肉体"与"灵魂"的冲突时，已触及了非理性内容。正因如此，他的小说在具体展示人物精神—心理流变时，往往能展示人物意识流动的无序性，使他的心理描写蕴涵了现代"意识流"的审美品格。在他的自传三部曲中，就已表现出作者洞察灵魂奥秘的杰出才能。《童年》中写尼考林卡深夜去同母亲的遗体告别，主人公整个心理活动显得十分复杂，他心中恐惧、疑虑、虚荣、幻觉等交织在一起，整个心理流变是非逻辑、不规则、随机性的，这正合乎深夜告别母亲遗体时的迷乱心境。在《战争与和平》中，有一段描写安德烈受重伤后神志不清时的心理流变的文字：

> 思绪忽然中断了，安德烈公爵听到某种轻轻的低语声，合着拍子，不停地重复着：噼啼——噼啼——噼啼，然后啼啼，然后又噼啼——噼啼——噼啼，然后又啼啼。与此同时，在这种低沉的音乐声中，安德烈公爵觉得在他脸上，在脸部正当中，升起了一个由绗针或碎片凑成的奇怪而轻飘的建筑物。……安德烈公爵一面听着低语声，感觉到这个伸出的升起的细针凑成的建筑物，一面断断续续地看见蜡烛的红色光晕，听到蟑螂的爬动声和撞在他枕头上和脸上的苍蝇的声音。……使他惊奇的是苍蝇正撞在他脸上升起建筑物的地方，却没有把它撞毁。但是此外还有一种重要的东西，那是在门口的白色的东西，一个狮身人面像，它也在压他。
>
> "但是那也许是我在桌上的衬衣，"安德烈公爵想，"这是我的两条腿，这是门，但是为什么它总是在伸展，在升起呢，并且噼啼——噼啼——噼啼，又噼啼——噼啼——噼啼……够了，停止吧……安德烈痛苦地向谁恳求着……①

这里，作者把人物的听觉、视觉、触觉与意识中出现的各种幻觉和幻象杂乱地交织在一起，意识的流程就是非理性化形象，这显示了神志模糊中的安德烈非逻辑、非规则的思维与心理特征。

在《安娜·卡列尼娜》中写到安娜自杀前的心理活动，更明显地体现了现代"意识流"的特点：

---

① 托尔斯泰：《战争与和平》第三卷，上海译文出版社 1981 年版，第 1305—1306 页。

　　现在死的念头不再那么可怕和那么鲜明了，死似乎也并非不可避免的了。她现在责备自己竟落到这么低声下气的地步。"我恳求他饶恕我。我向他屈服了。我认了错。为什么？难道没有他我就活不下去了吗？"撇开没有他她怎么活下去的问题，她开始看招牌。"公司和百货商店……牙科医生……是的，我全跟杜丽讲了。她是不喜欢渥伦斯基的。这是又丢人又痛苦的，但是我要全告诉她。她爱我，我会听她的话的。我不向他让步；我不能让他教训我……菲力波夫面包店，据说他们把面团送到彼得堡。莫斯科的水那么好。噢，米辛基的泉水，还有薄烤饼？"她回想起好久好久以前，她只有 17 岁的时候。她和她姑母一路朝拜过三一修道院。"我们坐马车去。那时候还没有铁路。难道那个长着两只红红的手的姑娘，真是我吗？那时有多少在我看来是高不可攀的，以后都变得微不足道了！那时我能想得到我会落到这样可耻的地步吗？接到我的信他会多么得意和高兴啊！他们为什么老是油漆和建筑？时装店和帽店……①

　在这段文字中，从安娜"死"的念头开始，接着是回忆她和渥伦斯基的争执，接着又跳到眼前的面包店，由面包店联想到水和薄烤饼，再接着是回忆起她 17 岁时的情形，想到修道院、马车、铁路等，随后又跳到前不久她与渥伦斯基的争执，以及她的计划，最后是难闻的油漆味使她回到眼前的时装店。整个心理流变时空交错，思维和情感的变化是非逻辑性的，这把处于生与死的

---

　　① 托尔斯泰：《安娜·卡列尼娜》下册，人民文学出版社 1956 年版，第 1105—1106 页。

恐惧中的安娜的复杂精神—心理真实地表现了出来，其中明显有非理性成分。

托尔斯泰通过艺术形象反映人的心灵深处。他是人类心灵的探索者，他从人的心灵出发，深入研究人的外部社会生活，由外而内地把握了人的整个生存状态，既达到了人类心灵探索的深度，又达到了社会批判的广度，而对人的精神问题和心灵奥秘描述的丰富性与深刻性，是作为艺术家的托尔斯泰之创作的最突出的风格。

第四节　陀思妥耶夫斯基：人的心灵之谜的破译者

一　陀思妥耶夫斯基的审美心理机制

与托尔斯泰相仿，陀思妥耶夫斯基也具有先天的自我内省、沉思默想的心理品格，并且一生都在探索着人和生活的意义。他性格内向，"喜欢幻想，醉于自省，经常思考世界问题"。① 陀思妥耶夫斯基在工程技术学校读书时才 17 岁，那时，"他在精神上也同自己那些多少有些轻浮的同学有所不同。他总是专注思考自己的问题，课余时常独自在一边来回踱步，对周围发生的一切视而不见，听而不闻"。"那时就表现出不善于交往的特点……坐在那里只管埋头看书，总好溜边"，② 以至于同学们称他为"小怪人"、"幻想家"、"小白痴"。不过，这种秉性不仅构成了他的一种人格的魅力，而且使人不能对之加以轻视。人们开始倾听他的

---

① ［苏］尤·谢列兹涅夫：《陀思妥耶夫斯基传》，黑龙江人民出版社 1992 年版，第 17 页。

② 同上书，第 18 页。

意见，后来遇事就去找他商量。不久，陀思妥耶夫斯基竟成了善于思考的志同道合之士当中的重要权威。[1]　从那时开始，陀思妥耶夫斯基就把研究人的心灵作为自己毕生的使命。他说："我对自己抱有信心。人就是谜。谜是需要破译的。即使因此而耗费一生，也不要以为是浪费时间。我就是在解谜，因为我想做人。"[2]此外，陀思妥耶夫斯基从少年时代起就过着贫困而孤独的生活，他还是一个癫痫病患者，性情偏执而带有神经质。27 岁时，他因彼得堡"拉舍夫斯基案件"被捕，临刑前意外地被改判流放西伯利亚，以后在苦役场度过了漫长的囚徒生涯，他的精神病也因此加剧。出狱后，他一度热衷于当时流行的奥地利医学家关于大脑皮层控制心理活动的理论，对脑病、神经系统的疾病、精神病方面的文献很感兴趣。他也曾从心理学家谢切诺夫的《脑的反射》中获得了关于人的心理活动之起因的丰富知识。所有这些，都促使他形成解剖自我心理和体验他人心灵的癖好，使其先天的自我内省、沉思默想的心理品格得到进一步发展。陀思妥耶夫斯基实在是"人类心灵深处的调查员，是细微的解剖者"。

　　陀思妥耶夫斯基的这种心理品格无疑影响着他的艺术观和审美观的形成。他把文学作为研究人的灵魂和表现这种研究的园地，认为文学应该"描写一切人类灵魂的底蕴"[3]。他艺术地透视和把握生活的焦点，认为这焦点是人，是人的心灵与精神存在状况。他是现实主义作家，但与其他现实主义作家有着根本的不同。他不注重外在客观现实的真实描绘，而是注重个人自身心灵

---

　　① ［苏］尤·谢列兹涅夫：《陀思妥耶夫斯基传》，黑龙江人民出版社 1992 年版，第 21 页。

　　② 同上书，第 27 页。

　　③ ［美］R. 韦勒克：《批评的诸种概念》，四川文艺出版社 1987 年版，第 222页。

的展示。他的第一部小说《穷人》刚一问世，涅克拉索夫看了后
惊奇地称他是"又一个果戈理"。当时的大批评家别林斯基也称
他是"果戈理的后继者"，认为《穷人》是写出了"可怕的真实"
的现实主义作品。一时间，别林斯基文学圈内的作家与评论家也
都对陀思妥耶夫斯基刮目相看。但是，就在他初登文坛并名声大
振之时，陀思妥耶夫斯基对别林斯基等人有关《穷人》的高度赞
扬已开始感到不满。因为，别林斯基是把《穷人》作为一部描绘
当时俄国社会卑劣的现实的现实主义杰作看待的，而他自己则认
为更能体现《穷人》的艺术特色和成就的是对人的心灵的真实描
绘以及它的哲学主旨。这说明他的现实主义美学原则与别林斯基
等人有明显的分野：他注重人的灵魂，别林斯基注重人所处的外
在世界。这也正是他与其他现实主义作家在艺术观上的明显区
别。他认为，人在现实生活中的苦苦争斗本身是"实实在在的现
实"，但是，"我们心灵的生活，我们意识里的生活难道就不是现
实？难道就不是最实在的东西？"[①] 而别林斯基则认为陀思妥耶
夫斯基所强调和注重的"心灵的生活"是"幻想和神幻的白日
梦"，而不是"实实在在的现实"。当陀思妥耶夫斯基在第二部小
说《女房东》中进一步发展了描绘"心灵的现实"这一现实主义
风格时，得到的是别林斯基等批评家的否定。陀思妥耶夫斯基对
此十分苦恼，他想："为什么别林斯基认为我们这个时代神幻内
容只有在疯人院而不是严肃文学中才有地位呢？难道幻想和神幻
的白日梦不也是实实在在的现实吗？它们不也跟具有社会性的思
想一样，都是新时期各种条件的产物吗？难道人的内心世界，尽
管是一个不正常的世界——要知道这种不正常就具有社会性——

---

① ［苏］尤·谢列兹涅夫：《陀思妥耶夫斯基传》，黑龙江人民出版社 1992 年
版，第 45 页。

不正是充满了神幻的世界吗？"① 他认为："神幻内容只是现实的另一种形式，它可以使人们通过日常生活来看清某些共同的东西。神话，神话又怎么样呢？ 神话是假的，然而其中包孕着暗示！"② 陀思妥耶夫斯基很快与自己最初的导师发生了艺术观上的分裂。他不肯接受别林斯基给他制定的艺术框框，一意孤行地按自己所理解的那种现实主义美学原则去艰难孤独的艺术跋涉，最终导致了他与导师的痛苦的分手。在此，我们无意于贬低别林斯基的现实主义美学观，而旨在指出，陀思妥耶夫斯基完全是在那内向性的心理品格的驱使下追求自己信奉的"完满的"或"最高意义的"现实主义的；这种现实主义原则不同于侧重社会外部形态描写的"巴尔扎克式"现实主义。显然，陀思妥耶夫斯基的审美心理机制是内向性的，从而使他的小说也形成了内倾性风格。

二　物质世界与心灵世界的疏离态

作为现实主义代表性作家的陀思妥耶夫斯基，他的小说创作对俄国封建农奴制向资本主义转变时期畸形社会描写和揭露的深刻性是无可非议的。正是在这方面，别林斯基称他是果戈理的后继者，他的创作也确实继承和发展了果戈理开创的"自然派"传统。但他的小说为世界文学所作出的主要贡献并不在此，而在于对畸形社会中畸形人性的深刻揭示，在于对人类心灵这个"谜"所作的史无前例的破译与开掘。他的小说通过对人的心灵的真实描绘，从而展示了新旧交替时期俄国社会的精神风貌。正如作者

---

① ［苏］尤·谢列兹涅夫：《陀思妥耶夫斯基传》，黑龙江人民出版社 1992 年版，第 78 页。

② 同上书，第 79 页。

自己所说的那样，他写小说，是为了"详尽地讲讲所有我们俄国人在近十年来精神发展中所感受的"。[①] 陀思妥耶夫斯基所处的是旧的封建主义价值体系遭到新兴的资本主义价值体系猛烈冲击，人们承受着衰败中的封建专制与迅速成长着的资本主义势力双重压迫的黑暗而混乱的时期。资本主义经济关系使人物化，人性被扭曲，封建的压迫使人丧失人格尊严。在这种生存条件下，人的心灵世界普遍陷于惶惶不安和无所适从的困境之中。善于研究人的心灵奥秘的陀思妥耶夫斯基敏锐地发现了这新旧交替时期人的心灵与精神的焦虑。在他的小说中，人物的心灵自由与人格尊严受外在物质世界和社会强权的压迫后趋于畸形变态，各类人物虽然社会境遇不一样，但通常都感受到人的权利被剥夺的痛苦和屈辱，却又无力反抗。在陀氏的小说中，我们到处可以看到这种痛苦灵魂的挣扎与呼喊，因而这些小说对时代的表现是深刻而有力的，它们无疑达到了现实主义的高度。但是，陀思妥耶夫斯基在做这些描绘时，往往关注于这种心灵与精神状态本身，而不去追寻这种心灵与精神状态形成的社会的与物质的来龙去脉。这和巴尔扎克，甚至托尔斯泰的小说都有很大的差异。《死屋手记》对囚犯们的生存状况的描写，是陀氏小说中描绘外部社会物质生活形态最为细致具体的一部，因而也是最具有"巴尔扎克式"真实再现性的小说。然而，即使是这部小说，它的侧重点也在描写囚犯的心灵扭曲的客观事实上，特别是客观地描述"弱者"与"强者"的两种不同的性格。这种性格与人物所处的物质的和社会的环境并无多大联系；这种性格是既定的，而非环境的直接产物。《罪与罚》中拉斯柯尔尼科夫固然处于贫困潦倒的生活环境中，他的思想与性格自然不无社会的成因，但整部小说描写的重

[①] 《陀思妥耶夫斯基书信选》，人民文学出版社 1986 年版，第 214 页。

点并不是他怎样与所处的环境发生冲突从而使性格形成和发展，而是他自身的主观意识如何一次次地展开尖锐的冲突，由此造成了他内心世界的痛苦不安。环境虽然不时地加剧他的内心冲突，但却不能起到推进和改变他的主观意志和心灵结构的作用。索菲娅的"爱"的感化看起来使他走向"复活"，但这种"爱"也是经由他的心灵冲突后才体现其作用，而且，从人物既定的主观意志和性格逻辑来看，这种作用的产生是作者理想化的安排，缺乏主客观的必然性。所以，拉斯柯尔尼科夫的意志、精神、心理和性格基本上呈封闭状态。正是在这种封闭状态中，作者完成了对拉斯柯尔尼科夫处于分裂状态的内心世界的展示，达到了他创造这一人物形象的目的，而创造这一人物形象的根本目的就是为了展现一种人的精神与心理的真实状况。可见，在陀思妥耶夫斯基小说中，外部社会形态与人物的心灵世界的关系不像巴尔扎克小说那样联系紧密，而呈现出疏离状态。由此，他的小说中的矛盾冲突一般不表现为或不直接表现为人与人的行为冲突和人与社会的冲突，而是内在的心灵冲突。在这种内在的心灵冲突中又折射出外在的行为冲突和社会冲突，因而仍具有深刻的社会批判意义。在小说的结构形态和审美效果上，也有新的特点。他的小说虽然都有稳定的情节框架，但情节本身的曲折复杂性削弱了，代之而起的是由人物的心理张力造成的紧张激烈的精神、情绪和情感的氛围。小说的外部情节成了人物心理冲突和心理流变的"物态"支架，它完全服从于人物心理冲突的展开与变换的需要，他的小说也就明显地心灵化了。他的最后一部长篇小说《卡拉马佐夫兄弟》中，卡拉马佐夫父子们的互相忌恨、互相争夺是小说的情节框架。然而，小说却较少描写卡拉马佐夫父子争斗本身，而读者又可以从小说中感受到一家父子无所不在的矛盾冲突，其主要原因是作者紧紧抓住这一家父子各自不同、互相抵触的心理和意志取向，描绘出了这一家父子的心理角斗场，外在的行为冲突已被大量地内化为心理的冲突。所以，在审美效果上，陀氏小说吸引人的往往不是情节的曲折生动性，而是心理冲突的紧张激烈性。

三　人物自我意识的双向悖逆

陀思妥耶夫小说对人物心理冲突的描写不像司汤达小说那样，通过对特定情境中人物的激情与理智的矛盾冲突的描写来完成，人物的心理演变也不像司汤达笔下的人物那样随环境的变迁而矛盾交替，从而呈现历时性的心理流程，富有流动性，显得多姿多变。托尔斯泰的小说也基本上呈这一形态。而陀思妥耶夫斯基总是在人物主观世界中注入两种互不相融的自我意识，进而在人物的内心世界中形成两个分裂的"自我"。人物的内心冲突就在这两个各具独立性的"自我"之间展开。它们互不相让，谁也不改变自己的立场。人物的心理流变主要是这两个"自我"较量的过程。在相对意义上，这种心理流变呈共时性特征。作者就是抓住这种共时性的人物心理冲突，对人的内心世界作纵向开掘，直捣心灵世界的底蕴，那就是：在双重"自我"的反复较量中，把隐藏于人物内宇宙中的心理与情感，自尊与自卑，欲望与理想，坚强与脆弱，荣誉心与野心，理智与狂乱，善良与丑恶，自我保护与侵略性……一古脑儿披露出来，形成了纵向心理开掘的态势。陀思妥耶夫斯基笔下人物的心理流变呈纵向的、共时性的形态，而且，从外部形态看，这种心理河流明显分"泾"、"渭"两支流，在纵深处，才显出姿态万千、变幻无穷的神秘与奥妙。陀思妥耶夫斯基总是想通过表现人的内心世界的矛盾来展示时代的混乱。在他看来，"历史往往不是绵延的，而是紧紧纠结成一团的当代的结：这里的一切既都是过去的，又包含着未来，就像籽粒里的庄稼、橡实里的橡树——每一个瞬间都集中了永恒，需要的是能够猜出它，发现它……人类的全部历史就是一个人的历史，就是他的精神搏斗、探索、堕落、坠入无底深渊、丧失信仰到人的心灵的否定和获得重生的历史"。① 在此，陀思妥耶夫斯基要说明的意思是：在历史的一个横切面——当代生活中，就可以看到历史的过去与未来；人类的历史可以从一个人的内心矛盾冲突的事实中得到发现。正是基于这样一种认识，他在小说中立足于对人物的某一共时性心理横断面的解剖，去破译人物的心灵的奥秘。由于"每一个瞬间都集中了永恒"，因而，在共时性心理横断面的解剖中，既可以发现这个人物内心世界的历史，也可以窥见人类心灵的一斑，乃至"人类的全部历史"。陀思妥耶夫斯基的中篇小说《双重人格》是他的第一部表现人物双重自我的小说。主人公高略特金的心灵中既有一个处于贫困中内心惶惶不安、为丧失人格尊严而深感屈辱却又无力反抗的自我，又有一个卑劣无耻，为达目的不择手段的极端个人主义的自我。前一个自我在委屈愤懑中想象并向往着后一个自我，但又不敢付诸行动；后一个自我鄙视前一个自我，使其自惭形秽，自卑自贱，不时地萌生被人当作"抹布"的恐惧。两个"自我"都有现实的与时代的根据，它们存在于高略特金的心灵中不停地进行"对话"，展开激烈的争辩，他的心灵世界也就无法平静，最后导致精神分裂。在两个"自我"的无休止搏斗中，高略特金灵魂深处的善与恶、理智与情欲、崇高与卑劣的永恒矛盾也就得以披露，从而也提示了处于迷乱时代的人们因信仰失落，精神无所依托产生的矛盾与恐惧的心态。《罪与罚》中的拉斯柯尔尼科夫是一个更为典型的自我意识双向悖逆的人物。在他身上，一个是"平凡的人"

---

① ［苏］尤·谢列兹涅夫：《陀思妥耶夫斯基传》，第288页。

的"自我",另一个是"不平凡的人"的"自我"。平凡的"自我"要拉斯柯尔尼科夫逆来顺受,保持一切传统的道德观念——像小说中的索菲娅和马拉美多夫那样;不平凡的"自我"则要他为所欲为,抛弃一切传统道德观念,以追逐私欲为宗旨——像小说中的卢仁和斯维里加洛夫那样。这两个"自我"到底谁是正确的?我到底应属于哪一个"自我"?"我是谁?"诸如此类的问题,拉斯柯尔尼科夫无从回答。他企图借谋杀放高利贷的老太婆来证明自己是"不平凡的人",然而,当他杀死了老太婆之后,内心恐惧不安,觉得自己并不是"不平凡的人",那个"平凡的人"的"自我"也一再地出来谴责他。从此之后,两个"自我"频频展开争辩,拉斯柯尔尼科夫也就陷于内心冲突的旋涡中难以自救。一会儿他觉得"他干的事太惨了,太令人厌恶了","难道我杀死了老太婆吗?我杀死的是我自己,而不是老太婆!我一下子把自己毁了,永远地毁了!"一会儿他又认为,"他杀人,一为母亲,二为妹妹,三想造福于人类","我想成为拿破仑,所以才杀人","谁智力强、精神旺,谁就是他们的统治者。谁大胆妄为,谁就被认为是对的,谁对许多事情抱蔑视态度,谁就是立法者,谁比所有的人更大胆妄为,谁就比所有的人正确"。两个"自我"都振振有词,理由充足,因此,两个"自我"愈趋悖反之势,拉斯柯尔尼科夫就更为无所适从,无法回答"我是谁"的问题。虽然他最后去自首了,表面上两个"自我"的争辩结束了,其实并非如此。两个"自我"的客观存在才是作者要揭示并已揭示的人的心灵世界的真实状态,反映了当时真实的时代精神。对人物自我意识的双向悖反形态的描绘,体现了陀思妥耶夫斯基小说描写人类心灵之谜的深刻性。

四　不同自我意识的多层次对照与象征性

陀思妥耶夫斯基的小说不仅通过高略特金、拉斯柯尔尼科夫、"地下人"、伊凡等自我意识双向悖逆的人物来说明人类自身的矛盾性，而且还进一步扩展开去，在这些核心人物之外塑造与之对应的人物，形成各种自我意识互相对照、互相映衬的网络，从人物群体的角度来观照人的内心世界的复杂多样性。这不仅拓宽了人性自身矛盾描写的面，也使这种探索得以深化，从而也就更有力地说明了人类自身矛盾的复杂性与客观性。从外在情节看，《卡拉马佐夫兄弟》的核心人物是阿辽沙，但从艺术描绘的实际效果看，伊凡才是真正的核心人物。伊凡身上突出地存在着自我意识的双向悖逆现象。他一方面主张一切可以"为所欲为"，摒弃任何道德原则，也无须区别事物的善恶界限。但另一方面他又从人道主义出发，同情人类的苦难，追寻美好的理想。他身上的这两个"自我"分别在阿辽沙、德米特里和斯麦尔佳科夫等人物身上以另一种形态重现，这些人物也就是伊凡的双重"自我"的不同形态的外化物。阿辽沙是陀思妥耶夫斯基的理想化人物，他遵守宗教信条，富于博爱精神，甘于为全人类受苦受难。他是伊凡理想中追求过但又为现实所摧毁的那个"自我"的投影。斯麦尔佳科夫是一个灵魂肮脏，毫无廉耻之心的奴才。他仇视一切现存的事物，蔑视任何道德原则，为了自身利益就放弃了自己的信仰。他所信奉的正是伊凡另一个"自我"的"为所欲为"原则，他就是伊凡"为所欲为"的"自我"的现实化身。老卡拉马佐夫同样是伊凡"为所欲为"式的人物，他从另一角度证明了这种"为所欲为"式的"自我"在人的本性中存在的客观真实性。德米特里与伊凡一样也具有自我意识双向悖逆的特征，只是，在他身上，人道原则的"自我"最终战胜了"为所欲为"的"自我"，出现了与伊凡不尽相同的终极归属。小说通过卡拉马佐夫一家不同自我意识的多层次对照，揭示了卑劣的"卡拉马佐夫气质"。卡拉马佐夫一家人身上存在的多种不同自我意识，象征性地表现出了人类本性中的各个侧面，因此这个家族便是人类群体的一种象征。而"卡拉马佐夫气质"象征着人类天性中的劣根性。在小说中，这种"卡拉马佐夫气质"是以伊凡为核心放射开来，不同程度地渗透在其他人物身上的，从而出现不同自我意识的多层次对照网络。相比之下，阿辽沙式的博爱主义"自我"显得势单力薄。而正是"为所欲为"式的"自我"存在的普遍性以及表现形态的多样性，造成了互相之间矛盾的普遍性和不可调和性，这便是卡拉马佐夫父子（除阿辽沙外）你争我夺的根本性原因。因此，陀思妥耶夫斯基为我们展示了人性中"恶"的存在的客观性和不可抗拒性。与此相仿，《罪与罚》中拉斯柯尔尼科夫身上的两个"自我"也以不同的表现形态外化在索妮娅、卢仁、斯维里加洛夫等人物身上，构成了这一小说人物自我意识冲突的多层次性与复杂性。

陀思妥耶夫斯基小说的内倾性还表现在对人物变态心理的出色描绘上，他的小说也因此与司汤达、托尔斯泰等现实主义作家在心理描写上表现出重大差异。关于陀氏小说的变态心理描写，将在后文中涉及，此不赘述。

第五节　巴尔扎克:史无前例的"物本主义"者

一　巴尔扎克的审美心理机制

在先天的生理和心理气质上，巴尔扎克倾向于关注事物的外部形态。他对事物的外部形态拥有"巨大的观察力和分析力"，他是一个"有着丰富想象力，能够建立起一个他自己创造并在其中安置众多人物的世界"的人。① "他有一种异乎寻常的活跃而敏捷的记忆，把无数的事实和细节凝结在他的脑里。""他的记忆力并不是单一型的，而是多种形式的——对地方、姓名、名词、事物以及相貌的记忆力，他不但能记住他要记住的一切，而且一度在他眼前出现过的现实中的事物，它当时处于怎样的情境，带上怎样的阴暗和色彩，都能历历在目。"② 他"在少年时代就擅长在心里真切地拟构来自书本的印象，当读到关于奥斯特里兹战役的描写时，他的耳鼓竟被炮声、马蹄声和士兵的厮杀声所震荡"。③ 异常丰富的想象力和出众的观察、记忆能力是巴尔扎克天赋的心理品格，这种心理素质在后天因素的诱发和催化、熏陶下，不断得到强化。

巴尔扎克成年后深受实证哲学、动物学、解剖学等自然科学的影响，甚至还受神秘主义骨相学的影响。他自己曾说："当我重读像维登堡、圣马丹等探讨科学与无限之关系的神秘作家的多么不平凡的著作，和像莱布尼兹、贝丰、查尔·波奈……等自然科学界奇才的著作的时候，我从莱布尼兹的原子论、贝丰的有机分子论、尼特海姆的生命机能说里面，从在 1760 年写过'动物和植物一样生长'的思想颇为奇特的查·波奈的类似部分接合说里面，找到了'统一类型'所依据的'同类相求'这个美好法则的初步概念。"④ 特别是动物学中的"统一图案说"，对巴尔扎克影响格外深刻。他说，这种学说很早就"深入我心，我注意到，

---

① ［苏］德·奥勃洛米耶夫斯基：《巴尔扎克评传》，中国社会科学出版社 1983 年版，第 1 页。
② 同上书，第 16 页。
③ 转引自夏中义《艺术链》，上海文艺出版社 1988 年版，第 80 页。
④ 王秋荣编：《巴尔扎克论文学》，中国社会科学出版社 1987 年版，第 58 页。

在这个问题上，社会和自然相似。社会不是按照人展开活动，环境使人类成为无数不同的人，如同动物之有千殊万类吗？士兵、工人、行政人员、律师、有闲者、科学家、政治家、商人、水手、诗人、穷人、教士之间的差异，虽然比较难以辨别，却同把狼、狮子、驴、乌鸦、鲨鱼、海豹、绵羊区别开来的差异，都是同样巨大的。因此，古往今来，如同有动物类别一样，也有社会类别"。[①] 科学主义的思想和巴尔扎克那先天的心理品格相交融后，使他对生活的观察和感知方式带上了"瞳孔向外"的特征；动物学、解剖学的理论，使他倾向于对社会外部结构形态和人的外在生活方式的观察与分析；神秘主义骨相学的理论使他在人的观察研究上重视外部言行举止、相貌神态等。在日常生活中，他总是以这种"瞳孔向外"的方式去观察和研究人与社会。"巴尔扎克先生到每一个家庭，到每一个炉旁去寻找，在那些外表看来千篇一律、平稳安静的人物身上进行挖掘，挖掘出好些既如此复杂又如此自然的性格，以至大家都奇怪这些如此熟悉、如此真实的事，为什么一直没被人发现。"[②] 巴尔扎克自己也说："我喜欢观察我所住的那一带郊区的各种风俗习惯，当地居民和他们的性格……我可以和他们混在一起，看他们做买卖，看他们工作完毕后怎样互相争吵。对我来说，这种观察已经成为一种直觉，我的观察既不忽略外表又能深入对方的心灵；或者也可以说就因为我能很好地抓住外表的细节，所以才能马上透过外表，深入内心。"[③] 可见，巴尔扎克的观察，虽然也不是置人的心灵于不顾，但关注的重点是外部形态，是由外而内地进行的。

---

① 王秋荣编：《巴尔扎克论文学》，中国社会科学出版社1987年版，第63页。
② 同上书，第146页。
③ 同上书，第106页。

巴尔扎克热衷于宣扬精确、全面、细致、真实地再现现实生活的观点。他说:"法国社会将成为它的历史,我只当它的书记,编制恶习和德行的清单、搜集情欲的主要事实、刻画性格、选择社会上主要事件、结合几个性质相同的性格特点揉成典型人物,这样我也许可以写出许多历史家忘记写的那部历史,就是说风俗史。"① 他说他只想"充当一名老老实实的书记官的角色而已"。② 文学的使命就是描写,他说,"只要严格地摹写现实,一个作家可以成为或多或少忠实的、或多或少成功的、耐心的或勇敢的描绘人类典型的画家、讲述私生活戏剧的人、社会设备的考古学家、职业名册的编纂者、善恶的登记员"③。为此,"他曾埋头调查风俗,了解人的举动,细细观察人的外貌和声音的变化"。④ 他对古代作家感到不满的是,"在各个时代,埃及、波斯、希腊、罗马的作家都忘了写风俗史"⑤。他对英国历史小说家司各特大为赞赏,但又因为司各特没把小说写成"一部完整的历史"而感到遗憾。巴尔扎克反复谈及的"社会"、"生活"、"历史"等,基本上是就人的外宇宙而言的,因而,巴尔扎克实在是一位"站得住脚的社会史家"⑥,是"一位考古学家、建筑学家、裁剪师、装裱师、生理学家和公证人"⑦。可见,巴尔扎克的审美心理机制是外向型的。真实细致地描绘社会结构形态,广泛地展示生活的风俗史,是巴尔扎克潜在的心理欲求。他的小说就是这种心理

---

① 王秋荣编:《巴尔扎克论文学》,第 106 页。
② 同上书,第 210 页。
③ 巴尔扎克:《〈人间喜剧〉前言》,转引自《外国文学教学参考资料》第四册,福建人民出版社 1982 年版。
④ 王秋荣编:《巴尔扎克论文学》,第 188 页。
⑤ 同上。
⑥ 同上。
⑦ 同上书,第 104 页。

欲求的客观化，明显具有外倾性特征。

二 环境：物质性与有序性

在巴尔扎克看来，"精神世界变化的源泉是客观现实"[①]，因而，似乎只要描写了外部客观世界的真，也就可以描述出内部心灵世界的真。所以，他对人的研究，不是直接深入人的内宇宙；他的小说中，对人的生存环境的描写拥有极为重要的地位。因为，巴尔扎克把人与动物相比拟·他说："动物是这样一种元素，它的外形，或者说是更恰当些，它的形式的种种差异，取决于它必须在那里长大的环境。动物的类别就是这些差异的结果。"[②]在巴尔扎克看来，社会和自然相似，决定人的精神世界差异的是环境，而这个环境是物质环境与社会环境的双重结构，其中，物质的因素又是至关重要的。因而，巴尔扎克小说中的环境不仅具有明显的物态性，而且，还具有物理因素作用下的井然有序性——在不同物质条件支配下的人的生存环境有严格的界限，正如不同生活习性的动物各有特定的生存环境一样。巴尔扎克的小说主要就是通过细致地描写人得以生存的物质环境和外部社会形态来反映生活的，描写的起点是外宇宙、物理境，其主要目的是真实、客观地再现外部世界的整体风貌。由于物理环境、社会外部结构形态同人的活动是联系在一起的，物理境与心理场无法绝对分开，因此，在真实地再现物理境的同时，他的小说也一定程度上真实表现了心理场。但细致的心理分析无论如何不是巴尔扎克之所长。巴尔扎克是以真实地再现社会外部形态的广阔性与丰

---

① ［苏］德·奥勃洛米耶夫斯基：《巴尔扎克评传》，中国社会科学出版社 1983 年版，第 271 页。

② 巴尔扎克：《〈人间喜剧〉前言》，转引自《外国文学教学参考资料》第四册，福建人民出版社 1982 年版，第 268 页。

富性见长的现实主义作家。

当我们一打开巴尔扎克的《高老头》，展现在眼前的首先是物态化了的伏盖公寓的写实画。伏盖公寓给人的最初印象显然是一幅风俗画，不过这还不是巴尔扎克对此作精心描写的最终目的。在这幅色彩浓郁的风俗画背后，还隐藏了作者企图让读者领悟的"物"的意识。伏盖公寓有一股浓重的"公寓味"，那就是闭塞的、霉烂的、阴暗的、贫贱的和酸腐的气息，"一派毫无诗意的贫穷"。它与鲍赛昂夫人的那个贵族社交生活中心截然不同。后者是贵族上流社会生活的风俗画。它在宽敞明亮、金碧辉煌、优雅华贵、富丽堂皇中同样富于"物"的意识。在这种不同的物质环境中生存着的人也就截然不同。前者因物的贫乏而灵魂酸腐，后者因物的淫逸而精神颓废。而两者在"物"意识作用下的一个共同而深刻的特点是：在物的"上帝"的无形而神秘的操纵下欲壑难填、灵魂躁动不安，在种种面具与遮羞布的掩饰下进行着人与人的殊死搏斗。社会也在物的作用下形成不同的"生态环境"。伏盖公寓和上流社会本身就是两个典型的不同"生态环境"，其中生活着内与外都截然不同的两类人。这两个环境从物质形态看是壁垒分明的，从社会形态看也是壁垒分明的。在这两个社会形态中生活的人，当他在物的条件上尚未发生质的变异的情况下，是决不能互相兼容的。高老头以后不能在女儿家的客厅里露面；拉斯蒂涅不改头换面成为阔公子就被非常礼貌地逐出纽沁根太太的家门。所以，社会形态的划分的标准是"物"，社会形态中也就渗透了"物"的意识，它也因此显出了井然有序的理性色彩。《人间喜剧》描绘的是一个庞大的社会大厦。巴尔扎克用动物学的"分类整理法"的模型来构建这座大厦的基本框架。决定动物生态环境的根本因素是自然条件也即物质条件，巴尔扎克之所以在《人间喜剧》的构思中由"统一图案说"引发出分类

整理法，其潜在因素也是"物"，或者说是"物"的意识。就
"风俗研究"而言，从"私人生活场景"到"外省生活场景"、
"巴黎生活场景"、"政治生活场景"、"军事生活场景"和"乡村
生活场景"的徐徐展开，描绘出了"社会的全面确切的画像"。
这不同的"场景"便是不同的社会环境，它的严整有序性则取决
于其内在的物的"经络"。在这种严整有序的物态化的人的"生
态环境"中，巴尔扎克开始了对人的情欲的实验，从而达到他反
映时代、记录历史的目的。正如他自己所说：任何描写都不能够
比物质生活状况的描写更能够清楚地反映一个国家。巴尔扎克在
环境描写中的"物本主义"特征是十分明显的。

三　人物：淹没在物质环境与社会环境的汪洋大海之中

在 18 世纪的小说中，人物的性格往往作为一种不变的品质
以区别这一人物与周围人的不同，显出鲜明的个性，"就像颜色
和外表形状把这一生物体和另一非生物体区别开来一样"。[①] 这
种显示个性的性格在与周围人物的比照中而存在，却极少因为环
境而变化。在菲尔丁的小说《汤姆·琼斯》中，汤姆·琼斯历经
磨难，其善良、诚实、热情、豪爽的性格始终不变，他与恶毒、
狡诈、自私、伪善的布立非形成鲜明的对照。人物的思想与性格
同客观环境缺乏内在的联系。19 世纪浪漫主义小说中的人物与
环境的联系愈见疏远。浪漫主义者对现实社会有强烈的反叛精
神，他们笔下的人物通常在厌恶现实的思想情绪下，与现实形成
强烈而鲜明的对立态势，人物的主观因素在性格中占主导地位。
这些作家在描写人物的性格时，往往把人物与环境对立起来，把

---

① ［苏］德·奥勃洛米耶夫斯基：《巴尔扎克评传》，中国社会科学出版社 1983
年版，第 260 页。

人物从物质世界中分离出来。而且，正是在主人公与环境的对照中，显示出他的个性特征。夏多布里昂中篇小说《勒内》中的主人公勒内与周围世界格格不入。他似乎看透了社会与人生的一切，他的主观精神凌驾于客观世界之上，没有妥协的余地。他那忧郁、孤独和高傲的性格背离那个社会，环境对他来说是难于改变的。拜伦叙事作品中的"英雄"形象，与周围环境的对立更为鲜明，主观反抗性亦更强烈。浪漫主义作家并不注重于分析人物的性格与社会的内在联系。

19世纪的现实主义作家普遍重视人物与环境的关系，塑造典型环境中的典型性格是19世纪现实主义小说家遵循的一条基本原则。不过，不同的作家对这一原则的理解与实践是各不相同的。巴尔扎克由于把"物"放在了一个至关重要的位置，因而，在他的小说中，无论是物质环境还是社会环境，对人物性格都起着决定性的影响与制约作用。在这一问题上，他与同样作为现实主义奠基人之一的司汤达相比则有着明显的差异。

司汤达笔下的主人公有极强的主体意识，他们与周围环境的对立性是显而易见的。他们也往往谙熟这个现实社会，甚至在智力上也远远高出周围的人。他们与环境的关系，不是环境改造他们，而是他们在改造或欲改造环境。他们在不同的环境中性格也会有所变化，这一点正体现了"典型环境中的典型性格"的创作原则，司汤达也因此与巴尔扎克有共同之处。然而，司汤达笔下的主人公在不同环境中展示的不同性格，并不是环境的直接产物，而是既有的性格在新环境下的一种不同的表现形式。他们的性格的内核和本质并不曾被环境所重塑。司汤达的主人公不妥协，他们只是为了保全其内心世界才去学会周围人物的外表风度。在司汤达笔下，主人公的伪装，对敌人环境的适应，乃是与这种环境作斗争的特殊形式，乃是面对敌人的包围势力使自己的信念得以存在和维持下去的尝试。所以，作为现实主义作家，司汤达尽管注意到了人物性格与环境的关系，但远没有巴尔扎克那样把环境放到决定性作用的地位，主观意志依然高于客观环境。在这种意义上，司汤达的小说尚有浪漫主义的痕迹。

巴尔扎克笔下的主人公几乎始终处于物质环境与社会环境的重重包围之中。他们与环境有搏斗，但并不与之对立。他们无法高于所处的那个环境，他们的搏斗也无法战胜那个环境，而是被环境所战胜，被环境重塑。他们与环境的搏斗过程，在终极意义上成了向环境学习的过程。拉斯蒂涅从外省进入巴黎，展现在他眼前的是两相对照的伏盖公寓和上流社会。他的主观意志一开始就在物质的与社会的环境的作用下丧失了有效的抗御力。对巴尔扎克来说，拉斯蒂涅身上原有的性格元素是无关紧要的，关键的是他如何在巴黎物质的与社会的环境的作用下改变原有的性格。所以，巴尔扎克让拉斯蒂涅往返于伏盖公寓与上流社会之间，在他的心灵中烙上一道道深刻的环境刺激的痕迹，最后重新铸造出他的性格模型，拉斯蒂涅的性格成了环境的产物。拉斯蒂涅刚到巴黎时的性格与埋葬了高老头时的性格形成鲜明对照，造成这种前后演变的根本原因是环境的变换，其中所体现的"物本意识"显而易见。

就人的一般生存状况而言，巴尔扎克小说中的人物通常也都是受制于环境、顺应环境的"奴隶"。鲍赛昂夫人由盛及衰，是不可抗拒的环境使然。她抗争过，然而无济于事。高老头的被遗弃，也显示了物质环境和社会环境的必然规律。欧也妮与环境抗争，最后环境吞噬了她的青春，环境成了禁锢她生命活力的坟墓。伏脱冷看起来是以恶的方式向社会反抗的"强者"，其实他也不过是一个顺应环境的角色，如同高老头的两个女儿。他们认识这个环境，然后去适应它。诸如此类，恰似百川归大海。众多的人物，都各自在寻找着适应环境的方式与道路，否则就"不适者淘汰"。环境的力量，或者说"物"的力量是如此的不可逆转。巴尔扎克小说中的人物，在环境面前主体意识与主观意志显得如此薄弱，他们实在可以说是淹没在物质环境与社会环境的汪洋大海之中了。而这就是巴尔扎克对物欲横流，人被普遍"物化"的现实世界的艺术写照。

四　细节："物本意识"指导下的精确性与细致性

对巴尔扎克小说中的物象描写，人们常常在赞誉其风俗画式的细致真实之外，责怪其描写过于繁琐、冗长。这种指责当然是不无道理的。不过也正是在此类描写中，格外显著地蕴涵着作者的"物本意识"。巴尔扎克强调物质与现实高于人的意识，人的意识决定于物，性格的差异取决于人物所处的环境。因此，物象一进入巴尔扎克的小说世界，就与人物的精神与意识相关联。所以，他的小说中有些物景描写尽管显得冗长琐碎，但都不是作者随意安排的，都是在"物本意识"指导下精心选择、精心刻画的产物。这在艺术表现手法上体现为细节描写的精确性与细致性。细节描写的真实性，是现实主义小说创作的又一基本原则。如果说司汤达、托尔斯泰和陀思妥耶夫斯基等内倾性作家的细节描写其真实性主要体现在对心灵内宇宙的微细变化的描述上的话，那么巴尔扎克的细节描写的真实性则是体现在对外部物象描绘的精确性与细致性上。如前所述，《高老头》中的伏盖公寓是物态化了的，这种物态化的艺术效果就基于细节描写之精确与细致。巴尔扎克善于写出建筑物的诸多细微末节，将物质形态借助于语言文字还原出来。在此，我们不妨截取伏盖公寓的一角——寓所的集体饭厅——来对巴尔扎克式物质化的细节描写作一鉴赏：

　　　　饭厅全部装着护壁，漆的颜色已经无从分辨，只有一块块的油迹画出奇奇怪怪的形状。几乎粘手的石器柜上，摆着暗淡无光的破裂的水瓶，刻花的金属垫子，好几堆都奈窑的蓝边厚磁盆。屋角有口小橱，分成许多标着号码的格子，存放寄膳客人满是污迹和酒痕的饭巾。……几盏灰尘跟油混在一块儿的挂灯；一张铺有漆布的长桌，油腻之厚，足够爱淘气的医院实习生用手指在上面刻画姓名；几张断腿折臂的椅子……

这个饭厅是伏盖公寓里的人活动的中心，作者精确细致地描绘饭厅，也便是在界定生活于其间的人的社会身份和精神面貌。透过这幅显示着"毫无诗意的"寒酸的餐厅图画，我们就可以窥见在此就餐者的灵魂。在人物肖像的描写上，巴尔扎克也特别注意勾画人物的外部特征，从衣着打扮到五官的分布，从个子的高矮到身体的肥瘦，都以精确细致的物态化笔法予以真实描绘。巴尔扎克经常从容不迫地花费巨大的精力和冗长的篇幅去描绘物景、物象，用精确细致的细节去交代人与事的因果联系，去解释人物与环境的关系，以求反映生活的全与真。这使他的小说不无历史学、经济学、统计学、考古学等多方面的价值。这种描写很好地体现了他的"物本意识"。

第六节　狄更斯:想象与虚构中的外部世界

　　"我宁愿让自己奋笔直书，在更广阔的范围里来描绘英国的风光和人物。"① 这是狄更斯对自己的创作所提出的要求，也可以说是他对自己的创作的一种概括性评价：广阔地描写外部社会生活。在这方面，狄更斯的创作风格是接近于巴尔扎克的。

一　狄更斯的审美心理机制

狄更斯是一个既不擅长于自我内省、沉思默想，又不善于体察他人的心理活动，而一味关注于事物的外部形态的作家。狄更斯同时代的作家约翰·福斯特说，早在童年时期，狄更斯就因"他敏锐的观察力和神奇的天赋出名。如果说当他还只有九、十岁孩子的时候，他对每件事物的观察就像日后那么仔细和精确，对周围大人的性格和弱点的洞察力就像日后那么强，那未免过分夸张了。但是，我对查尔斯的了解使我毫无保留地相信他一再说过的话，那就是，他童年时代对别人的印象，等长大成人后，再有机会对这些人进行考察，他发现他没有必要来纠正或改变童年时代的看法"。② "狄更斯的思想天然地倾向于在人间的偶然事件和动物界或植物界的现象之间发现类似之处。……他碰到一个人，总是不看那个人而去观察他脸上某部分的机械性活动。"③ "狄更斯没有内心生活。他的生命只是作为一个向外抛射的抛射物而存在于他作品的人物或行为中。"④ 显然，狄更斯和巴尔扎克一样拥有外向型的心理品格。不过，狄更斯作为一位英国作家，与注重哲理分析的法国作家显然有不同之处。巴尔扎克是在

---

① 转引自张玲《英国伟大的小说家——狄更斯》，北京出版社1983年版，第1页。

② ［英］约翰·福斯特：《查尔斯·狄更斯传》，转引自《狄更斯评论集》，上海译文出版社1982年版，第305—306页。

③ ［法］安·莫洛亚：《狄更斯评传》，上海译文出版社1986年版，第128页。

④ 同上书，第72页。

动物学、"环境决定论"以及"物本主义"思想指导下观察外部世界的，所以，巴尔扎克对外部世界的观察更注重物对人的意义和物与人的联系。狄更斯则极少受自然科学与哲学的熏染，因此，他对外部世界的观察更关注其外在的印象与特征本身，这种观察方式更像一个画家而不像一个哲学家。"狄更斯身上有一种画家的气质——而且是英国画家的气质。"① 此外，狄更斯也有巴尔扎克那样丰富的想象力，只是，巴尔扎克的想象力是以准确得惊人的记忆力和冷静的观察分析力为心理基础的，而狄更斯则以强烈的情感与远离事理的幻想为心理基础。所以，巴尔扎克的想象更富有客观性与哲理性特征；狄更斯的想象则更带有主观性和情感性特征。丹纳在评论狄更斯时说："狄更斯有这般显明而强烈的想象力，无疑能轻而易举地使无生之物变成有生之物。此种想象力在狄更斯身上激起了奇特的情感。他把自己的澎湃激情投射到所想象的事物之中。在他的眼里，石头是会言语的；白色的土墙能幻化为庞大的精灵；黯黑的水井在阴暗中恐怖而诡秘地伸着懒腰；不计其数的生物在怪诞的荒野上颤然飞旋；无边无际的自然里充斥着各种生物，无生之物也到处横行。……所想象的事物外形和真实事物一样准确，细节同样地丰富。幻想成了现实。"② 因此，如果说巴尔扎克是凭借精确的记忆，冷静地从客观事物出发追求想象的真实的话，那么，狄更斯是在激情鼓动下，从主观幻想出发使想象逼近客观真实。前者富有科学主义精神，后者带有浪漫幻想的特征。但他们都把注意力投放于外部事物的丰富多彩上，而疏远了人的主观心理的千变万化，因而总体上都属"瞳孔向外"的作家。

---

① ［法］丹纳：《英国文学史》，剑桥大学出版社 1863 年英文版，第 340 页。
② 同上书，第 340—341 页。

　　狄更斯在成名之前当过律师事务所的抄写员和《记事晨报》的记者。在从事这两项职业的过程中，他的足迹遍及伦敦的大街小巷，看到了人世间的世态炎凉和社会底层人民的苦难生活，也看到英国社会金钱统治人的本质。这些职业促使他对人的分析、观察与研究集中于社会的政治、历史、经济与道德等方面，即关注于外部社会形态。他不倦地探讨的是社会改良的道路。他关注着劳动阶级的饥饿、贫困、失业、疾病和死亡等问题，追求着自由、平等、博爱的社会理想。他曾出访美国，寻找人间的"天堂"，在大失所望之后又猛烈地抨击美国社会制度。在对社会外部形态的关注上，狄更斯也与巴尔扎克有相似之处，但狄更斯比巴尔扎克更富有社会责任感，而巴尔扎克又比狄更斯更多了一份人类本体意识。狄更斯的社会道德家和社会批判家的特点，正是外向型心理品格的一种具体表现。

　　狄更斯的外向型心理品格决定着他的小说的美学追求取向。马克思在评价19世纪英国以狄更斯为首的"一批杰出的小说家"时说："他们在自己的卓越的、描写生动的书籍中向世界揭示的政治和社会真理，比一切职业政客、政论家和道德家加在一起所揭示的还要多。他们对资产阶级的各个阶层，从'最高尚的'食利者和认为从事任何工作都是庸俗不堪的资本家到小商贩和律师事务所的小职员，都进行了剖析。"① 马克思在这里准确地概括了狄更斯等作家在小说创作中的"社会批评"的审美取向。狄更斯也确实是力图在真实的社会描写中追求政治的、社会的和道德的教化作用。他在《奥列佛·退斯特》的前言中说："我认为描写犯罪的那伙人的真实成员、描绘他们的全部丑态和他们的全部卑鄙行为，揭示他们贫穷困苦的生活，按照他们实际的样子加以

---

　　①　马克思：《英国资产阶级》，《马克思恩格斯全集》第10卷，第686页。

描绘——他们是惯偷，被惊慌所笼罩，走的是生活中最肮脏的小道，不管他们往什么地方看，到处都是可怕的大绞架。我认为，写这些是必要的事情，是在为社会服务。我是尽力而为的。"[①]因此，如果说巴尔扎克力图通过自己的小说创作成为法国社会的"书记官"的话，狄更斯则努力通过他的小说创作成为英国生活的社会批评家和道德教育家。狄更斯也属于具有外倾型审美心理机制的作家，但又具有自己的个性特征。在这种审美心理机制作用下，他的创作也就拥有了自己的独特风格。

二　故事性与娱乐性中的社会批判性

想象力丰富而奇特的狄更斯，他的小说留给人们的第一个深刻印象是扣人心弦的故事。狄更斯正是依赖他那出众的想象力，使自己成了讲故事的能手，而他的小说极强的故事性，便是他拥有广泛的读者的重要原因。

狄更斯在少年时期就有喜欢幻想、爱讲故事并且善于讲故事的特点与能力。他曾经根据自己阅读的故事模仿性地改写成一个悲剧剧本。他能随口讲出一系列的故事，并且讲得十分动听。这里所表现的，不仅是他的口才，对于未来的一个出色的作家来讲，更重要的是他的虚构故事的才能，这种才能对他以后创作风格的形成起了决定性作用。成名之后的狄更斯还曾经以其惊人的讲故事才能成为闻名欧美的表演艺术家。19世纪40—60年代，狄更斯曾多次应邀到英格兰、苏格兰和美国等地举行巡回讲故事表演，这时，他讲的都是自己创作的小说，从《匹克威克外传》到《奥列佛·退斯特》、《双城记》、《远大前程》、《我们的共同朋友》等。有的作品是在一边写作，一边外出讲述的过程中完成

---

① 《英国作家论文学》，三联书店1987年版，第150页。

的。他的讲故事表演受到了听众的高度赞扬。1867年访美期间，他到过波士顿、纽约、费城、华盛顿等大城市。"美国的听众狂热地欢迎了他，人们甚至隔夜睡在售票处窗外的凳子上，等待次日购买入场券。小的会堂不能满足观众的要求时，演出地点就改在大教堂。……狄更斯在美国呆了五个多月，举行了三百七十多次朗诵会。"① 成名后的狄更斯出色的讲故事表演，固然表现出了他出众的表演才能，但同时也说明他的小说具有口头文学、戏剧艺术和通俗文学的那种饶有情趣的故事性。没有这种故事性，他的讲故事表演断然不可能取得如此大的成功，不可能使他的听众那般如痴如醉。而这种艺术效果，也在他的小说中存在着。

使狄更斯得以一举成名的长篇小说《匹克威克外传》，以轻松幽默的笔调叙述了匹克威克俱乐部成员的奇特经历。这部小说的动人之处在于一个个妙趣横生的小故事源源不断。《匹克威克外传》首先是以它出色的故事描写而使狄更斯赢得名声、赢得众多的读者的。这种以故事取胜的特点以后成了狄更斯小说的突出特点，他以后的小说基本上没有脱离这一创作本色。他的第二部长篇小说《奥列佛·退斯特》把故事的核心集中于奥列佛的曲折经历上。从济贫院到棺材铺，再到伦敦的强盗集团，情节曲折而集中，紧张中富有悬念。其中犯罪、暴力和恐怖的描写，又使小说带上了侦探小说的成分。《奥列佛·退斯特》的故事叙述技巧大大超越了《匹克威克外传》，这突出地表现为故事描写的完整性与高度的概括集中上。奥列佛的经历不再是一系列小故事的串联，而是一个完整集中的人生经历的描述，显得紧凑而集中。主人公从流浪、奋斗到圆满的结局这样一种情节结构方式，成了狄更斯以后大部分小说的叙述模式，情节的曲折性与紧张性，也成

---

① 陈挺：《狄更斯》，辽宁人民出版社1982年版，第42页。

了狄更斯小说的基本风格。从《尼古拉斯·尼古贝尔》到《老古玩店》、《马丁·米什维尔》、《我们共同的朋友》、《远大前程》、《荒凉山庄》、《小杜丽》、《大卫·科波菲尔》基本上都呈示这种叙述模式与艺术风格。其中，《大卫·科波菲尔》既是这种模式的典型代表，又在故事性的追求上有所发展。这部小说的中心故事或"母故事"，是由主人公大卫从流浪、奋斗到成功的曲折经历构成的。"母故事"本身一波多折，跌宕多姿，从大卫身上引出来的悬念一个接一个，让读者不忍释手。在这"母故事"之外，又延伸出三组"子故事"，它们分别是：（1）辟果提先生一家多灾多难的经历，其中爱弥丽的婚恋曲折和命运多舛是扣人心弦的；（2）密考伯夫妇颠沛流离的故事；（3）威克菲与女儿艾妮斯受害与遇救的故事。三组"子故事"都与大卫的生活足迹相联结，因而都与"母故事"扭结在一起。此外，还有德莱顿与苏珊、司特莱博士夫妇、辟果提与巴奇斯、特洛罗小姐等人的爱情与婚姻这三组"次子故事"，它们也与"母故事"和"子故事"相扭结。所以，整部小说的故事情节按轻重主次可分为"母故事"、"子故事"、"次子故事"三个层次。这种多层次、多系列的故事互相交错，层层展开，形成错综复杂、曲折动人的情节网络。"故事性"也就显得格外突出。《董贝父子》、《双城记》、《艰难时世》等小说的故事模式虽不完全属于"流浪—奋斗—成功"式的，但也都具有情节的紧张性与曲折性特点。其中《双城记》的故事情节基本上以马奈特大夫的遭遇为主线展开，写得集中而紧凑。而且，作者出色地运用前期小说中就已经使用过的侦探小说的手法，把18年前马奈特大夫为何无故被投入巴士底狱等一连串的伏笔加以精心设置，然后随着情节的步步深入把悬念一环环地解开，这种不无戏剧性的情节描写是颇受读者欢迎的。

狄更斯小说的这种故事性特点，不仅与作者本人的那种富于想象、长于虚构的心理品格有关，同时也与狄更斯当时作品的发表方式、特定时代的文化心理背景以及读者的审美期待有关。英国 19 世纪上半叶是盛产小说的年代，读小说也成了民众的主要娱乐方式。与狄更斯同时代的安东尼·特罗洛普曾指出："我们成了一个读小说的民族，从现任首相到最近雇来的下房丫环无一例外。"① "前后左右，楼上楼下，城里的公寓和乡下牧师庭院，不论是年轻的伯爵夫人还是农家姑娘，也不论是年老的律师还是年轻的大学生"，"人人都读小说"。② 大众的阅读口味虽不一致，但基本上都是以娱乐消遣为目的的。书摊上琳琅满目的都是通俗而廉价的读本："滑稽歌本、释梦手册、知识性读物、教会宣传品、民主主义政论以及双栏排印的法国小说译作，欧仁苏、大仲马、乔治·桑、保罗·弗瓦尔，应有尽有。"③ 这种文化背景和读者的期待视野，反过来制约了作家的创作。一个作家要成名，要通过创作来维持生计，也就不能不向这种文化导向与审美期待妥协。

狄更斯一开始就是以创作合乎大众读者口味的连载小说而出现在文坛的。连载形式的小说本身要具有可读性，尤其是情节性，这样才能把读者吸引住。因此，狄更斯的创作一开始就受取悦于人的欲望所支配，"故事性"的审美追求也就由此形成并不断发展、成熟。"狄更斯的小说一般分成章回，按月连载，因此，一想到等候着的排字工人，他往往感到一种催逼感，也许从不曾有过在这样的条件下工作的小说家。他着手写《匹克威克外传》

---

① ［英］R. C. 泰利：《维多利亚时代的通俗小说，1860—1880》，英国麦克米兰公司 1983 年版，第 2 页。

② ［英］安东尼·特洛普：《自传》，牛津大学出版社 1980 年版，第 219 页。

③ ［英］鲍里斯·弗特：《英国文学：从狄更斯到哈代》，英国企鹅出版公司 1958 年英文版，第 217 页。

时，不知道此书如何写下去，更不知如何结尾。他没有拟订任何提纲，他对于自己的人物成竹在胸，他把他们推入社会，并跟随着他们。"① 随着狄更斯名声日盛，拥有的读者愈来愈多，他在创作中也就愈为读者所左右，千方百计地想法使自己的小说不让那些如饥似渴的翘首以待的读者们失望。"由于广大读者日益增多，就需要将作品简单到人人能读的程度才能满足这样一大批读者。……读者太广泛的作者也许很想为最差的读者创作。尤其是狄更斯，他爱名誉，又需要物质上获得成功。"狄更斯常常将读者当"上帝"，自己则竭尽"仆人"之责。为了让读者能继续看他的连载小说，"他随时可以变更小说的线索，以迎合读者的趣味"。② 他"常常根据读者的意见、要求来改变创作计划，把人物写得合乎读者的胃口，使一度让读者兴趣下降的连载小说重新调起他们的胃口"。③ 狄更斯小说的创作过程与读者的这种期待"息息相关"、"休戚与共"，自然很好地发挥并开掘了他想象的天赋和编故事的才能，促成了他的小说的"故事性"风格。

小说的故事通常都是由人与人、人与社会的外部冲突构成，狄更斯小说的故事也大都如此。因此，狄更斯在创作中对故事性的追求，实际上也就是对人的外部生活的艺术描述的注重。狄更斯小说的"故事性"也正是他的创作的外倾性的一个突出表现。

但是，狄更斯小说之具有"故事性"，是否就意味着他的小说是肤浅的甚至是庸俗化的呢？回答是否定的。狄更斯是一位具有强烈的社会责任感的作家，他的小说追求一种社会批判与道德教化的效果与作用。在这一方面，狄更斯继承了 18 世纪英国小

---

① ［法］安·莫洛亚：《狄更斯评传》，上海译文出版社 1986 年版，第 20、22 页。

② 同上书，第 78 页。

③ 同上。

说家菲尔丁和斯摩莱特的写实传统，体现了现实主义真实反映当代社会生活的创作原则。从这个角度看，狄更斯的小说是在虚构的故事框架中嵌入了真实的社会与人生，从而真实而广泛地反映了19世纪上半叶英国的社会生活与风土人情。他的笔触，涉及了英国社会的政治、法律、道德、教育等各个领域，具有深刻的社会批判意义。这种对社会外部形态的真实描写，与法国作家巴尔扎克传统是有相似之处的。狄更斯正因此才被恩格斯称为"出色的小说家"。有关狄更斯小说这方面的特点与成就，以往的研究已涉及颇多，此不赘述。

三　人物性格的"外壳化"

由于狄更斯注重描写社会外部形态和追求"故事性"，因而在人物描写上也表现出了"瞳孔向外"的特点。狄更斯不善于通过人物的内心世界的描写来刻画人物的性格，而是从人物的外在形态——肖像、语言、行为方式等——的描写来呈示人物的性格特征，所以，人物的性格是"外壳化"的，读者可以从这种"外在包装"中识别众多的人物。正如奥地利著名作家司梯芬·支魏格所说："狄更斯让人们借助于人物外表的标志认出个性。"[1]英国文学批评家理查·豪恩也认为："狄更斯从来不从人物的内心世界来发展人物性格……狄更斯首先淋漓尽致地描绘人物的肖像；有时先描绘服饰，后描绘其面貌，而更经常的是描绘服饰及举止风采。当狄更斯描绘得满意时，就能如见其人，如闻其声，该人物所说的几句话就是其性格特征的基调，就是该人物尔后全部言行的基调。"[2]

---

[1]　转引自安·莫洛亚《狄更斯评传》，上海译文出版社1986年版，第84页。
[2]　《狄更斯评论集》，上海译文出版社1982年版，第12页。

狄更斯的这种人物描写方式颇似巴尔扎克，只是巴尔扎克更侧重于人物形象的逼真的、原本的形态，而狄更斯则在逼真的描写中融入了夸张的喜剧成分。由于这种夸张是以人物性格的本质特征为基础的，因此，人物形象仍不失其真实感。我们不妨把巴尔扎克描写伏脱冷的肖像和狄更斯描写葛雷硬的肖像作一比较分析。

伏脱冷的肖像：

> 在两个青年和其余的房客之间，那四十上下，鬓角染色的伏脱冷，正好是个中间人物。人家看到他那种人都会喊一声好家伙！肩头很宽，胸部很发达，肌肉暴突，方方的手非常厚实，手指中节生着一簇簇茶红色的浓毛。没有到年纪就打皱的脸似乎是性格冷酷的标记；但是看他软和亲切的态度，又不像冷酷的人。他的低中音的嗓子，跟他嘻嘻哈哈的快活脾气刚刚配合，绝对不讨厌。他很殷勤，老堆着笑脸。……他尽管外表随和，自有一道深沉而坚决的目光教人害怕。看那唾口水的功夫，就知道他头脑冷静的程度：要解决什么尴尬局面的话，一定是杀人不眨眼的。像严厉的法官一样，他的眼睛似乎能看透所有的问题，所有的心地，所有的感情。①

葛雷硬的肖像：

> 讲话的人那四四方方像一堵墙壁般的额头也帮助他加强语气，而他的双眉就是那堵墙的墙根，同时，他的眼睛找到

———————————

① 巴尔扎克：《高老头》，人民文学出版社1978年版，第12页。

了两个为墙所遮蔽着的、宽绰深暗的窟窿作为藏身之所。讲话的人那双阔又薄而又硬梆梆的嘴巴，也在帮助他加强语气。讲话的人的头发同样地在帮助他加强语气，它们竖立在他那秃头的边缘，好像一排枞树，挡住了风，使它不致吹到那光溜溜的脑袋上来，而那秃头外表凹凹凸凸像葡萄干馅饼儿的硬皮一般，这颗脑袋似乎也没有足够的地方来储藏那些生硬的事实。讲话的人的顽强姿态，四四方方的外衣，四四方方的腿干，四四方方的肩膀，——不仅如此，甚至于像顽强的事实一般练就来紧紧掐住他喉咙的那条领带——这一切都在帮助他来加强语气。[①]

在刻画伏脱冷的那幅肖像时，巴尔扎克紧紧抓住这个在逃的苦役犯、这个铁腕人物阅历丰富、深沉冷酷、狡猾干练的性格特点来写，显得逼真自然，外部特征与内在性格是两相对应的。关于葛雷硬的那幅肖像，狄更斯抓住这个事实哲学的固守者与宣扬者那种生硬、呆板、枯燥、顽固的性格特点，恰到好处地在“四四方方”这一性格化、本质化了的外貌特征上予以夸张的描绘，使这个人物的“外在包装”也同他的事实哲学和他的冷酷、生硬、呆板的性格一样令人生厌。可见，狄更斯与巴尔扎克一样注重从人物肖像的描写刻画性格，但风格有所不同，前者是漫画式夸张的逼真，后者是自然还原式的逼真。与此相仿，在语言、行为举止的描写上，狄更斯小说通常也是在性格化的基础上加以夸张，巴尔扎克小说则是性格化基础上的平实自然的展示。他们注重了人物性格的“外壳化”，自然也就失去了“心灵化”特点。正如安·莫洛亚在《狄更斯评传》中所说：“我们十分习惯于从小说

---

① 狄更斯：《艰难时世》，上海译文出版社1978年版，第3页。

中了解主角的种种感情和内心生活，因此，不得不承认狄更斯笔下的主角内心贫乏。……狄更斯是一个好动的人，不是一个可以谈知心话的人，叫他到哪里去细致分析各种感情呢？"[1]

四　渗透着激情的物景描写

具有画家气质的狄更斯，也像巴尔扎克一样善于描绘一幅幅精细逼真的风俗画。对此，法国批评家丹纳曾作过精彩的评述："在读者的印象里，再也没有什么事物能比狄更斯所描绘的更生动更逼真。旧房子、会客室、厨房、辟果提的船，特别是学校的操场——这些事物内景轮廓的鲜明性、生动性和精确性都是无可比拟的。狄更斯具有英国画家的激情和耐心。他一一罗列细节：他注意到古老树身的种种色调；他看到破旧的箱子，破碎的绿色的石板路和潮湿的墙壁上的裂缝；他能分辨出它们散发出来的各种异常气味；他记下苔藓斑点的大小；他识别刻在门上的学者的姓名，不厌其详地描述字体的形状。"[2] 看到这段文字，读者可能会联想到本书第二章第五节中曾引用过的丹纳评述巴尔扎克小说的物景描写的文字。在 19 世纪欧洲现实主义作家中，在物景描写上，也只有狄更斯和巴尔扎克这两位外倾性作家才达到了如此精细、逼真的风俗化程度。不过，在相比之下，巴尔扎克那浓重的"物"意识使他笔下的物景具有明显的客观化与原生态特点。而狄更斯的好幻想与虚构的秉性则使他的物景描写显出了主观化与情感性特征。因此，同样是风俗画，巴尔扎克笔下是精确中不无繁琐，客观中不无冷峻；而在狄更斯笔下是精细中趋于粗

---

① ［法］安·莫洛亚：《狄更斯评传》，第83页。
② 转引自《狄更斯评论集》，上海译文出版社 1982 年版，第 40 页。

放，逼真中透出了激情。在此，我们仍不妨用实例来加以证明。
巴尔扎克对伏盖公寓的描绘：

　　公寓的屋子是伏盖太太的产业，坐落在圣·日内维新街下段，正当地面从一个斜坡向弩箭街低下去的地方。坡度陡峭，马匹很少上下，因此挤在华·特·葛拉斯军医院和先贤祠之间的那些小街道格外清静。两座大建筑罩下一片黄黄的色调，改变了周围的气息；穹隆阴沉严肃，使一切都黯淡无光。街面上石板干燥，阴沟内没有污泥，没有水，沿着墙根长满了草。一到这个地方，连最没心事的人也会像所有的过路人一样无端端的不快活。一辆车子的声音在此简直是件大事；屋子死沉沉的，墙垣全带着几分牢狱气息。……

　　公寓侧面靠街，前面靠小花园，屋子跟圣·日内维新街成直角。屋子正面和小园之间有条中间微凹的小石子路，大约宽两公尺；前面有一条平行的砂子铺的小路，两旁有风吕草、夹竹桃和石榴树，种在蓝白二色的大陶盆内。小路靠街的一头有扇小门，上面钉一块招牌，写着：伏盖宿舍；下面还有一行：本店兼包客饭，男女宾客，一律欢迎。临街的栅门上装着一个声音刺耳的门铃。白天你在栅门上张望，可以看到小路那一头的墙上，画着一个模仿青色大理石的神龛，大概是本区画家的手笔。……

　　天快黑的时候，栅门换上板门。小园的宽度正好等于屋子正面的长度。园子两旁，一边是临街的墙，一边是和邻居分界的墙；大片的常春藤把那座界墙统统遮盖了，在巴黎城中格外显得清幽，引人注目。各处墙上都钉着果树和葡萄藤，瘦小而灰土密布的果实成为伏盖太太年年发愁的对象，也是和房客谈天的资料。沿着侧面的两堵墙各有一条狭小的走道，走道尽处是一片菩提树荫。……两条走道之间，一大块方地上种着朝鲜蓟，左右是修成圆锥形的果树，四周又围着些莴苣、旱芹、酸菜。菩提树荫下有一张绿漆圆桌，周围放几个凳子。……

　　四层楼外加阁楼的屋子用的材料是粗沙石，粉的那种黄颜色差不多使巴黎所有的屋子不堪入目。每层楼上开着五扇窗子，全是小块的玻璃；细木条子的遮阳撑起来高高低低，参差不一。屋子侧面有两扇窗，楼下的两扇装有铁栅和铁丝网。正屋之后是一个二十尺宽的院子：猪啊、鸭啊、兔子啊，和和气气地混在一块；院子底上有所堆木柴的棚子。棚子和厨房的后窗之间挂一口凉橱，下面淌着洗碗池流出来的脏水。靠圣·日内维新街有扇小门，厨娘为了避免瘟疫不得不冲洗院子的时候，就把垃圾打这扇门里扫到街上。①

狄更斯《马丁·米什维尔》中对暴风雨的描写：

　　在每一次急促短暂的闪电里，人们能够看到许多事物。这些事物在阳光持续的中午，即使用五十倍的时间都是看不到的。教堂钟楼里的大钟，使钟摆的绳索和转轮；筑在屋檐下和凹角处的毛蓬蓬的鸟窝；颠簸的马车疾驶而过，马车里人们惊愕的表情；受惊的马匹嘶叫着，预示暴风雨的来临，而隆隆的雷声淹没了马匹的惊叫声；遗留在田地里的耙和犁；被树篱笆分开的田野向远处伸延出去，田野尽头的树丛好像附近地里的稻草人一样清楚；在闪烁的电光照耀的一瞬间，一切事物都清晰可见；接着，黄色转变成为一团火红色

---

① 《高老头》，人民文学出版社 1978 年版，第 2—4 页。

的光芒，又转变成为蓝色；由于光亮刺目，人们眼前除了一片白光外，其他什么也看不见；然后是一片深黑。①

巴尔扎克描写的伏盖公寓，就像影视镜头向人们展示的一系列远景、中景、近景和特写镜头。这种描述是不动声色、沉稳而冷静的。它给人们呈示的似乎是原原本本自然状态的那个伏盖公寓，身临其境的感受尤为明显。狄更斯描写的暴风雨，犹如一个激情澎湃的人在凭自己的想象与热情向人们倾诉激动人心的故事。这幅画面富有动感、富有生机，画面中的事物似乎是活的，似乎自己在说话，似乎自己要跳出画面。描述这幅画面的人是富于激情的和不平静的，读者也会因这幅画面而失去心灵的平静，可谓"一石激起千层浪"，也可谓"风乍起，吹皱一池春水"。确实，"狄更斯在描写这些细微末节的时候，一点也不是冷冰冰的。他把这种细节描写得如此淋漓尽致，原因就在于他观察深入和集中。他的感情越强烈，他的描写越精确"。② 在司汤达那里，充沛的感情都用到激动人心的人物激情—心理的描述之中去了。而巴尔扎克却恰恰相反：他的感情越冷漠，他的描写就越精确。

第七节　福楼拜：在形而上与形而下之间

福楼拜是法国 19 世纪现实主义文学中继巴尔扎克之后的又一位大师。有人认为，1856 年他的《包法利夫人》的发表，"标志着现实主义的胜利"。不管这个说法正确与否，福楼拜无疑是

---

① 狄更斯：《马丁·朱什维尔》，上海译文出版社 1985 年版，第 340 页。
② 《狄更斯评论集》，上海译文出版社 1982 年版，第 40 页。

巴尔扎克开创的现实主义文学的后继者。在巴尔扎克去世之后，法国文坛一时失去了支撑点，人们期待着新的文学巨人的问世，而福楼拜的出现，把现实主义潮流推向了一个新的高峰。福楼拜沿着巴尔扎克的传统，丰富和发展了现实主义文学，并在艺术思想、创作技巧方面，为 20 世纪现代小说提供了借鉴，他是一位继往开来的小说家。

一 福楼拜的审美心理机制

福楼拜的心理秉性，与他的家庭出身以及"与著名外科医生的往来，医院的环境，手术室，解剖学教室"① 等的影响直接相关。他的父亲是卢昂市立医院的外科主任医生和临床专家，他的母亲是医生的女儿。福楼拜自幼生活在医院和病人的环境中（参阅本书第一章第六节），很自然地熏染上了医生的观察与思考的习惯。而且，他也曾对医生的研究工作产生过浓厚的兴趣。1859年，他回忆说："一件怪事，我如此地为医学的研究吸引。我总想解剖，我要小上 10 岁，我会的。"② 福楼拜的外甥女曾经分析道："由他的父亲，他接受实验主义的倾向，对事物缜密的观察，因而必然以无限的时间，用来解决最小的细节，以及认识一切的嗜好，使其艺术家之外，成为学者。"③ 他的父亲还让他接触了许多医生朋友。"1840 年获得学士学位后，他父亲就送他和当时学识渊博的解剖学者朱尔·克洛凯一起游历比利牛斯山和科西嘉岛。后来在阅读《葛莱齐拉》时，福楼拜评论道，如果拉马丁有医生那样的眼光，他将把小说写得更有力。"④ 他曾一度沉湎于

---

① 《不列颠百科全书》第 7 卷，1977 年英文版，第 378 页。
② 转引自李健吾《福楼拜评传》，第 22 页。
③ 同上书，第 23 页。
④ 《不列颠百科全书》第 7 卷，1977 年英文版，第 378 页。

他父亲的医学藏书，反复地阅读了医学家毕莎和卡巴尼斯的医学著作。他在给乔治·桑的信中说："你知道我现在读些什么书消遣吗？毕莎同卡巴尼斯，我觉得非常有趣。"① 毕莎和卡巴尼斯在生物上运用的方法，对现象的分析，"福氏几乎全盘移过来观察他的事物"。② 医生和医学著作使福楼拜形成了独特的把握世界的方式：注重静观默察，剖析细致入微，具有科学实验倾向。这种自然科学家型的思维方式，用于对事物的研究，特别是对社会和人的研究，通常是由外而内、由表及里地进行的，并且偏重于对外部形态的研究与分析。因而，福楼拜在这方面与巴尔扎克十分相似。巴尔扎克重事实、重物质，他从动物学吸取方法论的精神养料。他们都有科学主义的倾向，福楼拜的"医生头脑"则使他摒弃想象而更热衷于缜密的观察。他冷峻观察和分析所得的那个世界，往往更合乎世界的本原。

福楼拜虽具有巴尔扎克式的外倾型审美心理机制，但又有自己的独特性。"在福氏创作的理论上，观察是一个重要而且基本的条件，成为此后一切精神活动的最大限度的根据。"③ 福楼拜强调通过细致的观察去把握事物的外部特征然后用精确的文字加以表现。他在教导莫泊桑时说："应当久久地注视你所想要表现的东西，发现过去任何人没有看到过和说起过的形象和式样。人，总有根据前人思索过的记忆来使用眼睛的习惯，因而，一切东西一定还有未被探索到的地方。区区小事也都包含着未知的部分，把它找出来。""描写燃烧着的火焰和原野的树木时，要注视它，直到发现那些树木和火焰跟别的树木和火焰有什么不同的地

---

① 转引自李健吾《福楼拜评传》，第 368 页。
② 同上。
③ 同上书，第 386 页。

方为止。"① "当你看见一个杂货店老板坐在门口，一个挑夫抽着一杆旱烟，或者一辆马车停在门前，你得把这老板和挑夫的姿态以及整个画面贴切地表现出来，而且通过你画家的手腕，显示出他们的精神生活，使我不至于误认为另一个老板或挑夫。说到那匹拉车的马呢，你得用一个字使我知道这匹马和前后五十匹马不同。"② 福楼拜在艺术创作上对事物外部形态和特征的强调，很接近于巴尔扎克的那种对外在物质环境和事物外部形态的重视。但是，福楼拜在强调细致地观察事物的外部特征的同时，更强调深入把握事物的内在本质特征；在注重描绘事物外部形态之真的同时，又注重呈示事物外部真实之内的真实，用福楼拜自己的话讲是"真实的真实"。③ 这种"真实的真实"也就是灵魂的真实、抽象的真实、形而上的真实。福楼拜认为："艺术家应该从地面吸取一切，好像一架吸水机，管子一直通到事物的脏腑，凡是人眼看不到的，藏在地下的，他全抽上地面，喷向太阳，呈出光怪陆离的颜色。太阳照下来的时候，粪堆上的红宝石正和清晨露珠一样多。到了真实的时候，便是卑污也成为尘世的华严。他必须走进事物的灵魂，站在最广大的普泛前面，然后他会发现，唯其习惯于观看奇形怪状的东西，所谓怪物反而不是怪物，所谓英雄圣贤倒是怪物，一切只是例外、偶然、戏剧，不属于我们正常的人性。"④ 显然，福楼拜的真实观，是具有双重含义的。首先，他强调准确地把握事物外部形态的真实，即物理形态、形而下的真实。这种认识事物的方法和真实观，是同 19 世纪强调对客观物理世界的探索与研究的科学主义精神相呼应的，是巴尔扎克式

---

① 《中外作家谈创作》，复旦大学出版社 1983 年版，第 250 页。
② 《中外作家谈创作》，复旦大学出版社 1983 年版，第 248 页。
③ 转引自李健吾《福楼拜评传》，第 381 页。
④ 同上书，第 386 页。

艺术思维模式的延续与发展。其次，福楼拜强调"真实的真实"，这是对巴尔扎克式艺术思维模式的突破与超越；这种突破与超越不只是从巴尔扎克式的外倾型审美心理模式走向司汤达式的内倾型审美心理模式，而且是走向了现代式的超现实求真艺术模式。许多现代派作家认为，客观实在的世界是非真实的，而主观心理对世界感觉到的东西才是真正的真实。萨特认为，外部世界是"自在的存在"，人的意识是"自为的存在"，自在的存在是一片混沌与虚无，自为的存在才是真实的。现代派作家热衷于描写的就是超现实意义上的世界本体之真，即形而上的真。福楼拜的真实观无疑并不就是现代派的真实观，至少，他尚未在理论上完全否定客观实在世界的真实性，但是，他关于"真实的真实"的理论的现代意味是显而易见的。从这种"真实的真实"之眼光看事物，世界就被虚幻化了。他说："在我眼里闪烁的光，或许来自什么不可知的核心，离我视线有十万里的距离，原子如若无限，同时走过形体，仿佛一道不断的河水流过它的两岸，那么思想，谁握住思想，谁连起它们来？我看见一粒石子、一匹走兽、一幅图画，我觉得我走进它们的内部。"① 李健吾先生认为，福楼拜的这种自然观，与波特莱尔的"契合说"（或"感应说"）是一致的。波特莱尔说："自然是一座庙宇，/庙宇中活生生的/柱子有时说出了混乱的话语；/人在自然中走过，穿越了象征的森林，/森林用熟识的眼光注视着他。"福楼拜同波特莱尔甚至许多现代派作家相似，他的"真实的真实"与现代派的"主观真实"基本上属于同一种美学范畴。所以，福楼拜的审美心理机制既是外倾性的，又具有内倾性和现代性特征；他的创作也显示了一般现实主义作家迥然不同的艺术风格。

---

① 转引自李健吾《福楼拜评传》，第385页。

二 社会风俗画与现代神话

作为一位具有外倾型审美心理机制的现实主义大师，福楼拜的小说创作在反映法国 19 世纪社会历史方面虽然没有巴尔扎克小说那样广阔，但是，在忠实于生活，细致地反映 19 世纪法国社会的风俗史，真实地描写特定社会的外部结构形态方面，却与巴尔扎克以及其他许多现实主义作家十分相似。正是这种相似，使福楼拜在法国 19 世纪文坛上重振了巴尔扎克的雄风。《包法利夫人》的副标题是"外省风俗"。小说描述了外省富裕农民的女儿爱玛的悲剧。小说的画面没有巴尔扎克作品那样广阔宏伟，却也真实地展现了法国 19 世纪上半期外省的社会风俗。福楼拜把爱玛的性格演变过程同时代和环境密切地结合起来，从而写出了七月王朝和第二帝国时代大资产阶级统治下法国社会的基本结构形态和人的生存状态。上流社会奢侈豪华的生活方式、大资产阶级腐败的政治和堕落的道德风貌，外省生活的贫困、庸俗、死寂，人与人之间冷酷无情的金钱关系，都通过爱玛的故事真实地展现了出来，这使小说拥有了深刻的社会批判、道德批判和政治批判的意义，体现了传统现实主义小说的审美品格。福楼拜的另一部有代表性的长篇小说《情感教育》所描写的生活画面比《包法利夫人》更为广阔，它再现了 1840 年至 1867 年之间法国从巴黎到乡村的社会生活，成功地塑造了这一时期的人物形象。小说所写的发生在巴黎街头的群众集会，大地主、大资产阶级在这动乱的社会中的思想行为，都是对法国 1848 年革命前后的社会历史的真实反映。碌碌无为，在虚幻中追求了一生的主人公弗雷德利克的悲剧，是那个平庸、堕落的社会环境造成的，小说也因此具备了时代的"镜子"的功能。

然而，在福楼拜的小说里，我们看到的远不只这种直观形态

的人的生存状态，还有抽象的、心理的、超现实意义上的人的生
存状态；他的小说中的生活也不仅仅是现实生活对等意义上的真
实形态，还有象征隐喻意义上的超现实的真实形态。他的小说中
那一幕幕社会风俗画的背后，还隐含了喻义深远的现代神话
形态。

　　如前所述，福楼拜在注重把握事物外在真实的同时，还追求
一种"真实的真实"，即超现实的或主观心理的真实。在具体的
艺术创作中，要达到这种"真实的真实"的境界，用客观地摹写
生活，直观地、逼真地再现现实的方式是难以奏效的，而用象征
隐喻的神话模式，把现实生活神话化，则可达到目的。黑格尔
说："一般地讲，象征是外界存在的某些形式直接呈现给感官，
它的价值，并不在于它本身，在于它呈现给我们的直接性；而是
在于它给我们的思想所提供的更为广阔、更为一般的意蕴。"①
这说明，象征隐喻的神话模式能揭示出更为广泛、更为深刻的现
实性意蕴。这种艺术思维方式对世界的把握是一种诗性的揣摩，
是将最为内在、最深刻的心灵体悟转化为艺术形象。就作家的创
作来说，这就是把现实生活神话化的过程；就读者而言，这是一
个对艺术世界作体验性领悟，在文本世界的背后寻找人类深层心
理本原的过程，而不是从形象本身直接地作认识论意义上的理
解。从广泛的、广义的角度看，任何一个文学作品都具有象征意
味，因而都有神话模式潜隐在内。即使是巴尔扎克的小说，也具
有象征隐喻的神话模式。但是，严格意义上的现代神话模式，只
有在现代小说，特别是现代派小说中才成为一种普遍的和自觉的
存在。然而，在福楼拜那里，由他的特定的审美心理机制所决
定，虽然他的创作尚未在普遍、广泛的意义上运用神话思维方

---

① 黑格尔：《美学》，奥斯马顿英文版第2卷，第8页。

式，但是，他对"真实的真实"的刻意追求，使他在象征隐喻的神话模式的运用上，比巴尔扎克等现实主义作家要自觉得多，我们甚至有理由认为他是一个自觉运用神话模式进行小说创作的现实主义作家，而这种自觉追求，正是促使福楼拜"把一种崭新的思维方法应用于文学，从而成为现代小说的始祖"[①] 的重要原因。

《包法利夫人》是福楼拜现实主义小说的代表作之一，它的深刻性远不只揭示了爱玛悲剧的社会原因，福楼拜在小说中借爱玛的人生故事框架，隐喻了人类在与自身"宿命"抗争过程中的盲目性和无目的性，表现了现代人在面对自我时如坠迷雾的困惑与迷惘。福楼拜是一位回避生活也脱离生活的作者，他的大半辈子过着隐居的生活，但他从未中断过对自我及人类命运的苦苦思索。他从人类生命本体的角度探讨和研究人，并通过文学创作表达自己对人的种种体悟。"认识你自己"，这是古希腊时期的人写在太阳神阿波罗圣殿上的箴言；"司芬克斯之谜"也体现了远古时期的人对自我探寻时的困惑与迷惘。人对自我的追寻到了 19 世纪自然科学长足发展的时代依然在进行，并带上了现代人的特征。福楼拜正是在这种探索中继续着古人的思考。福楼拜要在文学中表达自己的思考，表现现代社会中人的生存状态，就不能不写现实的生活和现实社会中的人，但他在具体描写中又不停留在故事表层含义的揭示上。爱玛身上所隐含的难以自制的情欲冲动，是他对现代社会中人的生命本原的深层把握和体悟；这种情欲也正是活跃于古希腊的神与英雄们身上的原始欲望。所不同的是，这种原始情欲在神话和福楼拜小说里，是在不同的物质背景

---

① 法国《文学报》1980 年 5 月第 2739 期。转引自冯汉津《情感教育》译本序，人民文学出版社 1981 年版。

和人文背景上显现出来的。从这个意义上说，爱玛是身穿现代服装的赫拉、海伦、阿佛洛狄特。而对人自身的原始冲动，古希腊远古时代的原始初民深感把握与认识的困难。他们时而为之惊喜，因为那是人生快乐的和生命活力的源泉；时而又为之忧伤，因为那是人类灾难的祸根。于是，神话故事中的神与英雄们也就有了说不完道不尽的喜怒哀乐，也就有了悲剧的美。作为现代人的福楼拜，他比同时代其他现实主义作家更注重于"认识你自己"的思索与研究，他也就有更多的困惑甚至悲观，这也就是他在小说中更自觉地运用神话模式的原因之一。福楼拜说"爱玛就是我！"而爱玛的困惑也正是"俄狄浦斯的困惑"。

如果从真实地再现现实生活的现实主义原则出发看《圣·安东尼的诱惑》，很难说这是一部现实主义作品，因而有人干脆将它归为浪漫主义小说。其实，无论将它界定为现实主义还是浪漫主义，都不符合这部作品的本质特征。而当我们从福楼拜"崭新的思维方式"的角度去看时，就可以毫不迟疑地作出判断：《圣·安东尼的诱惑》既不是正宗的浪漫主义小说，也不是严格的现实主义小说，而是一部用象征隐喻的神话模式构造出来的富有现代意味的小说。作者借安东尼的梦呈现出来的怪诞的幻景，都是人的主观心理、情绪、情感与欲望的象征性外化。例如，小说第七场景中，出现了两个截然不同的女人。一个是头发花白，老态龙钟，"眼睛里闪烁着墓灯样的光"的老妪；另一个是年轻美貌，"有两片富于肉感的红唇"的少女。这两人分别是死亡与淫欲的象征，她们外化出了安东尼深层意识中的生存本能与死亡本能引发出来的对淫欲的渴求和对死亡的恐惧。这两种本能一直困扰着从古至今的人类，人们一直挣扎在放纵欲望与难以抵御死亡的心灵的炼狱之中。安东尼与其说是一个宗教神职人员的典型形象，不如说是为欲望所驱赶着，又为理性禁锢着的人的象征。

小说为我们描绘了一个神话般离奇变幻的世界,所展示的是人的心理的真实;圣·安东尼的梦境,真实地披露了现实生活中人的被扭曲了的心灵世界之本来面目。小说采用的显然是一种具有现代意味的神话隐喻模式和内倾性表现方法。

由此可见,福楼拜的小说具有外倾性和内倾性双重倾向。外倾性是他的小说的第一个层面,内倾性是第二个层面。但是,福楼拜小说的内倾性又不同于司汤达与托尔斯泰那种注重人的激情—心理和精神—心理的展示的内倾性,而是一种注重人的主观意识之真,具有形而上的现代神话意味的内倾性,因而具有现代小说的特征。

三 客观的呈示与冷峻的叙述

作为外倾性的现实主义作家,福楼拜不仅强调观察事物的科学、冷静和缜密,还要求在描绘事物时做到科学、客观、冷峻。他反对浪漫主义式的情感宣泄。福楼拜说:"我们不应该利用艺术发泄我们的情感,因为艺术是一个自身完备的天地,仿佛一颗星星,用不着支柱。我们必须脱离一切刹那的因果,然后越少感受对象,我们反而容易如实表现它永久的普遍的性质,天才或许不是别的,是叫对象来感觉的官能。物役于人,不是人役于物。艺术家表现激情,然而是描写的,属于一种再现的作用,具有形体的美丽,否则容易流于艺术娼妓化,甚至情绪娼妓化。"[1] 所以福楼拜主张客观地呈示自然,认为作家在描写庞杂的事物时,必须用画幅显示自然的形体。"展览,然而不是教诲。必须绘成图画,指明自然之为自然;同时图画又要完备,是好是歹全画出

---

① 李健吾:《福楼拜评传》,第 398 页。

来。"① 要做到客观地呈示自然。福楼拜认为作家在创作时必须"退出小说"，进入无我的境界，"作者在他的作品里，必须像上帝在世界上一样，到处存在而又到处不见"。② 他在给包斯盖女士的信中还说："依照我看，一个小说家没有权利说出他对人事的意见。在他的小说创作之中，他应该模拟上帝，这就是说，制作，然而沉默。"③ 福楼拜把客观性放到了创作的首要位置。

　　然而，文学创作中纯粹的无我境界只不过是作家一厢情愿的幻想。因为，无论一个作家如何客观地把事物摹写得自然逼真，他所描写的社会与人生都是出自他的心灵的，因而都是主观化了的。福楼拜主张客观地呈示自然，其实也只不过是要求作家自己不直接地在作品中出现，不要抒发个人的情感和指手画脚地发表议论，而不是指取消作家在作品中的存在。作家的存在是无形的，作家自己的思想情感是隐藏于作品的人与事之中的，他是在幕后而不是在前景。福楼拜说："我们应该用力把自己输入人物，不是把他们拿来趋就自己。"④ "艺术家的要求是，脓向里流，叫人闻不出腥臭气味……吸收对象（甚至于自己的存在）进来，周流在我们的全身，然后重新呈到外面，叫人一点看不破这种神奇的化学作用。"⑤ 可见，福楼拜的作家"退出小说"，其实是作家"隐身于小说"；"无我"的境界，其实是"隐我"的境界。这种把作家的"自我"在作品中淡化的过程，使小说所呈现的社会与人显得更为自然，更合乎生活的原本形态，小说也就成了如福楼

---

① 福楼拜致乔治·桑书，转引自李健吾《福楼拜评传》，第389页。
② 《不列颠百科全书》第7卷，1977年英文版，第380页。
③ 转引自李健吾《福楼拜评传》，第396页。
④ 李健吾：《福楼拜评传》，第397页。
⑤ 同上书，第396页。

拜所主张的追求的"生活的科学形式"①。

福楼拜对小说创作的客观性作如此突出的强调，在欧洲文学史上是始创性的。他在自己的创作实践中作了可贵的尝试，他努力把自然、社会与人在小说中作客观的呈示与"展览"。他的这种努力，很自然地就带来了他的小说叙述风格的变化。他是通过冷峻的叙述去追求无我之境，从而达到客观地呈示自然的目的。

欧洲的小说是从"传奇"演化而来的。由于是"传奇"，因而在欧洲早期的小说创作中，作家为读者提供的往往是曲折离奇甚至怪诞魔幻的故事，他们追求情节本身的吸引力，而不太注意其真实性，也不立足于追求小说文本世界与现实世界的真实的对应关系。如《小癫子》、《堂吉诃德》、《巨人传》，等等。到了18世纪，欧洲小说创作出现了追求生活的真实感的趋向，作家们力图在自己的创作中表现生活的真实感受，让读者感到自己所讲的故事是"真实"或者具有真实性、可信性，而不至于被看成浪漫幻想的传奇故事。作家在小说中创造文本世界时也尽力向现实世界靠拢。于是，这时在小说的叙事方式上，第一人称自传性的小说开始风行。这种叙事方式把作者的个人体验渗透到小说之中，从而增强了小说文本世界的真实感。笛福的《鲁滨逊漂流记》、菲尔丁的《汤姆·琼斯》等，都采用了这种叙述方式。在菲尔丁的《汤姆·琼斯》中，叙述者以小说故事"目击者"的身份直接地出来说话。他不仅介绍情节、评价人物，还不时地跳出来指手画脚地议论世事和抒发感情。作者这样做原本是为了增强故事的可信度与真实感，但这样一来，实际上混淆了故事原本的内容与作者个人感受之间的区别，因此，小说的文本世界到底是生活本身的样子还是叙述者理解的那样？这是一个令人把握不定的问

---

① 李健吾：《包法利夫人》译本序，人民文学出版社1979年版。

题。所以，小说的真实性是值得怀疑的。到了 19 世纪，随着科学主义思想的盛行，文学对"真实"的追求达到了前所未有的程度，从而引起了小说叙述方式的重大变化。作家以科学实验的方法从事小说创作，把小说创作看作像科学家那样对社会历史进行客观的研究，因而，对小说文本世界之真实性的追求也信心十足。巴尔扎克不正是在这种意义上把自己看成"历史的书记员"，并立志要写出法国社会的"风俗史"吗？这种写实主义的美学追求，就导致了全知全能叙述方式的广泛采用。这种叙述方式没有任何视角限制，叙述者像上帝一样站在高处鸟瞰人间，把凡是人所能知道的一切，包括人的内心隐私，都诉诸笔端。如此创造出来的小说文本世界似乎完全可以与现实世界画等号。其实，作家如此提供给读者的也不过是一种"真实幻觉"而已。作家（叙述者）过于宽广的视野和过于频繁地在作品中抛头露面，破坏了小说文本世界的客观自然性和整体感。对此，具有医生的冷静客观头脑的福楼拜产生了不满。他认为"小说家没有权利说出他对人事的意见"。他向一位年轻作家说："为什么你用你自己的名义说话？为什么割断故事，你中间出来说话？"[①] 正是在这种不满的情况下，福楼拜提出了作家"退出小说"的主张。从小说叙述学的角度看，这一主张是对在他之前被现实主义作家们广泛采用的全知全能叙述方式的修正，目的在于把过于宽广的视角加以限制和缩小。因为，视角过于宽广的全知全能的叙述方式，实际上使读者对叙述者的这种无所不知、洞察一切的能力存在与否产生怀疑，因而叙述主体失去了真实可信性，进而，由叙述者提供的小说的文本世界的真实可信性也变得不甚牢靠，作家（叙述者）随心所欲的议论和抒情更破坏了文本世界的自然和谐感。所以，福

①　李健吾：《福楼拜评传》，第 396 页。

楼拜要求作家承认自己对生活观察的角度和能力有限这一事实，客观地在小说中呈示生活；小说中的叙述者不能高高凌驾于人物之上，讲述超出人物本身视野之外的事，作家更不能直接地出来说话。因而，作家"退出小说"，本质上是要求叙述者不是站在上帝式全知全能的高度，而是站在普通人的立场如实地、不动声色地叙述客观事实，这是对小说文本世界更切近于现实生活的刻意追求。这正表现了福楼拜从小说叙述学的角度对现实主义美学思想的发展。体现了他对文学之"真实性"原则的更深刻的理解。

　　福楼拜在创作中积极地实践了这种美学主张。他的小说通常都从人物的视角叙述故事和描写事件，在对世界的洞察能力和观察视野方面，叙述者与小说中的人物是平起平坐的，而且，作者对人物和事件从不作任何抛头露面的直接评议，一切都按生活本身的样子"如眼所见"地呈示出来。因此，他的小说中，似乎并不存在一个讲故事的人，故事就像一条自然流淌着的河道，也像摄影机拍下的生活实景，一幅幅、一幕幕地展现在读者眼前。叙述者始终如一地做到看见什么就诉说什么，像医生那样冷静客观。在涉及人物心理活动时，福楼拜也不像司汤达和托尔斯泰那样作推己及人的揣摩式归纳，因为在他看来人是无法直接看到并把握他人的内心活动的。他摒弃了那种全知全能式的直接心理活动描写，而往往通过客观地描写人物的特定心理氛围中的特定的语言和外在行为方式，外化出人物的特定心境和情感世界。从这一点上讲，他同外倾性的作家巴尔扎克是十分相似的。他是一个外倾性作家，但是，从叙述学的角度看，福楼拜小说的这种客观的呈示和冷峻的叙述，虽然没全然超出全知全能的叙述范畴，却已表现出与他之前的现实主义作家的明显分野。他把全知全能的叙述视角加以限制和缩小。这种限制和缩小的工作在现代小说家手中得以继续，小说的叙述视角完全等于或小于人物视角，从而脱离了全知全能的叙述范畴。可见，福楼拜在小说叙述技巧方面，是处于传统与现代的交接点上的，由此也显示了他的创作的又一层现代意义。

四　故事性的消解与散文化文体

在巴尔扎克小说中，故事的地位是十分显要的。这位口口声声要写出法国 19 世纪社会"风俗史"的现实主义巨匠，在故事编写中明显具有浪漫主义者的那种想象与虚构的特点。他的小说故事性强，结构严谨，具有很强的艺术魅力。然而，从小说文本世界与现实世界的真实对应的现实主义美学原则看，这种故事性又使读者增加了一分对小说真实性的怀疑。狄更斯编故事的才能比巴尔扎克有过之而无不及，他常常为了故事性而抛弃了生活的逻辑与真实性，这是一个不可否认的事实。对故事性的崇尚，正是欧洲小说之"传奇"本源在 19 世纪现实主义小说中的"遗传"，也是现实主义小说"非现实性因素"产生的原因之一。福楼拜由于主张小说创作的客观性、生活化，因而他对虚构故事是十分反感的，因为，虚构和想象将使小说所描写的生活背离现实世界。既然小说是对生活的"展览"，是对生活作科学化的还原，那么，作家在创作中首先要考虑的就不是故事的曲折离奇，而是所表现的生活是否最大限度地切合生活的自然形态。现实生活本身常常是平淡无奇的，故事性往往是人为的东西，因而，当小说自然地呈示生活时，所描写的生活也总是平淡无奇甚至是支离破碎的。所以，如果从传统小说的结构美学看，福楼拜的小说故事性不强，文体也趋于散文化了。《包法利夫人》总体描写了爱玛的悲剧故事，情节的基本框架是存在的，但其中却没有传统小说尖锐的戏剧性矛盾冲突；爱玛的生活故事也不是始终连贯的，而是几个恋爱故事的连接，此外就是大量平平常常的生活细节。

《情感教育》的故事性更差。主人公弗雷德利克几乎同时与三个女人交往，三个恋爱故事似乎无主次之分（从行文方式的角度看），故事的展开也没有严密的逻辑层次，似乎完全由弗雷德利克主观的好恶决定，他想到哪个情人家去，就到哪个情人家去，故事也就在哪个情人那里展开。这样一来，传统小说意义上的"故事性"被消解了，而"生活化"的特征则更明显了，小说的行文方式则由于故事性的消解而趋于散文化。

故事性的消解与散文化的趋向，是福楼拜小说超越现实主义而走向现代主义的又一重要表现。20世纪现代主义小说"反传统"的一个突出表现是"反小说"，即反对追求小说的故事性。在这方面，法国的"新小说"是最典型的。"新小说"派作家力图打破传统小说的既定规范。在他们看来，巴尔扎克式的传统小说是主观的和人为的产物，是一种欺骗读者的虚构玩意儿；传统小说的所谓"故事情节"、"人物"、"环境"，充其量只是一些事物的表象，是小说家用以引诱读者上钩的伎俩，决不可能使人们看到事物的真相或本质。他们否定人物形象在小说中的地位，强调打乱传统小说的那种结构的完整性和情节的连贯性，排除小说的故事性成分，让小说走向"非小说"。福楼拜对小说故事性的消解，这种美学趋向与"新小说"有一致性。可以说，"新小说"派的"反小说"是对福楼拜小说之消解故事性的一种极端化的继承与发展，福楼拜也就与"新小说"结下了不解之缘。

余　论

综上所述，内倾性的现实主义作家是从表现心理场的宗旨出发观照物理境的，外倾性的现实主义作家是从再现物理境的角度折射心理场的。前者在展示心灵世界上更具直接性、真实性和深刻性，而在再现外部社会形态上趋于主观性、宽泛性；后者则在再现外部社会形态上更具直观性、真实性和广阔性，而在表现心灵世界上则趋于间接性和粗略性。

作为两种不同倾向的艺术思维模式，内倾性与外倾性各有特点、各有所长，并且都合乎艺术创作的规律，它们是对立统一的。某一作家在内倾性或外倾性方面有所侧重，并不就与另一方面割裂，而往往是不同程度地兼而有之。托尔斯泰在以内倾性为主导的基础上又融合了外倾性特点，如果我们用论证巴尔扎克小说的方法去论证托尔斯泰小说展现社会外部形态之广阔性的话，也完全可以找到许多证据，反之亦然。但这不是科学的、全面的研究方法。托尔斯泰等内倾性作家始终是由内而外地描写外部社会、外部形态的，重心在内宇宙；巴尔扎克等外倾性作家则始终由外而内地描写人的心灵，重心在外宇宙。可见，19 世纪现实主义文学明显存在双重流向。如果我们只强调这一文学流派在反映外部社会上的广阔性，那么，众多的作家就变得千人一面，成了大大小小的"巴尔扎克"了。进一步说，我们一旦跳出 19 世纪现实主义文学的历史范畴，把视线往 20 世纪文学延伸，就会清晰地看到，托尔斯泰等内倾性作家同向内转的 20 世纪现实主义和现代主义有渊源关系，某些现代主义作家还把托氏等作家的内倾性传统引向了一个极端，一味地开掘人的潜意识"黑箱"，片面地强调人的主观性，割断了内宇宙、主观世界与客观世界之间的联系。巴尔扎克等外倾性作家则同 20 世纪的纪实文学、报告文学和刻求外形摹写之真的新小说派相沟通，他们的外倾性传统从另一流向走向了现代。① 所以，我们指出 19 世纪现实主义

---

　　①　当然，左拉从生理学与遗传学的角度研究人，也把文学描写人的心理引向深入，为内倾性的现代派提供借鉴。但左拉总体上是外倾性作家。

中存在内倾性与外倾性两种流向，并不是要把这一文学流派模式化地一分为二，把众多的作家机械地对号入座，我们是为了阐明：第一，19世纪现实主义沿着内倾性与外倾性两种流向沟通了与20世纪文学的联系。第二，19世纪现实主义文学"真实地反映生活"，并不只是表现在真实地描写人的外部社会生活上，同时还表现在真实、深刻地揭示人的心灵世界上；广阔性和深刻性的双重组合，才构成了完整意义上的19世纪现实主义文学传统，才体现"真实地反映生活"这一原则的准确含义。

在我国，现实主义作为一种文艺思潮在文坛上的出现，是在五四新文化运动前后，它主要接受了欧洲19世纪现实主义的影响。但由于我国社会历史条件、民族文化传统和审美心理需要的特殊性，欧洲现实主义在我国理论家和作家心目中，并不是原来的面目，我国的现实主义创作与之相比也有明显的差别。

五四前后，急剧变化的社会形势使中国现代人的审美心理发生了变化，那种传统的"中和之美"，对超现实的高度净化的美的境界的追求，逐渐为逼近现实、强调社会教化的功利主义审美倾向所取代，"文学为人生"的口号因其适应了时代的需要而被人们普遍接受，文学的社会功利性就成了评判作品之优劣的重要标准。在这种文学观的指导下，我们对外国文学的选择，就倾向于真实地反映现实人生，内容上具有思想认识价值的作品，于是，欧洲19世纪现实主义文学，尤其是俄国现实主义文学，就引起了我们的格外重视，以至于发展到后来的现实主义独尊的地步。与此同时，对19世纪现实主义文学本身的价值判断与继承借鉴，又片面地强调它对现实生活的真实客观的反映，强调对外部社会形态的广阔再现与摹仿，以至于简单化、表面化地把19世纪现实主义理解为摹写、记录现实的文学，一些理论家曾经把写实主义与革命文学画等号。这种理论仅仅停留于文学的社会功

能这一层面，也就影响了我们对 19 世纪现实主义的全面理解与
整体把握，因而，像托尔斯泰这样的现实主义大师，我们看到了
他的作品反映生活的广阔性和对俄国社会的深刻批判与揭露，而
忽视了他对人的情感与心理世界的纵深开掘，忽视了他的作品的
内倾性特征，托尔斯泰现实主义传统的更深刻的东西很少被我们
承认、肯定和借鉴。

　　当然，也有人对现实主义作出过更深刻全面的理解，鲁迅、
胡风、秦兆阳等便属此列。鲁迅也讲文学的功利性，但又很注重
19 世纪现实主义的那种"主我"意识，强调写出人的灵魂，并
把"写灵魂"看作现实主义的核心内容。他曾高度赞扬陀思妥耶
夫斯基那种"穿掘灵魂的深处"的写法。① 正是在这种理论基点
上，他不是一概地排斥西方现代主义和浪漫主义，也不是全盘予
以肯定。鲁迅的第一篇小说《狂人日记》就是一篇客观地反映现
实，猛烈地抨击社会弊端的杰作，小说洋溢着由主体与客体的矛
盾而产生的愤激、痛苦和反抗情绪，其中充分体现出作者面对现
实、执著和肯定人生的理性精神和崇高理想，同时又使得主体的
内省经验、直觉、灵感、独到的精神充分发挥和显现。鲁迅的
《呐喊》和《彷徨》，无疑是我国现代文学史上少有的既有外倾
性，又有内倾性的深刻的现实主义典范。然而，无论是当时还是
后来的现实主义倡导者，对鲁迅的小说不是惊叹其格式的特别，
就是赞扬它内容的真实与批判的强烈，而没有能够真正从现实主
义传统的角度去理解鲁迅小说的艺术精华。特别令人惋惜的是
20 世纪 20 年代中后期，"革命文学"的倡导者们否定和批判了
鲁迅为代表的五四时期现实主义文学的成就，鲁迅小说所具有的
现实主义深刻之处，反被认为是缺陷，这又助长了简单化的写实

---

① 《〈穷人〉小引》，《鲁迅全集》第 7 卷，第 103 页。

主义理论与创作的盛行。早在 1935 年，胡风对那种表面化的写实主义就提出过批评。他指出，创作既不是客观地"冷静地记录下他的观察"，也不是借客观事物来"表现自己的灵魂"，而是"认识的主体（作者自己）用整个的精神活动和对象发生交涉"产生的结果。① 他坚持文艺并不是生活复写、"文艺也不是生活的奴隶"②。遗憾的是，胡风对现实主义深刻性的呼唤也未能付诸实现。以后尽管有秦兆阳等人对现实主义"深化"的呼吁，但也无力改变现状。

20 世纪 70 年代末 80 年代初中国文坛上出现了真正的现实主义的文学。这一时期的许多作品，无论在反映生活的真实性、广阔性还是在开掘人性的尝试和主观体验的抒发上，都达到了新的高度。不过，这一时期的这种具有新时代气息的文学，是在历史反思、拨乱反正的社会思潮中应运而生的，而不是在主动自觉地对现实主义理论与传统的重新审视基础上的深入开掘与继承，远没达到传统现实主义那耐人寻味的深度。正当这种新文学有待于在理论上予以总结，朝现实主义方向深入发展的时候，趁国门开放蜂拥而至的西方现代主义思潮强烈冲击了中国文坛。1985年前后文学"向内转"的呼声并不是引导人们去重新总结与发现传统现实主义的深刻性一面，而是把人们的目光拉向"向内转"的现代派文学，传统的现实主义则被置于"向内转"文学的反面，宣布为"过时"、"机械反映论的产物"、"摹写文学"。文坛上异军突起的是"先锋文学"。"先锋文学"已取得的成就是应该承认的，但它的贵族化倾向也不能不引起我们的重视。

以上我们对中国新文学历史的匆匆回顾，难免浮光掠影，挂

① 胡风：《文艺笔谈》，上海泥土出版社 1951 年版，第 56 页。
② 胡风：《文学与生活》，上海生活书店 1956 年版，第 101 页。

一漏万，但经过这番"扫描"，可以看到，许多人对欧洲 19 世纪现实主义的理解与把握是不够全面的，它的内倾性并没为我们充分认识与肯定，因而对它的优良传统也不可能有合理的继承。时代发展到 20 世纪末，还主张让我们的文学回到巴尔扎克、托尔斯泰时代去，未免有些食古不化，落后于历史进程。不过，在世界范围内，文学创作的多元化、现实主义的回归，这是历史事实。在我们这个社会主义国家里，传统的文化和审美心理决定了现实主义文学较之"先锋文学"有更广泛的读者和强大的生命力。因此，可以十分肯定地说：我们的国家、我们的社会还需要现实主义。既然如此，如果我们不仅能重视 19 世纪欧洲现实主义对外部社会形态描写的真实性和广阔性，而且又深入开掘它的内倾性与深刻性一面，更全面准确地把握与继承它的传统与精华，那么，我们的现实主义理论与创作则有可能达到新的高度。

第三章

心理原型的外化与反映的变形

　　我们承认文学是对生活的反映，19世纪现实主义文学正是在这方面取得了辉煌的成就，但我们并不同意19世纪现实主义是"机械反映论的产物"的观点。文学对生活的反映是一种审美反映，它不同于认识论意义上的反映。这种反映是在创作者的主体意识这一中介物的制约下进行的，因而，文学所反映的生活只能在一定程度上显示生活之真，却不能等同于现实生活。"人的意识不仅反映客观世界，并且创造客观世界。"① 文学所反映的世界，是经由作家主体意识创造而重现出来的变形了的艺术世界。

第一节　心理原型与现实的重构

　　与单方面地肯定反映生活的外倾性相关，在一段时期内，一些人曾经过分地强调文学的认识功能和社会价值，对19世纪现实主义文学所具有的客观再现性与摹仿性给予了充分的肯定，并

---

　　① 《列宁论文艺术》第1卷，人民文学出版社1960年版，第46页。

确认它们为现实主义的精华，还用哲学中的认识论去反复阐发、论证与引申，过分地强调了再现的功能，从而把现实主义文学看成必须和只能反映社会的本质与客观规律，现实主义也就带上了浓重的客观至上主义色彩，从而掩盖了主体性、表现性和情感性特征，对 19 世纪现实主义文学传统的把握与理解也就再度出现了偏差。对此，一些主体论者则顺着客观至上主义的思想路线对 19 世纪现实主义文学的再现性进一步予以引申，认定它是只讲再现不讲表现，只讲客体性不讲主体性，然后给它带上"机械反映论的产物"的帽子后予以否定。我们认为，真正优秀的现实主义作品从来都是融再现与表现为一体的，不存在只有再现没有表现，只讲客体性而丧失主体性以及"机械摹仿"的问题。考察某些优秀的 19 世纪现实主义作家的代表作品可以发现，他们的创作在"真实地再现生活"方面取得了很大成就，同时，这些作品又深刻地表现了作家对生活的感受、体验与评价，表现了他们在特定时代生活激流中情感、心绪的演变。因此，这些作品所提供的是凝聚了作家的主观情致与个性特征的现实生活图画，作家们创造的是一个个特异的精神世界，这个世界与如眼所见的现象世界并不相同。

诚然，19 世纪现实主义文学为客观至上主义的再现论、摹仿说提供了许多事实佐证，因为，这一流派的作家普遍强调"按生活本来的样子反映生活"，他们共同遵循一种求真的艺术模式。司汤达说："文学是放在大路上的一面镜子。"① 巴尔扎克说："只要严格地摹写现实，一个作家就可以成为或多或少忠实的、

---

① 司汤达：《红与黑·前言》，湖南人民出版社 1983 年版。

或多或少成功的、耐心的或勇敢的描绘人类典型的画家。"① 他还说："法国社会将作历史家,我只当他的书记。"② 福楼拜则强调客观冷静地描写生活:"作者在他的作品里,必须像上帝在世界上一样,到处存在却又到处不见。"③ 他们的许多同时代人也都相信他们笔下所展示的是他们所眼见的那个时代的风俗史,后人也将这种创作理论作为现实主义的精髓加以倡导与继承。然而,"艺术家的实践常常与他们鼓吹的东西背道而驰……他们做的远远超出了他们说的"。④ 不少作家处在创作不自由的环境里,尽管怀着满腔激情去描写社会生活,倾注了创作主体的道德与审美的批判,抒发了主观情感,但为了不招致社会、法律等方面的干扰与追究,言不由衷地把自己的作品说成是"镜子"与"纪实",要人们去责怪泥泞的道路而别去责怪那"镜子"本身。俄国作家果戈理就曾回敬那些攻击他的《钦差大臣》的人说:"脸丑莫怪镜子歪。"这都表明作家会有意无意地掩饰自己的真实创作心态,以达到自我保护的目的。显然,忽视甚至无视作家本人的创作实践而一味地以作家本人的某些只言片语去把握和图解其作品,是会误入歧途的。况且,他们的理论主张本身也往往受到科学发展和时代的局限,因而未必都能点穿艺术之真谛。所以,无论是 19 世纪现实主义作家还是后来的研究者与倡导者,他们在理论上的言不由衷或某些失误,他们在理论倡导与创作实践上的无法心口如一互相对应,并不等于这些作家的创作本身存在相应的或类似的缺陷;传统的现实主义理论忽视了文学的表现性与

---

① 巴尔扎克:《〈人间喜剧〉前言》,《古典文艺理论译丛》(2),人民文学出版社 1957 年版,第 5 页。

② 同上。

③ 《不列颠百科全书》,伦敦 1977 年英文版,第 380 页。

④ [美] H. G. 勃洛克:《美学新解》,辽宁人民出版社 1987 年版,第 197 页。

主体性，并不等于说 19 世纪现实主义文学本身不具备表现性与主体性。对此，我们有必要作更深入的考察。

美国心理学家克雷奇在《心理学纲要》中指出，人的感知受"早先经验和需要、情绪、态度与价值观念这样一些重要的个人因素"的影响，"我们倾向于我们以前看过的东西，以及看见最适合于我们当前对世界所关注的和定向的东西"，[①] 因为，早先的体验和目前全神贯注的与定向的东西已经在人的意识中留下痕迹并形成了稳定的心理原型，它使人对感知对象的选择有一定的自然取向。凡是和心理原型有同构关系的物象，就特别能引起主体心灵的反应和感知，而对和心理原型没有联系的物象则往往视而不见、听而不闻。用巴甫洛夫的观点解释就是："条件反射的形成不仅取决于刺激和影响的强度和力量，而且取决于机体的状况和高级神经活动的个性特征。个人的生命活动经验影响着条件反射的形成和巩固。这里，生活经验不仅影响暂时联系形成的速度，而且影响知觉的选择性，因而，也影响着反射形成的选择性。已形成的暂时联系的系统决定着进一步形成反射的方向，个性不由自主地使自己的知觉和知觉材料服从于和适应于作为评价感知事物的标准的一定态度。"[②] 对于这种现象，皮亚杰在他的《发生认识论原理》中也作过类似的分析。他认为，人在认识感知世界的过程中并不是被动地接受客体信息的刺激；客体的刺激和主体的反应是相互制约的；客体的刺激既决定主体的反应，同时，主体的内在机制的反应能力也取决于其"准备状态"，即图式（schem），用荣格的心理学术语讲就是"心理原型"（psycho-logical archetype）。只有与这种心理图式或心理原型同构或契合

---

① ［美］克雷奇：《心理学纲要》下册，文化教育出版社 1981 年版，第 79 页。
② ［苏］A. 科瓦廖夫：《文学创作心理学》，福建人民出版社 1982 年版，第 5 页。

的客体信息，才能引起主体的反应并激发主体的兴趣从而形成感知的自然取向。由此可知，作家"反映"、"再现"和"摹仿"什么样的生活，并非单一地由客观生活所决定，被动地接受生活的刺激，同时也受心理原型、主体意识的选择与制约。在具体的创作中，外来的物象要经由作家的心灵世界这一中介才能诉诸文字，这个过程是作家固有的心理原型、主观情致改造与同化外来物象的过程。呈现于作家笔下的是经过了作家主体解释和变换后的情感化、审美化的世界，它有历史的真实性，但并不等同于生活本身。19世纪现实主义作家以求真的艺术模式再现客观生活时，必然也按照心理原型去重构现实生活，因而，他们作品中所展现的生活同时有两个客体——即现实与作者本人——的模式，在作品中出现的现实生活结构一方面与生活的客体结构相似，同时又是作者的主体结构的外化。所以，19世纪现实主义的求真模式，必然是再现性与表现性、主体性与客体性的双重组合，因此，不同作家的作品所反映的生活才显得风格迥异、姿态万千。

第二节　司汤达的心理原型与反抗者群像

一　人物性格的深层构架

小说反映生活，主要是通过人物形象的描写来实现的。因此，本节将以剖析司汤达小说中心形象之深层构架为重点，分析他的创作在反映与变形之间的关系。

司汤达小说中出现了一系列富有生活气息、个性鲜明的人物形象，其中，最引人注目的中心形象大致上可分为男青年形象和妇女形象两大类。男青年形象中主要是于连、法布里斯、虞耳、吕西安、奥克塔夫；妇女形象中主要是德·瑞那夫人、玛特儿、吉娜、克莱莉亚、阿尔芒斯、法尼娜。这两类形象首先由于性别不同而特性迥异；即使是同类形象中，每个人物都有自己的个性特征。人物的个性化是作家在人物塑造上成功的重要标志之一，所以，通常我们对人物的研究，也总是把起点放在个性特征的分析上。就方法而论，这往往仅是对人物性格表层结构的分析，其终极目的是对人物所处的外部社会形态作认识论意义上的把握和理解。出于阐述本文观点的需要，在此，笔者则将分析的起点放在人物性格共性的归纳上，以剖析人物性格之深层构架。在这方面，弗莱的原型批评是帮助我们打开思路的一把钥匙，他在《批判的剖析》一书中说：

　　在看一幅画的时候，我们得站到其近处去分析那笔触的刀法的细节，这差不多与新批评派的修辞分析一致。若往后站一点，构图就显得清晰些，于是我们宁可去研究其表达的内容，举例说，这就是研究现实主义的荷兰画的最好距离。越往后退，我们就越能了解其块面组合的设计。例如，站在极高处看一幅圣母像，除其原型而外，我们别无所见，那原型是一大片向心的蓝色，中心则是极富情趣的对照点。在文学批评中，我们也常常不得不从诗"往后站"，以便观察其原型的构成。如果我们从斯宾塞的《变幻的乐章》"向后站"，就会看到背景是井然有序的光环，而一团不祥的黑色则冲进了低处的前景，这就是我们在《约伯书》开始时所见到的原型形态。如果从《哈姆莱特》第十五场的开头"向后站"，我们就会看到一个坟墓在舞台上打开，男主人公、他的敌手、女主人公都掉了进去，于是，紧随而至的是上部世界的一场殊死搏斗。如果我们从现实主义小说，如托尔斯泰的《复活》或左拉的《萌芽》"向后站"，我们就会发现它们那被书名所指出的神话似的构思。①

按弗莱的思路，面对司汤达小说的一系列中心形象，我们也"向后站"，抛开形象性格特征的外在枝节，就可以发现各自的深层构架，即原型。

《红与黑》中的于连：他出身低下，有着天然的平民意识。他自幼以拿破仑为榜样，企图凭自己的聪明才智出人头地，冲破封建的等级藩篱而确立自我。他对腐败的贵族阶级深恶痛绝，对"到处是伪善"的社会表现出强烈的反抗精神。

《巴马修道院》中的法布里斯：他虽然出身贵族，但无意躺在世袭的封建爵位中醉生梦死，而是背叛了这个阶级，毅然投奔拿破仑军队，成了封建社会旧秩序的破坏者。

《法尼娜·法尼尼》中的彼得罗：他身上的平民意识、自我观念曲折地表现为不甘于受奥地利封建势力的压迫，勇敢地投身于反抗异族统治，争取民族独立的正义斗争。

《贾司陶的女主持》中的虞耳：他是"绿林大盗"，但他为民众所同情和拥护，因为他从事的实际上是争取个性自由，反抗黑暗的教会势力与残暴的封建统治的正义事业，他的感情和普通民众息息相通。

《阿尔芒斯》中的奥克塔夫：他出身贵族，但和贵族阶级格格不入。他讨厌贵族的头衔，为自己是贵族阶级而气愤。他看不上周围那些"名门闺秀"，却爱上了贫寒孤独的阿尔芒斯。他想寻找一条能确立自己位置的路，那就是到拿破仑军中当一名炮兵。

---

① ［美］N. 弗莱：《批评的剖析》，普林斯顿大学出版社 1957 年英文版，第 40页。

　　《红与白》中的吕西安：他也是贵族阶级的逆子。他不安于纸醉金迷的上流社会生活，不断地寻找着真诚、纯洁、独立和自由的生活；在漫长的从军、从政等经历中，他时而激愤，时而忧郁，总以曲折的方式表现出反抗意识。

　　以上概括可见，六个男性青年形象虽然个性均有差异，但性格中都不同程度地存在着平民意识、自我观念、反抗精神这三个基本性格元素。它们存在于性格结构的深层，在不同的人物身上则以不同的方式表现出来。每个人物身上那些能显示个性的表层性格元素都是在这些深层元素的基础上生发出来的。因此，平民意识、自我观念、反抗精神是这些男性形象性格的深层构架，即原型。每个形象个体，都只是这个原型的变体。变体不同于原型，但源于原型。我们可以把这种关系用图1表示。

　　依照同样的方法，我们又可以归纳出妇女形象的共同原型。

　　《红与黑》中的玛特儿：她出身名门，但对本阶级不抱希望，倒向往再来一次革命。她对出入于她家客厅的贵族纨绔冷眼相看，而对木匠的儿子于连则颇有好感，以后又疯狂地爱上了他，并敢于违抗父命，背离贵族的传统观念与于连结合。

　　《巴马修道院》中的吉娜：她在贵族阶层有非同一般的地位和影响，却和贫苦大众一样对拿破仑的到来欣喜若狂。她拒绝与哥哥为她选择的贵族青年结婚，而嫁给了拿破仑手下的军官。她还私下资助侄子法布里斯投奔拿破仑军队。

　　《法尼娜·法尼尼》中的法尼娜：她不爱本阶级的贵族青年，致使父亲为她的不肯出嫁大为恼火，以后她又令人吃惊地爱上了被当局追捕的烧炭党人彼得罗。

　　《红与黑》中的德·瑞那夫人：作为市长太太，她对穷家庭教师于连却深表同情，这超越了一般的等级观念。她爱于连，虽然在接受于连之爱的过程中，也曾矛盾重重，但以后毕竟冲破贵族的伪善道德和传统的观念，得到了真正的爱情。

《巴马修道院》中的克莱莉亚：她是将军的女儿，有显赫的门第和优越的地位，但她自幼就受自由主义思想的影响，内心深处期盼着封建专制的崩溃。她出入宫廷，对无聊的富豪生活却感到厌恶，对社交场上的权贵冷若冰霜，而对充满革命激情的法布里斯则一往情深。

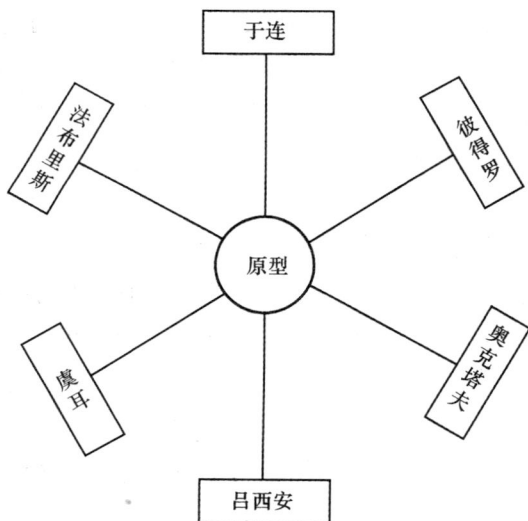

图1

《阿尔芒斯》中的阿尔芒斯：她的家庭中道败落，她只能过着奴仆般的生活。她贫穷但不恋金钱；她地位"下贱"但决不攀附权贵；她对贵族小姐们的庸俗腐化嗤之以鼻，对离经叛道的奥克塔夫则充满了爱。她可谓是"出污泥而不染"。

因此，司汤达笔下的这六个妇女形象虽然性格迥异，但也都在不同程度上存在着平民意识、自我观念、反抗精神这三个基本性格元素。这三个元素是六个妇女形象性格的深层构架，即原型。这说明，司汤达小说中两大类中心形象的性格都基于同一原型，这些人物都是这个原型的变体。于是，我们可以将原型和中心人物，也即原型和变体的关系用图 2 表示。

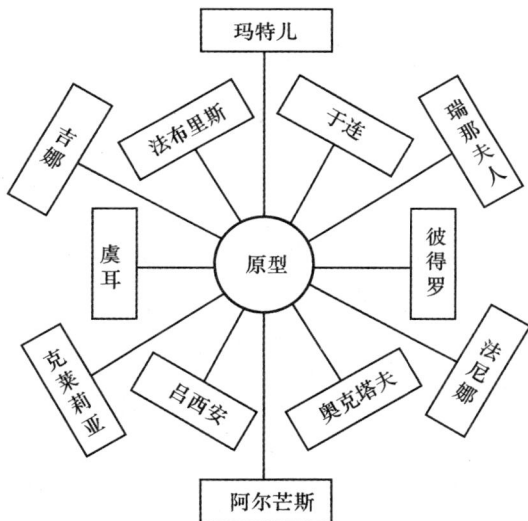

图 2

　　为什么众多的人物形象会基于同一原型呢？我们必须深入到作者的心灵世界作进一步考察，才能找到问题的答案。

二　人物性格构架与作家心理原型的静态描述

　　从作者的角度看，上述的原型实际上是司汤达本人深层意识中潜在的心理模式的外化。我们称这个心理模式为作者的心理原型。这个心理原型是司汤达在长期的生活体验中获得的情感、意识等内容凝结后的产物，其中还蕴涵了作者自身的人格力量。

司汤达的童年生活是阴暗、不幸的。"在 7 岁时，司汤达就失去了母亲，他的童年生活变得暗淡无光。"① 严厉、冷漠的父亲和神父的虐待给他带来了巨大的精神压迫，使他的童年生活缺乏欢乐而充满寂寞与压抑，这也就酿就了他的反抗意识。另外，司汤达有一位开明的外祖父，在他那儿，司汤达接受了启蒙思想，幼小的心灵中烙上了拿破仑的形象，萌发了对自由意志的向往，早早地立下了"不自由，毋宁死"的誓言。显然，在司汤达尚未成年之时，平民意识、自我观念、反抗精神已经在他的心灵深处形成。在成人以后，司汤达经历的是拿破仑革命的高涨与封建王朝的复辟这一动乱时代。他曾在拿破仑军中追求过早年的理想，也经受了革命失败后被复辟王朝扫地出门的冷遇。他那愤世嫉俗、桀骜不屈的个性使他在漫长的生活中始终孤独寂寞。所以，成年后司汤达的境遇，同童年时期的境遇虽在外部特征上不大一样，但其压抑、阴暗、冷漠、孤独的精神氛围是基本一致的。因而，司汤达成年后的经历和体验，就心理意识来讲，无疑对他童年时形成的心理意识产生一种重复刺激。心理学认为，普遍一致的同一经历的反复，便成为一种记忆蕴藏，成为心灵的印痕或记忆痕迹，这种记忆痕迹、记忆蕴藏的浓缩，这种不断发生的心理体验的沉淀，就形成了心理结构的基本模式。就司汤达来说，这种重复的刺激强化了他早年的心理记忆，从而形成了以平民意识、自我观念、反抗精神为基本内容的心理原型。

当然，严格地讲，这个心理原型的内容远不止这三方面，而且，它的形成实际上是一个建构过程，因而并非始终如一地保持初始时的结构形态。但是，为了论述本书观点的需要，我们只能

① ［英］F. W. J. 赫明斯：《司汤达小说研究》，牛津大学出版社 1964 年英文版，第 7 页。

采用抽象概括的方式将其模式化定型化。这种方式在科学研究中是普遍使用的（前面对中心人物之原型的概括也采用此法）。

　　司汤达的这一心理原型潜藏于意识的深层，有意无意中制约着他对人物形象的选择和描写。在这个过程中，心理原型就作为情感与意识的潜流，渗透于作者所描写的人物之中，因而，这些人物是受制于作者的主观情致，渗透了作者的主体意识的。深层意识中这一潜在的心理原型对作者观察和选择题材产生一种制约作用。当生活中符合他那"特定原型的情景出现时，那个原型就复活过来，产生一种强制性，并像一种本能驱力一样，与一切理性和意志相对抗"。① 在这种时候，作者理性的创作意图和原则以及理论主张就往往被抛置一边，而一味地按深层意识、潜在情感的意向行事，选择那些渴求自由生命、向往自由意志，具有平民意识、自我观念、反抗精神的人作为描写对象。比如，他特别关注生活中像于连这样的青年人的命运。他在当时的《司法公报》上看到年轻的家庭教师裴尔特枪杀了曾经爱过的女主人这一案件时，就产生一种创作的冲动，裴尔特也就成了《红与黑》中于连的生活原型。因为，裴尔特事件所表现出来的正是作者长期研究的青年的命运问题；这类人物和司汤达的深层意识中的心理原型有某种程度的同构和契合。所以，正是作者本人深层意识中渴求自由生命，向往自由意志的人格力量以及平民意识、自我观念、反抗精神这些内在动因，驱使着他对小说中心形象的塑造。这里，我们无法也没必要一一举出司汤达小说中人物形象的生活原型，但道理是相通的。这说明，司汤达选择什么样的人物作为中心形象，并非单一地由生活所决定，被动地接受生活的刺激，而同时也受心理原型、主体意识的制约与驱使。

---

　　① ［瑞士］荣格：《心理学与文学》，三联书店1988年版，第101页。

文学创作是一个复杂而漫长的心理活动过程，被作家所捕捉的生活原型，并不能直接进入文学作品。实际上，在具体的创作中，这种生活原型充其量是作家描写这类形象的一个心理意象而已。这个心理意象必须经由作者的心理原型的同化，或者说经过作者心灵熔炉的冶炼后才被诉诸文字。这是一个外来物象心灵化的过程。出现于作品中的，经过作者心理原型同化的具体人物形象，已经凝聚和渗透了作者的主观情致，投射了作者本身的主体意识；这个形象就不再是生活中的人物，而是作者心理原型中生化出来的一个变体。因此，于连虽以裴尔特为原型，但决不是裴尔特；吉娜基于司汤达早年在意大利时的恋人安吉娜，但决不是安吉娜。因此，"就是作家根据原型来描写作品中的人物时，他也不是简单地再现现实"。[①] "任何意义的选择和创造都是虚构生活，所以，一切小说都需要一种进行矫饰的精制修辞。"[②]

司汤达笔下的中心人物形象经由作者的心理原型的"选择"、同化而生发出来这一事实，注定了这些形象必然是变形了的艺术形象。

三　人物性格构架与作家心理原型的动态描述

以上我们是从静态的、共时的角度去认识司汤达的心理原型与人物形象之关系的。其实，司汤达的创作是在不同的历史时期完成的，因此，心理原型的外化在创作中是以历时的、动态的方式进行的。在不同的历史阶段和不同的生活境遇中，作者的心理

---

① ［苏］A. 科瓦廖夫：《文学创作心理学》，福建人民出版社 1982 年版，第 39 页。

② ［美］布洛克：《小说修辞学》，北京大学出版社 1987 年版，第 48 页。

原型所观照的客体和所接受的客体刺激在内容上和强弱程度上是不同的。所以，在不同时期的不同作品中，心理原型的外化在内容上和强弱程度上也有所不同，主体意识渗透的程度也不同，从而使众多的变体出现了自己的个性特征。对此，我们可以从三个层次去认识。

（1）从宏观层次看，心理原型在男女两类形象身上的外化程度有所不同。作者的心理原型在观照和同化生活中的人并诉诸文字时，难以抹去由性别的自然属性造成的人的不同特征，而只能在这种自然特征的基础上赋予社会的、心理意识的特征。此外，司汤达的心理原型是在他长期的生活体验中形成的，而他的生活经历、心理体验以及心理原型中蕴藉的原始人格力量毕竟更接近于同时代的男性青年而远离女性，却又与女性有联系。因此，心理原型的外化自然在男性形象中显得强些而在女性形象中显得弱些；前者是近距离投射，后者是远距离投射。作者在描写女性形象时，也只能更多地尊重生活，描摹生活，弱化主体意识；而在描写男性形象时，主观表现也就相对强些，主体意识也就相对强些。因而，男、女两类形象虽基于同一原型，但又具有各自的不同特征。

（2）从中间层次看，每一类形象里，心理原型的外化程度又有两个等级。在男性形象里，于连、法布里斯、彼得罗、虞耳为一个等级。他们的心理气质趋于外向化，性格中独立不羁、刚烈倔强的特征较为突出，反抗性表现得较明显。于连在受瑞那市长侮辱时，会当即怒目而视，厉声回敬道："先生，离开你我照样不会饿死！"在死到临头时，他仍然不肯屈服；在法庭上还气概非凡地发出与贵族阶级反抗到底的誓言。法布里斯抗拒父命，背叛贵族阶级，投奔拿破仑军队。彼得罗视死如归，为民族的解放，勇于牺牲一切。虞耳不畏强暴，顽强地和封建势力作殊死搏斗。奥克塔夫和吕西安则不同，他们属于另一等级。他俩的精神气质趋于内向化，性格中忧郁、感伤情调颇浓，因而显得刚性不足，他们的言行缺乏于连等人的那种"力"和"激情"，他们的反抗就表现得含蓄甚至软弱。这两个等级的人物之所以存在这种差异，主要是由于作者心理原型中自我观念和反抗精神这两个元素在他们身上外化的程度不同。

在妇女形象中，玛特儿、吉娜、法尼娜为一个等级。她们的精神气质趋于外向化，性格中愤世嫉俗、我行我素的特征表现得较为突出，反抗性也表现得更明显。玛特儿蔑视同阶级的贵族子弟，出人意料地要和木匠的儿子于连结合，还约于连半夜从窗口爬进她的房间。于连死后也居然效仿祖先玛嘉锐特为他安葬。法尼娜和吉娜在这方面颇似玛特儿。而瑞那夫人、阿尔芒斯、克莱莉亚则不同，她们的精神气质趋于内向化，性格中苦闷、忧郁、压抑的情调较浓，对世俗的愤懑往往深藏于内心，对现实的反抗较为温和。例如，瑞那夫人对于连的爱的表达远没有玛特儿那样直率、狂放和无所顾忌，而是举步维艰、矛盾重重。阿尔芒斯和克莱莉亚也表现出这种行动上的犹豫和拘谨。所以，司汤达心理原型中的自我观念，反抗精神在这两个等级的女性形象中外化的强弱程度也有所不同。

（3）从微观层次看，作者的心理原型在每个中心人物身上的外化都不一致。于连是司汤达小说中最有代表性的人物形象，作者心理原型中的平民意识、自我观念、反抗精神等在他身上得到了最高程度的外化，其余人物则不同程度地要弱一些。有的人物此一元素表现得强一些，有的人物则彼一元素表现得强一些。如法布里斯的反抗精神强而平民意识相对弱一些，虞耳的平民意识、反抗精神强而自我观念弱；玛特儿的反抗精神强而平民意识弱，瑞那夫人则平民意识强而反抗精弱，如此等等。

司汤达心理原型的不同人物身上外化程度的不同，实际上就是作者主体意识在不同人物身上显示的强弱程度之不同。这也说明，司汤达的心理图式在同化生活中的人物的同时，又保留了不同人物固有的自然的或社会的属性，使人物形象在不同程度上保留固有属性，不失生活之真。司汤达在以主体意识制约人物的同时，又按生活逻辑赋予形象以个性特征，因而，这些人物身上都抒发了作者的主观情致，都在心理原型的同化后变了形，但又合乎生活之真；他们不是纯客观摹写的产物，而是再现和表现的双重组合后的结晶。

需要指出的是，司汤达心理原型在人物身上的外化、主观情致的抒发，不能简单地认为是一种自我发泄，因而，强调作家的主体意识，并非要求作家背向生活，退回内心，一味表现非理性内容。

司汤达的心理原型虽然主要以潜意识的形态存在，其中也不无本能、原始生命力这样一些非理性内容，但它是在作者内在本能、原始生命力同生活碰撞所产生的心理体验不断积累后形成的，而且，这种心理体验又是他的同时代人普遍感受到的。拿破仑革命唤醒了整个欧洲大陆，自由主义思想、英雄主义激情成了时代的主导精神，被封建势力压抑的人的个性和原始生命力得到了复苏。但拿破仑的革命又很快被封建势力击败，人们刚刚激发出来的张扬自我的欲望又重新遭受压抑，纷纷退回内心。人们所处的是一个向往自由、要求自我解放与压制自由、束缚个性这两种社会势力殊死搏斗的时代。多数的人，尤其是青年人身上的原始生命力的外现往往集中在平民意识、自我观念、反抗精神上。而且，对自由生命的追求，是人类自产生以来经久不息地推动着人类自身发展的内在动力，是一代又一代人共同体验过的集体无意识。因此，司汤达的心理原型，并非属于个人的心理体验，它属于那个时代，也属于整个人类；它是主观的，同时又是客观的；它具有心灵世界的虚幻性，又具有客观世界的真实具体性。这种心理内容外化于人物身上，人物也就如三棱镜一样折射出了那个时代甚至整个人类的共同心理特征。就拿于连这个形象来说，他之所以具有超时代、超民族的永久艺术魅力，正是因为他身上完美地显现了作者以及同时代人甚至整个人类的某些深层心理内容，揭示了人的原始生命力的律动。也正是在这个意义上，我们说这个形象的塑造，体现了现实主义的风格。可见，人物描写的变形和艺术表现的真并不矛盾，而是在更高意义上获得了生活之真以及艺术之美，而缺乏主体意识的渗透，停留于外部特征之真的描摹上，无论如何达不到这种艺术境界。

四　生活场景与作家心理原型

现实主义文学在情节构思、题材安排等方面，通常都服务于人物性格刻画的需要，因此，作家主体意识在外化于人物身上的同时，也外化于所描写的生活场景之中；人物描写趋于变形的同时，生活场景的描写也趋于变形。在《红与黑》中，司汤达描写了三个典型环境，其主要目的是给于连形象的塑造提供一种扼杀他的内在生命力、压制他那向往自由意志的外在实体，从而造成他生命的内驱力与环境的外迫力之间的尖锐冲突，以便展示他复杂的心理和性格。作者对三个典型环境的选择和描写，不能不渗透自己的深层意识，不可能只是对外部物质世界的无动于衷的摹写，而是在主体意识的制约下服从于人物描写需要的对物质环境的变形描写。正如 E. M. 弗斯特在《小说面面观》中说的："小说是建立在事实加或减 X 的基础上的，这个未知数就是小说家自身的性格，这个未知数往往对事实产生修饰作用，有时甚至使事实完全变形。"① 司汤达与巴尔扎克生活在同一国度，社会历史条件也大致相似，但司汤达描写物质环境却不像巴尔扎克描写得那么细致，也没有那么充满金钱的铜臭，其主要原因就在于他们各自的审美心理机制不同，因而在对物质环境的描写时，主体意识显现的强弱程度有所不同。司汤达笔下的物质环境的变形比巴尔扎克更明显。

对物质环境的描写需服从于对中心人物的塑造，而人物又各自属于不同的社会阶层和不同的生活环境，于是，司汤达笔下出现了复杂纷繁的社会生活场景，那是 19 世纪前后的法国和欧洲社会，但那是一个经过作者主观心灵观照、从作者的心理图式截取出来的变形了的艺术世界。

五　司汤达小说的"变形"与现实主义传统

司汤达小说艺术描写的变形说明了什么？

首先，说明了作为批判现实主义文学的奠基人，司汤达并没有为后人提供人物塑造上机械摹写的样本。如果说 19 世纪的欧洲批判现实主义文学在人物塑造上存在着缺乏作家主体意识的现象，那也不是普遍的。其实，任何一个作家的深层意识里都不同程度地潜藏着特定的心理原型，而生活中的人必然要经作家心理图式的同化后才能成为艺术形象。托尔斯泰说："在自己心理唤起一度体验过的感情，在唤起这种感情之后，用动作、线条、色彩、声音以及语言所表达的形象来传达这种感情，使别人也能体验到这种同样的感情——这就是艺术活动。"② 普列汉诺夫也说："艺术开始于一个人在自己心里重新唤起他在四周现实的影响下

① ［英］E. M. 福斯特：《小说面面观》，伦敦 1927 年英文版，第 39 页。
② 《西方文论选》（下），上海译文出版社 1979 年版，第 433 页。

所体验过的感情和思想，并给予它一定的表现。"① 因此，任何一个作家，不管他主观意愿如何，都不能不在所描写的人物身上渗透自身的主观情致，一定程度上显现主体意识从而使人物变形。

其次，说明了现实主义文学所要求的"真实地反映生活"并不就是"按生活本来的样子去描写生活"，文学也无法再现"生活本来的样子"；"现实主义只是相对的说是现实的"②。任何文学形式所反映的生活都不同程度上趋于变形；"每一个艺术的最高任务都在于通过幻觉，产生一种最高的真实的假象。但如果企图促使这幻觉实现，直至最后只剩下一个平凡惯见的现实，那么，这种企图是错误的"。③"说文学是生活的反映，并不是说文艺像镜子一样平面地没有差别地反映生活细节。"④ 司汤达提出的"镜子"说和"纪实"论，只不过是一种主观愿望而已，他自己的创作实践反证了其主张的不科学性。我们不少"摹仿论"倡导者也往往以作者本人的话为确凿论据，认为司汤达是"按生活本来的样子去描写生活"的现实主义作家。显然，忽视甚至无视作家本人的创作实践而一味以作家本人的某些只言片语去把握他的作品，那是要误入歧途的。总之，司汤达并不是"镜子式"地摹写生活之真的现实主义作家。

① ［苏］普列汉诺夫：《没有地址的信·艺术与社会生活》，人民文学出版社1957年版，第4—5页。

② ［德］布莱希特：《工作手册》，转引自《外国文艺思潮》第二集，人民文学出版社1982年版，第146页。

③ 《西方文论选》（上），上海译文出版社1979年版，第466页。

④ 胡风：《文学与生活》，上海生活书店1926年版，第30页。

第三节　巴尔扎克的心理原型与
金钱时代的心灵世界

一　巴尔扎克小说艺术世界的两个层面

对现实社会作广阔而真实的描绘，是巴尔扎克小说的突出成就，也是他的现实主义艺术传统的精华之一。在这一点上，古往今来没有一位作家可以和巴尔扎克相媲美。但是，我们不能由此认为巴尔扎克的现实主义成就仅仅体现在对外部社会形态描摹的广阔性上。恩格斯说，巴尔扎克"在《人间喜剧》中给我们提供了一部法国'社会'特别是'上流社会'的卓越的现实主义历史"，"汇集了法国社会的全部历史"①。恩格斯说的"现实主义历史"和"全部历史"，既包括了人的外部社会活动，也包括了人的内部精神生活。人的外部社会行为方式受内部精神状态的支配并表现精神状态，而内部精神状态是社会外部结构形态的反映，也即"存在决定意识"。巴尔扎克小说所描绘的法国"现实主义历史"，必然也同时包含了社会外部形态和内部精神状态，离开了对内部精神状态的深刻揭示，他的小说就流于肤浅与庸俗，缺乏真实性，巴尔扎克的"伟大"更无从谈起。况且，文学不同于社会学、历史学，它注重情感—心理的艺术表现，而对人的外部行为方式的真实描写，归根结蒂服务于对人的情感—心理的展示，从而使现实生活升华为艺术审美观照的对象。巴尔扎克小说通过真实地描写社会生活，取得了历史学、经济学、统计学和考古学等方面的多种价值，在此基础上，他的小说还通过揭示

———————

① 《马克思恩格斯选集》第4卷，第462—463页。

人的情感—心理世界，显示出心理学和美学的价值。可以说，古往今来没有任何一位作家像巴尔扎克那样将金钱时代人的灵魂作如此广泛而深刻的描绘。当然，这种描绘不是像司汤达、托尔斯泰、陀思妥耶夫斯基等作家那样通过细致的心理分析来完成的。巴尔扎克在艺术描写上的广阔性，是同时包含了深刻性的。我们不能因为巴尔扎克小说在"广阔性"上的独一无二，不能因为巴尔扎克小说不注重细致的心理描写，就忽视甚至无视其深刻性，认为巴尔扎克不善于描绘人的内宇宙。其实，巴尔扎克真实地描写社会外部形态的归宿正是展示金钱时代人的情欲搏动与精神意识的剧变。

　　如前所述，巴尔扎克是一位具有外倾性审美心理机制的作家，较之同时代的现实主义作家，他特别擅长于研究与把握事物的外部特征，但同时也关心人的精神世界。只是，在巴尔扎克看来，"精神变化的源泉是客观现实"①，人的思想、性格是由物所决定的，人的情欲也是为物所驱动的。因而，似乎只要描写了外部客观世界的真，也就可以描述心灵世界的真。在小说创作中，为了找到人物思想、性格、情欲形成与演变的外在根据，巴尔扎克细致地描摹社会的与物质的结构形态。实际上，在巴尔扎克小说中，被细致地描摹的外部形态，已成了人物精神、意识、性格的外化物，或者说是人的精神的物化。巴尔扎克在文学创作中为自己设立的追求目标首先是再现时代风俗史，做法国历史的"书记员"，但在风俗史的物质形态背后，还隐含了人的精神心理史。从创作路线上看，他不像司汤达、托尔斯泰那样直接深入人的内宇宙，而往往从外宇宙开始；他更注重于研究人的心灵怎样在社

---

　　① ［苏］德·奥勃洛米耶夫斯基：《巴尔扎克评传》，中国社会科学出版社1983年版，第271页。

会外部物质形态的刺激和影响下产生惊人的变化，尤其是处在金钱时代，人的灵魂怎样在金钱的催化下引起奇妙的"裂变"。因而，巴尔扎克常常在小说中不厌其烦地描写住所的里里外外，细致地记录人物言行举止、音容笑貌甚至鼻梁的高低、嘴唇的宽厚等。"大量的细节描写，使人物的内在特征体现在外部生活中，体现在他的房子、家具、事物、手势、言语中。"① 巴尔扎克反映生活的起点是社会外部形态，终点是人的内部心灵；他企图记录法国社会的真实历史，同时又自然而然地披露了拜金主义时代"隐藏在金钱珠宝下"的人的丑恶灵魂。所以，真实的社会外部形态是巴尔扎克小说所呈现的艺术世界的第一层面，金钱时代人的情感—心理状态是第二层面。第一层面因第二层面的存在而显示其艺术的、本质的真实；在第一层面的"外壳"下包藏着的是更为广阔的精神宇宙。可见，由外而内地反映生活是巴尔扎克区别于许多同时代作家的重要特征，也是他发掘人类灵魂的独特方法。承认巴尔扎克善于逼真地描绘事物的外部特征而不擅长于直接的心理分析，并不等于说他就不能深刻地揭示人的灵魂世界因而是肤浅的现实主义。我们对巴尔扎克的认识也不能满足于他对生活描写的广阔性上。在研究了时代历史"书记员"的巴尔扎克后，还应该深入研究"金钱时代人类灵魂发掘者"的巴尔扎克。而要进行这方面的研究，我们就必须深入剖析巴尔扎克的主体心理原型。

二　投射在人物身上的对金钱的渴望与焦灼

巴尔扎克观照生活的焦点是金钱以及由金钱激发出来的人的情欲，他的创作也因此达到了惊人的深度。正是在这一点

---

① ［法］丹纳：《巴尔扎克论》，第116页。

上，文学家的巴尔扎克从小说的角度，为革命导师马克思研究金钱秘密提供了事实佐证。马克思为之欣喜并极其钦佩巴尔扎克对社会、对金钱魔力的深刻理解与解剖。① 不过，文学家毕竟不同于经济学家，巴尔扎克的思想水平也不能达到马克思的高度。他们对金钱秘密理解的相似，无非是殊途同归而已。因此，我们不仅要看到巴尔扎克通过对金钱魔力与罪恶的细致描写，为我们提供了认识资本主义社会本质的宝贵资料，其小说具有历史文献的价值，而且还应研究巴尔扎克作为文学家是怎样描写金钱吞噬人性，怎样把对社会的认识诉诸情感化、形象化、审美化的文学作品，从而显示其美学价值的。从文学创作的角度看，巴尔扎克小说对金钱罪恶的描写之所以具有深刻性，不仅因为他对社会有深刻的分析，更是因为他对这个社会中的金钱魔力有着深刻的体验。他将这种体验所得的情感—心理内容投射于创作，读者正是在他的小说中感悟到了这种情感—心理的内容才引起心灵的共鸣，获得了审美感受进而也认识了小说所描绘的那个资本主义金钱社会。

巴尔扎克的童年和少年是在缺少爱与温暖的家庭中度过的。父亲是个高老头式的暴发户，母亲是满脑子金钱观念的资产阶级太太。父母亲最关心的是金钱以及可以带来更多金钱的权力。他母亲的格言是：财产就是一切。巴尔扎克从小在这样的家庭里受到金钱至上观念的熏陶。也许，关于金钱的作用，在幼小的巴尔扎克的心灵里不会留下深刻的理性认识，但却可以在深层意识中烙下不可磨灭的记忆。心理学认为，童年的心理记忆虽然可能是非自觉和无意识的，但它会成为一个人人格结构的最初的、最基本的模型并制约一生的行为动机。人们常

---

① ［英］柏拉威尔：《马克思与世界文学》，三联书店 1982 年版，第 429 页。

常忽视这样一个无法回避的事实：要在人的深层心理中抹去童年记忆是徒劳的；童年无所不在，它是梦中的常客，它是思维的泉源，它是感知世界的参照，它是行为动机的起点。巴尔扎克童年时期关于金钱的最初记忆，在成年后得到强化。心理学还认为，童年的心理记忆成为心灵的印痕或记忆痕迹，这种印痕、痕迹的浓缩，这种不断发生的心理体验的沉淀就形成了心理结构的基本模式。金钱是青年和成年时期的巴尔扎克梦寐以求的东西。

1918 年，巴尔扎克大学法律系毕业，按理，他应该去当一名有钱有地位的律师，但他却偏要去当作家。父母竭力反对，他则一意孤行，不达目的决不罢休。父母无奈，只得让步，但有一个条件：限他在两年时间里搞他的文学，若不成功，则乖乖地去当律师，否则，家里停止提供生活费。双方达成协议后，巴尔扎克就埋头创作去了。为了迫使儿子早日放弃当作家的梦想，母亲给巴尔扎克在巴黎租了一处极为破旧的公寓，并且是五层楼顶的楼梯间。以后巴尔扎克回忆道："没有再比这间楼梯间和它又脏又黄的冒穷气的墙壁更惹人讨厌的东西了。……房顶几乎斜到地板上，穿过了露着罅隙的瓦，便清清楚楚地看得见天。……这住处一天破费我三个苏，夜里点的灯油钱又用掉另外三个苏。我自己收拾我的屋子。我穿着法兰绒的衬衫，因为花不起一天两个苏的洗衣费。我用煤烧火，从一整年里所费的煤钱来计算，大约每天用两个苏……所有这些开支一起不超过十八个苏，留下两个苏以备不时之需。我不记得寄居在阿特斯桥的漫长而困苦的日子里，曾付过用水钱。每天早晨我从圣米赤儿广场的喷泉给自己把水弄来。……在我僧院式的独居生活的最初十个月里，我在这种贫乏而蛰伏的方式下生活着，我是自己的主人，也是自己的仆役。以一种难以形容的锐气，我过着一种苦行僧式的生活。"① 在这期间，他的生活费是经过父母精打细算后的每月一百二十法郎，刚好是当时生活的最低水准。如此的"作家生活"，实在使巴尔扎克苦不堪言。他在给妹妹的一封信中曾幽默地写道："你的注定要享有伟人荣誉的哥哥，饮食起居也正像个伟人，那就是说，他快要饿死了。"② 两年过去后，一心想成为誉满全球的大作家的巴尔扎克并没有成功。但他也没有回心转意去当律师，而是继续走他的作家道路。父母亲也断然停止了生活费的提供。为了生存，他就写一些胡编乱造、情节离奇的浪漫小说，但都没有获得成功。这些他自称为"乌七八糟"的作品自然无法为他解决经济上的燃眉之急。于是，巴尔扎克就改行去当出版商。他先是出版莫里哀的戏剧和拉封丹的寓言诗。但出版后生意清淡，亏损了九千法郎。巴尔扎克不死心，接着又借钱办印刷厂、铅字厂，甚至还异想天开地要去开采罗马时代废弃的银矿！可见，此时的巴尔扎克对金钱的欲求是何等的强烈，几乎到了如痴如狂的地步。然而，这一切也都失败了，换来的是债台高筑，达六万法郎之多。此时的巴尔扎克，潦倒不堪，为了躲避债主，他经常隐身于贫民窟，饱尝了贫穷与饥饿的苦楚。正是在此种生存困境之中，他深切地体验到了金钱在社会中的魔力，同时也难以熄灭心头对金钱的熊熊欲火。那时，他是多么急切地渴望能摆脱此种窘迫的处境！可以想象，巴尔扎克会以何种痴心的方式做金钱梦。然而，即使在巴尔扎克成名之后，他的金钱梦也不曾圆过，他至死依然没有卸去债务的沉重驮负。成名前的曲折和成名后的艰难，都使巴尔扎克童

---

① 〔法〕司蒂芬·支魏格：《巴尔扎克传》，上海译文出版社1983年版，第34页。

② 同上。

年和少年时形成的关于金钱的心理记忆得以强化。巴尔扎克一生渴望金钱、荣誉和地位，这种如饥似渴的程度，不是常人可以与之相比的，因而，也极少有人像他那样对金钱的魔力有如此深刻的理解与体验。这种心理体验与情感的积淀，就形成了巴尔扎克那种特定的心理原型。这种心理原型潜隐于他的深层心理之中，制约着他的创作活动。《人间喜剧》之所以成为金钱与情欲的史诗，就因为巴尔扎克心灵深处那无法排遣的金钱与情欲之情结的投射。

　　在特定的心理原型的作用下，巴尔扎克对人、对社会、对整个世界产生了富有个性的看法，这也就意味着他是以特定的主体心理结构去观照和表现世界与人生的。他挥笔描绘的这个世界，就无处不闪耀着金子的光芒，一如葛朗台老爹眼中那个金灿灿的世界，似乎天上随时都会下起金子雨。这是一个情感化了的艺术世界。唯其如此，它才是一个符合艺术真实的感人至深的生活图画。金钱在巴尔扎克看来既是上帝也是魔鬼，谁拥有金钱谁就拥有了一切，这个社会"有财便是德"。正如伏脱冷所说，凡是浑身污泥，但是只要他拥有财产，坐在漂亮的马车上，那就是正人君子；他只要拥有四百万法郎，他就拥有了四百万个先生和合众国的公民。而要得到金钱，就得不怕危险，投入冷酷的金钱争夺战，制造破产、潦倒，牺牲大量人命。这也正如伏脱冷所说：这个社会里的人，就像装在一个瓶子里的蜘蛛，你吞我，我吞你。在这样一个人堆里，不是像炮弹一样轰进去，就得像瘟疫一样钻进去，清白老实一无用处，雄才大略是少有的，唯有腐蚀的本领。伏脱冷、纽沁根、葛朗台、吕西安、高老头和他的女儿们……他们都有自己追逐金钱、荣誉和地位的过去或现在，而共同的都是认准了金钱便不顾一切地去占有。伏脱冷为了钱不惜制造决斗谋财害命；纽沁

根为了发家不惜制造假证券，使大量人丧失生命；葛朗台在聚
财行为上时而像张着血盆大口的老虎，时而像贪婪狡诈的狼；
高老头在大革命时期依靠囤积粮食、打击同行、勾结当权人物
大发横财；吕西安为了金钱和地位最终向黄金世界屈服；高老
头的女儿们踏着父亲的尸体登上了巴黎上流社会，达到了欲望
的高峰。巴尔扎克对他们为金钱而战的大智大勇不无啧啧称
赞，对他们的节节胜利暗自称喜，对他们的残酷无情又时有谴
责。在这些人物身上所流露出的爱与恨的矛盾情感，正是巴尔
扎克自己从金钱身上所感受到的那种对上帝一样崇拜和对魔鬼
一样憎恨之情。纽沁根、伏脱冷、高老头之类暴发户身上寄寓
了曾经为金钱而奋斗的巴尔扎克的情感、心理与欲望。他们是
巴尔扎克心理原型的艺术变体和象征物。在他们身上，巴尔扎
克获得了情感与心理的补偿。在这方面，拉斯蒂涅形象是最好
的例证。在《高老头》中，拉斯蒂涅经过良心与野心的搏斗，
顺应了历史潮流，成了金钱上帝的奴仆，完成了野心家性格形
成的艰难历程。他身上所表现的对金钱的渴望与焦灼以及对金
钱的那种爱与恨的矛盾心态，很大程度上是巴尔扎克自身情
感—心理的外化与投射。就情感与意识的特征而论，拉斯蒂涅
在一定程度上就像那个从失败的痛苦中挣扎出来的个人奋斗者
巴尔扎克自己！

　　在巴尔扎克的小说中，出现了一系列美貌聪慧的贵妇人。
她们常常是那些野心家们追求的对象，而且最后也往往成了这
些野心家手中的猎物，甚至成为牺牲品。这方面的描写，也同
巴尔扎克的心理原型直接相关。"在巴尔扎克的心灵中，有三
种形式的虚荣在斗争——一是自高自大，这是势力；二是想征
服一个不断引诱他但又从他手里滑走的女人，这是野心；三是
要抛开一个一直在作弄他这个有身份的男子的上流淫妇，这是

愿望。"① 生活中的巴尔扎克，一生都在追求着贵妇人，但在这
方面，他却不是一个成功者。年轻时，他虽然智慧出众，但却
很少得到贵妇人的青睐，因为他是"一个极丑的年轻人"，"他
那鬃鬣似的头发上厚厚的油泥，配缺的牙齿，说话一快就唾星
四射，与他那总不刮的脸和总不系牢的鞋带，也都让人感到恶
心"。② 他是一个"矮胖的，宽肩膀的、嘴唇厚得几乎像黑人的
年轻小伙子"。③ 巴尔扎克自己也说："实在说来，我是有勇气
的，不过它只在我的灵魂里，而不在我的外观上。"④ 所以，年
轻时的巴尔扎克在那些贵妇人面前每每自惭形秽，在成年之后
特别是成名之后，巴尔扎克却变得"风流成性而且急躁不
堪"，⑤ 虽然他很少成功。他在小说中大量地描写野心家征服贵
妇人，把她们当作驿马来骑，这同样是生活中的巴尔扎克对追
逐贵妇人失败的一种心理补偿。这也可以说是作者心理原型的
一种反向投射。更值得我们注意的是，巴尔扎克的这类描写
中，并不仅仅表现了一般的男女恋情，更重要的是借男女恋情
表现了金钱观念，表现了人对金钱的追逐。巴尔扎克不停地追
逐贵妇人，一方面为了达到情欲的满足，另一方面也希望借贵
妇人来为自己卸去沉重的债务。事实上，他死后正是韩斯迦夫
人为他还清债务的。早年他在给妹妹的信中也曾说："留神物
色一下，是否你能给我找到一个有财产的富孀？……并且替我
吹嘘一番：——一个超群的出众的青年，22 岁，仪表不错，一

① ［法］司蒂芬·支魏格：《巴尔扎克传》，上海译文出版社 1983 年版，第 175
页。
② 同上。
③ 同上。
④ 同上。
⑤ 同上书，第 73 页。

双精力充沛的眼睛，充满了炽热的光辉！"① 拉斯蒂涅追逐高老头的两个女儿，理查与欧也妮的爱，阿瞿达侯爵抛弃鲍赛昂夫人，等等，都是为了金钱和地位。所以，巴尔扎克小说关于男女恋爱的描写里，仍然有巴尔扎克对金钱的渴望与焦灼。事实上，整部《人间喜剧》都是渗透着巴尔扎克主观情致和审美评价的个性化的艺术世界，具有对现实生活的变形和艺术表现性特征。

三 发掘了金钱时代的社会群体心理

在文学作品中最早揭示金钱秘密的是古希腊悲剧家索福克勒斯的《安提戈涅》，继而莎士比亚在《雅典的泰门》中作了更深刻的描写。以后虽然又有许多作家从不同角度加以描写，但写得最深刻全面的仍是巴尔扎克。这是由巴尔扎克得天独厚的社会历史条件和独特的主体心理结构决定的。巴尔扎克所处的是金钱的历史作用发挥得空前显著的时代，是一个人对物的依赖性体现得极为充分的时代。这时人的独立性是建立在对物的依赖性的基础之上的，这种对物的依赖性又集中地体现在对货币的依赖上。这是人类历史发展的一个重要阶段。在这一阶段，金钱作为人类自身文明发展的必然产物，正以前所未有的凶猛态势在人身上显示威慑力。金钱是这个时代中主宰一切的上帝，大多数人忙于财富的创造以证明自身的价值与地位。这说明，从历史发展的眼光看，人们在告别了"对人的依赖"阶段后，在摆脱了自身偶像与权威的依附后，又归顺于物的依附；人在挣脱了"神化"的困境之后，又陷入了"物化"的新

---

① ［法］司蒂芬·支魏格：《巴尔扎克传》，上海译文出版社1983年版，第74页。

困境。F. 杰姆逊博士认为："金钱是一种新的历史经验，一种新的社会形式，它产生一种独特的压力和焦虑，引出了新的灾难和欢乐，在资本主义市场经济获得充分发展以前，还没有任何东西可以与它产生的作用相比。"① 马克思在他的政治经济学著作中通过反复论述金钱的秘密和魔力，揭示了这个时代历史的本质，揭示了人被异化的客观事实。作为文学家的巴尔扎克，他描写自己的这个时代，不仅需要描绘出这种社会形态的如临其境的艺术画卷，这是作为历史的书记员的巴尔扎克所要完成的任务，更主要的是展示隐藏在社会历史外壳之下的人的情感—心理的真实形态，披露在金钱的神鞭笞拷下灵魂的痛苦、焦虑与不安以及为金钱所激活了的人的情欲之流的汹涌澎湃。正如马克思所说："人的心是很奇怪的东西，特别是当人们把心放在钱袋里的时候。"② 描述那些"放在钱袋里"的心灵的种种形态，是文学家不容推辞的历史使命；文学家也总是站在人的基点上洞察社会和文明的发展对人性、人的情感与心灵产生的挤压力，主动自觉地承担起这一历史使命。处在 19 世纪初的巴尔扎克，因其对金钱魔力的特殊体悟，因其独特主体心理的驱动，率先担负起了这一历史使命，随之许多作家也相继走上了这条道路，从而形成了蔚为壮观的 19 世纪现实主义文学潮流。为此，F. 杰姆逊博士告诫人们：在研究这一时期的文学时，"不要把金钱作为某种新的主题，而要把它作为一切新的故事、新的关系和新的叙述形式的来源，也就是我所说的现实主义的来源。只有当金钱及其所表现的新的社会关系减

---

① ［美］F. 杰姆逊：《后现代主义与文化理论》，陕西师范大学出版社 1987年版，第 49 页。

② 《马克思恩格斯全集》第 23 卷，第 255 页。

弱时，现实主义才能减弱"。① 现实主义潮流的掀起与金钱时代的出现有因果联系，尤其与随着金钱魔力的产生而形成的新的社会心态有密切联系。现实主义的开创者巴尔扎克对金钱的这一"新的历史经验"和"社会形式"的格外关注，既有历史发展的必然性，又有其天然的主观条件。巴尔扎克的特殊生活经历，使他获得了研究金钱社会，尤其是获得了体验金钱时代人的情感—心理之变化的良好机会，这是同时代作家不能与之相比的。巴尔扎克的这些体验促使他以自己的方式解释这个社会，并在小说中以自己的叙述方式表现这个社会。巴尔扎克对金钱的体验尽管来自于个人的生活感受，但植根于时代群体的情感—心理的厚实土壤。因此，当他借助于逼真的艺术形象将它们予以外化而形成文学作品时，他的作品也就艺术地展现了特定时代的社会心态，从这一意义上讲，巴尔扎克是金钱时代社会群体心理的发掘者。

第四节　狄更斯的心理原型与
小说的童话模式

从文学起源的角度看，童话是原始的文学，它与小说有相似的结构形态。"童话是原始氏族信以为真而现代人视为娱乐的故事"；"童话是神话的最后形式，小说的最初形式"。② 从创作者的角度看，原初的童话是民间的集体创作，单个文人创作的童话

---

　　① ［美］F. 杰姆逊：《后现代主义与文化理论》，陕西师范大学出版社 1987年版，第 49 页。

　　② 赵景深：《童话学》，上海书店出版社 1990 年版，第 4 页。

那是后来的事，但文人创作的童话保留了原初童话的模式。马克思将希腊原始初民的神话喻作"人类童年时期的文学"。作为"神话的最后形式"的童话，从起源的意义上讲，其实也是人类童年时期的文学，具有原始初民的那种原始思维的特征。马克思之所以把原始初民比作人类的童年，一个重要的原因是，原始初民和童年时期的人相似，都处在蒙昧阶段，在情感—心理结构和思维方式等精神内质上具有同构性。所以，童话虽不等于儿童故事，它也不一定是专为儿童写的，但它隐含了儿童的情感—心理结构以及思维模式，因而它往往和儿童的心理相契合，童话也往往成了儿童文学。

狄更斯的小说固然不是儿童文学，但其深层却隐含了童话模式。认识狄更斯小说中的童话模式，有助于我们更好地认识和把握狄更斯创作的奥秘与风格。

一　狄更斯的心理原型

狄更斯小说的"最重要的特点是：他是描写儿童生活的小说家中最杰出的"。[①]作为一个普通的人，作家也是从童年、少年走向成年的，许多作家都从童年生活中汲取创作的灵感。然而，像狄更斯那样在创作心理上如此依恋童年的情感与经历的作家是少有的。法国作家安·莫洛亚说："凡是没有反复地经过时间反馈的东西，这位小说家完全没有能力去利用，他只有回到童年生活的那些主题上，才能获得灵感。"[②]英国评论家奥伦·格兰特也说："作为一位富有想象力的作家，儿童生活和童年经历是成

---

　　①　[英]奥伦·格兰特：《狄更斯引论》，哥伦比亚大学出版社1984年英文版，第92页。

　　②　[法]安·莫洛亚：《狄更斯评传》，上海译文出版社1986年版，第41页。

年后的狄更斯关注的中心。"① 我们有理由认为，狄更斯的心理
原型是与童年的情感—心理紧密相连的。

狄更斯早期的童年生活是愉快而美好的，但以后很快笼罩上
了阴影。1817 年到 1822 年，是狄更斯 5 岁到 10 岁的阶段，此
时，他们一家住在英国南部风景优美的港口查塔姆，家里的经济
境况良好。他和姐姐们能上学读书，在家里还可以看一些文艺书
籍，还常常听老祖母讲故事。在查塔姆生活的这些年，是留在狄
更斯脑海里最美好的童年生活。1822 年底，狄更斯一家迁居伦
敦，他的家境也从此一蹶不振，债务日增。由于付不起房租，他
们住进了伦敦郊区贫民窟。父母亲为了生存，试着办了一所私立
学校，结果没有成功，还负了一大堆债。1824 年，父亲因无力
偿还债务而被捕入狱，他的一家人也住进了监狱。狄更斯失去了
上学的机会，以后还不得已在一家鞋油厂当童工。白天，他为了
挣钱维持生计而干着苦力活，晚上，他又到监狱去看望父母弟
妹。这是一段缺乏欢乐，忍受屈辱的生活经历。这种生活经历与
体验在他心灵中留下的印痕是非常深刻的，可以说，这是一种心
灵的创伤，永久地烙在了他的心理记忆中。成年以后，狄更斯极
少和人谈及自己这段痛苦而又深感屈辱的童年生活，包括自己的
妻子。这实际上恰恰是他对这段生活耿耿于怀的一种反向表现。
"我们知道这段记忆是如何深深地引起了这位成功的作家的
怨恨。"②

应该说，欢乐美好与辛酸屈辱这两段童年生活体验对狄更斯
具有同样重要的意义。后一段生活的辛酸与屈辱反衬出了前一段

---

① ［英］奥伦·格兰特：《狄更斯引论》，哥伦比亚大学出版社 1984 年英文版，
第 92 页。

② ［美］乔治·杰生：《狄更斯研究》，纽约 1974 年英文版，第 18 页。

生活的欢乐与美好，也激起了他对人性的美和善、对人类生活的幸福与光明的向往。前一段生活体现着人性的美与善，后一段生活使他看到了人性的丑与恶，而经历了丑与恶考验后的他，依然保持着对美与善的美好情感，并且把这种体现着童真、体现着美的自然人性的童年生活作为人生的理想。

　　成年后的狄更斯是一个人道主义者。他的人道主义思想是建立在《圣经》的基础上的，虽然狄更斯并不是一个基督徒。促使狄更斯的思想与基督教结缘的则是"儿童"，也即人性的自然纯真以及美与善。在《圣经》中，儿童被看作是善的象征，自然纯真的儿童与天堂的圣者是可以同日而语的。耶稣说："让小孩子到我这里来，不要禁止他们，因为在天国的，正是这样的人。"①"在心志上不要作小孩子，然而在恶事上要作婴孩，在心志上总要作大人。"②《圣经》认为保留了童心也即保留了善与爱。狄更斯人道主义的核心是倡导爱与善，他希望人们永葆童心之天真无邪，从而使邪恶的世界变得光明而美好。他的遗嘱中劝他的孩子们说："除非你返老还童，否则，你不能进入天堂。"③狄更斯把美好的童年神圣化和伦理化了，因而童年或儿童成了他心目中美与善的象征。

　　狄更斯对儿童的崇尚，除了与自身的童年经历、与《圣经》有关外，还受19世纪初的英国浪漫主义诗人的影响。评论家奥伦·格兰特认为，狄更斯关于儿童的观念，是"他从英国浪漫主义诗歌中继承来的，这种观念表达了成年人的忧虑"。④确实，狄更斯关于儿童的观念同华兹华斯、柯勒律治、布莱克等十分相

① 《新约全书·马太福音》，第19章第14节。
② 《新约全书·马太福音》，第14章第20节。
③ ［英］奥伦·格兰特：《狄更斯引论》，第95页。
④ 同上书，第35页。

似，而这些作家也都与基督教观念有联系。华兹华斯十分崇拜天真无邪的童心，认为孩子的伟大灵性高于成人，认为孩子具有上帝的神圣本性，因而对儿童充满虔敬之心。至于狄更斯与布莱克，"虽然我们没有根据说狄更斯曾经读过布莱克的《天真与经验之歌》，但是，他的小说和布莱克的诗在儿童问题上是十分相似的。布莱克把儿童作为人的自然的、自由的和天然的生命力来歌颂"。[1] 狄更斯对人道主义思想的推崇与宣扬，虽然有基督教的泛爱思想和传统人本主义思想成分，但在精神内核上却与他的儿童观念密切相关，或者说他的人道主义是以实现儿童那样的天真、善良、自然、纯朴的人性和人与人的关系为核心内容的。儿童的纯真与善良→基督精神→人道主义，这是狄更斯从精神意识到情感心理的三个层面和渊源关系。这是一个有层次的"三位一体"。

对童真的崇尚、把儿童神圣化，既使狄更斯永久地依恋着自己的童年生活（从另一个角度讲又是自己的童年生活促使他崇尚童真并把儿童神圣化），又使狄更斯在深层的精神—心理上成了永远长不大的"精神孩童"，他的意识深处有一种"割不断、理还乱"的"儿童情结"。这就使他的创作心理原型带上了儿童心理的特征。他总是用儿童的心理，用儿童的眼光去描写生活。正如安·莫洛亚所说的那样："我们要记住，这些五光十色的景象是通过一个小孩的眼睛来观察的，也就是说，是通过一个富于新鲜感的、变形的镜头来观察的……狄更斯始终保持着这样一个两重性特点：他见多识广，却又以儿童的眼光看事物。"[2] 英国作家雷克斯·华纳也说："狄更斯的世界是巨大的世界。他像一个

---

① ［英］奥伦·格兰特：《狄更斯引论》，第95页。
② ［法］安·莫洛亚：《狄更斯评传》，第12页。

孩子观察一座陌生城市一样地观察着这个巨大的世界……他所看到的亮光比一般人所看到的更为强烈，他所看到的阴影比一般人所看到的更为巨大。"① 狄更斯的这种带有儿童精神—心理特征的心理原型在创作中的投射，就使他的小说在众多的现实主义作家中显示了自己的独特风格：用童话模式反映现实生活。

二　飘浮在"真空"中的童话式人物

童话中的人物形象一般都以超历史、超社会的面貌出现，他们没有具体的生活时代与背景，甚至也没有明确的国籍和生活地点。他们要么以"从前有一个国王，他有一座漂亮的王宫"的方式被介绍出来，要么以"很久很久以前，有一个村子里住着一个樵夫"的方式被介绍出来。在这种虚幻的环境中活动的人物形象，也失去了现实感。他们通常不是一个现实人物的性格实体，而是人类或民族群体的某种伦理观念或道德规范的反映。他们一般不与具体的生存环境（其实在童话中，除了那虚幻的世界外也不存在具体的生存环境）发生冲突，而只是与某种对立的道德观念或伦理规范发生冲突，所以，这类人物形象是抽象化或道德化、伦理化了的。既然童话人物是超历史、超社会、抽象化了的，因而，他们的性格也往往是凝固化的，也说不上性格与环境的关系了。

狄更斯的小说所描写的社会环境当然是真实、具体而可信的，人物生活在一个客观实在的生存环境之中，这个生存环境是19世纪上半期英国社会现实的写照。然而，生活在这个生存环境中的人物却似乎有一种飘忽感。他们并不完全按照自己生存于其中的那个环境的逻辑在生活，而是依照自身观念、自我意志和

---

① 《狄更斯评论集》，上海译文出版社1981年版，第168页。

主观逻辑在生活，而环境倒是时时会合乎于他们的主观逻辑与意志的。所以，实际上这些人物是虚幻化和抽象化了，他们的性格自然也就凝固化了。《匹克威克外传》通过匹克威克俱乐部成员的漫游经历所反映出来的英国 19 世纪社会生活的真实性与广阔性是为人称道的，其中我们可以看到狄更斯在这部成名作中所显示出的现实主义功力。但是，这部小说中人物与故事的可信度是极低的，其根本原因在于人物性格及人物的行动与环境之间缺乏内在联系，而且，作者在创作中几乎很少顾及这种联系。狄更斯差不多在设想出了匹克威克等人物之后，再把他们安置在那个天地里，就放心地让他们去东游西逛、笑话百出了。无论地点如何变化，无论时间如何向前推移，也无论这些人物怎样在不同的游历环境中受到挫折乃至吃尽苦头，他们永远一如既往，不变初衷。因此，时间与环境对这些人物的性格是不起作用的，时间与环境的迁移只是为他们提供演出闹剧的新场所；人物对时间与环境也丝毫不起影响作用。于是，他们就仿佛飘浮在一个真空的世界里，飘浮在一个时间停止运转的世界里。这正是童话式的时空观和艺术境界。这位上了年纪的匹克威克始终代表着人的善良天性，他无论走到哪一个邪恶的世界里，永远不会改变这种既定的善良天性。他是一个永远快乐，永远只看到世界之光明的理想主义者，其实就是一个永远不会长大的"儿童"，或者说，他已返老还童，因为，从心理学角度讲，人越到老年，心理意识上就越走向童年。这个"儿童"就是美与善的象征。"塞缪尔·匹克威克那张圆圆的、月亮似的面孔，戴着那副圆圆的月亮似的眼镜，在故事中到处出现，活像某种圆圆的简单纯真的象征。这些都刻在婴儿脸上可以看到的那种认真的惊奇表情上，这种惊奇是人类可以得到的唯一真正的快乐。匹克威克那张圆脸像一面可尊敬的圆圆的镜子，里面反映出尘世生活的所有幻象；因为严格地讲，惊奇是唯一的反映。"①匹克威克是一个典型的童话式人物。

《艰难时世》一向被我们评论家看成狄更斯小说中现实主义的代表作，然而小说对主人公葛雷硬这一形象的塑造却与通常的现实主义原则相距甚远。葛雷硬一出场就以"事实"的化身的面貌出现，经过作者漫画式的夸张，这个人物几乎不是一个实实在在生活中的人，而是一个飘忽不定、无所不在的"事实"观念的幽灵。他的言行时时处处都体现他的"事实"哲学，他的性格也就是"事实"哲学的一种人格化的体现。因此，他的"事实"哲学不改变，他的性格也一如既往。小说一开始，葛雷硬本身就是一个客观存在、难以改变的"事实"，他永远按"事实"行事，他生存的那个环境、时间对他都不起作用。他最后才在西丝感化下性格转变，这也正是作者脱离现实的童话式的神来之笔。

狄更斯小说中的儿童形象是颇为人称道的。与成人形象的塑造一样，这些儿童形象也是富有童话色彩的。在他的笔下，一个出身贫寒的儿童，天性善良，面对的是饥饿、贫困，还有恶人与他作对，就像童话中的正面主人公总要碰到女巫、妖魔的捉弄一样。这些不幸的儿童历经磨难，却禀性不移。他们总是一心向善，并永远保存着善良的天性。《奥列佛·退斯特》中的奥列佛、《老古玩店》中的小耐儿、《尼古拉斯·尼古贝尔》中的尼古拉斯、《艰难时世》中的西丝、《小杜丽》中的小杜丽、《大卫·科波菲尔》中的大卫、《双城记》中的露西，等等。对这些人物，作者往往一开始就把他们安置在"善"的模型中，所以他们走到任何地方，经受任何磨难，都代表着善。在他们身上表达了作者对人性善的坚定信念与美好理想。正是这种信念与理想，使这些

---

① ［英］吉·基·杰斯特顿：《查尔斯·狄更斯》，转引自《狄更斯评论集》，上海译文出版社 1981 年版，第 80 页。

人物成了抽象观念的象征。大卫生性是善的，那么，不管是处在何种恶劣的环境中，也不管与什么样的恶人在一起，他始终保持着善的本性，永远是人性善的代表，他的性格几乎从童年到成年都是一贯不变的。特别突出的是小耐儿、西丝、小杜丽、露西等女性形象，她们纯洁无瑕，多情而忠实，不管遭受到多么不公平的境遇，始终是那么纯真和善良。她们几乎不是来自生活和存在于生活之中的人，而是从天上飘然而来的天使，是一群专事行善的精灵。她们是狄更斯在生活中失落的，而在心灵中永存的理想的女性。他总是沉湎于自己的想象并在理想中追寻与塑造这类形象，所以，他笔下出现的大多是这么一种童话的境界与天使似的女性形象。

同这些"善"的人物形象相对，狄更斯小说中常常又有一些代表"恶"的人物，这类"恶"的代表人物，也往往是观念的化身，他们的性格特征也不以环境与时间为转移。狄更斯小说中的人物由于被抽象化，通常是善恶好坏分分明明。好人永远行善，坏人总是作恶，直到被道德感化为止。这正是童话人物的模式，也恰好合乎了儿童的心理特征和儿童的期待视野。

三 由悲到喜、善恶有报的童话式结构

童话所展示的生活本身是虚幻的，它借虚幻的情境表现道德的、伦理的观念，从而达到训喻的目的。在童话中，善恶两种势力斗争的结局其实一开始就已明确，但作者总要借助一段曲折的故事来最终阐明。这样做的目的就是为了强化训喻的力度。既然结局总是善战胜恶，那么，这段曲折的故事也往往从善者弱恶者强开始，让代表善的人历尽磨难，最后证明善的力量的强大，善是会克服和战胜恶的；善有善报，恶有恶报，这是一条颠扑不破的真理，世界永远光明灿烂。童话也就形成了一种基本固定的结

构模式：从"贫儿"到"王子"或者从"灰姑娘"到"王后"，从"丑小鸭"到"白天鹅"。

　　狄更斯当然不会自觉地用童话模式来建构小说的情节结构，然而他的经历、他的深层情感—心理却决定着他不自觉地进入到了童话式的创作境界里。他看到现实的社会结构制约和扼杀了人类的天性，愚蠢和残酷的枷锁使人性扭曲，但他又相信人性在本质上是善的，它最终能摆脱重重羁绊从而完善起来。他对人性的这种信念是从不动摇的，他是一个乐观主义者。这表现了狄更斯天性的善良。他就是以这种近乎儿童的天真去看这个世界的，因而总以为光明多于黑暗，光明总可取代黑暗。这正是精神—心理上永远长不大的狄更斯的天真可爱之处。然而正是狄更斯的这种精神—心理上的"长不大"，使他在对人与社会的认识上远远落后于同时代的欧洲现实主义作家。狄更斯自己就像那位善良的匹克威克先生一样，认识不到时代的变迁，觉察不到他们以往遵循的思想、道德和宗教原则已经遭到破坏，觉察不到传统的价值体系已经日益趋向崩溃。与之相反，司汤达、巴尔扎克则已感觉到了由于时代的变迁所造成的人与社会的变化。"托尔斯泰和陀思妥耶夫斯基都很早就注意到了他们身边所发生的变化。现代小说之所以能够得到发展（托尔斯泰和陀思妥耶夫斯基对俄罗斯的现代小说，哈代对英国的现代小说的发展作出了贡献），原因只是由于作家以及社会中日益增多的人们开始对作为社会基础的宗教和哲学的信条产生了怀疑。"① 当同时代的这些作家已经为"文化地震"的来临而焦灼不安时，"长不大"的狄更斯怀着儿童的天真与浪漫，做着善必然战胜恶的童话式美梦。所以，他的小说

----

　　① ［英］雷克斯·华纳：《谈狄更斯》，见《狄更斯评论集》，上海译文出版社1981年版，第162页。

结构也往往是童话结构模式的翻版：要么是从"贫儿"到"王子"式的，要么是从"灰姑娘"到"王后"或从"丑小鸭"到"白天鹅"式的。奥列佛·退斯特一出生就不知父亲是谁，母亲也很快离开了人世。从此他就生活在充满罪恶与愚昧的济贫院。在棺材店里，他受尽了老板娘和同伴们的欺凌。逃往伦敦之后，他又陷入了贼窟，被强迫加入盗窃集团。但他那善良的本性使他陷污泥而不染，他也因此苦尽甘来，得到好报。他不仅被勃朗罗收为养子，还和心爱的萝斯喜结良缘。至于那些作恶多端的人，也都得到了报应。凶狠贪婪的济贫院主本布普和妻子最后破产并沦落到济贫院，尝到了当年奥列佛的苦楚；歹徒蒙克斯最后暴死狱中；盗窃头目费金也受到了法律的制裁。这个结局非常明晰地表达了善恶有报的童话式寓意。在这方面，《大卫·科波菲尔》更为典型。孤儿大卫，小时候受尽继父和继父姐姐的虐待，财产被人侵吞。十几岁当了童工，为了摆脱屈辱而无望的生活，他逃离火坑，来到姨婆贝西小姐家。心地善良的贝西小姐送大卫上学，他和艾妮斯结下深厚友谊。不久，贝西小姐受希普的坑害破产，大卫也被迫去独立谋生。他从律师事务所的小办事员到报馆记者，后来成了名作家，在社会上拥有了地位，最后与少年时代的好友艾妮斯结为夫妇，一切都得到了美满结局。小说中所有的好人都得到了好报，如密考伯夫妇、贝西小姐等；所有的坏人都得到了惩罚，如史朵夫、希普等。《小杜丽》的结构是典型的从"灰姑娘"到"王后"的模式。小杜丽是在监狱中长大的，14岁开始做工。这个纤弱苍白的小女孩心地善良，早熟老成，富有自我牺牲精神，在受尽磨难之后，她找到了美好的归属。她的心灵是那么超凡脱俗的美，她是美与善的完美体现。《艰难时世》中西丝的经历则是典型的从"丑小鸭"到"白天鹅"的模式。由于她是马戏团小丑的女儿，自然被葛雷硬看成是不屑与之为伍的人，葛雷硬曾经为女儿与儿子同她在一起玩而大为恼火。然而，恰恰是这个被人歧视的西丝才是最富有人性与人情因而心灵最美的人。正是她，拯救了置身于精神荒漠中的露易莎和陷于困境的汤姆，还在灵魂上感化了葛雷硬。

狄更斯的小说情节通常是曲折多变的，但好人不管怎样遭难受辱，最终都有好结局，"贫儿"总要成为"王子"，"灰姑娘"总要成为"王后"，"丑小鸭"也总要成为"白天鹅"；而坏人不管怎样猖獗得势，终将受到惩罚。因而他的小说在深层结构上大都是由悲到喜，善恶有报的童话模式。这种大团圆的结局合乎狄更斯的乐观主义思维方式，也外化出了他儿童式的天真与浪漫。这种结构模式既是狄更斯人道主义理想的体现，也是他儿童式心理原型投射的结果。

四　超现实逻辑与童话式的神奇

在童话中，不管善恶势力的冲突如何尖锐，也不管情节如何曲折离奇，正面主人公的命运总是倾向于喜剧式的，故事的结局总是团圆式的。因而，在具体情节的描述中，作者往往抛开生活的现实逻辑，而以幻想式的超现实逻辑去推动故事情节朝着大团圆的"终点站"发展。因而，作者常常像巫术师一样，把各种人物呼之即来，挥之即去，还常常让超人的神力来为人物排忧解难，使情节朝着既定的方向推进。所以，童话的情节描述，常常带有神奇色彩。比如说，《灰姑娘》中的善良的女巫婆总是在灰姑娘需要她时一而再地出现，用她的神力瞒过灰姑娘后母和众人，使她得以参加王子的舞会并结识王子，最后与王子成婚。《森林里的睡美人》中，是作恶的女巫给美人带来了厄运，而又是一位善良女巫用她的法术挽救了美人的灾难，让她只是受伤后酣睡了一百年，而正当一百年满之际，英俊的王子到来了，唯独他看到了睡着的美人。他的吻，解除了作恶女巫施加在她身上的魔力，使她苏醒了过来。王子也就得到了她的爱，从此他们过上了美满幸福的生活。诸如此类的描写中，都运用了巧合手法，这种巧合是为了让故事情节导向既定目标而精心设计的，其中刀砍斧凿之迹虽然十分明显，而这在儿童的心灵世界中却产生了神幻奇特的艺术效果。因为儿童的天性就是好幻想和追求新奇，他们往往不按照成人的逻辑与方法分析事物，童话中的超成人逻辑法则也正是儿童观察世界的逻辑法则。

在狄更斯小说中，众多的儿童形象所面临的那个世界常常是充满邪恶的。他们善良却总是那么弱小，他们的对立面常常是作恶的成年人，这无形中出现了童话中弱小的善良者与"巨人"、"怪兽"、"女巫"、"妖魔"相抗衡的虚幻而惊险恐怖的情境。比如，奥列佛在济贫院里遇到的凶恶的本布普和在伦敦遇到的盗窃头目费金，给尼古拉斯带来灾难的灭绝人性的叔叔，小耐儿身边的恶人奎鲁普，大卫的继父摩德斯通，把普匹作为捉弄与折磨的对象的哈维仙老小姐，等等。在狄更斯的小说世界中，这一系列不无邪恶的人物，都是给不幸的儿童们制造人生障碍的罪魁，他们身上拥有"巨魔"或"作恶女巫"的原型结构。这些善良弱小者总是想尽办法与凶狠而强大的"巨魔"或"女巫"展开斗争，他们的处境十分险恶，但又常常能巧遇外力的帮助从而逢凶化吉，化险为夷。狄更斯作为一位现实主义小说家，他所描写的"外力"当然不会是童话中善良女巫之类的超自然力量，而是生活中体现善良与正义的人或事。不过，在描写这种善良与正义的人或事时，狄更斯的创作心理是儿童化了的。他为了让弱小者逢凶化吉，常常一味地从主观情感出发，近乎随心所欲地让一些人或事出现在小说中，从而改变主人公的命运，至于这样写是否符合生活的现实逻辑，他是不很在意的。对此类现象，安·莫洛亚说得很正确，"狄更斯对自己从事的文学创作中的真实性极其漠视，他随时都可以变更小说的线索"，[①] "每逢遇到难以处理的情节时，他就依靠简单的手法——巧合"。[②] 失去双亲的奥列佛一直命运多舛，在遭到歹徒蒙克斯穷追不舍的危难之际，意外地遇到了他父亲的生前好友勃朗罗绅士，这位善良的绅士制服了蒙克斯，并从他口中得知奥列佛是蒙克斯父亲未婚时生的儿子。他的父亲写下了将财产分给奥列佛和他母亲的遗嘱。于是，奥列佛成了大笔遗产的继承人。小杜丽在备受灾难、毫无希望之际，意外地继承了一大笔财产，一夜间成了巨富。为了解除匹普的危难，狄更斯让一直在捉弄匹普的"女巫"式人物哈维仙老小姐在一次偶然的大火中自焚而死。11 年后，匹普从国外回来时，恰好在哈维仙老小姐旧居的那片废墟上与他早年一直追求的艾泰拉重逢。《双城记》作为一部历史小说，它照样有此类神来之笔。在监狱中度过了 18 年的精神病人梅奈特医生奇迹般地恢复了健康。他 18 年前在巴士底狱写的控告信，正好落到了当年被害者的亲属德伐石夫妇手中，并且信中要控告的恰恰是他女儿露西的丈夫代尔那；当代尔那即将被送上断头台时，一直爱慕着露西而外貌酷似代尔那的卡尔登，以李代桃走上了断头台。自传体小说《大卫·科波菲尔》被认为是狄更斯小说中"第一次摆脱了那种必不可少的夸张虚构"的作品，"在这部书中他几乎完全满足于对真实性很强的种种事件的描绘"。[③] 然而，这部小说也照样以童话式手法来表现作者的自身经历。大卫在危难中找到了姨婆；在旅行中巧遇青年时代的同学斯提福；天真的爱弥丽被斯提福诱骗，

---

① 　［法］安·莫洛亚：《狄更斯评传》，第 78 页。
② 　同上书，第 81 页。
③ 　同上书，第 49 页。

遭抛弃后九死一生，流浪途中巧遇善良的渔妇从而得救；经受挫折后的爱弥丽回心转意，向忠心地爱着她的海木忏悔，并写信希望得到他的宽恕，而此时海木却在海上遭受风雨袭击，为了救一个遇险的难民而殉身，他和他所要救的人的尸体，双双漂到了正给他送信的大卫的脚下，他所要救的人正是骗走他的意中人的那个斯提福。诸如此类的描写，从表现技巧上看，正是安·莫洛亚所说的"百年的巧合"，而由于"巧合"频繁出现，因而人们常责怪狄更斯的小说不真实。然而，这类描写却实实在在是狄更斯的风格。更主要的是，这并不仅仅是技巧上巧合手法的运用问题，还体现了狄更斯始终一贯的创作心态与审美心理。从思想内容上看，这类离奇的人物与事件描写，表达了乐观浪漫的人道主义者狄更斯的善恶有报的观念；从创作心理上看，驱动狄更斯进行此种描写的正是他那儿童式的情感与心理。狄更斯自己就像一个急切地期待着出现奇遇并使弱小者获救的儿童，因而他在小说中创造"奇遇"，是出于他内心深处的审美需求，也正合乎自己在期待视野，正像阅读《森林中的睡美人》，读者从睡美人的复活中满足了好奇心也实现了审美期待一样。所以，从深层意义上看，狄更斯小说中的"百年的巧合"甚至"不真实"，实际上蕴藉了儿童认识世界的那种超现实逻辑，因而，他的小说的情节描述与其说是背离生活真实的"牵强附会"，不如说是童话式的神奇风格的体现。谁能要求一个童话作家在创作时必须在生活的现实逻辑上亦步亦趋呢？谁又能因为一个童话故事的神奇性而指责它"不真实"呢？而狄更斯恰恰在一定意义上是一位出色的"童话"作家。

从狄更斯小说中存在的童话模式我们可以看到，他的小说的艺术世界，是经由他那带有儿童心理特征的主体心理原型过滤后变形了的19世纪英国社会，其中的主观表现性特征是十分明显

的。狄更斯是用儿童的心理和童话模式去表现现实生活的。这种
创作模式的优与劣我们姑且不论，不过，从狄更斯在当时读者中
所享有的声誉和以后在英国乃至世界文学史上所拥有的地位看，
他的小说创作是成功的。而且，狄更斯小说的这种童话模式正是
他的小说风格的本质特征之一。

第五节　陀思妥耶夫斯基的心理原型与畸形的世界

　　陀思妥耶夫斯基和托尔斯泰是处于同时代的作家，但是，他
笔下描绘的俄国社会大大不同于托尔斯泰小说所展现的那个俄国
社会。在陀氏的小说世界里，社会是畸形的，人性是扭曲的，人
的精神和心灵是变态的，一切都那么令人绝望，到处充斥着恐
惧、痛苦和阴暗。这是一个美和崇高走向失落的世界！陀氏小说
所展现的这个畸形的世界，自然来自于他所处的那个时代的俄国
社会，是对那个封建专制走向瓦解，资本主义势力不断增长，新
旧价值体系激烈冲撞时期的俄国社会的真实写照。不过，这不是
直观的、原原本本的摹写，而是对这个社会之精神本质的艺术化
的表现，是作者对这个社会中的人的生存状况的具象化而又抽象
化的艺术性展示，也是作者对这个社会乃至人类生活的审美评
判，其中渗透了作者的主观情致和主体意识。因此，陀氏笔下的
俄国社会之所以是畸形变态的，不仅仅是因为生活本身——客
体——是畸形的，同时也基于作者特殊的主体结构——心理原
型，基于作者用这种特殊的主体结构去重构生活，去创造生活。
在这个问题上，陀思妥耶夫斯基有自己独到的见解，这与别林斯
基及许多杰出现实主义作家均有所不同。我们从他关于"镜子

说"的理解上就可以清楚地看到这种区别和独到性。他在评论当时的画家耶各皮的作品时说：

> 这幅图画（指耶各皮的《一群囚犯在休息地》）惟妙惟肖，令人震惊。如果只从表面观察现实，那末，艺术家在画面上所表现的一切确实与现实一模一样。观众真的在耶各皮的画面上看见到真正的囚犯，好比在镜面上，或者在十分懂行地着了颜色的相片上见到他们一样。可是，这恰好是缺乏艺术性的表现。相片和镜子里的映像还远不是艺术品。如果二者都是艺术作品的话，那我们可以只满足于相片和好的镜子，而美术学院便成为毫无用处的累赘了。不，要求艺术家的不是这一点，不是摄影般的真实，不是机械的精确性，而是某种其他的更博大深广的东西。精确性和真实性是需要的，必不可少的，但仅有这些实在是太不够了；精确性和真实性还只不过是日后用来创作艺术作品的原料；这是创作的工具。在镜子的映像中看不到镜子对事物的观点，或者讲得更清楚些，镜子不表示自己的观点，而只是机械地、消极地反映。一个真正的艺术家不允许这样做：无论是一幅画，一个短篇，一部音乐作品都必须反映出作者本人；他不会身不由己地、甚至违心地反映出自己的全部观点、自己的性格和发展水平。[①]

陀思妥耶夫斯基并不赞同艺术对生活作原原本本的摹写，而强调作家对生活进行主观意志指导下的评价与创造。他的小说世界也

[①] 《外国文学教学参考资料》第五册（下），福建人民出版社 1982 年版，第244—245页。

就是当时的俄国社会生活在他那特殊的心灵屏幕上的投影。

一　陀思妥耶夫斯基的心理原型

作为一个普通的人，陀思妥耶夫斯基是在贫病交加中度过艰难的一生的。他出身于破落的贵族家庭。在他刚懂事时，就发现父母亲之间有着一种奇怪的关系。母亲为父亲生了 8 个孩子，得到的却是父亲粗暴的大叫大嚷甚至病态的怀疑。他可怜父亲，不明白父亲为什么要如此粗鲁、凶狠和丑恶；但他更同情他那瘦弱多病的母亲，他以后回忆道，那时，"妈妈就好比秋风秋雨漫漫长夜中他桌上的那支蜡烛，在他眼前闪烁，在他眼前消融"。①不久，年仅 36 岁的妈妈去世了。那时候他才 16 岁。正是在这种凄苦的境遇中，他开始了对爱与恨、生与死等问题的思考，而这一切给他带来的是一种令人绝望的痛苦。母亲死后，他到彼得堡工程技术学校学习。与他朝夕相处的大多数是富家子弟，这种环境更多地给他带来了因贫困造成的痛苦与屈辱。他因为贫穷而希望成为官费生，但这一希望落空了，其原因也正是因为他贫穷。他在给父亲的信中愤怒地写道："多么卑鄙！这使我感到十分震惊。我们，靠着仅存的一文钱勉强生活，却要付学费，而他们，富家子弟，却可以免费入学。去他们的！……"② 贫穷使陀思妥耶夫斯基的心灵深受伤害，并经常感到忧伤、失望与悲观。他在给哥哥的信中抱怨道："丧失希望而活着可真难受……朝前看，未来使我毛骨悚然……那些原来曾以自己的光芒使人的心灵燃烧的思想，如今丧失了火焰和热力……真不敢说下去，过去的一切

---

① ［苏］尤·谢列兹涅夫：《陀思妥耶夫斯基传》，第 14 页。
② 《陀思妥耶夫斯基书信选》，人民文学出版社 1986 年版，第 3 页。

只不过是金色的梦，是一些披着鬓发的幻影……"① 在他心灵中尚存的那点人生初期的浪漫的梦幻，被生活的贫困驱走了，留下的是阴暗、痛苦与屈辱。3 年以后，他的父亲去世了，留下了他们一群兄妹。他的处境就更可怕了。"我从营地里回来的时候，分文不名，在路上又冷（整天下雨，我们都一无遮盖）又饿，我生病了，可是身上连喝口茶的钱都没有。"② 这种贫困的生活，直到他成了著名作家时依然没有摆脱。他时常书还没写成就预支稿酬。为了躲避债主，他曾出走国外。特别值得一提的是，陀思妥耶夫斯基曾长期居住在彼得堡贫民区，常常独自徜徉于彼得堡街头，所见所闻，每每也是为贫困所逼迫的人的不幸遭遇。他总感到这座城市有一种莫名的恐惧，其实也是对人的生存困境的恐惧。1845 年 1 月的一天，他急急匆匆沿涅瓦河往家走时，彼得堡"涅瓦河上的幻影"永远地烙在了他的精神生活和心史之中：

> 我暂时停下脚步，抬眼沿河向烟雾弥漫、阴冷模糊的远方望去。落日的最后一线残晖突然燃烧成血一般红，在阴沉沉的天边黯淡下去。夜幕在城市上空降临，涅瓦河上那一望无际的冰面积上了一层冻硬的雪壳而变得臃肿了，在残阳的最后一抹夕照中闪烁着亿万颗亮晶晶的霜针。严寒降到了零下二十度……疲倦的马儿和奔跑的人们嘴里喷出一团团白雾。只要稍有声息，凝缩的空气就在颤动……宛如……这个世界同它的所有居民——不管是强是弱，同它的所有房屋——不管是破败的寒窑还是金碧辉煌的官殿，在这黄昏时刻看上去都像奇幻的幢幢鬼影，像一个瞬间即将消失升向黯

---

① ［苏］尤·谢列兹涅夫：《陀思妥耶夫斯基传》，第 20 页。
② 《陀思妥耶夫斯基书信选》，人民文学出版社 1986 年版，第 10 页。

黑的蓝天的梦。一个奇特的想法突然在我的头脑中跃动着……在这个时候我仿佛领悟到前此仅仅是感受到但并没有意识到的一些东西，我仿佛清楚地看到了一些新的东西，看到了一个全新的世界，我所全然不悉的世界……我认为，正是从这一时刻起，开始了我新的存在……忽然，当我只剩下独自一个人时，我思考了这个问题。我开始向四外观望，发现了一些奇怪的面孔。这是一些古怪而奇妙的身影，完全是透明的，完全不是什么唐·卡洛斯或者波沙①，而是一些小公务员，同时又是一些怪模怪样的小公务员……有个人藏在这个怪模怪样的人群中向我做鬼脸，他扯动着一些线和弹簧，于是这些木偶手舞足蹈地活动起来了，于是这个人哈哈大笑！于是我仿佛看到了另外一番情景，一些黑暗角落里的情景，看到一个小公务员的心，诚实的、纯洁的心……还有一个小女孩——一个受凌辱的满面愁容的小女孩。这些情景使我的心完全破碎了。②

"涅瓦河上的幻影"是久经贫困生活折磨，目睹弱肉强食之悲惨现实的陀思妥耶夫斯基对人与生活的一种顿悟。这个怪诞而恐怖的"幻影"中隐喻了那个强权力量胡作非为，贫穷弱小者人格扭曲、丧失自由而又无可奈何的畸形灰暗的现实世界，同时也显现了陀思妥耶夫斯基对贫贱和屈辱的人生境遇的体悟，对弱小者充满同情的主体情感—心理原型。正是在这种意义上，我们可以说，陀氏小说世界的精神内质，也就是"涅瓦河上的幻影"式

---

① 席勒的名剧《唐·卡洛斯》中的主人公，前者是西班牙王子，后者为他的好友。

② ［苏］尤·谢列兹涅夫：《陀思妥耶夫斯基传》，第33—35页。

的，其原因就在于他的小说世界中已隐含了作者自己的心理原型。

巴尔扎克年轻时也曾为贫困所迫，成名后也一直驮负着沉重的债务，但这种生活经历除了使他深刻地体验到金钱的魔力并驱使他如饥似渴地去追求金钱和权力之外，却极少在他的心灵中留下因贫困带来的屈辱感和人性扭曲的痛苦与绝望。他的心理原型明显不同于陀思妥耶夫斯基，其中的原因当然是多方面的，但十分重要的一点是陀思妥耶夫斯基秉性的内向性和一生折磨着他的狂癫病。尤其是后者，使他的精神与心理趋于变态。"由于病态心理，他既可以用健康人的目光观察病态世界，又可以用变态人物的眼光来观察世界。由于变态心理，他能够同时观察两个相反的世界，因此，他比一般人更知道人生的奥秘。"① 从相对意义上讲，陀思妥耶夫斯基的心理原型也是畸形变态的。正是这个畸形变态的心理原型，使他更深刻地发现了托尔斯泰等同时代作家难于发现的俄国社会本身的畸形与变态，发现了人性的扭曲与变形。在当时的陀思妥耶夫斯基眼中，"整个世界如今正处在癫痫病的发作之中"，"这是一个正在覆灭的时代"。② 在这种特殊的心理原型的作用下，他的小说也就显示出了同时代的托尔斯泰等作家的作品所不具备的艺术风格。

二 世界："涅瓦河幻影式"的怪诞与恐怖

读陀思妥耶夫斯基的小说，人们往往感到有一种沉重的压抑感，因为作者总是把人生存的那个世界写得那么阴暗、凄冷、怪诞和恐怖。这几乎成了陀氏小说的一种基调。《死屋手记》就是

---

① 曾艳兵：《西方现代派文学研究》，天津人民出版社1993年版，第19页。
② ［苏］尤·谢列兹涅夫：《陀思妥耶夫斯基传》，第285页。

用冷峻的笔调来描绘那漆黑、阴冷的人间地狱的：

> 天一黑，我被关进狱室，一夜不许出。每当我走进我们的狱室时，我心里总感到十分沉痛。一排排又矮又令人窒息的大房间，动物油蜡发出朦胧的光线，屋里充满着使人喘不过气来的闷热气味……这些往事现在回忆起来，犹如一场噩梦。我还记得我入狱时的情景。那是 12 月的一个傍晚，已是昏黄时分，犯人们收工回来，正准备点灯。一名大胡子士官终于把通向这座奇怪的牢狱的大门给我打开，让我走进去……有一次，我正在干活，一个卖面包圈儿的小女孩走到犯人跟前，她把我端详了好一阵，然后突然放声大笑起来，喊道："唉呀呀，真难看！灰布不够用，黑布也短缺！"……那位直接管辖监狱的少校亲自来到大门旁边的卫兵室里监刑。对于犯人来说，这位少校真乃是他们注定要碰上的凶神恶煞，他残酷折磨犯人，以致他们一看见他就浑身发抖，打颤。他严厉到了极点，正如苦役犯们所说，他像一只饿虎一样，"见人就扑"。他们最害怕的是他那双锐利的大山猫眼睛，什么事也瞒不过他……几乎所有的犯人在夜间都说梦话。他们咒骂，说黑话，刀、斧子等等是他们梦呓时经常挂在嘴边的字眼。"我们是被人揍得丧魂落魄的人，"——他们常常这样说，"我们的五脏六腑都被人家掏去了，所以夜间才大叫大喊。"①

关于"牢狱"的一幕幕梦魇般的图画，同恐怖怪诞的"涅瓦河的幻影"是何其相似。狱中的酷吏任意摆布和捉弄着囚犯，恰如

---

① 陀思妥耶夫斯基：《死屋手记》，人民文学出版社 1981 年版，第 11—22 页。

"幻影"中神秘的"鬼脸"在玩弄着手中的木偶。"死屋"是监狱的真实写照,更是人间世界的一幅象征性图画。它写出了那个非人的俄国社会,写出了人间世界互相吞噬,人变为非人的深层本质。因此,"死屋"可以说是陀氏小说中描写的人间世界的一个总体构架。在这总体框架之外,又有许许多多格局相仿、基调类似的"死屋"的变体。在《罪与罚》中,让人感到害怕的"奇形怪状的房子";下等公寓里忽明忽暗昏惨惨的油灯;高利贷老太婆那"又精明又恶毒"的"在黑暗中闪闪发光的小眼睛";小酒馆里"脸带醉意"、"迷迷糊糊"哼着胡说八道的小曲的小市民;圣洁而忧愁的妓女;投河自尽的女工……这重重叠叠、扑朔迷离的意象化形象,构成了似真似幻的"半疯的城市"。与此相仿,在《被侮辱与被损害的》中,破败肮脏、阴暗发霉的贫民窟,僻陋冷落的小巷和角落,无人照看的流浪儿,被欺骗的妇女,被遗弃的老人,卑劣的纨绔……这比比皆是的阴冷悲凉的景象,构成了人性失落的迷乱世界。类似的亦真亦幻的图画,几乎出现在陀氏的每一部小说中,使读者感到凄然、压抑和恐惧。这就是陀思妥耶夫斯基的小说世界,这是心灵化、幻觉化的艺术世界。

三 人生:陀思妥耶夫斯基式的阴郁与绝望

生存于"幻影"世界中的人,似乎被一种冥冥之中神秘而黑暗的力量所支配,他们的生命是这神秘力量手中的纸牌,人生对他们来说是缺少希望与欢乐的,他们只能默默忍受。《穷人》中的小公务员杰弗什金是一个忠于职守、安分守己、逆来顺受的"小人物"。他孤身一人却一贫如洗,别人瞧不起他。他在上司面前唯唯诺诺,因抄错公文被叫到"大人"跟前,衣服上的纽扣掉落在地,当他想把它拾起来时,是那样战战兢兢。他最惧怕受这种欺凌与屈辱,却总是逃之不及,只能满腹委屈地忍受着。他灰心、自责，甚至瞧不起自己。他企求在对瓦莲卡的爱中找到一丝欢乐与希望，但瓦莲卡被坏蛋贝柯夫抢走了。他感到自己的生命已被人夺走，对世界也一无所求，生命已毫无意义。《白痴》中的娜斯塔西娅，年少时就被贵族托茨基逼为情妇。她美貌、聪明、善良，向往美好的生活，但又总认为自己是一个被人欺凌的人，美好的生活与她无缘。因而，她仇视那个使她受辱的世界和她周围的人，每每怀着复杂心理用粗暴乖戾的态度对待别人。她自卑自贱，又苦苦追寻，却总找不到希望。她是一个矛盾而痛苦的形象，虽有抗争意识，却无济于命运的改变。《死屋手记》中的"囚犯"大多来自下层贫民，他们差不多是在生活中找不到出路才走上犯罪道路的。他们中有些人虽然身处恶浊的环境备受凌辱，然而依然善心不泯，"有些人的性格天生就是那么美好，仿佛上帝恩赐的一般，你甚至不敢设想他们有朝一日会变坏"。但是，不公平的"命运"却使这些天性善良、向往自由和美好生活的人失去自由，找不到希望。无论在狱中还是在狱外，生活对他们来说都是使人悲观和绝望的。《被侮辱与被损害的》中的涅莉、娜塔莎、伊赫缅涅夫老人都是正直、善良的好人，但又都是"弱者"。他们以一种自我牺牲的精神去忍受苦难，用不断的受苦去企求得救，用自身的痛苦去洗刷人生的一切污垢，但生活终究没有使他们如愿以偿。《罪与罚》中的马美拉多夫在绝望的困境中痛苦地挣扎了一辈子，死时连买棺材的钱也没有。他的妻子卡捷琳娜忍受着种种委屈，总想有人来帮助和保护他们，但到死也未看到幻想成为现实，怀着满腔怨恨离开了人间。女儿索菲娅被迫沦为妓女，但内心依然保持着上帝般圣洁的灵魂，可是，上帝并没救她。拉斯柯尔尼科夫一家也遭到了同样的命运。拉斯柯尔尼科夫竭力想改变自己和他人的命运，为此，他不惜冒险杀死了高利贷老太婆，但这既不能改变贫贱的命运，也未曾证明自己是

"强者"以安慰心灵。在陀氏小说中，大慈大悲的"上帝"似乎是存在的——阿辽沙、佐西马长老、索菲娅、梅什金公爵……只是，他们改变不了别人的命运，连自己也拯救不了。他们的人生追求是美妙的，然而又是虚无缥渺的。人生是没有希望的！这就是陀思妥耶夫斯基不愿承认与接受，却在他的小说的客观描写中无可奈何地表露出来的关于人生的体悟与见解，主体意识的渗透是十分明显的。

四　心灵：陀思妥耶夫斯基式的痛苦与扭曲

世界是怪诞而恐怖的，人生是屈辱、阴郁、令人绝望的，但人依然得活下去。在这无可奈何的困境中，久而久之，人性慢慢被扭曲，心灵渐渐走向病态。因此，在当时的俄国，畸形变态本身是社会肌体中根深蒂固的东西。陀思妥耶夫斯基本人也被人看作"怪人"、"精神病患者"、"傻瓜"、"蠢货"、"白痴"……其实，如此看待陀思妥耶夫斯基的人自己又何尝不是病态的灵魂呢？而且，这类病态畸形的人常常处于麻木不仁的状态，正所谓"睡于梦中而不知是梦"。陀思妥耶夫斯基则有梦醒的痛苦，有一种深知自己变异又难于消除变异的焦虑。他是一个清醒的"白痴"。于是，他对生活中那些变态的和扭曲的心灵的体察就特别敏锐，他的小说中也就有许许多多关于变态扭曲的灵魂的描述。

如前所述的拉斯柯尔尼科夫等自我意识双向悖反式人物，实际上就是心理变态的人物。从心理学角度看，他们的心理状态属于人格分裂或意识分裂。自我意识的双重性是通常的人都存在的，但在常态情形下，这种双重意识往往处于意识的深层，并不表现为激烈的心理冲突。而自我意识双向悖反式人物则不同，他们心理意识中的两个"自我"不时地互相交锋，总是无法趋向统一和谐，从而使他们的言行举止和精神状态表现出歇斯底里和非理性特征，在这类描写中，作者的笔触指向了人的意识的深层。拉斯柯尔尼科夫杀人是为了证明自己是"平凡的人"还是"不平凡的人"，然而杀了人后并没有得到明确答案。他感到自己是"虱子"，但另一个"自我"马上出来反对，要他承认自己是"人"。两个"自我"的拉锯式争辩使他陷入疯疯癫癫，如梦似狂的精神分裂状态之中，失去心理的常态：

　　人是不是虱子？——那，在我看来，人当然不是虱子，然而对于一个从来没有想过这问题，而且干脆什么问题也不想的人，人就是虱子……如果说我苦恼了这么多天：拿破仑会不会去做这件事？那是因为我清清楚楚地感到：我不是拿破仑……我忍受了这一切空谈的全部痛苦，索尼娅，我早想从肩上卸掉这个痛苦的包袱了：我毫不诡辩地去杀人，为了我自己去杀人，为了我自己一个人！关于这件事，我甚至对自己也不愿撒谎，我杀人，并不是为了要养活母亲——那是瞎话！我杀人，也不是为了取得财富和权力以后成为人类的恩主。那也是瞎话！我只不过是杀人罢了。我杀人是为了我自己，为了我自己一个人！至于将来我能不能变成恩主，还是一辈子像蜘蛛似的，把所有的人捕捉到网里，从大家身上敲骨吸髓，到那时候，这对我来说反正一样！……索尼娅，我杀人的时候，需要的主要不是钱，而是别的东西……这一切我现在都清楚了……我想弄清楚另一件事，另一件事在怂恿我：那时我想弄清楚，我跟大家一样是虱子呢，还是人？我能不能跨过障碍？我敢不敢弯下腰去拾取权力，我是个发抖的畜生呢，还是我有权……
　　是怎样杀的呢？难道有这样杀人的吗？难道别人是像我这样去杀人的吗？将来我再告诉你，我是怎样去的……难道

> 我杀死了老太婆吗？我杀死的是我自己，而不是老太婆！我一下子就把自己毁了，永远地毁了……杀死老太婆的是魔鬼，而不是我……①

这一长篇自白，时而是有条有理的自我陈述，时而是语无伦次的呓语，其根源在于心灵深处两个"自我"的激烈厮斗，意识趋于分裂的非常态。这种精神状况在杀人后的拉斯柯尔尼科夫身上反复出现，他的心理明显走向了变态。表面上看，拉斯柯尔尼科夫的意识分裂是他的那套"理论"造成的，而实质上是那个变异了的世界造成的。《地下室手记》中的"地下人"一会儿说自己是个"有病的人"，那是因为这时他想起别人总是厌恶他。但随即又想起这样会引起别人的怜悯，甚至进一步地嘲笑他，这意味着他的人格受辱，于是，过一会儿他就改口说"我是个凶狠的人"，并作出一副凶恶的样子。这种前后的自相矛盾，表现出精神与心理的非常态。此类人物还有《双重人格》中的高略德金，《女房东》中的奥尔狄诺夫，《卡拉马佐夫兄弟》中的伊凡、德米特里等。

《穷人》中的杰弗什金、《罪与罚》中的马美拉多夫、《少年》中的奥丽雅、《被侮辱与被损害的》中的伊赫缅涅夫等善良正直而又命运多舛的"小人物"身上，存在着另一形态的变态心理。他们由于人格受侵犯，心灵的自由已丧失，人性亦被扭曲，因而他们总是像鼹鼠一样惶惶不安，他们的心灵既敏感又脆弱，几乎显得有些神经质。杰弗什金因为受尽了他人的白眼和嘲讽，就最怕他人的凌辱，又最易感受到这种凌辱，并常常为此痛苦得难以自制，直到自我作践，好像才找到一种发泄的渠道。这类人物的

---

① 陀思妥耶夫斯基：《罪与罚》，人民文学出版社 1991 年版，第 556—558 页。

惶恐不安、唯唯诺诺、谨小慎微、自卑自贱的心理，也正是人格
变异、心理变态的表现。

　　《白痴》中的梅什金公爵、《罪与罚》中的卡捷琳娜、《女房
东》中的梅思金、《少年》中的娜斯塔霞等人物身上则患有生理
上的癫痫病，他们的心灵也呈病态。但实际上这种癫痫病在小说
中已拥有精神的、社会的含义。此外，像《罪与罚》中的索尼
娅，《卡拉马佐夫兄弟》中的阿辽沙、佐西马长老，《少年》中的
梅思金和索菲来等"圣者"形象的心灵也都不同程度趋于变态。
他们被"圣化"以后丧失了人的血性和灵性，灵与肉的天平严重
倾斜，高度的理性原则使他们朝"灵"的方向扭曲。可以说，陀
思妥耶夫斯基小说的人物几乎无一不是心灵变态、人性扭曲的。

　　现实世界的怪诞与恐怖，人生的屈辱、阴郁与绝望，心灵的
变态与扭曲，构成了陀思妥耶夫斯基小说世界的总体变异。因此
我们说，陀思妥耶夫斯基的小说世界是"陀思妥耶夫斯基式"
的，而不是"生活本来的样子"；但这个艺术世界又无疑是真实
的，因为其精神内核与生活同构。可见，现实主义小说家陀思妥
耶夫斯基在反映生活时，既再现生活的真实形态，又表现自身的
主观情致，他小说中的世界是经过主体评判后对生活所作的一种
变形了的反映，一种审美的反映。

第六节　托尔斯泰的心理原型与探索者群像

　　列宁称列夫·托尔斯泰是沙俄统治势力的"激烈的抗议者、
愤怒的揭发者和伟大的批评家"[①]，这一评价是中肯的。正是在

----

① 《列宁全集》第 16 卷，第 323、324 页。

这种抗议、揭发和批评中，反映了时代的某些本质的东西，表现了托尔斯泰对人类、社会和家庭，对道德、宗教等方面的主观态度和审美评价。那么，托尔斯泰的小说中何以有那么多"探索者"形象？人物的灵魂深处何以如此充满矛盾、痛苦与焦灼？对现实的人生处境的描绘何以如此充满愤怒的批判与抗议之情？这些都同托尔斯泰本人的主体心理结构有密切联系。

一 托尔斯泰的心理原型

托尔斯泰不仅是一个艺术家，同时是一个思想家，不倦地进行精神探索，是他最突出的个性特征。正如德国作家 R. 卢森堡所说："人类生活的基本问题，人们的相互联系、社会的关系，很早就使托尔斯泰感到兴趣，使他激动到心灵深处，而他长期的全部生活和创作同时也就是他对人类'生存真理'的不倦的思考。"① 早在少年时代，他就已经开始"思考永生和幸福的问题"。他自己说，那时，"人的使命、未来的生活、灵魂的不朽，都已经出现在我面前"。② 以后，在他漫长的生活道路上，始终紧张地进行着这种精神探索。托尔斯泰的探索是思考首先从个人道德完善和生命意义开始，然后由此延伸到人类和社会、宗教与道德、法律与国家制度等广泛的领域中。他思考的核心问题是"爱"以及如何实现这种"爱"的理想境界。在他看来，人的道德自我完善，人的生活的意义，从根本上说，就是正确地把握人自身"肉体"与"灵魂"的冲突。作为自然和物质状态的人，他受生存竞争规则的驱使，他有满足"肉体"的种种欲望的要求；

---

① ［德］R. 卢森堡：《社会思想家托尔斯泰》，见《欧美作家论列夫·托尔斯泰》，中国社会科学出版社 1983 年版，第 369 页。

② ［苏］亚·托尔斯娅：《父亲》，湖南人民出版社 1985 年版，第 61 页。

但作为理性的人，又不应该仅仅追求"肉体"的满足与幸福，在
"肉体"的人企图追求个人的幸福时，"灵魂"的人应该克制它并
占上风；"肉体"的种种欲望是滋生情欲、自私、伪善、虚荣等
邪恶的根源，也是由人类社会之恶而生的根源。因此，只要人人
信奉"博爱"思想，放弃一切"肉体"的欲望，为"灵魂"、为
上帝、为"爱"而活着，人们就可以实现道德自我完善，人生就
获得了真正的意义，人类社会的全部结构也就可以得到重新安
排，社会的恶与暴力就自然消亡，人类也就能走向最高的幸福的
境界。托尔斯泰虔诚地信奉这种"博爱"思想，并努力通过自己
的生活与创作实践去实施和宣扬这种思想，这就决定了他永远是
一个灵魂充满矛盾与痛苦的精神探索者。"博爱"思想、精神探
索的性格、社会批判的精神，构成了托尔斯泰精神风貌的基本特
征，也构成了他主体心理原型的基本框架。他的创作无不受这一
主体心理结构的制约，无不显示出作者本人的这种主体精神
风貌。

二　男性形象与作家心理原型

　　托尔斯泰笔下的一系列精神探索者形象，如尼考林卡、奥列
宁、彼尔、安德烈、列文、聂赫留朵夫等，通常被人们称为"自
传性形象"，这是不无道理的。不过，托翁笔下的这些"自传性
形象"的"自传性"，主要不在于他们的生活经历与作者本人相
同或相似，而在于他们的精神—心理秉性，即精神探索的自然天
性与托尔斯泰几乎完全一致，这些探索者形象的思想、情感与心
理实际上就是托尔斯泰自己的思想、情感与心理的投射与外化。
早期作品《一个地主的早晨》中的地主聂赫留朵夫，完全是作为
贵族地主的青年托尔斯泰自我情感—心理的体现者。在创作这个
小说的 1857 年前后，托尔斯泰认为自己的贵族地主生活是以谋

享乐的"肉体"欲求为原则的，因而不是一种完善的、有意义的生活。1856年4月至6月间，他企图改善自己家的庄园雅斯纳雅·波良纳农民的生活状况，其实也是为了改变自己的贵族生活状况，改善与农民的关系，是精神探索与道德完善的具体行动。但是，农民们并不相信托尔斯泰的许诺与建议，还拒绝了由他提出的解放的条件。他对自己改革与探索的失败、对农民对他的不理解表现出沮丧与懊恼之情。他在1856年6月7日的日记中写道："晚间和几个农民谈话，他们的固执使我气恼，我好不容易才压住自己的怒火。"① 他带着这样一种思想与心态写《一个地主的早晨》，作品中聂赫留朵夫则直接体现了作者这时的思想与心理。聂赫留朵夫真诚地在自己庄园实施改革，他原先幻想农民们都会"温存而愉快地向他微笑，因为他们的富裕和幸福全靠了他的恩惠"。可是，他们本能地对他存在戒备心理和敌视态度，他们的坚决的拒绝，使他感到惊讶与失望。作为精神探索者形象之一，聂赫留朵夫这个贵族地主形象，既有生活的真实性，又是生发于托尔斯泰心理原型的主观化、理想化的人物。

《战争与和平》中的安德烈与彼尔也属于精神探索者形象，他们的探索与思考在内容上各有侧重，各自的性格和思想也有差异，但他们都生发于托尔斯泰的心理原型，他们精神探索的秉性以及在探索中表现出来的精神—心理内容则完全是作者心理原型的变体。安德烈理性色彩较浓，很少有激情的冲动，也不至于为情欲所诱惑。他身上更多地外化了托尔斯泰对人的"灵魂"战胜"肉体"、以"灵魂"追求为人生最高理想的信念，也寄托了作者对这种人生理想的向往与赞美之情。彼尔是一个充满激情、不放

---

① 《托尔斯泰日记·一八五六年》，见《托尔斯泰文集》第十七卷，人民文学出版社1991年版，第71页。

弃"肉体"欲求，而又不无理性，追求道德自我完善的人，因此，他的心灵深处就充满着远胜于安德烈的"灵"与"肉"的冲突以及由此而生的内心焦虑与困惑。他的身上更多地投射了作者自身"灵"与"肉"的冲突与心理体验，他的由"堕落"到获救的曲折的生活与情感—心理的经历，渗透了作者对"灵魂"战胜"肉体"的自信。彼尔比安德烈更情感化也更具有现实性，因而这种情感化的内容也更多地展示了托尔斯泰的真实人格。作为19 世纪末的俄国贵族阶级成员，彼尔和安德烈当然具有生活的与历史的真实性，但他们毕竟是经过作者主体心理原型的过滤与折射而成的情感化、审美化的艺术形象。他们来自生活，又融入了作者的主体评价，是生活的再现，也体现了作者的情感与心理。

在创作《安娜·卡列尼娜》的19 世纪 60 年代末 70 年代初，托尔斯泰正处于世界观转变前的精神危机之中，潜伏了多年的关于人生意义的疑虑，似乎一下子发展到了对生命感到绝望的边缘。他感到以往自以为合理、充实和有意义的生活是一种虚幻与欺骗。他在《忏悔录》中真实地记录了这时的痛苦心理："我似乎经历了漫长的生活道路之后，终于走到深渊的边上，并清楚地看到，前面除了死亡之外，一无所有。欲进不能，欲退无路，视而不见也不行，因为不能看到：前途茫茫，除了生活和幸福的幻觉，真正的痛苦和死亡——完全消亡的幻觉之外，什么都不存在。"[①] 在这一段时间内，他苦苦地思索着六个"不明白的问题"：

---

① 《忏悔录》，见《外国文学教学参考资料》第五册，福建人民出版社 1982 年版，第 363 页。

1. 我为什么要活着？

2. 我和其他人的存在的原因是什么？

3. 我和其他人的生存的目的是什么？

4. 我感觉到的那种善恶之分有什么意义？

5. 我该怎样生活？

6. 死是什么——我怎样才能拯救自己？[1]

这时的托尔斯泰，内心的困惑、痛苦、失望和焦虑是空前的。他"觉察到他遇到某种可怕的东西。'生活停止了，变得令人厌恶可怕。'他迷惑莫解地自问，他是怎么了，为什么这种忧郁、这种恐惧如此强烈地袭击他，为什么不再有什么使他感到喜悦，使他感动了。他只感到，工作使他厌嫌，妻子使他感到陌生，儿女使他感到冷漠，对生的厌倦的情绪攫住了他，他把猎枪锁在柜子里，以免在绝望时用它来打死自己"。[2]《安娜·卡列尼娜》就是在这种心境里创作出来的，小说中的列文形象，就是矛盾与困惑中的托尔斯泰心态外化的产物。列文一开始也相信自己的信仰，相信自己的生活是有意义的。但随着他农事改革的失败，他对人生意义的怀疑也与日俱增。他感到"肉体"的自我总是要冲破"灵魂"的自我而追求物质的、私欲的满足，由此，人也就像自然界的动物一样，永无休止地互相争夺，不顾一切地残害妨碍满足自我欲望的竞争对手；生存竞争的规律使爱以及人的法则难以理智地实现。既然如此，人性趋恶则是规律，人生也就毫无意义。于是列文的精神濒于绝望的境地，时时想自杀。这与托尔斯泰一段时期内的心理特征一致。在小说的结尾，列文经过艰苦的

----

① 《欧美作家论列夫·托尔斯泰》，中国社会科学出版社 1983 年版，第 457 页。

② 同上书，第 456 页。

探索，终于得出了人生的真谛在于为"灵魂"、为上帝而活着，也即为"爱"而活着，若此，生命是有意义的。其实，列文在肯定了生命意义的同时，又否定了生命本身，因为他的为"灵魂"、为上帝、为"爱"而活着的生活准则，否定了人的一切"肉体"与物质的欲求，也就完全抽取了生命本身。这是一种自相矛盾、自欺欺人的人生信仰，因此，列文也并未因为悟到了人生真谛而完全消除了内心的矛盾，他对自己的生活依然是不满和厌恶的。这也正是世界观尚未转变，精神危机尚未消除时的托尔斯泰的心境。

《复活》中的聂赫留朵夫是晚年时托尔斯泰的精神—心理的集中体现者，同样也是作者精神风貌的完美体现者。

可见，托尔斯泰小说中的中心形象——探索者形象身上投射了托尔斯泰自己精神探索之秉性，渗透了作者自身精神—心理的内容，他们都是托尔斯泰深层意识中心原型的变体。因此，他们就无法纳入到"按生活本来的样子描写生活"的规范。他们是真实的，那不是因为他们是生活摹写而成，而是因为他们身上凝结了作者本人的真实感，外化了作者自我心灵的欢乐与痛苦之体验，他们身上也因此跳动着时代与社会的精神脉搏。

三　女性形象与作家心理原型

即使是像娜塔莎、爱仑、安娜和吉提等不属于探索者形象之列的人物，同样渗透着作者的主观情致，是作者主体心理原型外化的产物。安娜在个人的爱情、幸福与"犯罪"、"堕落"之间的内心矛盾，从深层心理内蕴上看，是作者自己心灵深处关于"肉体"与"灵魂"冲突之苦的外化。在性爱问题上，托尔斯泰的态度一直是十分矛盾的。他一方面把"肉体"的情欲看作罪恶，认为两性之间肉体的爱是使人获得"灵魂"幸福、走向"爱"的境界的障碍。据托尔斯泰长女的回忆，在写作《安娜·卡列尼娜》的前后，"性的问题在这段时间里占据着托尔斯泰的思想。他自己过着狂热的生活，一生都在同性欲的引诱作斗争，深知这种引诱的力量能导致人们犯罪，甚至完全堕落"。[①] 另一方面他又对男女之间的纯真爱情不无肯定。不过，由于对"肉体"欲望的片面态度，托尔斯泰对爱情与情欲之间的联系与区别的理解是模糊不清的，因而他又时时怀疑爱情的合理性，甚至怀疑正常夫妻生活的合理性。他对爱情、情欲、女人等都抱有一种似是而非的矛盾态度。这种矛盾心理的起源则可以追溯到托尔斯泰青年时期的生活。那时他就曾无数次地陷入"灵"与"肉"的激烈搏斗中。"最使托尔斯泰感到痛苦的是他那狂热的情欲和自己生活的堕落。他这样一个健康、强壮、异常热情的人，经常犯下这种罪孽，他因自己的丑陋行为而愤恨，因而无情地抨击自己。他曾经好像要躲开女人，摆脱那些诱物（女人对他来说是罪恶的诱因）似的。"[②] 他在自己的日记中写道：

> 要把女人看成是社会生活中不可避免的伤脑筋的东西，要尽可能离她们远远的。事实上，不是从女人那里，我们又是从谁那里染上淫荡好色、娇生惯养、行为轻佻和其他大量恶习呢。我们丧失掉天赋的勇敢、果断、理性、公正和其他感情，这不是女人的过错，又是谁的过错呢？女人比男人更敏感，所以，在有道德的时代里，女人比我们好，而在现在

---

① ［苏］亚·列·托尔斯娅：《父亲》（下），上海译文出版社 1986 年版，第 76 页。

② ［苏］亚·列·托尔斯娅：《父亲》（上），上海译文出版社 1986 年版，第 67 页。

这个腐化堕落的时代里，那她们就比我们更坏了。①

托尔斯泰从自身难以克制的情欲冲动出发否定了女性和肉体之
爱，表现出既恐惧又向往的矛盾心态。他在晚年回顾自己生活经
历时说，没有任何别的坏习惯"像女人那样难以克制。可是他从
来没有怀疑过这种渴望是坏的"。②"从来没有怀疑"这种说法并
不符合托尔斯泰的一贯态度，却在一定程度上说出了他内心深处
的真实心态：对性爱的否定中有肯定。托尔斯泰在性爱问题上的
恐惧与向往、纯洁与犯罪的矛盾心理，在长期的生活体验中不断
得以强化，在深层意识中形成了一种稳定的"情结"。这一情结
在安娜形象身上得到了充分的显现，同时也外化于娜塔莎、吉提
这类形象身上。无论安娜如何在矛盾、痛苦、困惑中走向"堕
落"和死亡，最终表现出的是作者对情欲追求的模糊的、无可奈
何的否定，而娜塔莎和吉提则在矛盾中走向完善，走向"肉体"
与"灵魂"的和谐境界，表现出的是作者对"灵魂"支配下的
"肉体"欲望追求的合理性的肯定。这些人物在精神内质上与探
索者形象相一致，他们也都是作者心理原型的变体。至于像爱
仑、阿娜托尔这类人物身上，外化的是托尔斯泰所否定的那种无
休止追求肉欲的心理体验，他们同样与作者的心理原型有某种
联系。

四　"爱"的母题与作家心理原型

托尔斯泰小说对人的外部世界描写的广阔性是为人称道的，

---

① ［苏］亚·列·托尔斯娅：《父亲》（上），上海译文出版社 1986 年版，第 67
页。

② 同上。

正是在这些描绘中，集中表现出他对沙皇统治下的社会的强烈而深刻的揭露和批判。如前所述，托尔斯泰是一位内倾性作家，他往往从人物的视角出发描写外部物质和社会的环境，具有内倾性、心灵化特征。而他的小说的主要人物又往往都渗透着作者本人的主观情致，甚至是作者自我精神—心理的直接外化。因此，托尔斯泰小说中描绘的人的外部世界也体现了很强的主体性特征。

"爱"是托尔斯泰心理原型的核心内容，他总是从"爱"的准则出发审视社会现实。他小说中构筑的世界无论是肯定性的还是否定性的，无不染上了"爱"的色彩。托尔斯泰对俄国农村中农民与地主的关系的描写，一方面是俄国农奴制改革后农村阶级关系的真实展示，另一方面，托尔斯泰是从"爱"的准则出发，从聂赫留朵夫这样集中体现着作者主观情致和意志的人物的眼光出发描绘这种关系的，因此，小说所展示的农村阶级关系和农民的生存状况，是托尔斯泰所理解和认识的那种关系和状况，而不是原本意义上的农村生活现状。在他笔下，农民和地主的矛盾是一个互相理解与沟通不够的问题，一个互相怎样更好地讲"爱"和"宽恕"的问题。这显然淡化了农民与地主的阶级矛盾，这种现实是经过作者主体心理结构选择和过滤之后变形了的俄国农村现实生活。托尔斯泰对宗教的批判是深刻的。他是在亲自研究现实生活中的宗教和《福音书》的基础上找到了他认为"原始的"、"真正的"基督教学说，并以这种学说否定和抨击现实生活中宗教的虚伪和教会的黑暗。他的小说对现实宗教和教会机构的描写，具有历史真实性和深刻的批判性，而这种批判性的描绘又有明显的主观色彩。托尔斯泰从人的自私本性出发描绘沙俄专制制度和整个社会的政治黑暗与道德腐败。他认为人应该放弃一切"肉体"的欲求，贵族、统治者应该以"爱"之心去改善同被统治者、被压迫者的关系，走道德自我完善的道路，放弃特权，放弃财产；被压迫和被统治者则应"不以暴力抗恶"，讲宽恕，爱仇敌，那么整个社会结构就改变了。他以这种思想为指导去分析和描写社会，他的小说对俄国旧制度的描写必然既有真实性、批判性，又有主观抒情性。《复活》作为他一生创作中揭露性批判性最强的作品，其中对上流社会和下层人民生活的描写，均出自聂赫留朵夫之眼光，也出自托尔斯泰主观心灵的"过滤镜"。

　　无论从人物形象的塑造还是从社会环境的描绘看，托尔斯泰小说所展示的现实生活是变形了的艺术世界。再现中的表现性，客观真实中的主观抒情性是 19 世纪现实主义作家中十分突出的特点。在这一方面，托尔斯泰和巴尔扎克在艺术思维方式上表现出了明显的差异，他们是两种不同风格的批判现实主义作家。

余　论

　　从以上列举的作家的创作看，19 世纪欧洲现实主义文学在"真实地反映生活"方面体现了作家们对生活的感受、体验与评价，这些作品所提供的是熔铸了作家主观情致与个性特征的变形了的生活图画，它们的表现性与主体性是客观存在的。应该说明，我们分析 19 世纪现实主义文学的表现性、主体性，并不是要否定它们在反映生活上的真实性和它们的认识价值，也不是主张文学应该单纯地"表现自我"。作家的心理原型、特定的心理与情绪体验，都来自于生活，是主体拥抱生活的产物；真实的个人情感与情绪体验有时代的、民族的特征。这种情感、情绪体验的抒发本身也具有历史的真实性与深刻性。正如苏珊·朗格所说："一切我自己感到兴趣的（或我能够欣赏的）情感模式，在本质上说都是属于我自己的——但不是属于我个人的，而是属于我自己生活于其中的文化的。"① 对于艺术品来说，愈具有真情实感，就愈具有真实性，愈有艺术的魅力。因此，任何一种文学作品，离开了表现性也就失去了文学性，失去了艺术魅力；任何一种真正的文学，都不仅仅是对生活的客观"再现"与"摹仿"。现代主义作家认为自己是反传统反现实主义的，其实，他们创作的"主观化"与"表现自我"，正是对传统现实主义"表现性"与"主观性"的继承，所不同的是他们削弱了传统现实主义的"再现"特性，把表现性、主观性引向了极端，从而把文学反映生活变成了不同程度的"自我表现"。这种极端化做法，不是我们所要肯定的。

　　19 世纪欧洲现实主义文学客观存在着表现性和主体性特征，那么，到了 20 世纪，由于现实主义进一步朝"内倾性"方向发展与深化，表现性愈趋明显，再现与表现的结合也就更为紧密。高尔基、肖洛霍夫、鲁迅、高尔斯华绥、罗曼·罗兰等现实主义大师们的创作都可以充分说明这一点。因此，我们倡导现实主义，就不能囿于教条式的现实主义理论框架。

---

① ［美］苏珊·朗格：《艺术问题》，中国社会科学出版社 1986 年版，第 25 页。

第四章

于连性格系统论

　　对司汤达《红与黑》中于连形象的评价与研究，我国学术界一直褒贬不一，众说纷纭。这种现象原本是不奇怪的，因为一个为历代人们所喜欢的艺术典型，必然有其表现人类精神、心理与情感的深刻性和复杂性，因此，对这一形象的阅读接受与学术研究就不可能指向单一，结论明确。但是，我国对于连形象的研究与评论有一个明显的不足：没有把于连形象看成一个活的有机体，从整体上去分析把握，而是孤立地片面地执著于于连性格的某些侧面，简单化地得出结论，因而难以揭示于连性格的复杂性，也就无法较为准确地把握于连形象的质。19世纪现实主义文学中，出现了一系列令人注目、很有艺术魅力的个人奋斗者的群像。这些形象的出现，使欧洲文学史在人物创造方面的面貌焕然一新，使文学对人的把握与表现显得更为深刻，这也是19世纪现实主义成就的一个重要表现。于连是这个系列群像中的最初一个，也是其中最为读者青睐的人物之一。在这个形象身上集中体现了19世纪现实主义在人物形象创造方面的出色成就。因此，用现代人的眼光与方法深入研究这一形象，同样是对19世纪现实主义文学之现代意义开掘的一个方面。鉴于上述考虑，本章试图以现代系统论方法为主，兼以结构主体、接受美学等理论，对于连形象进行重新研究与评价，从而深化本课题的研究。

第一节 系统的整体性原则与于连性格的多元多层次结构

整体性是系统方法的重要原则，它要求我们在研究事物时把对象看成一个由众多元素按一定结构方式组合而成的有机整体（即系统），弄清事物内部的结构层次和各元素间的相互关系，从整体上把握事物的质。这一原则对于连形象的研究，具有方法论的意义。于连性格中，有自尊的一面，又有自卑的一面；有伪善的一面，又有正直的一面；有反抗的一面，又有妥协的一面；有野心毕露的一面，又有雄心勃勃的一面；等等。于连的性格是一个多面体，拥有众多的性格元素，既有亦此亦彼的两重性元素，也有意蕴明确的单一性元素。

一 于连性格系统中的单一性元素

于连性格系统中的单一性元素分别有：确立自我、向往民主、善心不泯、生性敏感、刚强坚毅等五个方面的内容。它们各自从不同层次和不同侧面表现出于连形象的基本特征。

（一）确立自我

于连出身于木匠家庭，地位低下，常受人歧视，即使在家里，也被父兄厌弃。但是，于连不甘于这种不平等的境遇，他要凭自己的力量去改变现状，维护人格的尊严，确立自我。他的自我意识是很强的。由于于连所处的是一个"每个人都为着自己打算的""自私的沙漠"，这种特定的社会环境，使他确立自我的行为又带上了利己主义的以我为中心的思想内容："谁想阻拦我，谁遭不幸"。于连一生的奋斗，都在寻找自我，确立自我，"我"字是至上的。

（二）向往民主

低微的出身，使于连对拿破仑几乎有一种本能的好感。还在少年时代，他就爱听老军医讲拿破仑的故事，这些故事，在于连的头脑中灌输了不少民主自由的思想。以后于连又特别爱读拿破仑和卢梭的著作，民主自由的思想意识进一步强化，使得于连对波旁王朝统治时期的封建门第、贵族等级观念十分痛恨，"对于贵族的血统一点也不起敬意"，时时追怀不计资历不讲血统的拿破仑时代，表现出对民主的向往。所以，玛特儿小姐十分肯定地认为："要是再来一次革命，他一定是一个丹东。"

（三）善心不泯

以往的评论中，对于连的善良似乎不愿予以充分的肯定。其实，纵观于连一生的经历，尽管他的行为中有不高尚的一面，但作为一个平民出身的人，他的灵魂深处始终没有泯灭那善良的天性。于连第一次来到德·瑞那市长家门口时，那脸带泪珠、怯懦腼腆的憨态，实在像一个善良淳朴的青年农民；他和儿时的伙伴福格，始终保持着深厚的友谊，这种友谊，只能发自善良的心灵；他同情哇列诺统治下的"囚民"，并为他们的不幸流泪，后来还寄钱救济他们；他曾为彩票局长一家人的生活担忧，也曾给葛斯先生以深切的同情；他痛恨哇列诺靠剥削孤儿使自己成为巨富这种丧尽天良的行为；他渴求幸福，但他绝不愿以别人的血汗去换取自己的功名利禄，而要凭自己的努力奋斗去达到目的。彼拉神父之所以把于连提拔为辅导教师，就因为于连的"心灵是善良的，甚至是慷慨的"，他在于连身上"看见了一朵火花"，这朵火花以后也曾为黑暗所吞没，一直延续到于连生命的最后。司汤达自己也将于连看作"一棵美好的植物，他的性格还没有从仁慈变为狡猾"，因而在作品的具体描写中，对于连的同情远多于指责。正由于于连的善心未泯，所以，许多读者在对于连的处世哲学表示不甚赞同的同时，又同情于连的不幸遭遇，同情这颗善良心灵的毁灭，于连的结局也才称得上"悲剧"。

（四）生性敏感

于连对某些现象的感知速度之快是惊人的，有时几乎是神经过敏。德·瑞那夫人好心好意给他钱，让他添几件衣裳，他则认为是高贵的市长夫人在侮辱他，于是断然拒绝。玛特儿小姐平时显出高傲的神态，于连觉得是对他贫寒的出身的蔑视，而玛特儿小姐向他表示亲近，他又觉得是对他这个"木匠儿子的阴谋"。这种敏感的心理，以一种潜在的力量支配着于连的言行。

（五）刚强坚毅

司汤达认为，只有刚强坚毅的人才有改变现状的可能，而这样的人只有在平民中才有，所以，他选择平民出身的于连作为一个强有力的人来描写，赋予他刚强坚毅的性格。他"不是生来就下跪的人"，他"宁肯死掉"也不愿和德·瑞那市长家的奴仆一桌吃饭；身陷囹圄，死到临头，宁遭杀身之祸，也不肯向那些压迫他的人低头，这足见其性格之刚强。而刚强又往往是和坚毅连在一起的。他通过刻苦学习，把《圣经》读到能够背诵；来到神学院后，他就立下了吃得苦中苦的决心，"长时间的苦修苦练"，忍受种种痛苦以求成功。这种刚强坚毅的性格，使于连带上了"伟大人物"的气质。

二　于连性格系统中的两重性元素

于连性格系统中的两重性元素分别有：反抗与妥协、自尊与自卑、雄心与野心、虚伪与正直等四个方面。它们的存在，造成了于连形象的复杂性。两重性元素实际上是两种互相对立又互相联系的性格因素的复合体。这类性格元素又可分为两种基本形态，一种是同一性格元素中肯定性与否定性两种因素在不同的时间程序和空间领域中表现出来的；另一种是同一性格元素中肯定性和否定性两种因素互相渗透、互相交织、互为因果，即同一空间、同一时间的同一行动中既有肯定性因素又有否定性因素。

（一）反抗与妥协

于连生就了一种叛逆的性格，在家里时，就已表现出反抗性。对来自强悍无理的父兄的欺凌，他总是千方百计寻找办法进行抵抗。在德·瑞那市长家时，这种反抗性表现得更为明显。骄横的市长把于连当作佣人一样粗暴地训斥时，于连"眼里射出残酷可怕的复仇的模糊希望"，愤然回答说："先生，没有你我也不会饿死。"为了报复、惩罚市长，于连决定要当着市长的面抓住夫人的手，这还不够，以后又进一步占有了她。这些报复性的举动，都是发自于连的反抗心理。但是，来到木尔侯爵府之后，于连的反抗性因素隐退了，表现出的是妥协性，特别是对那个他认为是"恩人"的木尔侯爵，他总是显出恭顺的样子，热衷于为他效劳。而到最后，于连被押上审判台，一切希望宣告破灭时，反抗性又重新显现。于连性格中反抗和妥协这两种因素，是随着时空的交替而演变的。

（二）自尊与自卑

出身低下，于连总觉得这是一大耻辱，由此而导致了他极强的自卑感，同时也激发了他维护人格尊严的强烈要求——自尊心。自尊与自卑常常是互相依存、互为因果的。于连第一次握了德·瑞那夫人的手之后，有一次他们在客厅里相逢，他又抓住了市长夫人的手，并表现出从来不曾有过的虔诚与真挚。市长夫人也快乐得满脸通红，但差不多在同一时间里，她想起于连那个小盒子里珍藏着女人的肖像（其实是拿破仑的像），于是立刻妒火中烧，愤然推开了于连的手。于连则觉得这位高贵的夫人毕竟是看不起他这个木匠的儿子的，所以现在她又反悔了。于是，他让她把手收回，不屑于留恋，慢慢地走开了，嘴唇边浮现出一层辛酸的微笑。这里，于连被市长夫人推开的刹那间，自卑感油然而生，同时，自尊心又被激发出来了，那"不屑于留恋"的姿态和"辛酸的微笑"，正是于连自尊与自卑相交融的复杂心理之真实写照。

（三）雄心勃勃与野心勃勃

于连从小就立志要干一番轰轰烈烈的大事业，做一个"伟大人物"。他梦想般地希望靠自己的力量，30岁就当上将军或大主教。常言道：不想当元帅的士兵不是好士兵，况且，于连想凭自己的聪明才智去改变自己的现状，去"回敬那些上流社会的人们"，以使"公道"取得胜利，就此而论，无论是当元帅也好当主教也罢，于连的愿望都不失为远大理想，是雄心而不是野心。但是，于连在筹划和去实现他的伟大计划的时候，又没法摆脱个人利欲的驱使，所使用的手段，有时又是卑劣的。他的信条是："为达目的，不择手段"，"冒九死一生的危险，也得发财"。因而，他在蔑视上流社会腐朽生活的同时，又时时流露出羡慕之情，曾几何时，他就陶醉于木尔侯爵府舞会上"音乐、花朵、美丽的女人"之中；为了自己的成功，他曾违心地为木尔侯爵府的秘密集团做事，还曾在明明没有爱情的情况下，故作多情地向元帅夫人写情书。这样，于连所追求的理想里，又包含了野心的成分。雄心和野心的互相渗透，使于连时而如高尚的"伟人"，时而又如卑鄙的小人。

（四）虚伪与正直

在神学院那"到处是伪善，到处是欺诈"的世界里，于连以答尔丢夫为老师，用虚伪作武器，同"敌人"展开周旋。心底里明明崇拜拿破仑，却当众辱骂拿破仑，还宣布了自己要做神父的计划；明明不相信神，却假冒虔诚，终日"孜孜不倦地研究神学"，把自己向来认为毫无价值的《新旧约全书》和《教皇传》背得滚瓜烂熟，并且还"见人就背，必要时，可以从最后一句开始倒背回去，一直到第一句"。这些举动自然是虚伪的。但是，这毕竟不是于连很情愿、很自然地做出来的，而是费尽心机装出来的。他觉得，要这样做是"多么大的困难呀！"他心底里是痛恨虚伪的，对"到处是虚伪"的神学院，"充满了疯狂的愤怒"，每当自己表现出虚伪的样子时，他就"凄苦地嘲笑自己"。可见，在虚伪的表象背后，还有正直的内心世界。在于连的性格中，虚伪和正直是以外在和内在的矛盾形式表现出来的。

三　于连性格系统的多元多层次结构

前面我们分析了构成于连性格系统的一些主要元素。于连的性格作为一个系统，所拥有的这些性格元素不是杂乱无章的"堆"，而是有一定结构方式的合乎规律的"整体"。在这个整体系统中，元素的组合可分为三个连续的等级层次，在这个基础上，众多的元素结成了一张性格关系网。为了叙述方便，我们把于连的性格结构用图 3 表示。

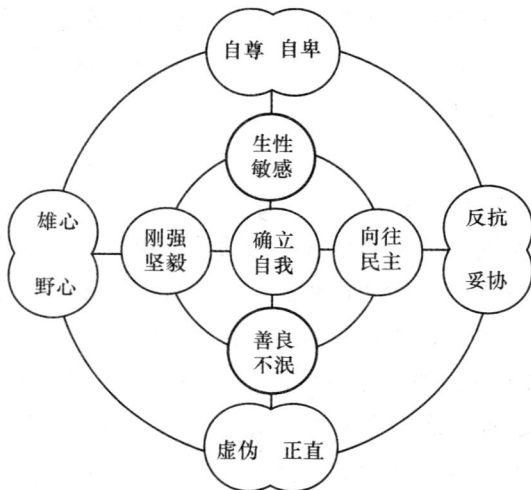

自尊　自卑

生性敏感

雄心　野心　刚强坚毅　确立自我　向往民主　反抗　妥协

善良不泯

虚伪　正直

图 3

如图 3 所示，外围大圆连结着四个两重性元素，构成了性格系统的边缘层次；第二大圆连结着四个单一性元素，构成了性格系统的中间层次；中心小圆内是确立自我这一单一性元素，它是性格系统的核心层次。核心层次是整个性格系统的深层结构或高一级的层次，该层次对其余两层次的性格元素有制约作用；中间层次处于核心层次和边缘层次之间，既受制于核心层次，又制约着边缘层次的诸元素，并在核心层次对边缘层次产生制约的过程中起中介作用；边缘层次是整个性格系统的表层结构或较低一级的层次，该层次的性格元素受制于核心层次和中间层次的性格元素。这三个层次中，核心层次和中间层次中各性格元素的特征表现得较为抽象，含有较深的意蕴，而边缘层次中各性格元素的特征是核心层次和中间层次诸元素的意蕴的辐射或表象化，表现得较为具体。例如，自尊与自卑元素主要受中间层次中生性敏感及核心层次中确立自我元素的制约，它的特征是生性敏感和确立自我元素意蕴的辐射或表象化。具体讲，由于敏感性的作用，在外来的歧视和侮辱面前，于连心里才会很快地产生自尊与自卑，自尊与自卑才会结合得那么天衣无缝。而产生自尊和自卑的终极原因则在于核心层次中确立自我元素的作用。于连要求确立自我，但偏偏摆脱不了那无法选择的低微的出身，也就摆脱不了别人的歧视，而他是最怕"别人的轻视"的；因为别人的轻视意味着他的自我受侵犯，因而这种轻视既使他感到自卑，又激发他的自尊。这里，自尊与自卑表现得较具体、明显，其中又渗透着确立自我、生性敏感的意蕴；确立自我、生性敏感、自尊与自卑三元素结成了一条不可分割的关系链。又如，反抗与妥协元素主要受核心层次中确立自我和中间层次中向往民主两元素的制约，它的特征是确立自我和向往民主两元素意蕴的辐射或表象化。确立自我的要求，本身包含了朴素的民主自由思想，同时，这种要求又激发了于连对民主自由的向往。而于连实际所处的是自我常受侵犯的窘境，这就导致了他为确立自我、追求平等自由所作的反抗性行为。但是，于连反抗的终极目标是确立自身的"小我"，这是他所有行为的指导思想的最深层次，这一层次中，民主的意识是不占有位置的。所以，当于连的自我不受侵犯时，反抗的因素就会削弱；当他所反抗的"敌人"有助于自我的确立时，他就会妥协，反抗性也就消失了。于连在德·瑞那市长家里之所以有那么强的反抗性，是因为市长常常要侮辱、轻视他，使他的自我受侵犯；他对木尔侯爵之所以那么恭顺，是因为他觉得木尔侯爵比市长更少歧视他，另外，侯爵还能提拔他，使他实现自己的理想。这里，反抗与妥协表现得较为具体、明显，其间又包含了确立自我和向往民主的意蕴；确立自我、向往民主、反抗与妥协结成了一条关系链。又如，虚伪与正直，主要受核心层次的确立自我和中间层次中善心不泯两元素的制约，它的特征则是这两元素意蕴的辐射或表象化。于连是为确立自我而奋斗的，在那人人为自己打算的社会里，于连自然也把心灵深处的"小我"放到了显要位置，行动中就表现为"为达目的，不择手段"，不惜用虚伪来对待虚伪。但是，由于于连善心不泯，因而行动中又不乏正直与真诚之处。这里，虚伪与正直的特征表现得较为具体而明显，确立自我、善心不泯两元素的意蕴则隐含于虚伪与正直之中；确立自我、善心不泯、虚伪与正直三元素结成了一条关系链。再如，雄心与野心主要受核心层次中确立自我和中间层次中刚强坚毅两元素的制约，它的特征则是确立自我和刚强坚毅元素意蕴的辐射或表象化。刚强坚毅支撑着于连不遗余力地去追求他的既定目标；确立自我的要求则能使于连的追求既表现为雄心勃勃，也表现为野心勃勃。这里，雄心与野心表现得较具体、明显，确立自我、刚强坚毅的意蕴则融于其中；确立自我、刚强坚毅、雄心与野心三元素结成了一条关系链。

由此我们可以看到，于连性格系统边缘层次的自尊与自卑、反抗与妥协、虚伪与正直、雄心与野心这四个两重性元素，分别连结着中间层次的生性敏感、向往民主、善心不泯和刚强坚毅这四个单一性元素，结成四条关系链；而第一条关系链的顶端，都连结着核心层次的确立自我元素。这样，于连的性格结构成了一个圆形的、多关系链的向心聚合型网络结构。处于核心层次的确立自我元素是系统中最一贯、最稳定、对系统具有指向性作用的重要元素，它和中间层次中四个单一性元素的组合，使整个性格系统具备了基本形态；它又通过同这四个单一性元素的协同作用，控制边缘层次中容易受环境干扰而出现异向运动的四个两重性元素，使整个系统有序地、稳定地发展；它的意蕴、特征也就渗透、融化在系统的众多元素之中了。整个于连性格系统，如果离开了确立自我这一指向性元素，就会出现一片无序的混乱状态，系统也不再是一个"整体"，而是一个"堆"了。可见，确立自我这一元素对整个系统有质的规定性，它使于连性格显出深刻而明确的内涵——个人奋斗。个人奋斗是于连性格系统的根本特征。

当然，于连性格系统作为一个网络式立体结构，各元素间的关系并非如上所述的那样简单，整个性格系统也不仅仅存在四条关系链。例如，自尊与自卑这一两重性元素并非只受确立自我和生性敏感两元素的作用，随着系统所处的环境的变迁，它还会受刚强坚毅、向往民主等元素的作用；同理，边缘层次中其余的三个两重性元素也存在这种受多个元素作用的复杂现象。因而，于连性格系统中各元素的组合关系实际上是错综复杂的，在此，我们为了论证、阐述的简明起见，只是把整个错综复杂的性格结构中最主要的关系链抽象出来加以分析。正如高度精确化的电脑其结构方式是模仿于人脑，却远不如人脑那么复杂，但它又无疑具有人脑的根本特征和功能一样。上述对于连性格结构的抽象化分析，虽未能完全阐明该结构的复杂性，但我们大致可以从这个基本的结构框架中把握于连性格系统的根本特征。

四　于连性格系统的整体功能

于连一生的奋斗，是在法国 19 世纪前期波旁王朝复辟、等级观念抬头、民主思想受压、贵族势力猖獗、唯利是图风气兴盛这样一个特定的社会环境中进行的。作为一个平民出身、地位低下的人，于连要确立自我，改变现状，这实际上是一种叛逆反抗行为，因而必然导致上层社会的恼怒与压制。例如，哇列诺早就把于连看成眼中钉；木尔侯爵府中的不少人也将他看成"危险人物"，这就构成了对于连的威胁，而于连总是不肯向"强敌"屈服的，表现出很强的反抗性。可见，于连的性格中的反抗性因素，最容易受环境的干扰而出现异向性运动，是系统中的一种不稳定因素，这种不稳定因素会引起系统的振荡甚至崩溃。只是，在通常情况下，由于反抗性因素受系统中其他元素的牵制，不会导致系统的混乱，但在异常情况下，即在环境的强烈干扰下，反抗性因素会挣脱妥协因素及系统中其他元素的约束而产生突变，使反抗与妥协元素成为单一性的反抗元素，而这一变化，又会引起整个系统结构的调整，当这种调整与上述的突变无法同步时，系统就出现振荡，振荡的持续则导致系统的崩溃。例如，正当于连在侯爵的提携下步入青云之时，市长夫人的一封告密信断送了他的前程，这种外来的突然打击，使于连怒不可遏，性格中反抗与妥协元素突变成了单一性的反抗元素，系统也就出现了振荡，趋于无序；于连枪击德·瑞那夫人，表明系统振荡的延续；于连拒绝上诉，他的反抗达到顶点，系统的振荡也就加剧，最后，导致了整个系统的崩溃。这里，反抗性因素使系统由振荡走向混乱和毁灭。反抗性则是于连性格系统的又一突出特征。

于连是在那样复杂的社会中奋斗的，也就是说，于连性格系统所处的环境是很复杂的，因此，这个系统要稳定有序地发展，它和环境必须有频繁的物质、能量、信息的交换，系统也需要有很强的适应性和自组织能力。边缘层次的四个两重性元素，具有多变性和模糊性特征，这正是为适应复杂环境的需要而存在的，同时也是环境对系统的"自然选择"的结果，于连时而自尊，时而自卑；时而虚伪，时而正直；时而反抗，时而又妥协，以调节系统与环境的关系，使系统适应环境，这样就显示出系统很强的自组能力，因此，于连才能在奋斗的道路上平步青云。边缘层次各元素的多变性、模糊性显示出于连性格的个性，也反映出那复杂多变的时代特征。

由此我们得出结论：于连是 19 世纪前期法国社会中具有反抗精神的个人奋斗的典型。这就是于连形象的质。

以上分析说明，于连形象的质是由于连性格系统的构成方式决定的，也就是说，是在该系统诸元素的相互制约、相互联系、相互作用的过程中显示出来的。系统中任何一个元素，都不能代表该系统的功能，即使是对整个性格系统具有质的规定性的"确立自我"元素，也只不过是将自己所具有的意蕴渗透于系统的其他元素中，通过其他元素来完成自己的"使命"的，它也不能代表整个系统的质，它一旦离开整个系统，就不能显示它的功能，也就失去了存在的价值。其他诸元素更是如此。这是系统的整体性使之然。弄清了这一道理，我们就不难发现以前评论于连时某些说法的片面性了。

有人说于连是"野心家"，这种观点是不正确的。于连确有野心，并且有时显得野心勃勃，但我们并不能因此将于连所有的欲望和追求都说成是野心的表现。因为，于连的欲望和追求受确立自我元素的制约，也受向往民主、善心不泯元素的制约，于连的欲望和追求就不可能只表现为野心，同时还表现为雄心。况且，野心也好，雄心也罢，都只是性格的一个侧面，这两者只有结成一体，并且处在于连性格系统的关系网络中才具有意义。

又有人说于连是"伪君子"，这个结论也是不准确的。诚然，于连性格中有虚伪的因素，但仅仅是"因素"而已。这里，且不谈于连处于"到处是伪善"的世界为保存自我而采取必要的手段对付伪善的合理性，就整体性而论，于连的虚伪同时连结着正直，因为在于连虚伪性格的深处，除确立自我元素外，还有向往民主、善心不泯等性格元素在起作用，我们同样不能只抓住于连性格的表面现象，而无视性格的深层结构，不能只看到虚伪的一面而无视正直的一面。

还有人说于连是"革命者"、"民主战士"，执这种观点者只是强调了于连性格中的反抗因素，他们的分析也只停留在于连反抗性性格的表面。于连性格中的反抗性因素是和妥协因素相结合而组成一个两重性元素的。于连的反抗，受确立自我、向往民主等深层性格元素的作用，有民主革命的色彩，但于连反抗行为的指导思想的最深层次是"小我"，因此，于连的反抗也就表现为个人复仇式的反抗，他的格言是："谁阻拦我，谁遭不幸"，实质上就是谁妨碍他青云直上，谁就是他反抗的对象。这种反抗不能代表平民阶级对贵族阶级的民主斗争，至多是带有民主斗争的色彩而已。而且，即便是这种反抗，于连也不是一贯的，还有妥协的时候。所以，不能认为于连是"革命者"、"民主战士"。

总之，缺乏整体性的分析，是难以准确把握于连形象的质的。

第二节 从系统的自组织原理看于连性格的自在性与自主性

一 对"典型环境中的典型性格"理解的误区

毫无疑问，司汤达在《红与黑》中通过于连形象的塑造，真实地再现了"典型环境中的典型性格"，表现了批判现实主义文学的创作原则。然而，我们以往在分析于连性格的形成与环境的关系时，狭隘地理解了"典型环境中的典型性格"这一现实主义创作原则，过分地强调环境对性格的决定作用，性格成了环境的直接引申，性格和环境几乎完全是对应关系，人物也就成了环境的奴隶，至于性格内在的机制如何，则是很少问津。运用这种单向性因果关系的思维方式分析问题，"典型环境中的典型性格"就被机械地、自然主义地理解成"环境决定论"了。于连性格的形成和发展固然离不开环境、社会和时代的影响，但同时还有性格内部的动因。从系统论的观点看，于连性格是一个和环境有物质、能量、信息交换的开放性系统，它由众多的性格元素按一定的结构方式组合而成，它在特定的环境中产生，同时又随着环境的变化不断地进行适应性自组织。这种自组织一方面表现为系统内部各元素间组合关系的自动调整，具体讲就是组成系统的各元素相互冲突、相互消长、相互过渡，使部分元素出现了强弱、分合的演变，从而导致系统的结构与功能的变化；另一方面表现为由上述变化引起的性格系统与环境之间关系的调整，使性格系统与环境由不和谐、不适应到适应。性格系统的这种自组织，其动力一方面来自环境的迫力，这显示了性格与环境关联的自在性；另一方面是系统内部各元素的组合所产生的束力，这体现了性格系统本身的自主性。就此论之，于连性格的产生和发展演变，有其自在性的一面，也有自主性的一面，有环境迫力——外因的作用，也有性格系统内在束力——内因的作用。这两者的合力驱动着于连性格的流变，这种流变的凝固，就显示出性格衍变的历史过程。所以我们认为，于连所经历的维立叶尔城、贝尚松神学院、木尔侯爵府这三个典型环境对他的性格形成和发展所具有的重要意义是无可否认的，但是忽视了于连性格的自主性，把于连看成环境的被动物来分析和认识，把环境看成决定性格的唯一因素，是我们不能苟同的。

虽然，司汤达在《拉辛与莎士比亚》中提出了"要描写处在社会关系中人物性格形成的过程"，① 这一现实主义创作原则，强调了社会环境的描写对人物形象塑造的重要性，但是，这里他只是把社会环境作为人物性格形成的前提来认识的，因而在于连形象的塑造中，并没有一味地把环境作为性格的唯一决定因素加以描写，所以，作品中于连的性格形成过程，实际上是于连性格系统自组织的过程，是于连与社会环境抗争的过程。正因为这样，于连虽然处于"人人都为着自己打算"，个个都为金钱奔波的"自私的沙漠"里，却始终没完全被同化，正如他自己在临死前所说："我并没有被暴风卷去"，"我有的只是心灵的高贵"。司汤达也说于连"没有从仁慈变为狡猾"，因而他是"一棵美好的植物"。当然，这并不足以说明于连真的是一个十分高尚的人，但他无疑是一个比那丑恶的社会要高尚得多的人。他的性格对环境具有一种抗力，这种抗力造成了于连在与社会搏斗过程中复杂的心理世界，也使性格的流变显得丰富多彩，具有动人心弦的魅力，这绝不是巴尔扎克笔下的拉斯蒂涅所能匹敌的。但是，如果就环境描写的细致性丰富性而言，巴尔扎克是司汤达所望尘莫及的。这种反差的出现，是因为司汤达比巴尔扎克更细致地揭示了人物性格的自主性。从这个意义上讲，司汤达无疑更具有现实主义的风采，而巴尔扎克则多少流于自然主义了。

　　至于恩格斯"真实地再现典型环境中的典型性格"这一著名的现实主义命题，是从文学要反映时代本质这一社会学、历史学的角度提出来的。用系统的观点看，"典型环境"是指一定时代的社会大系统中的局部，而且这个局部应该能够透视这个时代社会生活系统的整体质。人物作为社会生活这个大系统中的一个元素，如果能在这样的环境中加以描写，并揭示性格的形成、发展

---

① 司汤达：《拉辛与莎士比亚》，上海译文出版社 1962 年版，第 103 页。

与环境的联系，那么，透过这个个别的形象也就能够反映出社会生活系统整体的质，这个人物也就是有典型意义的"典型人物"。恩格斯从文学反映社会、认识生活这个意义上强调揭示人物性格和环境的关系的重要性，但环境也只是被看作人物性格形成的前提而非唯一决定的因素，这和"环境决定论"是没有联系的。我们有些同志在运用恩格斯的话来分析于连的性格时，片面强调环境的决定作用而忽视性格的自主性，就流于机械化而带有"环境决定论"的意味了。

二　于连性格系统的初始状态的形成

《红与黑》中，于连一生的奋斗，是在到德·瑞那市长家当家庭教师时才真正开始的。在这一过程中，于连从事了三种不同的职业：家庭教师、修道士、私人秘书。经历了三度环境变迁：德·瑞那市长家、贝尚松神学院、木尔侯爵府，于连的性格就在这三个典型环境中得到了展示。但于连的性格作为一个系统，其基本元素是在于连当家庭教师之前就已经形成了的，对此，作者虽然没花许多笔墨加以描写，但我们仍然可以从作品的介绍中得到了解。我们可以把于连当家庭教师之前的性格特征看成是整个于连性格系统的初始状态。

作品中第一次提及于连是在德·瑞那市长跟他夫人商量请一个家庭教师的时候。此时，市长已经从西郎神父那里得知，于连很聪明，是个很好的拉丁文学者，并且，"他的性格很刚强"。接着，作者又介绍了于连在家庭生活中的不幸境遇：由于于连的体格生来单薄，加之他好读书而不爱体力劳动，因而被父亲认为不是一块当木匠的好料子，全家人都觉得他是累赘而讨厌他、歧视他，动不动就打他，但于连却从不屈服，每当强悍无理的父兄虐待他时，他总是想方设法加以抵御。他不甘心过这种受欺侮的生活，曾几次产生离家出走的念头，这表现出他对独立人格的渴求。当父亲要他到市长家去当家庭教师的时候，他的回答是："我不愿当奴仆"，"要我和奴仆一桌吃饭，我宁肯死掉"。从这些言行中可以看出于连是一个要求确立自我、刚强坚毅、自尊心强、有反抗性的人。于连从小十分崇拜拿破仑，对拿破仑"身佩长剑做了世界的主人"佩服得五体投地；拿破仑驰骋战场传奇般的故事，使他激动得热血沸腾；他时时追怀和向往不计资历、不讲血统而单凭个人才能便可取得社会地位的拿破仑时代，并且，自己也有 30 岁当将军的雄心壮志。然而，波旁王朝复辟以后，于连想走的这条路已经被堵死了，摆在他面前的则是另一条同样有诱惑力的路：做神父，40 岁左右可拿十万法郎，三倍于拿破仑手下的将军。于是，于连又决定走当神父的道路。出于此种考虑，于连就将拿破仑深藏于心底，戴上了笃信宗教的面具，勤奋地阅读《圣经》。为了博得西朗神父的信任，他伪善地表现出"极端诚恳"的样子，"他那少女样的面孔是那样温柔"，以至于谁也不能猜透他的灵魂深处却隐藏着"冒九死一生的危险也要发财"的勃勃野心。雄心与野心在他身上是融为一体的。这里我们可以看到，当家庭教师前，于连性格中已有向往民主、虚伪狡黠、雄心勃勃与野心勃勃等特征。由此可见，初始状态的于连性格系统主要由下列性格元素组成：确立自我、刚强坚毅、向往民主、自尊、反抗、虚伪、雄心勃勃与野心勃勃。这些元素按三个等级层次的序列，规律地进行组合。确立自我元素为性格系统的核心层次，刚强坚毅和向往民主是在确立自我元素的基础上生发出来的，故为性格系统的中间层次；其余元素是在上述两个层次的基础上生发出来的，故为边缘层次。确立自我元素对整个系统来讲具有指向性作用，因为于连所有行动的终极目标是凭借个人的努力奋斗改变现状、显身扬名，在自我奋斗中寻找、确立自我，这样，在具体的奋斗过程中就衍生出另外一些性格元素，而确立自我这一元素的意蕴、特征则渗透在其他元素之中，于连性格系统就呈向心聚合型立体结构。其形式可用图 4 表示：

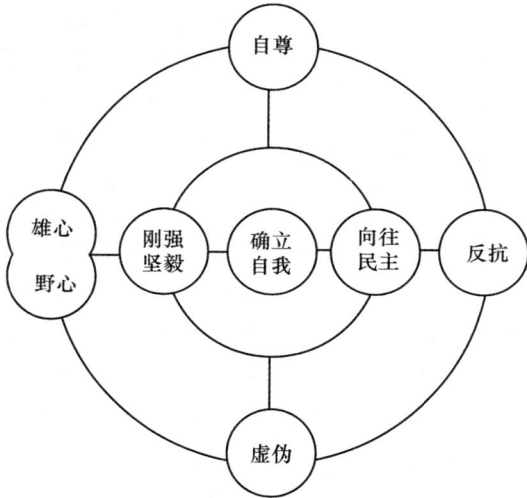

图 4

初始状态的于连性格系统的形成过程，乃是该系统自组织的过程，其中有环境的影响，也有系统自身的动因。按照弗洛伊德的心理动力说，本能是有机体的生物能量，它要在心理活动中得到释放，是一种内驱力。求生本能是人的最基本本能之一，是潜伏在生命自身中的创造力，它包括性本能和个体生存本能。这里，我们不赞同弗洛伊德过于强调性本能作用的观点，至于个体生存本能在人的心理活动中的作用，我们认为是不可忽视的。于连作为一个独立的个体，他身上潜在的求生本能作为一种生物能量，也必然要通过心理活动释放出来，成为行为的内驱力。于连处在常常挨打受骂受歧视的家庭里，扮演着"等外品"的角色，这种环境对他来说具有一种迫力。在求生本能带来的内驱力同环境的迫力两者合力的作用下，于连很自然地产生对独立人格的渴求。随着时间的推移，这种渴求积淀为一种稳定的心理因素，于是就生成了确立自我这一性格元素。确立自我元素的一端始终连结着生存本能。刚强坚毅是和确立自我连结得格外紧密的元素，它的形成既受确立自我的作用，又受环境的作用，还受心理气质的影响。气质具有"天赋性"，生理学家根据人体内黏液、黄胆汁、黑胆汁、血液这四种液体的含量不同来界定不同的人的气质。心理学上据此把气质分为多血质、胆汁质、抑郁质和黏液质四种类型。当然，我们无法准确测出于连的气质到底属于哪一种类型，但根据小说中的描写可以逆向推出，于连的气质大致属于胆汁质。这种气质的人显得有激情，生机勃勃，敏感，坚韧刚强。这个推断未必就正确，因为这种划分人的气质的方法本身不一定很科学，但这对本书的论述并非至关重要，我们作这个推断的目的在于要指出刚强坚毅这一元素的形成，有人物自身固有的非社会性因素的作用，这非社会性因素恰恰是性格系统自组织的内动力源之一。具有这类气质的于连，处于受辱挨骂、丧失独立人格的地位，确立自我元素则驱动他不能安于现状，这样就很自然地酿就了于连性格中的刚强坚毅元素。确立自我和刚强坚毅两元素扭结在一起就出现一种束力，使于连顽强地抵御来自父兄的欺凌，勇敢地维护自己独立的人格，由此就衍生出反抗和自尊两个性格元素。于连性格系统中虚伪性格元素的形成，无疑和那自私的家庭，维立叶尔城唯利是图、尔虞我诈的社会风气有关；另一方面，确立自我性格元素是促成这一性格元素形成的内在原因。于连要求确立的是自身的"小我"，因此，他在一定的条件下会"为达目的，不择手段"，戴上假仁假义的面具也就毫不奇怪了。显然，确立自我元素使于连的言行对自私伪善的社会环境产生一种趋同性，于连也就很快地适应了环境，个体的生存、自我的确立也就更有保障了。雄心勃勃与野心勃勃这个两重性性格元素的形成，从内部束力角度讲，主要受确立自我、向往民主、刚强坚毅元素的作用。刚强坚毅元素支撑着于连不遗余力地去追求他的既定目标，确立自我和向往民主则使于连的追求既表现为雄心勃勃，又表现为野心勃勃。从确立"小我"出发的追求，会导致不择手段地往上爬，显示的是勃勃野心；从向往民主出发的追求，又会激励他像拿破仑那样，凭一己之力青云直上，显示的是勃勃的雄心。从环境迫力的角度看，于连所处的社会主要流行着两种风气，一种是前面所说的唯利是图的风气，另一种是拿破仑时期流传下来的追求英雄主义、理想主义和冒险精神的风气，于连性格中的雄心与野心，显然带有这两种社会风气的印记。前一种风气助长的是野心，后一种风气助长的是雄心。初始状态的于连性格系统就这样在内部束力与外部环境迫力的作用下进行自组织的过程中逐步形成的，有其自在性，也有其自主性。

三　于连性格系统的自组织功能

"以任何复杂形式和复杂程度为初始状态，一个系统会使自身复杂化，以适应来自环境的输入。"[①] 于连到德·瑞那市长家当家庭教师后的生活经历，是小说着力描写的部分，就于连性格的流变来讲，是初始状态的于连性格系统趋于复杂化、丰富化的阶段。短短三年里，于连经历了三次环境变迁，于连性格系统则通过适应性自组织，使一些元素的功能得到了强化，另一些元素的功能则消退了，还有一些元素则出现了聚合或分化，这样，系

---

① 〔美〕E. 拉兹洛：《关于自然系统的理论》，见《自然科学哲学问题丛刊》1984 年第 2 期。

统的结构方式就不断地变化，系统的功能也随之变化，从而使系统适应了环境，有序地、稳定地朝特定的方向发展。于连的形象也在不同的时空领域中呈现出不同面貌，性格也就如一条曲折蜿蜒的河流，多变、多姿、多彩。

德·瑞那市长是维立叶尔城的首脑人物之一。这个贵族出身、在王政复辟以后依靠保皇党的势力坐上市长高座的官僚，有着极强的等级、门第观念，在他身上，显示着法国波旁王朝复辟后贵族阶级不可一世、骄横嚣张的气焰。他请于连去当家庭教师，主要是为了给自己市长的门庭增添荣耀，以便使同他对立的哇列诺黯然失色。在他眼里，于连只是木匠的儿子，是他雇用的仆人而已，因此，他在于连面前总是摆出一副市长老爷的架势，动不动就像训斥佣人一样训斥于连。市长府第是如此高贵堂皇，主人又是那样高傲骄横，而于连则出身贫寒，寄人篱下。在这种尊卑贵贱悬殊的环境中，于连性格系统的结构作了自我调整。原先自尊这个单一性性格元素演变成了两重性元素——自尊和自卑。这个元素是自尊和自卑两种性格因素的聚合。直接促成这种聚合的主要是生性敏感元素，这一元素是在新的环境里才显现出来的，但它是于连长期受侮辱的生活在心灵中积淀而成的，同时也有心理气质上的影响，因而事实上它在于连性格系统的初始状态就已潜在，只不过是在新的环境中才显示其功能而已。生性敏感这一元素一端连结着自尊与自卑，另一端连结着确立自我、向往民主、刚强坚毅等元素，这是一条新的因果关系链。性格结构的变化，引起了系统功能、特征的变化。当市长太太出于同情送钱给于连，让他添几件衣裳时，于连立刻感到这是市长太太对他这个木匠的儿子、穷家庭教师的蔑视和侮辱——这是敏感性在起作用，于连很快对这种蔑视与侮辱作出反馈。他面对市长太太，以一种不可凌辱的高傲神态愤然答道："夫人，我出身低下，但我并不卑鄙!"此刻,于连表面上是极度的自尊,心底里又是极为自卑的,自尊是自卑的外观,自卑是自尊的渊源,这两者互相融合、互相依存,结合得天衣无缝。在以后许多场合中,于连的这种自尊与自卑频繁出现,使形象的个性特征愈趋鲜明。

贝尚松神学院是于连第二个重要的活动场所。那是一个虚伪的世界,到处流行的是伪善、狡诈、趋炎附势、拍马奉承,人们都为金钱、名利、权势而奋斗,明争暗斗、互相告发、互相倾轧。环境的变迁,于连的性格系统又进行了自我调整。虚伪这一性格元素一方面功能得以强化,另一方面又出现了新的聚合,由原先的单一性元素演变成为虚伪与正直这一两重性元素。于连到神学院后,很快地觉察到自己周围有许多"敌人",因而他得"扮演一个崭新的角色"。他把内心的隐秘掩埋得更深,平时,以答尔丢夫为老师,用虚伪作武器对待周围的虚伪。为了不让别人抓住把柄,他从不在别人面前把内心对拿破仑的崇敬流露出来,反而还装模作样地当众辱骂拿破仑;他心底里明明只有拿破仑而没有上帝,却以前所未有的勤奋与虔诚,终日苦苦研究神学,把自己也认为毫无价值的《圣经》和《教皇传》背得滚瓜烂熟,而且还"见人就背,必要时从最后一句开始倒背回去,一直背到第一句"。一段时间后,于连在虚伪手段的运用上"进步很快",但是"企图做些虚伪的行为,于连又很少成功"。他觉得,要时时戴着这虚伪的面具是"多么大的困难呀!"因此,在表现出虚伪时,他又"凄苦地嘲笑自己"。在这个虚伪的世界里,"他太孤独了"。于连之所以如此,是因为他的心底里是痛恨虚伪的,对到处是虚伪的神学院,"充满了疯狂的愤怒"。可见于连性格中还有正直的一面,虚伪和正直是融于一体,以外在和内在的矛盾形式表现出来的。虚伪与正直这一性格元素的出现和虚伪性的强化,自然同虚伪环境的影响有关,但又不是单一地从环境因素的分析中可以得到圆满解释的。在于连性格的深层，还有一个作者没有正面加以揭示，但却贯穿在于连生活始终的性格元素在起作用，这就是善心不泯元素。处在自私、伪善的世界里，于连的善良天性深深地退居于内心深处，但又时而以深沉、含蓄的姿态显现出来。他同儿时的伙伴福格的深厚友谊，是两个社会底层的人的善良之心撞击时的火花；他对德·瑞那市长夫人的"爱"由出于报复到真诚热烈的相爱，没有本性的善良作根基，是不可想象的；于连对哇列诺的痛恨，主要是因为哇列诺是个靠剥削孤儿致富的恶棍，而他则发誓不干靠剥削别人为自己带来幸福的罪恶勾当；他曾同情穷人的不幸，以后还寄钱救济他们。可见，社会尽管那么丑恶，于连的善心始终是不泯的。善心不泯这一性格元素，在神学院这个特定的环境中，充分显示了它的功能。是它的直接作用使于连的正直显现了出来，是它和确立自我、向往民主、刚强坚毅等元素相结合而产生的束力，抵御了到处是虚伪的环境的影响与同化，使于连性格系统出现了虚伪与正直这一复合性元素，于连也才没有完全被虚伪的环境所同化而成为彻头彻尾的伪君子。

到木尔侯爵府当私人秘书，是于连生活的第三度环境变迁。在这一时期，于连性格中的反抗性削弱了。于连的反抗性，在德·瑞那市长家当家庭教师时，较之性格系统的初始状态是强化了的，那时，当市长把于连作为仆人一样训斥时，于连会毫不示弱地反抗，而后，他又通过占有市长夫人来发泄他对市长的仇恨，表现出对压迫阶级很强的反抗性。而当上了木尔侯爵的私人秘书之后，于连却表现出了明显的妥协性。他忠心耿耿地为木尔侯爵效劳，因而获得了侯爵的十字勋章，以后他又为木尔侯爵的秘密组织做事，进一步得到侯爵的赞赏。如果单从环境变迁看，木尔侯爵作为巴黎上流社会要员、政治角斗场中的领袖人物，是比德·瑞那市长要大得多的压迫者和敌人，于连应该对他显出更强烈的反抗性，但实际上却恰恰相反。这是因为，于连奋斗的终极目标是登上社会的上层，确立自我，而他来到木尔侯爵府后，侯爵外表上并不像以前的德·瑞那市长那样摆出贵族老爷的架势，而是很少对于连轻视和侮辱，因而于连的自我也很少受侵犯；而且，木尔侯爵还有可能提携他，使他的理想得以实现；加之，出入木尔侯爵府的都是些富贵显要，于连自己也感到他周围的敌人力量之强大，因此，即使反抗也无济于自我的确立。在这样的情况下，于连性格系统中确立自我、向往民主、刚强坚毅元素等对反抗性元素的作用就自行变弱了，同时虚伪、野心等因素则在确立自我元素的作用下，产生了一种新的束力，导致了反抗性的削弱与妥协性的增强。系统内部各元素间关系的调整，使系统的功能变了，系统和环境就趋于和谐，于连顺应了环境，也就在新的环境下青云直上了。但是，德·瑞那夫人的一封揭发信，使于连的前程全部断送，这时，于连反抗性又以前所未有的强烈程度显示了出来。这是由环境的突变和系统内部关系的剧变造成的超常现象。由环境突变带来的刺激，使于连潜在的心理结构产生了变化，个体生存本能的功能隐退，而攻击本能（即死亡本能）[1] 的功能被强化，因而，原先由生存本能支撑着的确立自我元素失去了控制全系统的能力，而反抗性元素则在攻击本能的驱动下挣脱其他元素的牵制凸现出来，变成单一性的，对整个系统起制控作用，由此导致了性格系统的剧烈振荡。系统经过剧烈的振荡后，最终因为适应性自组织功能的失调，无法和环境和谐而

---

① 按弗洛伊德的心理动力说，人的本能最基本的是求生本能和攻击本能（即死亡本能）。攻击本能是潜藏在生命自身中的破坏力，它既可向内，也可以向外，向内的极端表现为自杀，向外的极端表现为谋杀。

导致了系统的崩溃。具体表现在于连的行为上是：在极度的愤怒狂乱之下枪击德·瑞那夫人；被捕入狱后拒绝上诉，显示出超常的反抗性。最后，上流社会不能容忍他的反抗，把于连送上了断头台。到此为止，于连这个 19 世纪法国社会中具有反抗性的个人奋斗的典型形象就塑造完成了。展现在我们面前的于连形象的性格，是多元素多层次的复杂系统。这个系统的结构形式可参见图 3。

图 3 的结构明显比初始状态的于连性格结构图要复杂，系统的层次由原来的两层演变为三层，性格元素也更多了，这可以使我们看到于连性格的流变。但图 3 和图 4 只是经过综合后，把众多元素压缩在一个平面之中绘制出来的。以上的论述和图中所列的也只是于连性格系统的主要性格元素，对性格元素以及系统结构演变的分析总难免有不尽如人意之处，但不管怎么说，通过上面的分析，我们可以看到，于连性格的流变，是性格系统自组织的结果。这种自组织功能，一方面得力于环境迫力的作用，另一方面得力于系统内部束力的作用。性格系统的这种自组织功能，可用下列公式表示：

环境的迫力＋内部的束力→适应性自组织

四　结论

由此可见，于连性格的形成同环境影响分不开，有其自在性的一面，但又有性格自身内在的动因，即自主性的一面；环境的迫力是性格流变的前提，性格系统内部各元素组合所产生的束力是性格流变的根据。弄清于连的性格和环境的联系可以使我们看到这一人物在当时社会中的地位、作用及形象所蕴涵的深刻的社会意义，有助于我们揭示这一形象的认识价值。但停留于这一层次的分析，我们就难以认识于连性格流变的内部原因，看不到性格的深层结构，也就无法弄清于连形象何以有如此大的艺术容量和那动人心弦的艺术魅力。

第三节　于连性格系统的审美透视

在世界文学史上，于连形象是一个不朽的艺术典型，具有永久的艺术魅力，这是《红与黑》这部小说至今依然拥有广大读者的根本原因。那么，这个形象为什么具有如此动人的艺术魅力呢？其审美功能到底因何而生？在对这一形象的性格结构作系统分析的基础上，我们再对这些问题进行深入一步的研究。

一　不同期待视野中于连形象的丰富多样性

如前所述，于连的性格是一个像图 3 所表示的复杂的整体系统，这个系统由众多的性格元素构成，它们各自按三个等级层次的序列有规律地进行组合，使于连性格成为一个有机整体。不过，图 3 所表示的于连性格系统结构，是仅就小说文本为我们描绘的于连形象而言的。其实，于连形象作为一种精神形态的存在，是在读者参与的过程中实现的；审美欣赏、审美评判中的于连形象，是在读者阅读的过程中才最后被塑造完成的。因此，完整意义上的于连形象的创造，应该包括作者的创作活动和读者的再创作活动两个部分，这两者是紧密联系不可或缺的。前一创作活动为后一创作活动提供了艺术信息，并激起后一种创作活动的再创造；前一种创作活动的结果——作者在作品中描绘的自然状态的于连形象，只是一个抽象的艺术结构框架，它只有在读者的阅读过程中才被具象化。上述的于连性格结构图所表示的于连形象的艺术结构框架，就是存在于《红与黑》中尚未经过读者再创造的自然状态的艺术信息。

当然，这个结构图和作品中实际存在的于连性格系统结构框架之间不一定完全吻合。因为，作品中的于连性格系统是一个模糊状态的结构，其复杂性是我们难以穷究的。但是，众所周知，任何科学的研究往往采取抽象简化的方法，从纷繁复杂的现象世界中模拟概括出事物的结构框架——科学理论、科学数学化过程所推演出来的公式、定律等均属此列——从而剥开纷乱的现象，露出事物在哲学层次上的真相，达到从整体上把握世界的目的。与此相仿，要对模糊状态的于连性格系统作出整体把握，我们也只能采取抽象简化的办法，模拟概括出上述于连性格结构图这样最基本的模型框架。虽然其精确度是有限的，但仍可作为我们认识小说揭示的于连性格系统的范本。这个模型框架告诉我们，自然状态的于连性格系统是一个多元化多层次的有机整体，它为读者在阅读过程中的再创造提供了广阔的自由度，为于连形象审美价值的丰富多样性设置了潜在因素。

从审美主体的角度看，对于这样一个多元化、多层次的性格系统，一般的读者不可能具备那种深刻的感悟能力、整体把握和综合理解的统摄能力，因而，"在许多读者的实际经验里，只有一部分能被体认"。① 另外，读者阅读作品的过程并不是被动地反映或摄像式地消极接受的过程，而是一种能动的艺术创造；读者根据自己的"期待视野"对作品提供的艺术信息进行过滤、筛选、加工和改造，从而塑造出自己特有的于连形象。从审美心理的角度看，读者对某一审美客体产生美感效应，是读者自己的思想情感库中的兴奋层触动或拥抱审美客体中某一（而不是全部）

――――――――

① ［美］韦勒克：《文学理论》，台湾大林出版社 1982 年版，第 215 页。

同读者的思想情感有亲和性的层次所产生的。这正如格式塔心理美学所认为的，审美效应起于"内在心理结构与外在事物结构上的同形或契合"。① 因此，某一读者体认或接受于连性格系统中哪一层次的哪些元素，决定于其审美心理机制的特性。不同的读者由于文化条件、审美情趣、个性、艺术修养和生活经历等因素的不同——也即"期待视野"的不同，审美心理机制也就存在差异。因而，不同的读者同作品所揭示的于连性格系统之间的亲和层或契合点就不可能处于同一指向、同一层面、同一对应点上。为甲读者所接受的某些元素，对乙读者则可能视而不见。反之亦然。这就是在审美把握过程中出现的"错位"现象。由于这种"错位"现象的存在，于连性格系统在读者接受的过程中，就出现了审美价值多元化的趋向。

偏重于从道德观念看作品的读者，善恶思想在他们的审美机制中起制控作用，从而形成了具有道德色彩的思想情感兴奋层，在阅读与欣赏中，他们就关注于连言行的道德情操之高下，选择性地接受了作品描绘的于连性格结构框架中虚伪与正直等性格元素。即使在这类读者中，审美心理机制也存在着细微的差别，因而，对虚伪与正直这一两重性元素中的两种性格因素又有不同的侧重点。比如，有的读者虽然看到了于连性格中的虚伪因素，但侧重点却在正直因素上，因而他们认为于连处于一个丑恶的社会中，用"虚伪"的手段对待虚伪，以不道德的方式对付一个不道德的社会，是以"恶"的形式出现的美。② 这些读者是联系当时的社会来认识于连身上的美与恶的。他们肯定了于连性格中正直和善良的一面，他们心目中的于连形象在结构上是以正直因素为

---

① 滕守尧：《审美心理描述》，转引自《新华文摘》1987年第6期，第244页。
② 何新：《论于连·索黑尔》，见《社会科学辑刊》1981年第2期。

核心的。另一些读者是用婚姻恋爱的道德观念去把握于连性格系统的，他们虽然看到了于连性格中善良正直的一面，但侧重点却在虚伪因素上，认为于连几次恋爱都不是出于真正的爱情，而是逢场作戏的玩弄，目的是把女人骗上钩，因此，于连是一个"资产阶级流氓加骗子"。① 这些读者心目中的于连形象在结构上是以虚伪因素为核心的，是"恶"的化身。在中国读者中，执这一观点的为数不少，其中又以文化水平偏低者为多，且以女性读者为甚。这是中国传统的伦理道德观念制约了这些读者的审美心理机制所造成的。这种情形和不少读者在阅读列夫·托尔斯泰的《安娜·卡列尼娜》时对卡列宁深表同情的心理机制基本上是相似的。不过，同样是以婚姻恋爱的道德观念去把握于连性格系统，另有一些读者则认为，于连跟德·瑞那夫人相爱，破坏的是一个根本没有爱情基础的家庭，因而这种爱不是恶的，而具有进步意义。② 这些读者心目中的于连形象在结构上是以正直为核心的，不管其合理性程度如何，他们所执的是一种较高层次上的婚姻恋爱观念，他们能从爱情和婚姻相统一的基点上去看德·瑞那夫人同她丈夫的婚姻以及她和于连的恋爱。两种婚姻恋爱观念，前一种带有封建的意味，后一种则更富人道的精神，于是，两类读者的审美心理机制是各有差异，各自塑造的于连形象也就各有千秋了。

　　侧重于阶级观念的读者，阶级意识在他们的审美心理机制中起制控作用，形成了对于连性格系统的反抗与妥协元素有亲和性的思想情感兴奋层，在阅读过程中，他们就选择性地接受了这一

---

　　①　谭弓：《"纯洁"的爱情与"英雄"的结局》，见《扬州师范学院学报》1960年第 9 期。

　　②　何新：《论于连·索黑尔》，《社会科学辑刊》1981 年第 2 期。

性格元素。同样，在这类读者中，由于审美心理机制不甚相同，因而，对反抗和妥协这两种性格因素的侧重又不一致，对于连性格系统所产生的审美效应也就有差异。其中，有的读者认为于连出身平民，属于被统治阶级，具有强烈的反抗性，这种反抗足以代表平民阶级的基本要求；这种要求虽然是从个人主义出发的，但在当时正体现了被统治阶级的翻身要求，是进步的。① 在这些读者的心目中，于连形象在结构上是以反抗性为核心的，于连也就成了"民主战士"、"平民阶级的代表"。另一些读者同样用阶级观点看于连形象，但他们认为于连出身中小资产阶级，是中小资产阶级的代表，这个阶级具有两极分化的可能性，当他受压时，反抗性就占了上风，对往上爬有利时，就和贵族僧侣们鬼混在一起，妥协性又占了上风。因此，他忽左忽右，集中表现出中小资产阶级在政治上的软弱性，是中小资产阶级青年的典型形象。② 在这些读者心目中，于连形象在结构上是以反抗与妥协元素为核心的。

倾向于从人的追求目标崇高与否看作品的读者，理想、志向、雄心、野心等观念在他们的审美心理机制中起制控作用，形成了对于连性格系统中的雄心与野心元素有亲和性的思想情感兴奋层。在阅读过程中，他们就选择性地接受了这一两重性性格元素。但这些读者也由于审美心理机制存在差异性，对雄心和野心两种因素各有侧重。有的读者认为于连一生奋斗，最终是企图爬进上层社会去统治人民，为了达到这个目的，他冒着生命危险替贵族的秘密会议递送情报；他不信宗教，却又虚伪地熟背《圣

---

① 浦前：《应该历史主义地评价〈红与黑〉》，《文学知识》1960 年第 4 期。
② 扬州师范学院学生评论小组：《论于连及其他》，《扬州师范学院学报》1960 年第 6 期。

经》，以作为进身手段。于连所追求的以及所使用的手段都是不高尚的，因而，他是一个资产阶级野心家。[①] 在这些读者的心目中，于连形象在结构上是以野心勃勃为核心的。另一些读者则侧重于雄心勃勃这一性格因素，认为于连怀抱的是法国大革命的原则，他的行动是对人类平等和个性解放的响亮呼唤。[②] 在他们的心目中，雄心勃勃是于连形象结构的核心，因此他不是"野心家"，而是一个气概非凡的"英雄"。

侧重于人生态度看作品的读者，积极与消极的人生观在他们的审美心理机制中起制控作用，形成了对于连性格系统中的刚强坚毅等元素有亲和性的思想情感兴奋层，在阅读过程中，就选择性地接受了这一性格元素。他们欣赏于连那种身居窘境而百折不挠地追求与奋斗，凭自身的力量去改变现状的顽强意志。确实，在这方面于连是有强者气概的，因而不少青年人常常对此表示认可，尤其是那些处于逆境或非常的社会历史环境中的青年。比如，在第二次世界大战爆发时，不少法国青年就是喊着"像于连一样生，像于连一样死"[③] 的口号投身于反法西斯战场的。显然，这些青年人心目中的于连形象在结构上是以刚强坚毅元素为核心的，所以，于连在一定程度上成了这些读者崇拜的偶像。

综上所述，在接受者的期待视野阈限中，有多少读者就会有多少个于连形象，这是我们无法胜数的。这些于连形象中的无论哪一个，如果作为对《红与黑》中揭示的于连性格系统的全面评价或质的把握，都是有失偏颇的，而作为一般读者的阅读欣赏，则是可以的。因为，从接受美学看，不同的接受者只是择取于连

---

① 杨周翰主编：《欧洲文学史》下册，人民文学出版社 1979 年版，第 124 页。
② 何新：《论于连·索黑尔》，《社会科学辑刊》1981 年第 2 期。
③ 许璋：《从"责任观念"看于连形象的进步意义》，《浙江师范学院学报》1982 年第 1 期。

性格系统的某些性格元素，而抛开了其他性格元素；不同的读者即使以同一性格元素为核心构造出于连形象，但由于构成形象的性格元素之多寡、各元素间的组合方式不尽相同，各自塑造的于连形象的特征仍有差异，所获得的审美感受也就不一致。这种情形的存在，正说明了读者心目中的于连形象是纷繁复杂的，显示出于连性格系统的审美价值是丰富多样的。

于连性格系统审美价值的丰富多样性，是和读者在审美把握中出现的"错位"现象有关的，而这种"错位"又是作品揭示的于连性格系统结构框架的多元多层次性与读者审美心理机制的差异性这两种因素共同作用的结果。这正说明这个结构框架本身就蕴涵着审美潜能的多样性和广泛性，负载着丰富的能给予不同读者以满足的艺术信息。试想，如果于连的性格并不是这样一个圆形的多元多层次结构，而是扁平型的结构，那么，这个形象虽然也会具有一定的艺术魅力，但决不会有这种审美价值的丰富多样性。巴尔扎克笔下的拉斯蒂涅和于连同属西方 19 世纪文学中"浪子"的形象，但后者比前者更富有审美价值的丰富多样性，也更具有艺术魅力，其原因在于前者的性格结构远不如后者复杂。正如美国文艺理论家韦勒克所说："具有高价值的作品都是结构上显得很复杂的。"[1] 因为复杂的结构往往负载了比简单结构更大的艺术信息量。所以，从发生学的角度看，作品描绘的于连性格系统结构框架的多元多层次性是产生于连形象审美价值丰富多样性的先决条件或潜力因，读者审美心理机制的功能只有在这个前提下才能得到发挥。读者阅读作品的过程，是对这种潜力因进行开发并使之现实化的过程。由于不同读者审美心理机制有差异，因而对这种潜力因开发的深度和广度各有不同，从而导致

---

① ［美］韦勒克：《文学理论》，台湾大林出版社 1982 年版，第 393 页。

了如前所述的"错位"现象。不同时代、不同民族、不同层次的读者阅读它,"错位"的程度也不同,他们在把握于连性格元素时趋于一致性的概率也很低,各自构造出的于连形象差异性也很大,于连性格系统的审美价值也就趋于多元化。到此,我们可以将造成于连性格系统审美价值丰富多样性的因果关系链作如下表示:

性格系统的多元多层次性+读者审美心理机制的差异性→审美把握的"错位"→审美价值的丰富多样性

法国哲学家伯格林在他的著作《时间与自由的意志》中指出:"衡量一件艺术品的价值,主要不是依据启示的感觉对我们的控制力量,而是依据这种感觉的丰富性。"[①] 于连性格系统审美价值的多元化,也就是读者感觉的丰富多样性。有了这种丰富多样性,于连性格系统也就显示出动人的艺术魅力。因此,如果说于连性格系统在审美过程中产生的丰富多样的审美价值是一条不断变化的"流"的话,那么,作品本身所存在的于连性格系统结构框架则是此"流"之"源"。从这个意义上讲,对《红与黑》本身所揭示的于连性格系统作细致的分析解剖,从整体上把握该系统的结构框架,乃是于连形象审美价值、审美功能研究的起点。找到了审美功能产生之"源",也就可以更好地分析把握不断演变着的审美价值之"流",从而弄清这一形象为何具有如此动人的艺术魅力。

---

① 伍蠡甫:《现代西方文论选》,上海译文出版社 1986 年版,第 35 页。

二　小说文本的"接受指标"对阅读的制约

于连性格系统所禀赋的艺术魅力的多维度特性能否让不同心态的读者根据自己的"期待视野"随心所欲地臆造于连形象呢？回答是否定的。既然作品中的于连性格系统结构框架是于连形象审美功能产生之"源"，那么，读者的再创造必然要受这个结构框架的制约，用前民主德国马克思主义美学家瑙曼的话讲就是受作品提供的"接受指标"① 的制约。读者只能在接受指标给定的可能性界限之内评价一部作品。"读者同作品打交道的自由度是受作品对象性的性质限制的。读者对一部作品产生的积极还是消极的反应，首先决定于作品的性质。"② 根据这一道理我们可以这样认为：小说《红与黑》所揭示的于连性格系统结构框架对读者的再创造有质的规定性；读者再创造的于连形象尽管有可能同作品所揭示的于连性格系统大相径庭，但相互间仍然存在着质的联系。从于连性格结构模型图可以看出，确立自我元素居于该性格系统的中心，属于该系统的深层结构，它控制着外围两层次的各元素，使整个系统有序、稳定地发展；它的意蕴和特征都渗透、融化于系统的众多元素之中；它通过其他元素来显示自己的功能，对整个系统有质的规定性，使整个系统显示出"个人奋斗"这一根本特征。③ 一般的读者在阅读过程中往往只把握了于连性格系统的表层元素或中间层次的元素，然后融入自己的主观内容，塑造出自己特有的于连形象，这当然会同小说中存在的于连性格系统的特征有很大差别。但是，值得我们注意的是，一般

---

① 即作品本身所具有的对读者的阅读和评价起影响和约束作用的某种规范，这个概念来自于瑙曼的美学理论。

② 张黎：《文学的接受研究》，见《外国文学评论》1987 年第 2 期。

③ 详见本书第四章第一节。

读者择取的虽然只是表层或中间层次的性格元素，但这些元素都受该系统深层元素确立自我的制约，它的身上都包含着确立自我元素的特征和意蕴。所以，某一读者虽然没有全面地把握于连性格系统的众多元素，也没能把握确立自我这一深层元素，但是，他以某一表层或中间层次的元素为核心塑造出的于连形象，仍然隐含了确立自我元素的特征和意蕴并受其制约，与于连性格系统有质的联系。例如，作为"伪君子"、"答尔丢夫"的于连形象，其结构是以虚伪因素为核心的。它在于连性格系统结构框架中受制于确立自我元素，其中隐含了确立自我元素的意蕴和特征。具体地讲，它带有个人奋斗者那种维护自我，追求人格尊严的特点，虚伪的深处又潜藏着正直与善良。表现在具体的行动上，于连的虚伪常常是装出来的，以便用虚伪去对付虚伪以保护自己，而他对虚伪又"充满了疯狂的愤怒"。可见，于连的虚伪决不同于莫里哀笔下的答尔丢夫的那种骨子里贪婪、奸诈和卑劣的虚伪。读者尽管可以认为他是"答尔丢夫式"的"伪君子"，但决不至于等同于答尔丢夫，这是小说中的于连性格系统同读者创造的于连形象之间的质的联系使之然。又如，"野心家"的于连形象在结构上是以于连性格结构表层的野心勃勃因素为核心的，在于连性格系统结构中，野心这一因素受制于确立自我元素，并隐含了它的意蕴和特征，具体讲就是它带有个人奋斗者为改变现状，矢志不渝地追求既定目标的特点，所以，在手段正当的情况下，野心中又包含了雄心的意味。这种野心是于连性格系统特有的，读者择取这一性格因素并以之为核心构造出"野心家"的于连形象，不可能摆脱确立自我元素的制约，也就无法割断同作品中于连性格系统之间的联系。所以，这些读者心目中的"野心家"的于连，决不同于巴尔扎克笔下野心家的拉斯蒂涅。

　　正由于一般读者心目中的于连形象和小说中的于连性格系统

有一种质的联系，因而，无论哪个民族、哪个时代、哪个层次的读者择取于连性格系统中的哪一元素为核心塑造的于连形象，也都受确立自我元素的无形制约。读者中这些不同的于连形象实质上是小说《红与黑》所描绘的个人奋斗的于连性格系统在不同时代、不同民族读者中的"变形"。所以，从审美效应的角度看，《红与黑》所描绘的于连性格系统结构框架，实际上是人类群体中个人奋斗者的一个象征符号。自小说诞生之日起，它就以超时空的姿态客观地存在着，无论古往今来的读者以何种审美心理机制去观照它，只要他们的审美感受力是正常的，只要他们赖以存在的社会还有人与人之间的不平等，还需要个体的人去为改变现状而斗争，那么，都可以通过小说所揭示的于连性格系统结构框架创造出自己的于连形象来，并从中得到生活的启迪和艺术美的享受。

三　作者在于连性格系统中的主体投入

以上我们从作品与读者两个环节进行了论述。现在我们再来分析作者司汤达在于连形象审美价值的丰富多样性和审美价值超时代超民族性的产生中所起的作用。从作者的创作实践看，于连性格系统结构框架的象征性显示了作者对社会、对生活观察和理解的深刻性；这个性格系统在审美过程中产生的审美价值的丰富多样性，显示出作者概括生活的广泛性、全面性。从形象塑造的角度看，前者表现了形象内涵的深度，后者表现了形象的典型性。

于连所处的是法国19世纪前期革命高潮已过，波旁王朝复辟，民主思想受压，等级观念抬头，唯利是图成风这样一个特定的社会。此时人们普遍有一种压抑感，尤其是出身下层的青年，他们被等级森严的社会环境所困扰，于是追怀拿破仑时期的社会，为改变现实处境，不惜凭一己之力作困兽之斗。于连这一形象就是来自这样一些青年人。司汤达说："在法国有二十万个于连·索黑尔。"① 可见，司汤达在于连身上概括了当时法国整整一代青年人的性格特征。这就体现了人物形象塑造上的"多"与"一"统一的艺术辩证法。有了这个从"多"到"一"的过程，才会出现作品中于连性格系统结构框架的多元多层次性，也才有读者在阅读过程中从作品形象的"一"到审美效应的"多"，即审美价值的多元化。从文学认识功能的角度看，读者通过于连性格系统，可以看到当时法国社会的众多侧面，了解当时法国社会中一代青年人的精神面貌。

大凡伟大的作家，其眼光往往有某种程度的超时代超民族性，他们总是能自觉不自觉地站在历史和时代的高度，站在全人类的高度观察社会，从而揭示人类社会某些具有普遍的、永恒意义的东西。司汤达在于连形象的塑造上正体现了这一点。于连是19世纪前期法国社会中具有反抗精神的个人奋斗的典型，但作者在他身上揭示的远不止当时社会中个人奋斗者的精神面貌，而且凝聚了作者对人类个体的生存与奋斗的深刻思考。叔本华说过："人的本质表现为他的意志奋求、满足、再奋求、再满足这样一个永恒不断的循环中。"② 人类的奋斗是永恒的，奋斗的结果有满足也会有失败，因此，有奋斗必然有因奋斗带来的不幸。于连性格系统揭示的就是人类社会中普遍存在的个人与不平等的社会奋斗时的不幸命运。人的这种不幸，只有到了共产主义社会才会消失。这就显示了于连性格系统内涵和作者观察与概括生活

---

① 参见柳鸣九《司汤达论》，引自《外国文学研究集刊》第 3 辑，中国社会科学出版社 1986 年版。

② 叔本华：《意志和表象的世界》，转引自梯尔曼《艺术哲学与美学》，纽约1969 年英文版，第 286 页。

的深度，这一性格系统结构框架的象征意义实际上就导源于此，于连形象具有审美价值的超时代超民族性的根本原因也在这里。

可见，对于连性格系统审美价值、审美功能、艺术魅力的探讨，离不开作品、读者，也离不开作者。当然，至关重要的仍然是作品本身。

余　论

19世纪现实主义小说家在人物形象的塑造上，达到了一个前所未有的高度。他们不愿再将笔下的人物像以往的文学那样神化、圣化、类型化和理想化，而是最大限度地将其生活化或"人化"，写出现实中人的内心世界原有的丰富性，并努力把这种丰富性通过外在性格的复杂性展示出来，这些形象也就往往如E. M. 福斯特在《小说面面观》中所说的呈"圆型"形态。这是19世纪现实主义小说家在人物形象塑造上的一种美学原则。因此，19世纪现实主义文学中出现了一系列很有艺术魅力的群像，特别是个人奋斗者的形象。于连是这一系列群像中的第一个，而且是十分光彩夺目的一个。高尔基称他们为资产阶级"浪子"的形象，这是一种富有政治和道德色彩的评价。也许正是因为高尔基将这类形象定为"浪子"，并冠之以"资产阶级"的限定词，我们以往对他们的分析评价每每用一种批判的（这当然有其必要性）甚至否定的眼光去看，这就不同程度上将他们简单化了，未能充分展示其心理、情感的丰富性以及复杂性格的多重侧面，因而也未能点出其艺术魅力产生之因。这样的评论分析也与作品原著乃至许多读者的感受大相径庭，于是，这种评论分析就显得十分贫乏无力。系统理论并不是文学研究中人物形象分析的万能方法，但是，从本章对于连形象的研究中可以看到，这一理论所拥有的整体思维方法显然是很适用于复杂的"圆型"人物的分析的。它可以拓宽我们的思路，使我们更准确地评价一个艺术典型，更全面地总结19世纪现实主义作家在人物塑造上的成功经验。

第五章

文本的个案解读

第一节 《红与黑》:展现"激情"
与"力"之美

《红与黑》的题材来自于 1827 年《法庭公报》上登载的一桩刑事案。小说的主人公于连·索黑尔出生于维立叶尔城一个锯木工家庭。他从小崇拜拿破仑,希望凭自己的才能出人头地。但他生不逢时,在王朝复辟时期,无法实现自己的理想。在德·瑞那市长家当家庭教师期间,他和市长夫人相爱,事情败露后,离开市长家来到贝尚松神学院。以后,他在彼拉神父的推荐下,到巴黎为木尔侯爵当私人秘书。侯爵的女儿玛特儿爱上了这个与众不同的年轻人。正当于连陶醉在成功的喜悦之中时,德·瑞那夫人的一封告密信,使他断送了前程。于连一怒之下,向瑞那夫人开枪。最后,他被送上了断头台。小说通过波旁王朝复辟时期平民青年于连个人奋斗的经历,反映了 19世纪 20 年代后期法国社会的风貌,它是一部具有深刻内容的优秀小说。

小说突出地表现了王政复辟时期法国社会的黑暗,揭示了当时尖锐的阶级关系与紧张的政治空气。经过疾风暴雨式的大革命冲击之后，法国的贵族和教会势力虽然元气大伤、十分虚弱，但他们在复辟之后，唯恐再被推翻，因而，加强了对人民的压制，千方百计地设法恢复并巩固旧制度，要把历史拉回到大革命之前的时代。新上台的贵族一方面趾高气扬，一方面惶惶不安、百倍警惕，密切注视社会的政治动向。德·瑞那市长是个新贵族，复辟时期出任市长，平时总是摆出一副自命不凡、不可一世的架势。流亡贵族木尔侯爵返回巴黎后，大权在握，成了复辟派的领袖人物。他的客厅成了"阴谋与伪善的中心"，出入于这里的都是些流亡回来的反动家伙，他们一起密谋镇压革命的计划。这个客厅是一副黑暗而腐朽的贵族社会的图画。为了集中力量对付革命者，贵族阶级与教会势力相互勾结，教士、神父，都成了王朝的爪牙和密探。贝尚松神学院突出表现了复辟时期教会势力的猖獗、黑暗与反动。尽管贵族和教会势力拼命地加强控制与镇压，然而，经过大革命，自由思想已深入人心，人民群众普遍不满波旁王朝的复辟，怀念拿破仑时代。特别是年青一代，更是以拿破仑为崇拜的偶像。此外，资产阶级的力量也不断壮大，他们在复辟时期却没有贵族那样的社会地位，因此，他们中的革命情绪也日益高涨。这一切都使复辟势力陷入四面楚歌的困境，惶惶不可终日。木尔侯爵府中的贵族们总是担心罗伯斯庇尔在法国重现，甚至感到每一段篱垣后面都看见一位罗伯斯庇尔和他驾来的囚车。木尔侯爵的儿子看到于连时就警告妹妹说："要当心这个青年，若再发生一次革命，他会把我们送上断头台的。"正是在这万分恐惧的情形之下，他们做着垂死的挣扎。小说第51章到第53章，描写了复辟势力在木尔侯爵客厅召开的秘密会议，会议决定引进外国军队镇压革命。木尔侯爵说："在言论自由和我们贵族制度的存在，两者当中，惟有死斗而已。"① 司汤达在此处影射了法国1818年的"秘密备忘录"历史事件，有力地揭露了封建阶级的卖国行为。通过这些描写，小说真实地反映了19世纪20年代末期法国社会的特征，表现了反封建的政治主题。

于连是一个个人奋斗者的形象。于连的性格是多元多层次的，强烈的自我意识则是他性格中的核心和深层的内容，这种自我意识在环境外力的作用下，又生出自由平等观念、反抗意识和强烈的个人野心。于连出生于木匠家庭，地位低下，常受人歧视，即使在家里，也因不是一块当木匠的好料而常遭父兄的打骂。于连不甘心过这种受欺侮的生活，几次想离家出走，这表现出他对独立人格的渴求。当父亲要他到德·瑞那市长家当家庭教师时，他的回答是："我不愿当奴仆"，"要我和奴仆一桌吃饭，我宁肯死掉"。在市长家当家庭教师的过程中，他对门第观念极强的市长先生极为反感，在骄横的市长把他当仆人一样训斥时，于连"眼里射出残酷可怕的复仇的模糊希望"，愤然回答说："先生，没有你我也不会饿死。"为了报复、惩罚市长，他在夜晚乘凉时握住了市长夫人的手。由此可以看到他那强烈的自我观念、平等意识和反抗精神。于连从小崇拜拿破仑，对拿破仑凭自己的才能，"身佩长剑做了世界的主人"佩服得五体投地，时时追怀和向往不计资历、不讲血统而单凭个人才能便可以取得社会地位的拿破仑时代，并且怀有30岁当将军的雄心壮志。然而，拿破仑失败后的复辟时代，这条路已走不通，摆在他面前的则是另一条路：做神父，40岁左右可拿10万法郎，三倍于拿破仑手下的将军。于是，于连就把对拿破仑的崇拜隐藏于心底，勤奋地读《圣经》，朝新的理想努力。在贝尚松神学院这个"到处是伪善"

---

① 司汤达：《红与黑》，罗玉君译，上海译文出版社1979年版，第506页。

的地方，为了成功，于连不惜以伪善对付伪善。在那里，他"扮演一个崭新的角色"，把内心的隐秘掩埋得很深。他心里明明没有上帝而只有拿破仑，却以惊人的勤奋苦苦研究神学，当众背诵《圣经》和辱骂拿破仑，在虚伪手段的使用上，他"进步很快"。但是，"企图做些虚伪的行动，于连又觉得是多么大的困难呀"，因此，他又"凄苦地嘲笑自己"。其实他对虚伪，对到处是伪善的神学院是"充满了疯狂的愤怒"的，他的虚伪的深处，还有正直的一面。在巴黎木尔侯爵府，也是为了成功，为了确立自我，寻找个人幸福，于连顺应环境，不惜为复辟势力效劳，表现出一种妥协性。直到成功的希望破灭，重新跌落到原来的平民阶层后，于连又表现出反抗者的本色，而且反抗的强烈程度是前所未有的。也是出于对人格的维护，他在监狱中不肯向贵族阶级低头，拒绝上诉，宁可以死表示对那个阶级的反抗。反抗性与妥协性是于连性格的又一重矛盾的侧面。

总之，于连的性格是复杂的、多侧面的，而由于自我观念始终是他的思想性格的底蕴，因而，在不同的生存环境里，他时而反抗，时而妥协，时而雄心勃勃，时而野心啖啖，时而投机伪善，却又不失正直善良。他的孤身奋斗，激荡着追求自由平等的政治激情，也充满了维护人格尊严、追求个人幸福的强烈愿望。于连是一个性格复杂的个人奋斗者的形象，在他身上，既体现了大革命过后英雄主义尚存的法国社会的时代精神，特别是表现了受压抑的一代年轻人对人生与社会的理想，同时也投射出司汤达自身的人生体验和心理欲望。于连身上表现的反压迫、求自由，坚定地追寻自我生命价值的精神，体现了人的一种普遍的生存需求，因而具有积极意义，而他的那种"为达目的，不择手段"的思想和行为表现，则成了这一形象历来难以为读者完全肯定和接受的根本原因。

《红与黑》是法国 19 世纪现实主义文学的奠基作，司汤达通过于连形象的塑造，成功地体现了描写"典型环境中的典型性格"的现实主义创作原则。于连一生的奋斗，主要是在维立叶尔城、贝尚松神学院和巴黎木尔侯爵府这三个典型环境中进行的，他的性格，也随着环境的变迁而流变，揭示性格形成与发展的社会原因，也就达到了再现社会风貌，表现时代精神的目的。不过，于连的性格演变并不是被动地由环境决定的，而是既受制于环境，又决定于性格系统内部的驱动力，是内因与外因共同作用的结果；环境的作用是性格演变的前提，性格系统内部的驱动力是性格演变的根据。比如，于连的反抗性与妥协性在不同环境的变化，是性格深层的自我主义观念作用下为保护自我所作出的适应性自我调节的结果。又如于连的虚伪是由自私伪善的环境引发的，但他对自私伪善的环境始终存有一种抵抗力，致使他没有完全良心泯灭，而是在虚伪的背后尚保留着正直与善良的天性。于连性格中的这种对环境的抵抗力和自我调节能力，造成了于连在与社会搏斗过程中复杂多变的心理世界，也使这一形象的性格演变显得丰富多彩。因此，在司汤达笔下，性格与环境的关系是辩证的。

司汤达是一位内倾性的作家，他注重描写人物的心灵世界。《红与黑》不仅写出了于连在环境的重压下强烈的自我意识在他心灵中酿成的自尊与自卑、虚伪与正直、雄心与野心、反抗与妥协等多重心理矛盾，也写出了瑞那夫人、玛特儿小姐等人复杂的心理内容，主要人物间的心理冲突，成了这部小说情节发展的内在基础和根据。而且，作者在具体的心理分析中，善于展示人物的激情与理智相冲突时的内心世界，由此表现了人物形象的"力"之美。例如，于连在夜晚的花园里与市长夫人一起乘凉时，偶然碰到了夫人的手，这只手很快地缩了回去。他头脑中的"责任"观念立即让他作出决定：我要让这只手留在我的手中。第二天晚上10点钟之前，他试图完成自己的"使命"，但又十分胆怯，"在等待与焦急中……于连心情过度紧张，几乎快要发狂了"。10点钟敲了最后一下，他不顾一切抓住夫人的手，尔后，"他的心里洋溢着幸福"。这不是因为爱，而是因为他内心"可怕的痛苦折磨"结束了。诸如此类的心理冲突，是充满张力的，既有激情的冲动，又有理智的约束。在这种心理的驱使下，人物的外在行为既具有冲动性，又表现出果敢与坚毅，人物形象的"力"之美就由此而生。司汤达可谓是人的激情—心理的描绘者。

《红与黑》叙述简洁明快，语言清丽朴素、自然流畅。司汤达反对古典主义的矫揉造作、以辞伤情，而强调文学创作要表达自然真实的感情。《红与黑》中铺陈描写的成分极少，而往往以简明、概括的笔触描绘出引人入胜的画面。如第25章写于连初到贝尚松神学院时，作者开门见山地写神学院大门上"那个镀金的十字架"，接着写开门者"相貌古怪"、"绿眼珠"，继而写院内的阴暗沉寂，这简约的文字，就把神学院这个阴森恐怖充满罪恶的环境传神地勾画出来了。而对木尔侯爵府的描写，仅用"多么壮丽的建筑呀"这一句赞叹，就简短而有力地勾勒出了这座贵族府邸的巍峨堂皇。这与巴尔扎克小说那种精雕细刻、大肆铺陈有重大差异。《红与黑》的语言也是口语化的，朴素而自然。司汤达对自然、朴素、简洁、明快之文风的追求，继承了17、18世纪法国散文的风格。

第二节 《高老头》："挽歌"一曲为谁唱？

《高老头》是巴尔扎克的优秀作品之一。在《人间喜剧》中，

《高老头》最先开始使用人物再现法，就思想内容而言，它展示了《人间喜剧》的中心图画，在艺术上，它标志着巴尔扎克现实主义风格的成熟。

小说主要写高老头和他的女儿以及大学生拉斯蒂涅的故事。故事发生在 1819 年末至 1820 年初的巴黎。伏盖公寓坐落在偏僻的街区，那里聚集了各种人物。年迈的面条商人高老头深爱着两个女儿，为她们还债，把自己的积蓄都给了她们。穷大学生拉斯蒂涅羡慕上流社会的奢侈生活，一心想向上爬。在逃的苦役犯伏脱冷心狠手辣，企图利用泰伊番小姐的婚姻大赚一笔，但他的秘密被老小姐米旭诺和波阿莱探知，被告发后由警察逮捕归案。此时，拉斯蒂涅的表姐鲍赛昂子爵夫人情场失意，举行了告别上流社会的盛大舞会。高老头受到女儿的催逼而中风，在孤独中痛苦死去，只有拉斯蒂涅为他料理后事。

小说通过高老头的悲剧和拉斯蒂涅走向堕落的故事，形象地反映了资产阶级最终取代封建贵族阶级的历史进程，深刻地揭示出金钱腐蚀人的灵魂、毁灭人的天然情感、破坏人的一切正常关系的严峻事实，象征性地表现了人类历史进程中文明进步与人性异化的悖谬现象。

小说以"高老头"命名，但又以拉斯蒂涅的经历和见闻贯穿全书。拉斯蒂涅这个人物在情节结构中起穿针引线的作用，是小说的真正主人公。拉斯蒂涅是一个资产阶级野心家形象，他在《人间喜剧》中多次出现，《高老头》这部小说中他第一次出现，展示的是他的野心家性格形成的过程。拉斯蒂涅的野心家性格是在环境的影响下逐渐形成的，共可分两大阶段。

第一阶段：受物质环境的刺激，野心萌发。拉斯蒂涅出生于外省一个没落的贵族家庭。为了供他到巴黎上大学，家里人省吃俭用，就盼望着他有朝一日能重整家业，支撑门面。刚到巴黎时，他是一个有才气、有热情的有志青年，那时的他只想好好念书，将来做一个清正的法官，按部就班地进入上层社会。但在巴黎生活不到一年，观念就发生了变化。他住的那个寒酸破败的伏盖公寓和纸醉金迷的巴黎上流社会形成鲜明的对照，使他的心灵引起了强烈的骚动，欲望开始萌发。暑假回家，乡下人简陋的生活，家里贫困的景象，使他内心矛盾加剧。他对勤奋学习、做清正法官的路失去了信心，而急于想挤进上流社会，走野心家道路。以后，鲍赛昂夫人将他带进上流社会，让他亲眼目睹了豪华风雅的生活，这更进一步刺激了他的欲望，坚定了他向金钱王国进攻的决心。

第二阶段：受"人生三课"的教育走向堕落。拉斯蒂涅先是向雷斯多伯爵夫人进攻，谁料在她家碰了一鼻子灰。他就向远房表姐鲍赛昂夫人请教。情场失意的鲍赛昂夫人在满腔怨屈的情况下向他解剖了这个社会。她指出，要往上爬，就要善于运用"心狠"、"女人"、"作假"三件法宝。这个社会是傻子和骗子的集团，要以牙还牙对付之。她的训导使拉斯蒂涅大受启发。这就是他所受的第一堂极端利己主义的人生哲学课。和拉斯蒂涅住在一起的在逃苦役犯伏脱冷，充当了他的第二个引路人。伏脱冷指出，这个社会"有财便是德"，所有的人都像"一个瓶子里的许多蜘蛛"，[①] 势必你吞我，我吞你。他劝拉斯蒂涅，要想往上爬就得"大刀阔斧地干"，"不能心慈手软"，"人生就那么回事"。伏脱冷比鲍赛昂夫人更赤裸裸地从反面指出了这个社会寡廉鲜耻、金钱万能的本质。这是他所受的第二堂人生哲学课，它促使拉斯蒂涅朝野心家道路上不断迈进。

在拉斯蒂涅尝试着去满足欲望的过程中，他周围接连发生了

---

① 巴尔扎克：《高老头》，傅雷译，人民文学出版社1995年版，第105页。

三幕人生悲剧。伏脱冷精明强干，结果被老小姐米旭诺出卖后，锒铛入狱。鲍赛昂夫人曾红极一时，这位社交界的王后，最后被情人阿瞿达侯爵抛弃，含泪告别了上流社会。高老头为两个女儿献出了自己的所有财产，最终像野狗一样死去，女儿女婿们谁也不去看他。这三幕悲剧一幕比一幕惊心动魄，担任导演的都是金钱！它们构成了对拉斯蒂涅的第三堂人生哲学课。拉斯蒂涅从中更深地感受到了这个社会确实如伏脱冷等所说的那样，美好的灵魂是无法生存多久的。于是，他就顺应环境，甘于堕落了。

拉斯蒂涅就是这样，在物质环境的刺激下，在"人生三课"的教育下，经过良心与野心的激烈搏斗，完成了野心家性格发展的过程，从一个没落的贵族子弟，变成了资产阶级野心家。在拉斯蒂涅身上，包含了作者自己的生活体验，表达了作者对主人公既同情又谴责的矛盾心情。巴尔扎克通过拉斯蒂涅堕落过程的描写，反映了金钱对青年的腐蚀作用和贵族阶级必然灭亡的历史趋势，也揭示了人性被金钱异化的历史事实，具有典型意义。拉斯蒂涅的悲剧告诉人们，在资本主义与封建主义新旧交替的时代，谁能尽快地将灵魂交出来，把金钱的上帝请进来，谁就能尽快地成为"英雄"。巴尔扎克的这些描写应该说不无艺术夸张的成分，但这恰如通过放大镜观察微生物，在这艺术性的集中和夸张中把握了金钱时代人性异化的本质特征，而且，还以一种象征隐喻的模式表述了人类生存发展中的悖谬现象：历史的进步是靠财富的创造来推动的，而财富创造的过程必然伴随着人性的失落；金钱所点燃的情欲驱动着人们去疯狂、忘我地积聚财富，而情欲之火又烤干了人性的脉脉温情，也耗尽了追求者的精力与生命；人类在与物质世界的不懈斗争中不断征服自然，创造物质文明，而与之抗衡的对象又不断吞噬着人类，使人沦为物的奴隶。在人类发展进程的"对物的依赖"阶段尤其如此，这是人类文明发展所要付出的沉重代价。巴尔扎克由此思考与探索着人的生存与发展的问题，并为人性的异化和失落唱了"一曲无尽的挽歌"。

高老头是一个具有浓厚的封建宗法观念的商业资产者典型。在大革命前，他是面条商，大革命期间靠囤积粮食，打击同行，很快就成了拥有二百万家产的暴发户。但他在家庭观念上却有浓厚的封建伦理观念。在妻子去世后，他把全部的感情都投放到两个女儿身上，让她们的生活奢侈得如公爵的情人。女儿们出嫁后，他又把自己的家产分给她们。但是，当他手中无钱、病入膏肓时，女儿女婿们把他当作榨干的柠檬扔掉了。高老头对女儿的爱可谓是一片痴情，甚至达到了荒谬的程度。他用金钱培养了女儿的金钱观念和利己主义人生观，他自己也成了利己主义和拜金主义的牺牲品。通过这个形象，作者对资本主义社会的金钱关系和金钱的罪恶揭露得极为深刻。

作为一个艺术形象，高老头是复杂的。从经济状况看，他是资产阶级暴发户；从道德观念上看，他又有封建宗法社会的家族观念。可是在当时的金钱世界里，他的两个女儿的金钱观念已取代了宗法式的父女情感。她们爱父亲，主要是爱他的钱，钱没了，父女感情就断了。因此，高老头的悲剧很大程度上是封建宗法观念被资产阶级金钱观念战胜的悲剧。巴尔扎克对高老头的"父爱"予以了高度的肯定，借此与两个女儿的拜金意识形成对照，谴责了金钱的罪恶。巴尔扎克又希望用这种"伟大的父爱"去改善人欲横流、天伦泯灭的社会现实，这当然是不切实际的。

鲍赛昂夫人是在资产阶级势力逼攻下走向衰亡的贵族典型。她出身贵族名门，是巴黎社交界的"领袖"，而且才貌出众。她家的舞厅是巴黎贵族云集之地，是贵族权势的象征。但是，随着资产阶级势力的壮大，她的地位不断受到威胁。她感受到了时局的危机，但又不甘罢休。她恐慌地抓住阿瞿达侯爵，以便借此保全自己的荣誉和地位，但阿瞿达终于为娶一个有四百万法郎陪嫁的资产阶级小姐而抛弃了她，最后，她无可奈何地含泪告别了上流社会，退隐乡下。她的悲剧，展示了贵族阶级必然衰亡的历史命运。在这些描写中，巴尔扎克对贵族阶级寄予了深深的同情，也为他们唱了"一曲无尽的挽歌"。这一方面说明了巴尔扎克头脑中残留着贵族观念，他有一种对旧阶级、旧时代的依恋之情。另一方面，从深层象征意蕴上看，这些贵族形象又是人欲横流时代人的理性与善的象征，在这些形象身上寄托了作者对异化时代人性复归的一线希望。

伏脱冷是资产阶级野心家形象。在《高老头》中，他是在逃的苦役犯，某个高级盗窃集团的心腹，是一个尚未得势、正在发家的资产者。他对这个社会了如指掌，因而善于用以恶对恶、以不道德对不道德的方法来达到个人目的。他是这个社会罪恶的揭发者、反抗者，同时又是社会罪恶的制造者，社会的掠夺者，他的思想本质是极端利己主义。他身上体现着资产阶级的冒险性。作者通过这一形象追溯了资产阶级的发家过程。

《高老头》在艺术上集中地体现了巴尔扎克小说的基本风格。

揭示人物性格对环境的依存关系，塑造"典型环境中的典型人物"，这是巴尔扎克现实主义的突出特点。19世纪现实主义作家普遍重视人物与环境的关系，刻画典型环境中的典型人物是他们共同遵循的一条基本原则。但是，不同的作家对这一原则的理解与实践各不相同。受动物学理论的影响，巴尔扎克常常把人类社会和自然世界相比拟，认为决定人的精神世界差异的是环境。在他的小说中，对人的生存环境的描写拥有极为重要的地位，无论是物质环境还是社会环境，对人的性格都起着决定性的作用。他笔下的主人公，几乎始终处于物质环境和社会环境的重重包围之中。他们与环境有搏斗，但又无法高于环境和超越环境，而往往是被环境战胜、改造和重塑。他们与环境搏斗的过程，在终极意义上成了向环境学习并顺应环境的过程，性格的形成、发展与演变依赖于、受制于环境，甚至是环境的直接引申。拉斯蒂涅来到巴黎后，一开始就对环境的诱惑失去抗衡能力，在环境的刺激下，他一步步走向了堕落。巴尔扎克对人与环境之关系的理解是缺乏辩证法思想的，但这也体现着他对物欲横流、人被普遍"物化"的现实世界的洞察与理解，有其深刻性的一面。

精细地描摹物质环境，为塑造典型环境中的典型人物服务。主人公拉斯蒂涅就是在特定的环境中形成野心家性格的，其余人物的行为方式和精神风貌也都有环境的依据。由于巴尔扎克十分强调人物性格与环境的关系，因而，《高老头》不仅通过复杂的情节来揭示人物所处的复杂的社会环境，还精确细致地描写出风俗画式的物质环境，揭示"物"对人的精神—心理的侵蚀作用。《高老头》对伏盖公寓的描写是精确而细致的，我们从寓所的"集体饭厅"这一角，就可窥见公寓的全貌。这个饭厅是伏盖公寓里的人活动的中心场所，作者精确细致地描绘饭厅，也便是在界定生活于其间的人的社会身份和精神面貌。透过这幅"毫无诗意"的寒酸的餐厅图画，我们就可以窥见就餐者的灵魂。小说对鲍赛昂府的描写也是精细的，那富丽堂皇的气魄与伏盖公寓恰成对照，活动于其间的人也就有另一番精神面貌。

环境的描写只是为性格刻画提供了客观依据，更重要的还在于性格描写本身。巴尔扎克认为，塑造典型必须表现出某类人物"最鲜明的性格特征"。为此，他在刻画性格时，紧紧抓住某个重要人物的一种炽烈的情欲进行反复描写，使人物的一言一行都受这种情欲驱使，并处于为满足这种情欲的煎熬之中。拉斯蒂涅始终受着金钱欲望的吞噬；高老头日夜渴望着父女之间爱的情感，因而被人们称为"父爱的典型"；鲍赛昂夫人企求的是贵族荣誉与地位。他们各自为某一情欲所驱使，也就显示出了各自的个性。此外，巴尔扎克还十分善于运用经济细节、肖像细节、行为细节、语言细节等来揭示人物的个性特征。如高老头在伏盖公寓的生活费数字是逐步下降的，在伏盖太太心目中，他的身价和人格也就随之下降，她对他的称呼由"高里奥先生"、"高老头"再变为"老熊猫"、"老混蛋"。这里的经济细节和语言细节，活画出了伏盖太太充满金钱铜臭的灵魂。伏脱冷第一次出场时的肖像描写和语言描写，活画出了这个黑社会铁腕人物的栩栩如生的形象。

《高老头》的结构很有代表性。19 世纪以前的西方小说的结构，基本上采用"流浪汉小说"的结构模式，以单一线索纵向直线型演进为特色，通过一条纵向线索贯穿一个个独立的小故事，来反映生活的流程。巴尔扎克小说的结构模式则不同，它通过众多的情节线索有机的交织，形成纵横交错的情节网络，立体地展示生活的横断面。这是一种网状结构模式。《高老头》描写了拉斯蒂涅的堕落、高老头的惨死、伏脱冷的再度被捕、鲍赛昂夫人的退出巴黎、泰伊番小姐的遭遇、米旭诺和波阿莱良心的出卖、大学生皮安训的义举以及伏盖太太的活动等 8 个故事，其中拉斯蒂涅与高老头这两组故事是中心。这些线索不是独立存在、孤立发展的，而是相互纠缠、彼此推动的，从而使情节不断向前发展。其间，拉斯蒂涅起着穿针引线的作用，由此 8 条线索编织成一张有机的情节网。这是典型的巴尔扎克式小说结构模式。巴尔扎克小说的这种网状结构模式，既有助于反映日益复杂的社会生活，也有助于描写多元复杂的人物性格，合乎时代对小说发展提出的要求。因此，这种结构模式在巴尔扎克之后被广泛采用，这也标志着西方小说在结构上的发展与成熟。

第三节 《双城记》:"没有美德的恐怖"
与"没有恐怖的美德"

《双城记》是一部历史小说,故事发生在巴黎和伦敦两大城市,故名"双城记"。

1775年深秋,失踪了18年之久的巴黎医生马奈特从巴士底狱放了出来,和从伦敦过来的女儿露茜重逢。原来,18年前马奈特医生被贵族埃弗瑞蒙特侯爵兄弟秘密请去出诊,从而目睹了侯爵企图霸占农家少妇,进而害死其姐弟的罪恶暴行。受良心的驱使,马奈特医生上书告发他们,然而信件却落入了侯爵兄弟之手,于是,马奈特被陷害入狱18年。但是,出狱之后,他对自己被囚禁18年的原因始终只字不提。5年以后,露茜和法国青年埃弗瑞蒙特侯爵的侄子达奈相爱并结了婚。1792年,法国大革命成功后,达奈从伦敦回法国,但回国后立即被当作"流亡贵族"逮捕,逮捕他的人正是马奈特医生从前的仆人德发日夫妇为首的革命者。德发日太太就是18年前被埃弗瑞蒙特兄弟害死的农家姐弟的妹妹。马奈特和露茜闻讯从伦敦赶到法国,经过多方努力,达奈终于获无罪释放,但是,当天晚上又被抓了回去。次日,法庭判他死刑,并要在24小时内执行。后来,一个一直爱着露茜、外貌酷似达奈的青年卡屯,冒名顶替达奈上了断头台。

狄更斯是一个反暴力的道德主义者,当他目睹了当时英国社会贫富悬殊日盛,贫困受压者不满、反抗情绪急增时,唯恐由此引发法国大革命那样的暴力动乱。为此,他企图通过《双城记》探讨法国大革命产生的原因,并从道德的角度作出评判,以警示现实中的英国统治者。

　　狄更斯从博爱立场出发，集中通过埃弗瑞蒙特侯爵及其家族成员的骄奢淫逸、专横残暴、冷酷傲慢，写出了贵族对民众犯下的罪恶，说明"没有美德的恐怖是邪恶的"，[①] 它必然会激起了民众的复仇反抗。小说的第二卷、第三卷集中描写了埃弗瑞蒙特侯爵及其家族的罪恶。埃弗瑞蒙特兄弟身上体现了法国革命前反动贵族阶级的典型特征。他们利用贵族的特权胡作非为，视人命如草芥，任意奸淫妇女，杀害和监押无辜。埃弗瑞蒙特兄弟的马车压死了小孩，他们只觉得是"一点讨厌的震撼"，抛下一个金币便认为足够抵偿了。有人把这金币扔回马车，他们就气势汹汹地扬言"要把你们从世界上统统消灭"。[②] 人民群众在这种封建专制的压迫下极度贫穷："在成人和儿童的脸上都深刻着新鲜的和陈旧的饥饿标记，饥饿到处横行"；"除了刑典和武器外，并没有任何表示繁荣的事物"。农民只有两种命运，被饿死或囚禁在牢狱里。总之，小说从多种角度形象地反映了 18 世纪法国贵族统治阶级对第三等级的平民大众在政治、经济、人身、精神上的疯狂压迫。在这些描写中，狄更斯恰如其分地揭示了法国贵族统治阶级在对待人民问题上野蛮凶残的特征，他们制造的是一种"没有美德的恐怖"，从而阐明：封建阶级残暴压迫造成的人民的饥饿、贫困和死亡，是爆发革命的社会根源。

　　小说描写得更多的是复仇者的反抗，也即革命本身。狄更斯分两层展开这方面的描写，一层是城市暴动，一层是乡镇暴动。前者的描写，作者总是用海水、人的海洋、人声的波涛以形容其声势浩大、势不可挡。后者的描写，作者着重描写了火，府邸起

---

　　① 《罗伯斯庇尔》，王养冲、陈崇武编译，华东师范大学出版社 1989 年版，第235 页。

　　② 狄更斯：《双城记》，张玲、张扬译，上海译文出版社 1989 年版，第 143 页。

火，万家点燃了灯火等，以显示星星之火、顷刻燎原之势。这两层描写，寓意颇深，皆在说明：水也好、火也好，都和人的感情不相容；革命的浪潮和烈火，达到顶峰，就会泛滥成灾，一发而不可收。事实也正如此，我们可以看到，德发日太太挥刀杀人毫不留情；市政大院里愤怒的民众磨刀霍霍，杀气腾腾；革命者法庭将无辜者判处死刑是非难辨；大街上囚车隆隆，刑场上断头机嚓嚓作响，惨不忍睹。这一切都是那样阴森可怖、野蛮凶残、缺乏理性。但是，作者在自序中明确声明，这些情况"宛如确实全部都是我自己亲身的所作所为和所遭所受的一样"。① 我们应当看到，法国大革命本身是一种复杂的历史现象，这样一场规模宏大、波及深远、剧烈空前的群众性革命运动，出现种种偏颇谬误是不足为怪的，何况，它作为反封建的资产阶级革命，其性质本身就决定了处于社会最底层的城乡劳动者，对革命怀有巨大的热情和献身精神，但他们在文化上、思想上、政治上还没有做好充分准备，因此，不可能具有高度的自觉性和组织性，相反，带有极大的狂热性和盲动性。作者写他们外表上粗俗鄙陋，缺乏教养，但他们复仇时不怕牺牲，对革命事业忠贞执著；在和平生活中，他们令人怜悯，在革命中，他们令人惧怕。作为文学形象，他们并不唤起人们的恶感。在这些描写中，德发日太太最为典型。她苦大仇深，天生具有革命性，在革命中是一员猛将。她自幼深怀家破人亡之恨，日夜等待着复仇之日的到来。她没有受过文化教育和政治教育，再加上生性强悍固执，感情用事，在革命高潮那万众鼎沸的时候，她丧失理性，成为苦苦追杀的复仇者和野蛮疯狂的嗜杀者。狄更斯通过她反映了一种非人的人性，体现

---

① 狄更斯：《〈双城记〉作者序言》，见《双城记》，张玲、张扬译，上海译文出版社 1989 年版，第 1 页。

了残酷的复仇和暴力。小说告诉我们，民众因遭受野蛮压迫而奋起反抗，固然有其正义性，然而暴力本身却有非理性，因仇恨而起的报复无疑会丧失正义性，尤其是盲目和麻木的杀人，除了制造暴力恐怖，并无法消除邪恶，反而会加剧人与人的仇恨，进而使人的行为更趋邪恶。

狄更斯在小说中作如此描写，关键的不是对革命过失的批评，而是道德上的善恶评判。从他的人道主义道德立场来看，既然人性本善，行恶者是良知的一时迷误，那么，就不能就此在肉体上毁灭之，而应在道德上感化之，使其人性之善得彰。至于受压迫者，即使一时遭到邪恶势力的迫害，也不应以暴抗暴，而要以仁爱去化解仇恨。马奈特医生曾无辜被投入巴士底狱 18 年，出狱后对仇敌的后代达奈不计旧恶，还为营救他而四处奔走，并蒙受指责。他还将女儿露茜许配给达奈，表现出宽大与仁爱。卡屯深爱着露茜，但因貌似革命者追杀的贵族后代达奈，他宁愿为了成全达奈和露茜的婚姻而代其上断头台，从而打破了革命者追杀、复仇的计划。狄更斯通过马奈特医生、露茜、卡屯等人表达了以爱化解仇恨，以牺牲自己求得人与人之间的和谐的道德理想。可以说，狄更斯的博爱哲学，既否定了贵族统治者的制恶行为，也批评了革命者暴力复仇行为，小说所表达的这一道德理想，对历史上法国大革命的道德杀人、以善杀人是一种善意的批评。

与此同时，狄更斯在小说中极力宣扬个人的道德修养和道德感化。在他看来，只要大家的道德水准提高了，人人讲究仁爱、宽恕，社会就会美好起来。因此，他一面不厌其烦地宣传自己的道德理想，一面塑造了马奈特、达奈、卡屯、露茜等一系列道德高尚的人物，作为道德理想的现实样板。狄更斯的以爱化解仇恨、道德感化，相比于法国大革命的偏激以及由此导致的非道德化行为，虽然显得更富于人性意味，但是，狄更斯式博爱的"美德"果真能感化那些穷凶极恶的封建贵族埃弗瑞蒙特们吗？历史的铁的事实证明，一场翻天覆地的变革只能通过群众的暴力革命才能实现；缺失了暴力后盾的"道德感化"，在面对邪恶暴力时，无非是狼面前的一只可爱的小羊而已。因此，正如罗伯斯庇尔所说，"没有恐怖的美德是软弱的"。[①] 狄更斯的善良的愿望，不过是一种美丽而可爱的天真！

《双城记》的情节呈网状模式，结构严整而巧妙。狄更斯是一位深受流浪汉小说传统影响的作家，总体上讲，他的小说特别是前期小说结构松散拖沓，《双城记》则不一样。小说主要写了三条情节线索：马奈特医生的故事，达奈的故事，德发日夫妇的故事。马奈特医生的故事是贯穿始终的主线。小说围绕着马奈特的受迫害展开叙述，纵向又分为"时代"、"金线"、"暴风雨的踪迹"三部分。第一卷"时代"开宗明义指出，"那时和现代是这样相象"，此语以古喻今，暗示当年的法国和今天的英国在民众受压迫这一点上是极为相似的，小说就在这样的时代背景中开始描写马奈特医生的"复活"。第二卷"金线"从马奈特医生与埃弗瑞蒙特侯爵两头交替叙述，相互对照。埃弗瑞蒙特侯爵及贵族们的残酷压迫造成人民的苦难，激起民众的怨恨；而以"金线"作比喻的露茜的爱，则使马奈特与埃弗瑞蒙特的后代达奈化仇敌为翁婿，暗示了"爱"使贵族—民众的怨恨的化解。第三卷"暴风雨的踪迹"写法国革命后德发日太太对马奈特、达奈等无辜者无尽的复仇带来的苦难，说明了暴力复仇的不合理性。小说的三条线索通过复杂的人物关系联结成一个网状结构，纵横交错，经

---

① 《罗伯斯庇尔》，王养冲、陈崇武编译，华东师范大学出版社1989年版，第235页。

纬编织，严整有序。

《双城记》采用侦探小说模式，悬念迭出，富有戏剧性。小说一开始就写马奈特医生的出狱和"复活"，但是，他为什么入狱？达奈向露西求婚时，医生为什么不让他说出自己的真实姓氏？医生为什么一听说巴士底狱发现过去犯人的手稿就非常不安？德发日夫妇为什么对达奈如此仇恨？等等。所有这一切扣人心弦的悬念，直到小说结尾、达奈第二次受审、德发日太太出示了医生当年在监狱写下的控诉书，才真相大白。狄更斯采用这种侦探小说的结构技巧，使小说情节发展波澜起伏，有很强的戏剧性。

《双城记》具有史诗般磅礴的气势，体现了现实主义的创作风格。为了如实地反映法国大革命，狄更斯阅读了大量的原始材料，所以关于法国大革命的描写十分真实具体。小说以波澜壮阔的法国大革命为背景，描写"无数赤裸的胳膊在空中摇动着，人们挤着、喊着、跳跃着，抢着不知谁分发的火枪、铁条、木棍、长矛等，呐喊声似乎要淹没整个法兰西！"这种壮观的场面描写在小说中屡有出现，为英国文学所罕见。

第四节　《简·爱》:人格尊严是爱的前提

《简·爱》是夏洛蒂·勃朗特的代表作，小说写一个孤女个人奋斗的故事。主人公简·爱从小没有父母，寄养在舅父家里。舅父死后，她的舅母和表哥们都欺侮她，使她从小萌发了一种强烈的反抗精神。以后她被送到一所寄宿学校读书。这所学校就像人间地狱，它借口要惩罚肉体以拯救灵魂，任意体罚他们，让他们挨饿受冻。这样的生活，使她的反抗性格进一步得到了发展。

毕业后，她到桑菲尔德当家庭教师。主人罗切斯特虽属上流社会的绅士，但他博学多才，谈吐坦率，平时不拘礼节，更重要的是他轻视财产，憎恶上流社会的生活。开始时，简·爱觉得罗切斯特性格孤僻，性情粗暴，但在交往中感到他是上流社会的一个弃儿，有一颗受了伤的善良的心。渐渐地，她深深地爱上了罗切斯特。在罗切斯特眼里，简·爱虽然柔弱瘦小，外貌不美，但她聪明、诚实、藐视权贵，有个性，有一颗纯洁的心，跟上流社会那些艳丽、虚伪、自私、一味追求虚荣和享受的小姐们完全不同。简·爱的出现使他对生活的希望之火重新燃烧起来。就这样，他们彼此相爱了。正当他们举行婚礼的时候，简·爱发现罗切斯特有一个疯妻子。这时，简·爱不得不痛苦地离开罗切斯特。

简·爱在流浪的途中被一个名叫约翰的传教士所救。约翰准备到印度去传教，他觉得简·爱最适合做一个传教士的妻子，就向她求婚，但被拒绝了。简·爱心里始终念念不忘罗切斯特。在经历了种种磨难之后，她在继承了一大笔遗产后，回到了桑菲尔德。然而，罗切斯特的庄园如今成了一片焦黑的废墟。原来，简·爱出走之后，罗切斯特痛苦不已，终日一个人关在庄园里。一个深夜，他的疯妻子一把火烧了庄园，罗切斯特身受重伤，双目失明，疯女人也摔死了。以后，他就带两个仆人搬到芬丁庄园去了。简·爱找到了芬丁庄园，在和罗切斯特重逢后第四天，他们举行了婚礼。

《简·爱》故事情节曲折动人，有流浪汉小说的特点；男女主人公激情的爱和描写的抒情性，有浪漫主义小说的特点；桑菲尔德庄园的神秘色彩，有哥特式小说的特点。不过，总体上讲，小说的故事叙述和情节描写是现实主义的，尤其是，小说塑造了简·爱这个引人注目的女性形象。

简·爱是一个追求独立、平等、自由，维护人格尊严，具有反抗性的女性形象。她出身贫贱，但灵魂高尚，心地纯洁善良；她外貌平平，但智力过人，性格倔强。她同当时社会上和流行小说中那些只注重地位、钱财而灵魂空虚的贵族妇女相比，显得超凡脱俗。她之所以爱罗切斯特，并不是由于他的地位和财产，而是因为罗切斯特和她的思想有共同之处，尤其是，他能够友好、坦率、平等地待她，两人处在平等的地位上。他虽然拥有地位和家产，但仍无法摆脱内心的孤独与痛苦。这种痛苦与其说是因为他有一个疯了的妻子，不如说是因为他对空虚无聊的贵族生活感到极度的厌烦。他愤世嫉俗，故意盛气凌人，以此来表现他和周围一切的格格不入。他想摆脱这一切而使生活更为生气勃勃，却又苦于无处寻找这样的生活。他虽在家里开舞会接待那些上流社会的贵妇人，但又对她们嗤之以鼻。当简·爱出现在他的生活中时，他却从这个相貌平凡的下层女子身上看到了希望，因为简·爱有理想、有追求，而且对生活有清醒的自我意识，这是新型女性的特征和魅力所在。于是，他不顾贵族社会的习俗，很快就爱上了简·爱。与之相应，恰恰是罗切斯特的这种与众不同的品性，深深打动了简·爱。虽然，她自知自己仅仅是一个贫贱的、貌不出众的家庭教师，在世俗的眼光里，她不过是一只"丑小鸭"、一个"灰姑娘"，但她相信，人在精神上、人格上是平等的，因此，她还是勇敢地去爱了，而且她首先向罗切斯特求婚。"在英国文学史上，也许她是第一位女主人公，为强烈的感情所驱使，不由自主地首先向值得她爱慕的男主人公吐露藏在内心深处的爱情。"[①] 这足见她的勇敢大胆和鲜明的女性独立意识。

简·爱性格中特别闪光之处在于：她不像通常小说中描写的女性那样，为了攀附名门，甘愿丧失独立与人格尊严，充当上流

---

① 方平：《简，是你向我求婚的》，《名作欣赏》1989 年第 5 期。

社会男人的情妇甚至玩物；她要追求的是人格平等基础上的爱和真爱基础上的婚姻。小说中写，罗切斯特为了试探简·爱，假装要娶一个贵族小姐，却又要简·爱在身边，这时，简·爱痛苦而愤怒地说：

> 你以为我会留下来，成为你无足轻重的人吗？你以为我是一架自动的机器吗？一架没有感情的机器吗？你以为我穷、低微、不美、矮小，我就没有灵魂没有心吗？你想错了！——我的灵魂跟你一样，我的心也跟你的完全一样！
>
> 要是上帝赐予我一点美和一点财富，我就要让你难以离开我，就像我现在难以离开你一样……我们站在上帝脚跟前，是平等的——因为我们是平等的！①

这是简·爱人格独立的宣言，它让罗切斯特明了简·爱真正爱的是他这个人，而非他的地位、财产，因此，她是一个超凡脱俗、与众不同的女性。所以，他最终没有选择门当户对的富家小姐，而是选择了出身低微而又不漂亮的家庭教师简·爱。当她在婚礼上发现罗切斯特有疯妻子后，不管她内心怎么爱着罗切斯特，也不管罗切斯特怎样苦苦哀求挽留她，都不肯继续留下来。因为，如果在这种情况下她还留下来，就意味着她仅仅是罗切斯特的情妇，她将丧失人格的独立与平等。她选择了不告而别，毅然痛苦地深夜离开了桑菲尔德，离开深爱着她，也是她深爱着的罗切斯特，告别了她的爱情、幸福和希望，怀着一颗流血的心，走向茫茫无边的人生苦海。她的信念是：人生就是为了含辛茹苦的。以

---

① 夏洛蒂·勃朗特：《简·爱》，祝庆英译，上海译文出版社 1985 版，第 330 页。

后，她不愿做约翰的妻子，是因为他俩没有共同的思想基础，没有爱情，特别是，她不愿丧失独立的人格去屈从约翰，做他传教的工具和附属品。小说通过简·爱和约翰的交往，从另一个侧面表现出女主人公追求人格独立和平等自由的坚强意志和性格特点。

小说的故事是作家虚构的，而虚构什么，都是有意图的。为此，我们还有必要深入思考：重逢后的罗切斯特，为什么要被写成双目失明并且财产被毁？这是耐人寻味的。作者这样写，有助于深化人物的性格。继承了财产后的简·爱，能够主动去爱、去接纳残疾了的、不再富有的罗切斯特，更说明她爱的是罗切斯特这个人本身。在传统的社会和流行小说中，通常是男人有钱有地位，成为女人追逐和攀附的对象，他们居高临下地看待平民女性，往往选择门当户对的女子结婚。《简·爱》一反这种习俗，而且，简·爱表现出了与习俗中的男人们截然相反的精神境界：爱一个平平常常甚至残疾的人，特别是爱他的灵魂，而非他的财产、地位和容貌。这样的描写和结局，更显出了简·爱的高尚和灵魂之美丽。这里，夏洛蒂·勃朗特冲破了以貌、以地位取人的俗套，把一个身材矮小、相貌平常、出身贫贱的姑娘作为主人公，并赋予她纯洁的灵魂、高尚的人格和丰富的内心世界。这一独特新颖的形象在当时的文坛上显得光彩照人，让人耳目一新。

小说用第一人称叙述故事，带有自传的成分，是一部自叙体小说，带有流浪汉小说的特点。流浪汉小说一般由作为主人公的流浪汉自叙漂泊的经历，用一连串的故事段子连成一个整体。《简·爱》描写简·爱曲折经历，主要有两条主线：一条是女主人公的心理情绪演变线，另一条是女主人公的性格成长发展线。简·爱的经历与作者本人的生活道路十分接近，她向读者的倾诉、她的呻吟和呐喊、她的心理活动，混含着作者自己的心声，凝结着作者自己的灵魂和个性。小说用内视角透视人物内心世界，表现的感情真挚动人，富有真实感。因此，尽管小说有不少浪漫传奇的成分，但由于故事叙述真切，感情表达真挚，对女主人公的每一个痛苦或欢乐的叙述都具有一种不可争辩的直接性，使读者不能不相信它们是实实在在发生了的。这都说明了作者叙述技巧的成功与成熟。

第五节　《德伯家的苔丝》：“纯洁的女人”与爱的“宿命”

《德伯家的苔丝》（1891 年）是哈代的代表作之一。

主人公苔丝是一个淳朴、善良而美丽的农村姑娘，她的家十分贫穷。一天，她的父母亲偶然从牧师那里得到一个好消息：她父亲原来是当地古老武士世家德伯氏的嫡传。于是，父母亲就让苔丝到附近的德伯家去做女工，目的是去认本家。德伯家的少爷亚雷是个轻浮的浪荡公子，在一个周末的夜晚，他奸污了美丽单纯的苔丝。苔丝不愿意以自己的受辱作为保持体面的机会而委身于亚雷，而是怀着对亚雷的鄙视和厌恶离开了德伯家。回到家后不久，她生下了一个婴儿，从此，社会认为她是个堕落的女人，没人同情她，没人帮助她。她尽管生活在自己的家乡，却如在异乡他国。后来，孩子死了，她来到了牛奶场当挤奶工，和牧师的儿子克莱相爱。克莱的父母希望他娶的是门当户对的姑娘，而不是苔丝这样的农村姑娘，但克莱坚持要娶苔丝。苔丝把克莱看成是一个天神，以为他一定会原谅她和亚雷的那件事，况且，克莱自己也有类似的过错。但新婚之夜，当苔丝向克莱讲述了自己以前的事后，克莱没谅解她，抛下苔丝独自到巴西去了。于是，被抛弃的苔丝更被人认为是"坏女人",处境更艰难。但她没有抱怨克莱,而是宽恕了他,一个人肩负着沉重的生活和精神的负担,等待着克莱的归来。

一年后的一天,她去听一个牧师讲道,谁知这个牧师就是4年前那个满嘴秽语的亚雷,如今则满口仁义道德。苔丝听了不觉内心作呕。这个亚雷并没有因当了牧师就洗心革面,他见到苔丝后,又死死地缠住了她。这时,苔丝的父亲死了,一家人被地主赶了出来,无法维持生活。苔丝为了一家人的生计,只好答应和亚雷同居。克莱则在巴西生了一场大病,受了种种折磨,饱尝了人生的辛酸,这时,他开始后悔过去对苔丝的粗暴。回来后,他找到了苔丝。苔丝见到克莱的归来,惊喜之余便是无尽的痛苦。她觉得客观事实已难以使她和克莱破镜重圆。在痛苦和绝望中,她杀死了亚雷,和克莱逃往森林,但很快就被捕了,并被判了死刑。

小说以资本主义发展给英国偏远农村的小农经济带来深重灾难为背景,描写苔丝的悲剧。当时,资本主义的经营方式已在农村开始出现,作品所描写的克里克老板的牛奶场和富农葛露卓的农场,就是这种资本主义生产方式的体现。资本主义经济侵入农村导致使小农经济破产,苔丝的家庭,就遇到了生存的难题。苔丝为生活所迫,不得不去德伯家做女工,因而遭到了亚雷的奸污。以后,她又为了一家人的生计,不得不答应亚雷的非分要求,被迫与他同居。从这个意义上看,苔丝的悲剧是资本主义社会转型带来的,是时代的悲剧;小说通过苔丝的悲剧,展示了资本主义侵入农村后给普通人带来的不幸命运。

此外,社会的恶势力是造成苔丝悲剧的罪魁祸首。亚雷是社会恶势力和社会恶德败行的代表,他凭借其父的金钱、权势称霸乡里。他设下圈套,毁坏了苔丝少女的贞洁和一生的幸福。他损人利己，不择手段去满足自己的欲望，表现了农村地主阶级的本质特点。尽管后来他在老牧师的帮助下一度改邪归正，然而几十年的恶习并未根除。当他再度遇见苔丝后，邪念再生。苔丝看透了这个穿着道袍的牧师的灵魂："像你这种人本来都是拿我这样的人开心作乐的……你作完了乐，开够了心，就又说你悟了道了，预备死后再到天堂上去享乐，天下的便宜都让你占去了。"①苔丝一针见血地揭穿了亚雷皈依宗教的虚伪，亚雷的行为本身也表明了作者对宗教力量的怀疑。亚雷为了控制苔丝，甚至用金钱和权势的力量，使苔丝一家处于无处安身的境地。苔丝两度落入他的魔掌，无不和他的引诱、威胁、逼迫有关。可以说，苔丝是亚雷所代表的强权与暴力的受害者；亚雷对苔丝的压迫表现为人身的迫害。

　　如果说，亚雷对苔丝的压迫主要是物质和肉体上的，那么，克莱对苔丝的压迫则表现为心灵和精神上的。克莱是一个具有自由思想的资产阶级知识分子。这类人在当时的历史条件下具有进步性。如克莱能不顾家庭、社会、宗教舆论的压力，违背父亲的意旨，不去当牧师，不愿为上帝服务，自由地选择了自己的前途；他厌恶城市资产阶级文明生活，来到农民中间，和他们一起劳动；他违背传统观念，愿意和农村的姑娘苔丝结婚。这些都表现出他进步思想的一面。但是克莱对旧传统价值观念和生活方式的反叛是有限的，他的思想与传统德观念仍有着千丝万缕的联系。他爱苔丝，更多的是考虑苔丝很适合于以后自己做了种植园主之后，当他的好管家。虽然，他也喜欢苔丝，但他和苔丝的结合，更多的是建立在利己主义的算计上。所以，当苔丝向他坦白地吐露她与亚雷的往事后，尽管他自己也有同样的经历，却对苔

---

　　① 　哈代：《德伯家的苔丝》，张谷若译，人民文学出版社 1980 年版，第 432 页。

丝缺乏起码的同情和谅解，表现出自私和冷酷。他还认为：一个男人可以为所欲为，一个女子则一经失身，不管事实是怎么造成的，就是一个坏女人。这些都表明，他判断一个女人是否纯洁，用的是迂腐的、传统的道德观念，其间表现出他为人的虚伪性。他曾唤起了苔丝对美好生活的憧憬，他又无情地把苔丝推向了精神痛苦的深渊。这种精神上的打击和压迫，对苔丝来讲是致命的。从前她不曾屈服于金钱，不曾屈服于亚雷的权势暴力，后来却被克莱的这种精神打击所摧毁，使她失掉了生活的信心，绝望而痛苦地再次投入亚雷的怀抱。可见，伪善的社会道德是导致苔丝悲剧的又一原因。苔丝的悲剧是一个社会的悲剧。作者对苔丝是富于深深的同情的。小说的副题是"一个纯洁的女人"，表明了作者同情女主人公的人道主义立场，同时也是对资产阶级社会道德的一个挑战。

但哈代在描写苔丝的悲剧时，又是用宿命论的观点来解释的，这在苔丝身上表现得最明显。苔丝认为自己的"失身"是无辜的，但同时又觉得在"命运"面前是有罪的，应该受到惩罚。她对克莱说："你给我的惩罚，本来是我应当得的。"所以，她既有反抗命运的一面，又有顺从命运的一面。她把人生的苦难都看作是命运安排的，因而时时陷入悲观之中。在作者看来，苔丝既是社会的牺牲品，同时也是命运的牺牲品，反抗是枉然的，因而最终无法逃脱悲剧的命运。作者在小说中常常发出悲观主义的慨叹，流露出浓厚的宿命情调。这体现了哈代的人生观，实际上也是当时的一种社会思潮和时代心态。不过，哈代通过这部小说着重探讨的是个人如何反抗社会、宗教、道德的问题，小说真正发人深思之处也在此。

《德伯家的苔丝》的写景技巧异常出色，作品中的景物往往与人物的情绪、心理结合起来，富于感情和生命，具有象征意义。如小说一开始，在五月的春光下，是秀美的景色与节日的气氛，少女们在草地上唱歌跳舞，白色的长裙，五颜六色的丛丛花束，青春的活力，衬托着姑娘的纯洁、天真、美丽、欢快和明朗。而到了小说的结尾，作者对荒原黑夜的描写则占有较大的比重，还有那万古不变的爱敦荒原冷漠地注视着一个无辜女子的悲剧，这象征性地表达了命运的不可抗拒。景物、环境的描写同描写人物的性格和表现小说主题紧密结合。

哈代的心理描写十分出色。他注重在矛盾冲突中刻画心绪流程，表现人物复杂的心态和丰富的精神世界。例如，苔丝与克莱相爱的整个过程中，心中始终交织着幸福、痛苦、恐惧、悔恨、屈辱等各种感情，作者把苔丝置于极度的矛盾旋涡中展示丰富复杂的内心世界，使这一形象富有立体感和真实感。

哈代重视小说情节结构的设计安排。他常以主要人物之间婚姻恋爱的多角纠葛作为结构线索，通过情感纠葛推进情节的发展，刻画人物，表达对生活的认识和对社会的批判。《德伯家的苔丝》设置了苔丝与亚雷、克莱之间的纠葛就是一例。哈代又往往运用大量的偶然和巧合因素来作为情节的"推进器"，从而造成情节的曲折性，人物关系的复杂性，如作品中牧师偶然发现的苔丝家的家谱，苔丝给克莱的纸条塞到了地毯下，等等。

第六节 《罪与罚》："超人"、"凡人"抑或"罪人"

《罪与罚》是陀思妥耶夫斯基的代表作之一。小说讲述的是在彼得堡学法律的大学生拉斯柯尔尼科夫，因为家境贫寒而不得不放弃学业。他谋杀了一个邪恶的做小生意的老太婆，并误杀了老太婆的妹妹，一个善良虔诚的宗教徒。后来，他为杀人特别是为误杀老太婆的妹妹而备受内心的折磨，投案自首后被判流放西伯利亚。小说结束时暗示他将幡然悔悟，开始新的生活，用受苦受难来赎罪。

19世纪六七十年代的俄国，旧的封建农奴制度迅速瓦解，新的资本主义势力以十分野蛮的方式急遽发展，普通民众不仅没有摆脱旧的封建势力的残酷剥削，反而因资本主义滋生的弊病而受到双重压迫。《罪与罚》以震撼人心的描写展现了彼得堡下层人民生活的可怕困境。在贫民窟里，居住着形形色色被生活逼得走投无路的人们。大学生拉斯柯尔尼科夫居住在贫民公寓的顶楼，交不起学费又无力付房租，由于衣衫褴褛，想当家庭教师也无人聘请，只好靠母亲的养老金和妹妹当家庭教师的薪金度日。小公务员马尔美拉托夫无端失业，一家人生计无着，长女索尼雅被迫出去靠出卖肉体来维持全家人的生活。马尔美拉托夫整日借酒浇愁，在一次醉酒后被马车碾过，横死街头。他的妻子半疯半傻并患了肺结核，带着饥肠辘辘的孩子们沿街乞讨，最后吐血而死。那些纯情少女或被逼为娼，靠出卖肉体养活家人，或变相卖身，嫁给中年绅士，或在街头被人灌醉，成为男子掌中玩物，满目尽是凄凉悲惨的景象。小说描绘出彼得堡暗无天日的贫民窟的阴森可怖，"被欺凌与被侮辱"的人们濒于绝境的现实图景，从而强有力地说明这个贫困、混乱的社会正是滋生罪恶的温床。

拉斯柯尔尼科夫是一个崭新的、复杂的人物形象。他纯洁善良、富有同情心，头脑清醒、善于思考，但是，却被贫穷压得"喘不过气来"。当他得知妹妹为了帮助自己，决定嫁给讼棍卢仁时，心潮更是激荡难平。不过，这种生计的艰难还不是他走向深渊的主要原因。现实的生存困境迫使他思考，使他发现了现实社会弱肉强食的生存法则和极端利己主义的人生哲学，只有那些毫无人性的家伙才能靠着卑鄙无耻的手段当上统治者。他根据现实的生存法则得出了自己的结论：所有的人被分成"平凡的"和"不平凡的"两种，即"超人"和"凡人"；"凡人"必须俯首帖耳，唯命是从，没有犯法的权利，"超人"有权利从事各种犯罪行为，归根结蒂就是因为他们是"不平凡的人"。[①]拉斯柯尔尼科夫屈从了他的理论并付诸于实际行动，杀害了放高利贷的老太婆及其妹妹丽扎韦塔。但这并没有给他带来惊喜，反而带给他无止境的心理上的折磨，因为他从本质上并没有丧失人性。隐藏在他的所有恐慌的背后的是基于人性基础上的对自己的理论的怀疑，这又导致了他对自己的行为——杀死放高利贷者阿廖娜和丽扎韦塔——的怀疑。这些怀疑一经确认也就否定了自己。拉斯柯尔尼科夫的内心深处无法泯灭的人性与他理性思维中的现实生存法则构成了内心矛盾的主要方面。他在犯罪前把自己跟资本主义社会的领袖联系在一起，犯罪后，他知道自己不是那种材料造成的，自己根本不是什么"超人"，而是罪人。他之所以不能成为自己的统治者，并不是因为他太软弱的缘故，而是因为他的天性。他最后之所以自首，是因为他——不是用理智，而是凭他的整个天性——不再相信他的残忍的理论。这里，人的心灵的力量、人的良知终于突破了这种残忍的食人理论的重压，获得了胜利。在西伯利亚，拉斯柯尔尼科夫最后获得了新生。

索尼雅在《罪与罚》中是一个理想化的形象。她具备了陀思妥耶夫斯基所认为的一个人必须有的所有美德：信仰、忍耐、无私、奉献，等等。拉斯柯尔尼科夫第一次来到索尼雅的住处，只见她的房间像个棚子，形状极不规整，墙壁糊的纸已经发暗，肮脏不堪，扯得破破烂烂，屋里几乎没有家具。站在他面前的这个

---

① 陀思妥耶夫斯基：《罪与罚》，朱海观、王汶译，人民文学出版社1991年版，第347—351页。

18 岁的女孩子，每天从早 6 点到晚 8 点都得到街上出卖自己的肉体。她不仅白白地毁了自己的青春，而且连投河自尽的权利也没有；她必须活下去，否则卡杰琳娜的孩子们就得饿死。拉斯柯尔尼科夫想到这里，情不自禁地跪到索尼雅的脚下，对她说："我不是向你膜拜，我是向人类的一切苦难膜拜。"索尼雅是人类苦难的象征。她自觉地为人类受苦，对人类怀着基督的爱。

陀思妥耶夫斯基的长篇小说是一种独特的社会哲理小说。他的作品不仅深刻地揭露了尖锐的社会矛盾，而且也反映了这个时代的思想冲突。作家把这些矛盾和冲突提到哲学的高度加以解释和进行艺术描写，使作品具有极大的思想容量。高度概括的社会哲学问题，包括作家反对"虚无主义"和宣扬基督顺从与忍耐的思想倾向，构成小说的基础，与情节融为一体，决定了作品中人物形象体系和情节发展的走向。在《罪与罚》中，作者所提出的社会哲学问题体现在主人公拉斯柯尔尼科夫的"理论"之中，这种"理论"又与这个人物的整个形象浑然一体，也就是说，他的行为既出于他的生活境遇和性格气质，又符合他的"理论"主张。他的反叛是个人主义和无政府主义的。另一方面，陀思妥耶夫斯基又把拉斯柯尔尼科夫的"理论"与革命民主派所谓的"虚无主义"联系起来，从而否定了革命暴力，鼓吹人不应该反抗，而应该靠着心灵和宗教信仰而生。索尼雅用基督的爱拯救了拉斯柯尔尼科夫，使他的灵魂获得新生，这一形象体现着作者关于宽恕、和解的理想。

陀思妥耶夫斯基很善于是安排故事情节，他的长篇小说情节曲折离奇，变幻莫测，紧张集中，波澜起伏，即使书中经常插入大段的哲学和宗教议论，也并不使人觉得枯燥沉闷。《罪与罚》的中心情节紧紧围绕着主人公犯罪以及犯罪后的内心矛盾展开。小说没有按时间顺序介绍主人公犯罪前的生活史以及他犯罪动机的形成过程，一开始就进入情节，简洁地描绘了主人公犯罪前两天发生的几件事，接着马上把他带到犯罪现场。这样，犯罪就成了全书情节的开端，而情节的结局是主人公投案自首，尾声则简单地介绍了他服苦役时生活和精神上的变化。犯罪以后何去何从的问题，不仅关系到他本人今后的命运，而且也关系到他所思考的重大"理论"问题如何解决，因此犯罪以后的内心斗争，他在精神上所受到的"惩罚"，则是全书的重点，占有很大的篇幅，体现着情节的展开和发展的高潮。这样，"惩罚"不单单是一系列外在事件发展的结果，而是主人公内心斗争的逻辑必然。

陀思妥耶夫斯基也是安排结构的大师，他的长篇小说规模宏伟，线索复杂，头绪繁多，但是布局严谨，结构缜密。《罪与罚》包括数条情节线索，但作为全书基础的社会哲学问题，把这些线索组成一个有机的整体。这些线索彼此之间内在联系紧密，但又各有各的使命，分别体现着拉斯柯尔尼科夫的"理论"的某个方面或者不同的解决途径。马尔美拉托夫一家的不幸，反映了人类的苦难，是拉斯柯尔尼科夫痛苦思索的对象，使他觉得人生在世上只处于"一块只容两脚站立的弹丸之地"，这是他的整套理论的出发点和现实依据。与拉斯柯尔尼科夫相对立的索尼雅的线索，体现着他的"理论"问题的正面解决——对人类的爱、为人类而受苦和勇于自我牺牲。小说的中心情节是拉斯柯尔尼科夫的故事，直接体现着他的"超人"哲学及其破产的过程。而卢仁的线索则是主要情节的补充，从日常生活方面间接地体现了这种"理论"，表明拉斯柯尔尼科夫所向往的"超人"与那些为非作歹的恶徒，与那些在通行的道德范围之内不断犯罪的统治阶级代表人物毫无区别。卑鄙之徒卢仁是个生意人，在日常生活中实践了拉斯柯尔尼科夫的"有权犯罪"思想。因此可以说，《罪与罚》讲的不是一项犯罪，而是若干起犯罪及其所受到的惩罚。拉斯柯尔尼科夫企图通过流血的途径成为人类命运的主宰者；索尼雅是卖淫妇，也在犯罪，但她是在做自我牺牲，如果说她也有罪，那么她仅仅是对自己犯了罪，因此不该受到惩罚；卢仁不断犯罪，但他从不越过资产阶级法律所容许的范围，因此受不到惩罚。拉斯柯尔尼科夫与警察机关的周旋，不构成独立的情节线索，而跟他的自我斗争融为一体。

第七节 《安娜·卡列尼娜》:自然人性与平庸环境的冲突

《安娜·卡列尼娜》是托尔斯泰的代表作之一。小说主要由两条线索构成，一条写安娜·卡列尼娜和渥伦斯基之间的爱情纠葛，展现了彼得堡上流社会、沙皇政府官场的生活；另一条写列文的精神探索以及他与吉提的家庭生活，展现了宗法制农村的生活图画。

"幸福的家庭家家相似的，不幸的家庭各各不同。"[1] 托尔斯泰在这部小说中关心的是家庭问题，但家庭的冲突是与时代的矛盾、社会生活的激流密切联系的，主人公的生活历史被纳入时代的框架之内，单个人物及其愿望、渴求、欢乐和痛苦是时代与社会生活激流的一部分。作者在描写现实生活时强调了习以为常、故步自封的社会关系对人的沉重和压制，这种压制使人的个性和生命发展受到了严重阻碍。小说以史诗性的笔调描写了资本主义冲击下俄国社会生活和人的内心世界的躁动不安，展现了"一切

---

[1] 托尔斯泰:《安娜·卡列尼娜》，草婴译，上海译文出版社 1990 年版，第 1页。

都翻了个身，一切都刚刚开始安排"的时代特点。小说的悲剧气氛、死亡意识、焦灼不安的人物心态，正是人物同环境发生激烈冲突的产物。这种焦虑不安的气氛正是"一切都混乱了"的社会的特点，也是处于"阿尔扎玛斯的恐怖"之中的托尔斯泰自身精神状态的艺术外化。

安娜是一个坚定地追求新生活，具有个性解放特点的贵族妇女形象，她的悲剧是她的性格与社会环境发生尖锐冲突的必然结果。在作者的最初构思中，安娜是一个堕落的女人。但作者在创作的过程中改变了这种构思，赋予了安娜许多令人同情的和美的因素。安娜还是少女的时候，由姑母做主嫁给了比她大 20 岁的省长卡列宁。卡列宁伪善自私，过于理性化而生命意识匮乏。他的主要兴趣在官场，是一架"官僚机器"。相反，安娜真诚、善良、富有激情、生命力强盛。她与这样的丈夫生活在一起，不知爱情为何物，这种生活窒息了她的生命活力。在和渥伦斯基邂逅之后，她那沉睡的爱的激情和生命意识被唤醒了。此后，她身上总流露出一种纯真的、发自内心的对真正生活的热切向往之情。

安娜的不同凡响，首先在于她不屈从于她认为不合理的环境，勇敢地追求和保卫所向往的幸福生活。对渥伦斯基的爱激起了她对真正有价值的生活的强烈渴望，那埋藏在心底的被压抑的东西驱动着她。她不愿再克制自己，不愿再像过去那样把自己身上那个活生生的人压下去。"我是个人，我要生活，我要爱情！"这是觉醒中的安娜坚定的呼声。安娜对生活的这种渴求是有其合理性的，这不仅可由人的自然天性来证明，而且可由压制她的那个自私伪善的上流社会本身来证明，可由卡列宁冷酷无情的行为来证明。安娜在渥伦斯基的爱中看到了生命的意义，并义无反顾地去追求属于自己的生活。她拒绝丈夫对她的劝说，反抗丈夫的阻挠，冲破社会舆论的压制，公开与渥伦斯基一起生活。在她对爱情自由的执著追求中，表现出了她性格的纯真、坦率、勇敢和心灵的高尚、精神境界的崇高，展示出了有生命的、生机勃勃的东西对平庸的、死气沉沉的现实环境的顽强反抗。

　　然而，这种反抗本身决定了安娜的性格与命运是悲剧性的。她和渥伦斯基一起到国外旅行，在尽情地享受了爱的幸福与生活的欢乐之后，对儿子的思念之苦和来自内心的谴责之痛逐渐使她难以忍受，来自社会的压力也使她悲剧的阴影日益扩大。社会已宣判了她这个胆敢破坏既定秩序和道德规范的人不受法律保护；上流社会拒绝接受这个"坏女人"；作为一个母亲，她因"抛弃儿子"而遭到了社会舆论的强烈谴责，说她为了"卑鄙的情欲"而不顾家庭的责任。凡是构成她幸福生活的东西，都遭到了严厉的抨击。充满欺骗与虚伪的上流社会对安娜的要求是十分苛刻的，安娜的处境也就十分严峻了，她失去了支配自己命运的权利和可能，她的内心矛盾不断加剧。她一方面不顾一切地力图保卫和抓住已得到的爱和幸福，另一方面心底里又时时升腾起"犯罪"的恐惧，随着时间的推移，恐惧感、危机感愈演愈烈。这种内心的矛盾与痛苦说明了她爱的追求的脆弱性，也是导致她精神分裂、走向毁灭的内在原因。最后，失去一切的安娜绝望地想在渥伦斯基身上找回最初的激情和爱，以安慰那破碎的心，但渥伦斯基对安娜近乎苛刻的要求越来越反感，这使安娜的心灵受到了致命的打击，以致走上了卧轨自杀之路。安娜无法在这个虚伪冷酷的环境中继续生存，只能以死来表示抗争，用生命向那个罪恶的社会提出了强烈的抗议和控诉。小说也因此具有强烈的社会批判意义。

　　托尔斯泰对安娜的态度是矛盾的。他一方面认为安娜的追求合乎自然人性，是合理的；另一方面，从宗教伦理道德观来看，安娜又是缺乏理性的，她对爱情生活的追求有放纵情欲的成分。

所以，在小说中作者对安娜既同情又谴责。他没有让安娜完全服从"灵魂"准则的要求，去屈从卡列宁和那个上流社会，而是同情安娜的遭遇，不无肯定地描写她自我意识的觉醒以及对自由爱情的追求，但另一面又让安娜带着犯罪的痛苦走向死亡。"伸冤在我，我必报应。""我"就是作者一贯探索的那个永恒的道德原则，是维护人类生存与发展的善与人道。安娜的追求尽管有合乎善与人道的一面，但离善与人道的最高形式——爱他人，为他人而活着——还有相当的距离。这就是作者对安娜态度矛盾的根本原因。

卡列宁是一个伪善、僵化、缺少生命活力的贵族官僚的形象，小说通过这一形象严厉批判了那个腐朽的沙皇封建制度和上流社会刻板、虚伪的道德规范。卡列宁平常严格地按照既定的社会规范生活。他遵守法规，忠于职守，作风严谨，因而被上流社会称作"最优秀、最杰出"的人。然而，正是这个官僚队伍中的"优秀人物"，却是一个僵化的、生命意识匮乏的人。他的这一本质特征与渴望自由、不肯循规蹈矩、富有生命活力的安娜正好相反，而与那个僵死的、保守的和平庸的社会环境则恰恰一致。所以，卡列宁从内心深处难以接受安娜的生活准则，正如安娜难以接受卡列宁一样。他因为有环境的支持便总摆出绝对正确、居高临下的架势。他总是以社会所允许的宗教和道德规范逼迫安娜就范，给她设置种种障碍；他既不考虑自己的情感需要（实际上根本没有这种需要），也不考虑安娜的情感需要。在他的内心世界，跳动着的是一颗既不敢同外界抗争，又企图占有一切的猥琐、卑怯的灵魂。当安娜向他请求离婚时，他首先想到的是"如何才能去掉由她的堕落而溅在他身上的污泥"，从而不使他的前途与地位受到影响。也正是出于这种自私的考虑，他不同意离婚，这样安娜与渥伦斯基的关系就是不合法的，于是就会招来上流社会对她的谴责与抛弃，这无疑等于置安娜于绝境。而他倒认为这是他对安娜的宽恕与拯救，因为他对犯了"罪"的安娜是那样地不计前嫌，宽宏大量，因而他是那么的道德高尚，富于宗教之心。这是何等残酷的虚伪！卡列宁以及由他这样的人组成的贵族社会无疑是冷酷无情地戕杀安娜、戕杀自然人性的杀人机器。

列文是一个带有自传性的精神探索者形象，他是俄国农奴制改革后资本主义迅速发展条件下力图保持宗法制关系的开明地主。他习惯于用批判的眼光评价现实社会和人们的生活原则，探究人的生活中不可动摇的道德基础。他不愿按照周围的人教给他的那种方式去生活，不怕背离人们普遍认可的时髦的东西，不怕违背上流社会认为高雅的道德准则，在生活中走自己的路，根据自己的信念去行动，追求合乎自己理想的生活。在这点上，他与安娜有精神内质上的相通与一致性。最后，他在宗法农民弗克身上领悟到，生活的意义在于"为上帝、为灵魂而活着"；人生在世最重要的是要不断进行"道德自我完善"，"爱己及人"，感到"上帝"在我心中。列文的痛苦探索和最后结局，反映了作者的思想状态，这个人物身上体现了作者"托尔斯泰主义"的进一步发展。

《安娜·卡列尼娜》的艺术魅力很大程度上取决于出色的心理描写，人物的心理描写是整个作品艺术描写的重要组成部分。

第一，小说注重于描述人物心理运动、变化的过程，体现出"心灵辩证法"的主要特点。精神探索型的人物列文的心理过程是沿着两条路线发展的：对社会问题特别是农民问题的探索和对个人幸福、生命意义的探索。在农事改革上，他经历了理想的追求到失败后的悲观；在个人生活上，他经历了爱情上的迷恋、挫折、失望到婚后的欢乐、焦虑、猜忌、痛苦，最后在宗教中找到了心灵的宁静。他的心理运动是伴随着精神探索的历程有层次地展开的。小说对安娜的心理过程的描写，则侧重于展示其情感与心理矛盾的多重性和复杂性，她一方面厌恶丈夫，另一方面又时有内疚与负罪感产生；一方面憎恨伪善的上流社会，另一方面又依恋这种生活条件；一方面不顾一切地追求爱情，另一方面又感到恐惧不安。作者把她内心的爱与恨、希望与绝望、欢乐与痛苦、信任与猜疑、坚定与软弱等矛盾而复杂的情感与心理流变详尽地描述出来，从而使这一形象具有无穷的艺术感染力。

除了对人物一生的心理运动过程的描述之外，小说中还有许多对人物瞬间心理变化过程的描述。这类描写往往准确、深刻地披露了特定情境中人物的心理变化过程。例如，小说在写到列文第一次向吉提求婚时，关于吉提内心变化的那段文字，是十分精彩的。在列文到来之前，吉提欢喜地等待着，从外表的平静、从容、优雅显示了内心的镇静。当仆役通报说列文到了时，她顿时脸色苍白，内心是惊恐万状的，以至于想逃开。因为她虽喜欢列文，但更喜欢渥伦斯基，因而她必须拒绝来求婚的列文，但这又使她感到内疚与痛苦。见到列文后，她又恢复了内心的平静，因为她已决定拒绝列文，但她的目光中又流露出希望列文饶恕的内心祈求。吉提在见到列文前后这短暂时间内的心理流程，是多层次的，作者对人物内心变化的把握十分准确。

第二，小说善于通过描写人物的外部特征来揭示其内心世界，一个笑言，一个眼神和动作，都成了传达心灵世界的媒介。作者认为，人的感情的本能和非言语的流露，往往比通常语言表达的感情更为真实。因为语言常常对各种感受进行预先的"修正"，而人的脸孔、眼睛所揭示的都是处于直接的、自然的发展中的情感与心理。这种直接的、自然发展中的情感与心理是作者热衷于捕捉的。安娜具有被压抑的生命意识，灵魂深处才蕴蓄着荡漾的激情，时不时地通过无言的外在形态流露出来，使她富有超群的风韵与魅力。小说第一部第十八章中写到安娜与渥伦斯基在车厢门口打了一个照面，两人不约而同地回过头来看对方。接着，作者从渥伦斯基的视角描写了安娜。这段描写中，作者重点抓住了安娜的脸部表情和眼神，发掘出女主人公潜在的心灵世界。"被压抑的生气"正是安娜悲剧性格的内在本原，这种生气与来自外部环境的压制力构成她内心的矛盾冲突，丰富的情感被理智的铁门锁闭着，但无意中又在"眼睛的闪光"，脸上的"微笑"中泄漏了出来。安娜形象的美主要导源于她那丰富的情感与心理世界，这种描写也常见诸其他人物身上。

第三，小说通过内心话语的描写直接展示人物的内心世界。托尔斯泰之前的作家描写人物的内心话语往往是条理化、程式化和规范化了的，具有连贯性和逻辑性，而托尔斯泰描写的内心话语则常常表现出不规则、间断跳跃和随机的特点，使所揭示的心理内容更真实、自然和深刻。小说对自杀前安娜的内心话语的描写是这方面的典型例子。这段内心独白先写安娜死的念头，接着是回忆她和渥伦斯基的争执，然后拉回到眼前的面包店，随之又联想到水和薄烤饼，再接着是回忆她 17 岁时和姑母一起去修道院的情景，随后又想象渥伦斯基在看到她的信时的情景，突然，那难闻的油漆味又使她回到现实中来。作者把人物的视觉、嗅觉、听觉等不同的感觉因素同想象、记忆、意志过程等知觉因素以及悔恨、羞愧、恐惧、痛苦、希望等情感交混在一起，心理流变呈时空交错、非规则、非理性特征。这段内心话语把处于生与死的恐惧中的安娜那复杂而混乱的情感与心理内容真实地展现了出来。

《安娜·卡列尼娜》是托尔斯泰在艺术表现方面最具功力的小说，就艺术的完美与和谐而言，是作者长篇小说中最成功的。

第八节 《玩偶之家》:"我要学做一个人!"

《玩偶之家》是易卜生最著名的作品之一。

圣诞节的前夕,律师海尔茂的家里充满了欢乐与幸福。他的妻子娜拉漂亮活泼,海尔茂称她为"小鸟儿"、"小松鼠",[1] 结婚 8 年来他们的感情一直很好。过了圣诞节,海尔茂将升任银行经理了,娜拉今天也就格外高兴,把好朋友林丹太太也请到家里做客。林丹太太让娜拉向海尔茂求个情,帮她在海尔茂的银行里找一份工作。恰好海尔茂正准备辞退一个名叫柯洛克斯泰的职员,因此,就决定让林丹太太接替柯洛克斯泰。不巧的是,几年前,海尔茂患了重病,那时,他地位低下,收入少,娜拉为了给海尔茂治病,只好向银行职员柯洛克斯泰借钱。柯洛克斯泰要娜拉的父亲作保人在借条上签字,而当时娜拉的父亲正身患重病,无法拿到他的签名。出于无奈,她就伪造了父亲的签名,借到了这笔钱。但娜拉一直把此事瞒着海尔茂,因为海尔茂最恨向人家借钱。再说柯洛克斯泰获悉海尔茂要辞退他,就写信给海尔茂,把娜拉借钱的事都说了出来。开始,娜拉以为,海尔茂知道真情后定会原谅自己,甚至还可能出来承担全部责任。谁知海尔茂看了信后,就大发雷霆,骂娜拉是个道德败坏的、会撒谎的、下贱的女人,断送了他的前途。娜拉几乎不敢相信眼前站着的这个人是海尔茂。再说林丹太太是柯洛克斯泰从前的情人,在她的劝阻下,他表示不再加害于娜拉,并将以前娜拉冒名签字的借据还给她。这时,海尔茂看到自己的名誉地位保住了,立刻又变得和蔼

---

[1] 《易卜生戏剧四种》,潘家洵译,人民文学出版社 1978 年版,第 116 页。

可亲起来，亲切地称娜拉是"小鸟儿"、"小宝贝"。可是，经过这一场风波，娜拉看透了丈夫那虚伪自私的灵魂，看清了她自己在这个家庭中不过是丈夫的玩偶，她觉得，结婚8年来，她没有做过一天和海尔茂平等的人。于是，她毅然决定：离开这个"玩偶之家"。海尔茂再三苦苦挽留也无济于事。只听见楼下的门"砰"地一声，娜拉走了。

全剧的矛盾冲突在娜拉和海尔茂之间展开。娜拉是一个具有民主倾向的叛逆女性，是争取妇女解放的典型，海尔茂是男权思想的体现者，是那个社会的道德、法律、宗教传统的维护者。这个剧本尖锐的戏剧冲突，集中体现为思想冲突，并且，这种冲突由个人的性质转为社会的性质，由内部的冲突扩大为外部的冲突。所以，弄清这两个形象之间思想和性格上的对立因素，不仅是我们分析、理解这两个形象的关键，而且，还有助于我们剖析和把握全剧的主题。

海尔茂和娜拉思想和性格的对立主要表现在哪些方面呢？

第一，海尔茂是虚伪自私的市侩，娜拉则是真诚而富有同情心和高尚品格的人。海尔茂似乎很爱自己的妻子，对娜拉满口的甜言蜜语。他说夫妻应当分挑重担，并且，他常常盼望有一件危险的事威胁着娜拉，好让他拼着命，牺牲一切去救娜拉。但到真正出了事时，他却是另一副面孔，使娜拉突然对他判若两人。他怒骂娜拉是"下贱女人"还不够，还不准娜拉有教育子女的权利。可见，他关心的只是自己的名誉和地位，他爱妻子是口是心非。他解雇柯洛克斯泰，那无非是因为柯洛克斯泰是他大学的同学，知道他的底细并且常常叫他的小名，他就忍受不了了。所以，从海尔茂对待娜拉伪签名一事的态度上，从解雇柯洛克斯泰的动机上，都表明他是一个虚伪、自私的家伙。

相反，娜拉真诚、热情、善良、乐于助人、富于同情心。她同情在严寒天气里为她挑东西的脚夫，加倍算给工钱；当林丹太太求她帮助找个工作时，她满口答应，尽力帮助；为了治丈夫的病而假签名借钱，突出反映了她对丈夫的体贴和忠诚；她费尽心机节省家庭开支，甚至还夜里干抄写工作，挣几个钱，为的是尽早偿还债务；当伪造签证的事将要败露时，她曾决定牺牲自己，甚至以自杀来保全丈夫的名誉。这些方面都表现出她是以真诚之心对待一切的，她的品格是高尚的。

第二，在爱情和家庭观念上，海尔茂是个大男子主义者，娜拉则是男女平等、妇女解放的追求者。海尔茂喜欢娜拉，只是因为她是个好看的"纸娃娃"，是一个玩偶。所以他叫娜拉为"我迷人的小东西"，"我迷人的小妖精"。既然是玩偶，就不许有自由的意志，一切要听从他，由他来支配。在他看来，妻子对丈夫只有责任，而没有任何权利，因此，在家庭生活中，娜拉只是自己的私有财产和附属品。正如娜拉所揭发的那样："跟你在一块儿，事情都归你安排，你爱什么我也要爱什么……这些年我在这儿简直象个叫化子，要一口、吃一口，我靠着给你耍把戏过日子。"在海尔茂眼里，男女是不能享受平等权利的，女人可以为男人作出牺牲，而男人则不行。他曾直接对娜拉说："男人不能为他爱的人牺牲自己的名誉。"开始，娜拉没认识到自己的地位。觉醒后，娜拉就不愿再过玩偶生活了，她提出了男女平等的主张。娜拉要出走，海尔茂又企图用贤妻良母那一套来说服她。但娜拉说："这些话现在我都不信了。现在我只信，首先我是一个人，跟你一样的一个人——至少我要学做一个人！"这表达了她要和旧传统观念决裂、冲出家庭牢笼的决心。因此，在爱情和家庭观念上，如果说海尔茂代表了一种落后的男权主义思想，那么，娜拉则代表了进步的民主主义的思想。这两种思想壁垒分明，不可调和。

第三，海尔茂是现实社会制度的卫道士，娜拉则是它的叛逆者。海尔茂在娜拉要出走时，就搬出道德、宗教和法律来压迫娜拉，他把这一切都视为是天经地义的。他认为，宗教能拯救人的灵魂，犯过过失的人就应当认罪，要"甘心受罪"，也就是说，娜拉应当认罪。娜拉则提出反对说："不瞒你说，我真的不知道宗教是什么，'尽管'牧师告诉过我宗教是这，宗教是那个。'实际上'牧师对我们说的那套话，我什么都不知道。""等我离开这儿一个人过日子的时候，我也要把宗教问题仔细想一想。我要仔细想想牧师告诉我的话究竟对不对，对我合用不合用。"这是她对宗教合理性的大胆质疑。海尔茂认为，现实社会的法律是神圣的、合理的，他还用法律来威胁娜拉。娜拉则公开对这种法律提出抗议，认为它是"笨法律"。她说："国家的法律跟我心里想的不一样，可是我不信那些法律是正确的。父亲病得快死了，法律却不许他为女儿给他省去烦恼。丈夫病得快要死了，法律不许他妻子想法子救他的性命！我不相信世界上有这种不讲理的法律。"可见，在对待资产阶级法律、宗教的态度上可以看见，法是资本主义社会的卫道士，娜拉则是这个社会的叛逆者。

娜拉和海尔茂是思想、性格截然不同的两种典型，就他们的思想而言是对立的，他们之间的矛盾冲突也就表现为思想冲突。通过这种冲突的描写，该剧撕下了男权社会家庭关系中温情脉脉的面纱，暴露了建立在大男子主义统治基础上的虚伪的夫妻关系。剧本告诉人们，在一个极度专制却又涂上玫瑰色彩的男权社会里，女人只是供男人赏玩的摆设，男人们总是搬出一大通堂而皇之的理论来捍卫他们高高在上的统治地位。《玩偶之家》上演后，引起了社会的巨大反响，尤其是剧的结尾，娜拉出走时那砰然一响的关门声，久久在欧洲社会上空回响。娜拉出走的进步意义在于：它向男权主义提出了公开挑战，向社会提出了妇女解放的问题，同时也向男权主义社会的法律、道德、宗教提出了抗议。所以，我们可以说《玩偶之家》是妇女解放的宣言书。

《玩偶之家》是易卜生"社会问题剧"中最出色的，它体现了"社会问题剧"的基本特征。第一，严峻的真实。"社会问题剧"所写的往往是现实生活中人们熟悉的人和事，矛盾冲突就是现实中存在的问题；在组织戏剧冲突时，总是把人物性格和事件的发展跟现实生活紧紧地结合起来，这样，在整个舞台上展现的就是日常生活。《玩偶之家》中，娜拉和海尔茂有生活原型，他们之间冲突的爆发，是现实生活中的妇女问题，法律道德、宗教等问题的反映，这个矛盾是有坚实的生活基础的。剧中人物性格和剧情的发展十分自然、真实、合情合理、合乎生活逻辑。

第二，"追溯法"（或"回顾法"）的运用。所谓"追溯法"，就是不把跟主要情节有关的人和事直接在舞台上加以表现，而是在主要情节发展的过程中，通过剧中人物的对话等方式交代出来；这样，就使过去的情节和现在的情节交织起来，以过去的情节推动现在的情节，甚至现在的情节只是过去情节的结果。"追溯法"是易卜生在继承发展古希腊悲剧结构特征的基础上形成的一种特殊方法，他的剧本在结构上形成了简练、集中的独特风格。《玩偶之家》描写的是 7 年前后的事，但实际上在舞台上表现的只是三天左右的时间内发生的事。幕一拉开，虽然我们看到的是圣诞节前夕娜拉家里欢度节日的良辰美景，然而实际上是"山雨欲来风满楼"的非常时期，娜拉假签字的事隐瞒了 7 年，如今即将暴露。而这件事，是通过林丹太太的上场，通过追溯法交代的。柯洛克斯泰的一封信，则事情败露，娜拉和海尔茂的矛盾冲突爆发。冲突的结果是娜拉出走。这里，假签字是过去的事，林丹太太的到来，柯洛克斯泰的揭发则是现在发生的事，海尔茂和娜拉冲突、决裂既是现在的事，又是过去事件的结果。可见，现在的事推动了过去事件的发展，带来了过去事件的结果。

运用追溯法构建戏剧冲突的好处是什么呢？首先，使剧情简练、集中紧凑。次要的情节仅仅通过人物对话就交代清楚，做到了最大限度的简洁，突出了主要情节。其次，有利于戏剧冲突的迅速发展，把描写的重点落在一触即发、图穷匕首见的关键时刻。中国的传统戏剧往往是将事情的前因后果全部都在舞台上表现出来，剧情的发展是顺流而下的，节奏缓慢。《玩偶之家》一开始就直接表现结果，戏一开始矛盾马上要爆发，高潮即将到来，剧情的节奏快，冲突的进展迅速，扣人心弦。再次，有利于在矛盾中表现人物性格。在假签字一事公开之前，出现在观众眼前的娜拉是一个热情、真诚的贤妻良母，海尔茂则是所谓的"正人君子"。事情一公开，也即矛盾冲突一爆发，两个人物就放在了矛盾冲突的风口浪尖，性格得到了成功的刻画。

第三，将"讨论"带进戏剧，富有辩论色彩。易卜生的"社会问题剧"很注重在作品中提出重大的社会问题，让剧中人物展开争辩，进而表述作者本人的态度。讨论的展开和剧情的发展紧密结合，讨论的内容渗透在剧情之中，使戏剧带上了论辩的色彩，具有引人入胜的逻辑力量。第三幕的辩论是全剧最精彩的部分。讨论不仅涉及男女平等问题，而且涉及宗教、社会制度、法律、道德、责任义务、人权等问题。易卜生把讨论带进戏剧，既激发读者和观众探讨问题的激情，将观众与剧中人合二为一；又推动了情节的发展，使议论性与戏剧性融合在一起，创造了一种新型的戏剧模式。

第四，运用细节和人物动作刻画人物心理。戏剧人物的心理活动常常是通过人物的独白或旁白来表现的。但易卜生的《玩偶之家》不轻易用独白和旁白，而是通过人物动作、细节来表现人物心理。比如，"信箱"这个细节，"跳舞"这个动作，反映了娜拉紧张、焦急的心理。柯洛克斯泰将揭露娜拉假签字一事的那封信投到了海尔茂的信箱,信箱的钥匙只有海尔茂有。海尔茂回来后要去开信箱,娜拉紧张到了极点。这时,娜拉用狂乱的跳舞来阻止海尔茂开信箱,狂舞恰好是娜拉心乱如麻内心世界的表露。作者运用这个强烈的动作,表现人物复杂而激动的内心活动,收到了极好的艺术效果。

第九节 《哈克贝利·费恩历险记》:
对现代文明社会的叛离

《哈克贝利·费恩历险记》出版于 1884 年,它和此前出版的《汤姆·索亚历险记》是姐妹篇。这两部小说都是著名的描写儿童的作品,但是正如作者自己所说,这些小说也是写给成人看的。

故事发生在南北战争前,在美国南部的一个小镇,哈克贝利·费恩为了逃避酒鬼父亲的毒打,也不愿意过寡妇陶格拉斯太太为他安排的"古板"、"正经"的生活,[1] 就逃到了一个离小镇不远的荒岛上。在那里他遇到了华珍小姐的黑奴杰姆,杰姆是因为不愿意被华珍小姐卖到别处去而藏在岛的上。两人结伴乘木筏顺着密西西比河漂流而下,去寻找一个不买卖黑奴的"自由州"。一天,他们好心救了两个被追捕的人,想不到这两个人竟是作恶多端的骗子。他们一个自称"皇帝",一个自称"公爵",后来他们背着哈克把杰姆给转卖了。哈克十分伤心,决定要救出杰姆。

---

[1] 马克·吐温:《哈克贝利·费恩历险记》,成时译,人民文学出版社 1989 年版,第 5 页。

后来汤姆来告诉他一个好消息，华珍小姐临死时宣布让杰姆自由了。杰姆从此成了自由人，哈克则仍然过着漂泊流浪的生活，因为，那是他所向往的"自由生活"。

小说通过哈克的经历和所见所闻，描绘了美国密西西比河沿岸美国的生活面貌。阿堪索镇就是美国内地的一个缩影，它破旧衰败，令人不堪入目，居民都贫困懒散，精神趣味低下，愚昧无知。哈克沿途见到的都是强盗横行、骗子作歹的情景。这些人巧取豪夺，贪婪无耻，下流到了极点，说明了美国这个所谓"民主自由"的文明社会，实际上与自由格格不入。

蓄奴制度是美国历史上最残酷、最野蛮的现象之一。在南北战争之前，南方的种植园主把黑奴当牲口使用，任意买卖和打杀；南北战争以后，蓄奴制在法律形式上被取消了，但是白人对黑人的种族歧视并没有消失。这部小说是在南北战争以后创作的，但写的内容仍然是南北战争以前的事。马克·吐温在作品中通过对蓄奴制盛行时代的回顾，对仍然存在种族压迫和歧视的现实作了批判。

杰姆是一个追求人身自由、敢于反抗压迫而又心地善良的黑人形象。他虽然是个黑人奴隶，但却少有奴性。他因不愿意像物品一样被买卖而出逃，去寻找属于自己的自由。为此，他历经艰辛，一再受挫，但从未灰心，决心"一定要那么干下去"。他不但为自己个人争取自由，而且要为整个家庭争取自由。他幻想逃往没有奴隶买卖的"自由州"去赚一笔钱，赎出自己的老婆和孩子，一起过自由的生活。他不承认奴隶制度是合法的，也不承认自己的奴隶地位，他要维护自己人格的尊严，他的行为中具有明显的反抗性，他的出逃，本身是对奴隶制度的一种反抗行为。

在一起漂流的过程中，杰姆和哈克结下了深厚的友谊。哈克是个孩子，杰姆则是成人，一路上，他处处爱护、关心哈克。他对哈克有一种真挚的爱与忠诚，但这决不是奴隶对主人、黑人对白人的温顺，而是在完全平等的基础上两颗自由心灵的息息相通，是追求自由的共同理想使他对哈克产生深深的爱。哈克在后来的回忆中说，在流浪途中，"我看见杰姆，无论是白天还是黑夜，有时在月光下，有时在暴风雨里，他总是在我的眼前。我们一边向前漂流，一边谈天唱歌，可是不知道什么缘故，在他身上我总是挑不出什么毛病。我看见他才值完班，也不过来叫我，就替我值班，因此我能够接着睡下去。平时，他总管我叫亲人，无微不至地爱护我，样样事都替我想到了，他实在太好了"。可见杰姆是一个感情丰富、思想纯洁、心地善良、富有自我牺牲精神的人，是和白人一样具有丰富细腻感情的人。在此，马克·吐温表达了"黑人也是人"的呼声，这是对当时美国这个文明社会中存在的种族歧视现象的一种抗议。

当然，杰姆并不十全十美，小说也真实地写出了他的迷信和无知等，只是，作者并不把它们看作黑人的固有本性，而认为是长期处于受压迫的地位，缺少文化教育造成的。

哈克是一个追求心灵自由、反叛现代文明社会的儿童形象。如果说小说塑造杰姆形象旨在指出"黑人也是人"，因此，应该有他的自由的话，那么，塑造哈克主要是指出儿童也是人，应该有他们的"自由"，而且，成人应该葆有一份童心，那世界会更美好。哈克也是出逃在外的流浪者，不过，他的出逃是因为忍受不了文明社会或成人社会的各种规范的束缚。他对陶格拉斯的宗教式刻板生活感到可怕；他也忍受不了父亲的虐待；他觉得华珍小姐死后可以上天堂，而他这样的穷孩子是不可能的，并下决心根本不做那种打算；他鄙视金钱，怀着轻松的心情把自己那笔6000元的财产给了法官。总之，他对周围的一切都感到窒息，而只有在木筏上才感到自由、轻松和舒畅，因此，他宁愿过一辈子流浪生活，也不愿做所谓的"上等人"。这都表明了他与所谓的"文明社会"格格不入，表现了他追求自由和为了自由生活而敢于斗争的性格。

还值得我们注意的是，哈克作为一个白人，他不仅自己追求自由，而且还帮助黑奴杰姆争取自由和解放。奴隶不得反抗主人，这是法律规定的，帮助黑人逃跑，也是当时美国社会中被认为是卑鄙下流的犯罪行为，教会还告诫说，这样的人死后要下地狱的。但哈克甘愿冒着触犯法规的危险，帮助杰姆逃跑。当然，哈克在白人社会中生活，不能不带有种族偏见，所以，他在帮助杰姆时，内心是矛盾的。他一方面帮助杰姆逃跑，另一方面又受着良心的谴责，但经过思想斗争，他还是决定和杰姆一起奋斗到底。杰姆那淳朴善良的品质，也唤起了他人道主义的同情心，并进一步克服种族偏见。比如，在杰姆被骗子卖了后，他本想写信给华珍小姐，向她报告杰姆的下落，但他想起以前和杰姆一起相处的那些日子，想起杰姆对自己的关心和爱护，最后改变了主意，冒险去救杰姆。他下决心说："好吧，下地狱就下地狱吧。"随即撕毁了写给华珍小姐的告发信，毅然去救杰姆了。这表现了他对现代文明社会中的种族歧视的反叛。哈克形象在一定程度上表现了马克·吐温反对奴役黑人的民主主义和人道主义思想。

《哈克贝利·费恩历险记》艺术上最重要的特点是现实主义的具体性和浪漫主义的抒情性相交融。作者在冷峻地描写密西西比河沿岸的衰败鄙陋、居民的愚昧贫困的同时，又满怀深情地描写两岸如诗如画的自然风光，让鄙俗的社会与美丽的自然形成鲜明的对比，表达作者对现实的不满和对美好生活的向往。作者常常用现实主义的笔触描写现实生活的平庸晦暗以及丑恶，同时又用抒情的笔法描写迷人的自然风景和主人公无拘无束的水上生活，这样既舒缓了气氛，又使作品情景交融，具有浓郁的抒情气氛。而且，作者的这种现实主义具体性与浪漫主义的抒情性，又自然而然地表达了作者对现实的批判和对理想的追求，对文明规约的质疑和对自然人性的呼唤，对成人世界的批评和对儿童世界的呵护。

马克·吐温的小说在表层的历险情节之下，隐伏着许多原型模式，具有象征意蕴。例如，作者笔下反复出现的河水、童年等意象都来自于他童年的现实生活。小说中，对密西西比河的描绘，流露出作家对河水的特殊感情，一方面是密西西比河养育了他，他把它看成是生命之源；另一方面是作家用静谧、纯净的河水，象征自由与再生，象征人类社会的真、善、美，体现了作家对自由、理想的追求。哈克是小说的中心人物，他同伙伴杰姆在河上的生活和相互关系的微妙变化，他在岸上的遭遇和表现，特别是他思想性格的前后变化，都使他截然有别于普通的流浪儿形象。经过"健全的心灵"和"畸形的良心"的搏斗，哈克"健全的心灵"占了上风，这象征着他对纯朴、友爱、美好的自然生活的皈依，预示这颗不肯再回囚笼的灵魂将在自然的无限生命洪流中获得永生。小说借此寄托了作家本人对自由的渴望。

小说把轻松的幽默与犀利的讽刺熔于一炉。马克·吐温从不直接褒贬笔下的人物，而是通过对人物举止言谈的绘声绘色描写，凸现人物性格。如寡妇陶格拉斯的循规蹈矩、华珍小姐的古板僵硬、哈克的淘气捣蛋、杰姆的憨厚迷信，等等，作家都是用幽默的手法给予善意的批评，有针对性地突出人物个性。对于反面人物，作者就以讽刺为武器，运用夸张的漫画手法，给予犀利的讽刺。比如，作者用闹剧的形式描写了两个自称为"公爵"和"国王"的江湖骗子。他们各自骗到了钱后，又来到另一个小镇上行骗。两人合计了一番，想出了一个新的骗钱的花招：到镇上去联合演出莎士比亚的名剧《罗密欧与朱丽叶》、《哈姆莱特》、

《理查三世》片段。起先，两人在木排上排练击剑，打打闹闹，蹿来蹿去，结果，70多岁的老骗子摔了一跤，掉到水里去了，险些丧命。然后他们到镇上张贴广告招徕观众。戏开演了，但观众席上坐的总共才十余个人。两个骗子大为生气，咒骂镇上的居民是只配看低级趣味滑稽剧的乡巴佬，不配看他们演出的高雅的莎士比亚名剧。第二天，他们又在镇上贴出海报，说要演惊人的悲剧《皇帝的麒麟》，海报上还加上了"妇女幼童恕不招待"的字样。果然镇上的人轰动了，纷纷来看戏，结果又是上了当。再度演出时，观众们都带着臭鸡蛋、烂白菜之类的东西进场，以便给予惩罚，谁知，两个骗子已经带上门票钱逃之夭夭了。这些描写都运用了讽刺手法，揭露两个骗子的厚颜无耻。

结　语

　　对外国文学的介绍与研究，我们向来很强调为我国今天的文学创作服务，实用的、功利的目的较为明显。受其影响，我们的许多研究者近年来对西方现当代文学较为热衷，尤其是对西方现代主义文学，而对古典文学，比如对 19 世纪现实主义文学，就显得颇为冷漠，认为它们已没什么可供借鉴的东西了。诚然，对世界文学中的新现象作及时的介绍与研究，无疑是必要的，何况，由于历史的原因，我们以往对西方现代主义文学缺乏研究，如今给予更多的重视，也是理所当然的。不过，仅仅从实用的、功利的目的去看待外国文学，这种认识态度与方法似乎显得过于狭隘了，而认为 19 世纪现实主义文学已无可借鉴的观点，就更显得缺乏历史的眼光了。暂且不说在经济高速发展的我国是否需要现实感和社会责任意识很强的现实主义文学，也不说 19 世纪现实主义文学确实还有许多没被我们认识、理解和借鉴的优良传统，单就对西方现当代文学的研究而论，我们也需要以正确地认识 19 世纪现实主义作为前提之一。因为，我们若要准确全面地理解与认识西方现当代文学，取其精华为我所用，就不能不把它们放到西方文化与文学发展的历史长河中，用历史发展的眼光去研究与考察，否则，对它们的认识也会像以前我们对 19 世纪现实主义文学的认识那样失之偏颇。所以，无论是研究 19 世纪现实主义文学还是研究西方现当代文学，或者其他文学现象，我们都得有清醒的历史头脑。历史的发展从来都是前后相继，绵延递进的。作为一种文学思潮，19世纪现实主义已成为历史的过去，但作为一种传统，它依然存在于西方今天的文学之中，正如20世纪西方现代主义的文化基因孕育于19世纪现实主义文学中一样，而且，它也依然是今天人类文学发展的一种参照。所以，19世纪现实主义并不是死亡了的和无意义的东西，相反，正如本书"导论"中所说的那样，它是"面向我们"的。

附 录 一

审美心理机制的差异性与
反映生活的不同取向
—— 对十九世纪现实主义的认识

> 艺术乃心灵之物，这意味着对艺术的任何科学研究
> 都将是心理学的，它虽然也可能涉及到别的学科，但心
> 理学总是必不可少的。
>
> ——M. J. 弗里德兰德

受自然科学的影响，欧洲 19 世纪现实主义（又称"批判现
实主义"）作家都自觉地以"文学应具有科学真理的精确性"作
为创作的最高理想，文学必须"真实地反映现实生活"是他们创
作的基本原则。然而，文学是精神的产物，"只有通过心灵而且
由心灵创造活动产生出来，艺术作品才成其为艺术作品"。① 因
此，由于作家的个性、心理素质、精神品格的不同，批判现实主
义潮流中的不同作家，在"真实地反映现实生活"的过程中会形
成不同的创作风格。按理，对于此类文学现象的认识并不是十分

---

① 黑格尔：《美学》第 1 卷，商务印书馆 1979 年版，第 49 页。

困难的事，亚里士多德早就指出过："由于诗人个性特点的不同，诗歌便分为两类：比较严肃的人摹仿高尚的行动，即高尚人的行动，比较轻浮的人则摹仿下劣人的行动，他们最初写的是讽刺诗，正如前一种人写的是颂诗和赞美诗。"① 亚里士多德的分析尽管还是粗略的，但已经注意到作家的心理素质、性格等内在因素对独特创作风格的形成所起的作用。然而，由于我们以往在对批判现实主义作家的研究中过于强调外部因素对作家创作的重要性，因而也就很少从内在心理因素这个极为重要的视角去发掘不同作家的创作个性，而常常用从个别"经典性"作家的创作中总结出来的"基本原则"去笼统地归纳和界定其他的批判现实主义作家，于是，众多作家的创作和风格很大程度上就被个别经典作家涵盖了，人们也就没能真正认识和把握这些作家的创作个性，也没能从整体上准确全面地把握批判现实主义的传统和精华。本文则试图从作家审美心理结构的角度，粗浅地剖析一下批判现实主义作家在反映生活上的不同取向。

一

现代认识论认为，人对世界的认识性质不仅依赖于刺激物的性质，也依赖于感觉的结构机能的性质，依赖于感受体的内部状态。就文学创作而言，这个感受体就是作家的心灵世界，更确切地说就是作家的审美心理机制。特定的审美心理机制作为一种稳定心理模式，它的形成有其先天生理气质的原因，也有后天社会因素的影响。一个作家的审美心理机制一旦形成后，就蕴藏于意

① 亚里斯多德：《诗学》，人民文学出版社1962年版，第12页。

识的深层，以潜在的方式制约着作家对生活观察、感知的取向和艺术思想的方式，在创作上表现出特定的内容和形式技巧。这种审美心理机制实质上就是 20 世纪初德国著名美学家沃林格所说的"艺术意志"。艺术意志是人的"一种潜在的内心要求"，一个人具有怎么样的艺术意志，"他就会怎样地去表现"，"每部作品就其最内在的本质来看，都只是艺术意志的客观化"①；每部作品的风格特点归根到底就是作家心理需要的特点，这是所有艺术风格的心理成因。可见，不同的作家有不同的审美心理机制或艺术意志，从而导致了创作风格的千姿百态。

批判现实主义文学是欧洲近代文学的高峰，涌现的作家之多，可谓是群星灿烂，人才辈出。从微观看，每个作家都有自己独特的审美心理机制，因而都有自己独特的创作个性，他们中任何一个成就巨大的作家都无法涵盖其他作家的独特风格。从宏观看，批判现实主义作家存在着内向型与外向型两种基本的审美心理机制，因而在反映生活上也就存在着内倾性与外倾性两种不同的流向。司汤达、托尔斯泰、陀思妥耶夫斯基等属于内倾性作家的代表，巴尔扎克、狄更斯、左拉等属于外倾性作家的代表。司汤达和巴尔扎克是批判现实主义文学的奠基人，因而他们分别是内倾性与外倾性批判现实主义的创始人。

在先天的心理和生理气质上，"司汤达明显是内省型的"②，因而他倾向于接受孔狄亚克和爱尔维修的唯心哲学，而不是当时盛行的实证论，并且还热心于研究生理学和人的气质的理论。在日常生活中，他倾注于对人的欲望、情感产生之规律的研究，养

---

① ［民主德国］W. 沃林格：《抽象与移情》，辽宁人民出版社 1987 年版，第 10 页。

② ［英］W. D. 哈瓦特：《从 1600 年到现代的法国文学》，伦敦 1974 年英文版，第 75 页。

成了热衷于观察人的心灵世界之奥秘的习惯。他曾立志做一个
"人类灵魂的观察者"①；他很能体会自身的心理变化，并无情地
解剖自己的阴暗心理；他往往从观察自己的心理开始，由此及彼
地研究他人的心灵。他的《情爱论》以及日记、笔记、书简等记
载了许多对人对己的观察与解剖。在这种研究中，司汤达"能够
全身心地去感应所有合乎自己潜在天性的事物，去探究自身的这
种潜在天性并以这种方法去掌握别人的内心体验"。② 他始终保
持着心理分析家的好奇心，任何灾难风险、疲劳困境都能转移他
的注意力③，"他用毕生精力沉思默想的对象就是人本身"。④ 因
此，司汤达实在不失为一位人类天性的研究家，他的认识和感知
世界的方法是"瞳孔向内"的。正是这种特定的感知方式和心理
素质，使他的美学观趋于内向化。他十分推崇莎士比亚，因为莎
剧"大量地描绘了人的心灵世界的激荡和热情的千变万化"⑤。
他认为"莎士比亚很懂得人的心灵。莎士比亚的作品中，任何喜
怒哀乐，任何情感，他都能以一种令人赞赏的真实情态细致入微
地描绘出来"⑥。可见，通过文学展示出人的心灵深处的奥秘是
司汤达内心潜在的审美心理欲求，他的审美心理机制是内向
型的。

从俄罗斯大地上崛起的现实主义巨匠列夫·托尔斯泰在文学
史上和巴尔扎克双峰对峙，相互辉映，但在心理素质上他和巴尔
扎克相距甚远，而和司汤达极为相似。托尔斯泰也具有一种自我

① 纽约 1958 年矮脚鸡古典文学丛书《红与黑》英文本序言。
② 〔美〕杰弗里·斯特里克兰林：《小说家司汤达的教育》，剑桥大学出版社
1974 年英文版，第 7 页。
③ 〔法〕郎松：《法国文学史》，转引自《文艺理论研究》1984 年第 1 期。
④ 纽约 1958 年矮脚鸡古典文学丛书《红与黑》英文本序言。
⑤ 《卢那察尔斯基论文学》，人民文学出版社 1964 年版，第 496 页。
⑥ 《西方文论选》（下册），上海译文出版社 1979 年版，第 148 页。

内省、沉思默想的天然心理品格。早在童年、少年时期，他就沉湎于苦思冥想之中，"这个孩子的心情不平静，他在思考永生和幸福的问题"。① 他在中篇小说《少年》中说："我少年时代最喜欢思考的问题恐怕不会有人相信，因为，这些问题同我的年龄和处境不相称"，"有一年的时间，我过着孤独沉思的生活，各种抽象问题：人的使命、未来的生活、灵魂不朽，都已经出现在我面前"。② 他早年的这种内向化的心理品格以后在卢梭、司汤达以及感伤主义作家斯泰恩等影响下得到强化，成为一种基本稳定的心理结构。在 19 世纪，按照事物过程、起源和发展来思考问题的这种"历史观点"是被普遍接受的，但托尔斯泰却用卢梭的"内在论"来否定"历史观点"，认为要解决现世出现的道德、宗教等问题，"唯有从内心寻找方法"，"通过精神反省，才能防止骄傲和欺骗"。③ 在日常生活中，他习惯于通过日记来自我分析和解剖，并由此去体察他人的内心世界。车尔尼雪夫斯曾这样分析："托尔斯泰的'自我观察'一般地会使他观察力特别尖锐，使他学会以敏锐的眼光观察别人。"④ "托尔斯泰对其他人的精神现象和心理活动的洞察力，是由托尔斯泰深入研究自己的精神状态决定的。"⑤ "托尔斯泰伯爵所最最注意的是一些情感和思想怎样由别的情感和思想发展而来；他饶有兴趣地观察着，由某种环境或印象直接产生的一种情感怎样依从于记忆的影响和想象所产

---

① ［苏］亚·托尔斯娅：《父亲》，上海译文出版社 1987 年版，第 43 页。

② 同上。

③ ［英］何林伍德：《托尔斯泰和宗教》，见《托尔斯泰新论》，剑桥大学出版社 1978 年英文版。

④ ［苏］A. 科瓦廖夫：《文学创作心理学》，福建人民出版社 1982 年版，第 63 页。

⑤ ［苏］米·赫拉普钦科：《艺术家托尔斯泰》，上海译文出版社 1987 年版，第 3 页。

生的联想能力而转变为另一些情感。"① 因此，在对生活的感知
方式上，如果说巴尔扎克善于精确地把握人与物的外部特征的
话，那么托尔斯泰则"善于捕捉人的内心最细微的变化"②。他
是"精细的心理分析家"③，他的"瞳孔"是向内的。这必然又
使他在艺术创作上以表现人的心灵和精神世界为最高理想。他认
为，决定艺术形象魅力的恰恰不是生活，而是作家自我感情的独
特性。他说："艺术感染力的大小，决定于下列三个条件：1. 所
传达的感情有多大的独特性；2. 这种感情传达有多清晰；3. 艺
术家真挚程度如何。"换言之，艺术家自己体验他们传达的感情
时的深度如何。④ 他还说："真正艺术作品出现的原因是表达积
累的感情的内心需要"；⑤ "艺术是一架显微镜，艺术家用它来对
准自己灵魂的秘密，并且把这些人所共有的秘密展示给人们"。⑥
托尔斯泰的这些论述未必完全对，但很清楚说明了他的美学观的
内倾性特征。因此，如果说巴尔扎克特别强调写社会风俗史，那
么托尔斯泰则尤为注重写人的心理史。所以，赫拉普钦科称托尔
斯泰是"一个艺术家兼心理学家"。⑦ 显然，托尔斯泰的审美心
理机制和司汤达一样，也是内向型的。

陀思妥耶夫斯基是后期批判现实主义文学的中流砥柱，其审

---

① 《俄国作家批评家评列夫·托尔斯泰卷》，中国社会科学出版社 1982 年版，第 27 页。

② ［苏］米·赫拉普钦科：《艺术家托尔斯泰》，上海译文出版社 1987 年版，第 82 页。

③ 同上书，第 216 页。

④ 《西方文论选》（下册），上海译文出版社 1979 年版，第 339—340 页。

⑤ ［苏］亚·托尔斯娅著：《父亲》，上海译文出版社 1987 年版，第 43、637 页。

⑥ ［苏］米·赫拉普钦科：《艺术家托尔斯泰》，上海译文出版社 1987 年版，第 374 页。

⑦ 同上书，第 444 页。

美心理机制的内倾性特征也是极为明显的。他性格内向，性情偏激而带有神经质，同时他又是个癫狂病患者，加之他长期生活在犯人中间，还曾从心理学家谢切诺夫的《脑的反射》中获得了丰富的关于人的心理活动之起因的知识，所有这一切都促使他形成了解剖自身心理和体察别人心理的癖好。他毕生的精力几乎都投放在对"人"的探索上。他认为："人是个秘密，如果您毕生去猜它，您就会猜中的，那您会说，我不曾虚度时光。我对此很有兴趣，因为我想做个人。"① 他实在可以被称为"人类心灵深处的调查员，是微细的解剖者"。② 在文学观上，陀思妥耶夫斯基把文学创作作为研究人的灵魂和表现这种研究的园地，认为文学应该"描写一切人类灵魂的底蕴"③。"他所有的中长篇小说都是一道倾泄他的亲身感受的火热的河流。这是他灵魂奥秘的连续自白，这是披胆沥肝的热烈的渴望。"④ 他的审美心理机制也明显是内倾性的。

与上述作家不同，巴尔扎克有一种天然的外向型的心理素质。他对事物的外部形态拥有"巨大的观察力和分析力"，他是一个"有着丰富想象力，能够建立起一个他自己创造并在其中安置众多人物的世界"的人⑤。"他有一种异乎常地活跃和敏捷的记忆力把无数的事实和细节凝结在他的脑中。""他的记忆力并不是单一型的，而是多种形式的——对地方、姓名、事物以及相貌的记忆力。他不但能记住他想要记住的一切，而且一度在他面前

---

① 转引自刘翘《陀思妥耶夫斯基论稿》，吉林大学出版社 1984 年版，第 23 页。

② 《小说月报》1982 年第 12 卷。

③ ［美国］R. 韦勒克：《批评的诸种概念》，四川文艺出版社 1987 年版，第 222 页。

④ 《卢那察尔斯基论文学》，人民文学出版社 1964 年版，第 496、213 页。

⑤ ［苏］德·奥勃洛米耶夫：《巴尔扎克评传》，中国社会科学出版社 1983 年版，第 1 页。

出现过的现实中的事物，它们当时处于怎样的情境，带上怎样的明暗和光彩，都能历历在目。"① 他"在少年时就擅长在心里真切地拟构来自书本的印象，当读到关于奥斯特里兹战役的描写时，他的耳鼓竟被炮声、马蹄声和士兵的厮杀声所震荡"。异常丰富的想象力和出色的观察、记忆能力是巴尔扎克天赋的心理品格，这种心理素质在后天因素的诱发和催化、熏陶下，进一步朝外向型方向发展。巴尔扎克成年后深受实证哲学、动物学、解剖学等自然科学的影响，甚至还受神秘主义骨相学的影响。他自己曾说："当我重读象维登堡、圣马丹等探讨科学与无限之关系的神秘论作家的多么不平凡的著作，和象莱卜尼兹、贝丰、查尔·波夏……等自然科学界奇才的著作的时候，我从莱卜尼兹的原子论、贝丰的有机分子论、尼特海姆的生命机能说里面，从在1760 年写过'动物和植物一样生长'的思想颇为奇拔的查·波奈的类似部分接合说里面，找到了'统一类型'所依据的'同类相求'这个美好法则的初步概念。"② 特别是动物学上的"统一图案说"，对巴尔扎克影响特别深刻，他说，这种学说很早就"深入我心，我注意到，在这个问题上，社会和自然相似。社会不是按照人展开活动的环境使人类成为无数不同的人，如同动物之具有千殊万类么？"③ 科学主义的思想和巴尔扎克那先天的心理品格相交融后，使他对生活的观察和感知方式带上了"瞳孔向外"的特征。动物学、解剖学的理论，使他倾向于对社会外部结构形态、人的外在生活方式的观察与分析；神秘主义骨相学的理论使他对人的研究重视外部言行举止、相貌神态而轻视心灵世界

---

① 夏中义：《艺术链》，上海文艺出版社 1988 年版，第 80 页。
② 王秋荣编：《巴尔扎克论文学》，中国社会科学出版社 1987 年版，第 58 页。
③ 同上。

本身。由此，巴尔扎克在艺术观上又热衷于宣扬精确、全面、细致、真实地再现现实生活的观点。他说："法国社会将成为它的历史，我只当它的书记……这样也许我能写出许多历史家没有想起写的那种历史，即风俗史。"① 他说他只想"充当一名老老实实的书记官的角色而已"。② "文学的使命就是描写社会"。③ 为此，"他曾埋头调查风俗、了解人的举动，细细观察人的外貌和声音的变化"。④ 他对古代作家感到不满的是，"在各个时代，埃及、波斯、希腊、罗马的作家都忘了写风俗史"。⑤ 他对司各特大为赞赏，但又因为司各特没把小说写成"一部完整的历史"而感到遗憾。巴尔扎克反复谈及的"社会"、"生活"、"历史"等，基本上都是就人的外宇宙而言的，因而，巴尔扎克实在是一位"站得住脚的社会史家"⑥，是"一位考古学家，建筑学家，裁剪师、装裱师，生理学家和公证人"⑦，而不是一位心理学家。可见，巴尔扎克的审美心理机制是外向型的。

和巴尔扎克相仿，英国批判现实主义的杰出代表狄更斯既不擅长于自我内省、沉思默想，也不善于体察他人的心理活动，而善于观察事物的外部特征。"狄更斯的思想天然地倾向于在人间的偶然事件和动物界或植物界的现象之间发现类似之处。"⑧ 他"没有内心生活，他的生命只是作为一个向外抛射物而存在于他

---

① 王秋荣编：《巴尔扎克论文学》，中国社会科学出版社 1987 年版，第 58 页。
② 同上。
③ 同上。
④ 同上。
⑤ 同上。
⑥ 同上。
⑦ 同上。
⑧ ［法］安·莫洛亚：《狄更斯评传》，上海译文出版社 1986 年版，第 128 页。

作品的人物或行动中"①。他侧重于从外部社会的角度观察世界，"他碰到一个人，总是不看那人而去观察他脸上一部分的机械性活动"。② 这说明他的审美心理结构是外向型的。

比狄更斯晚一些的福楼拜、莫泊桑、左拉等，也都接近于巴尔扎克而远离司汤达，其中，左拉是在外倾性方向走得很远的作家，他把巴尔扎克所倡导的文学和自然科学相结合的思想推向了空前的高度。"他大力主张在文学创作中运用自然科学的实验方法，要求加强观察、实地调查、详尽地占有资料、对事实严格保持客观冷静的态度、对事物加以精确的解剖与分析。"③ 他把巴尔扎克那种对外部世界观察的精确、客观的方式进一步引向了精细、繁杂、严酷的真实和实证性方向。左拉审美心理机制的外向性程度是比巴尔扎克、狄更斯等作家有过之而无不及的。

二

由于审美心理机制存在着内向与外向两种基本倾向，批判现实主义作家在反映生活的取向上，也就出现了内倾性与外倾性两种不同的流向。

胡塞尔在《现象学的观念》中说，"世界既是物理领域又是心理领域"④，人类的社会生活是物理境与心理场的双重组合。虽然这两者处于不同的层面，但如果离开了任何一面，那都不是完整意义上的生活。因此，文学反映生活既应再现物理境——外

---

① ［法］安·莫洛亚：《狄更斯评传》，上海译文出版社 1986 年版，第 72 页。
② 同上书，第 128 页。
③ 柳鸣九：《关于左拉评价问题》（二），见《外国文学评论》1989 年第 2 期。
④ ［德］胡塞尔：《现象学的观念》，上海译文出版社 1987 年出版，第 36 页。

部世界，揭示社会生活的丰富性、广阔性，又要表现心理场——内部世界，发掘人的心灵深处之奥秘。既然文学是通过心灵的创造活动产生出来的，那么，审美心理机制的不同，作家在内部世界与外部世界的把握上就必然有所侧重。像司汤达这样具有内向型审美心理机制的作家既表现内部世界，又再现外部世界，但以表现内部世界为侧重点，而像巴尔扎克这样具有外向型审美心理机制的作家，就以再现外部世界为侧重点。

毫无疑问，司汤达是一位擅长于心理描写的作家，但仅仅从艺术技巧的角度来认识司汤达小说的这一特点是不够的，还应当上升到作家创作意识、艺术表现意志的高度去认识，因为，"从心理学的角度看，技巧是第二性的东西，它只是艺术意志所导致的结果"。[①] 司汤达小说观照生活的焦点是人的心灵世界，他十分注重真实地展示人物心理演变的历史过程，人物的心理冲突往往是小说的内在情节。他"全神贯注心理学现象，把其他一切都置之度外"，[②] "什么环境描写，人物外貌，自然风光，在司汤达小说中几乎不占位置"。[③] 他总是以冷静、机智的头脑剖析人物心灵深处的奥秘，去寻找通常见不到的内在世界的东西；他仿佛在做实验，把人物放在各种环境中从而揭示人物心灵之颤动，"努力发掘真实之天性"[④]。他细致地展示人物情感、心理的细小单元，同时也真实地描写社会外部世界，但外部世界是在展示内部世界的过程中得以表现的，因为他通常是将人物的心理冲突放

---

① ［民主德国］W. 沃林格：《抽象与移情》，辽宁人民出版社 1987 年版，第 10 页。

② ［丹麦］勃兰兑斯：《十九世纪文学主流》第五分册，人民文学出版社 1982 年版，第 250 页。

③ ［法］朗松：《法国文学史》，转引自《文艺理论研究》1984 年第 1 期。

④ 司汤达：《日记，1804 年 7 月 4 日》，转引自《从文艺复兴到十九世纪资产阶级文学家、艺术家有关人道主义人性论选辑》，人民出版社 1968 年版，第 348 页。

在一定的社会背景上展开的，人物心理冲突又往往是人与外部社会冲突的投影，所以，尽管司汤达也放手描写人物的外部冲突和社会的外部形态，但其归宿则在心灵世界上。

从外在情节看，《红与黑》描写了于连在三个不同环境中不平凡的生活经历，真实地反映了 19 世纪上半期法国的社会风尚。但这并不是这部小说真正的成功之处，也不是它真正的艺术魅力之所在。《红与黑》真正的价值与艺术魅力在于真实地展示了个人奋斗者于连的心理演变史，客观地表现了社会变革时期法国整整一代年轻人在追求自由生命与独立人格的过程中所经历的心理真实，揭示了受外力压迫时人生命的率动。从结构上看，贯穿这部小说的主要并不是外在情节，而是由人物心理冲突构成的内在情节。于连从当家庭教师到被送上断头台这短暂的生活历程，实际上是他内心多重矛盾交替展开的过程。在瑞那市长家，主要是自尊与自卑的冲突；在神学院，主要是虚伪与正直的冲突；在木尔侯爵府，主要是雄心与野心、反抗与妥协的冲突（当然每个阶段中多重心理冲突有时是同时展开的）。这些心理冲突的细小单元连成一个整体就构成了于连那蜿蜒曲折、波涛起伏的心理河流①。瑞那夫人和玛特儿小姐虽不是小说的核心人物，但围绕着核心人物于连展开的心理冲突同样展示了她们心理演变的"轨迹"。这三个人物之间的心理冲突构成了《红与黑》的内在情节，这部小说的艺术魅力主要也导源于此。

即使是描写社会生活场景颇为波澜壮阔的长篇小说《巴马修道院》，司汤达也把人物心灵世界的展示作为核心内容。小说中泼墨最浓，写得最精彩的并不是炮火连天的拿破仑征战场面，也

---

① 参阅拙作《以系统的自组织原理看于连性格的自在性与自主性》，《外国文学评论》1987 年第 2 期。

不是巴马宫廷的官场角逐，而是法布里斯和吉娜、克莱莉亚三颗心灵的痛苦与欢乐。这三个人物的情感与心理的变迁是小说的主干部分。

可见，司汤达并不像巴尔扎克那样以真实地描写社会外部形态的广阔性与丰富性见长，而是以展示人的心灵世界的深刻性与丰富性见长。

如果说司汤达是循着人物激情的千变万化去发掘心理内容，因而是人的情感—心理的探索者的话，那么，托尔斯泰则是沿着人物紧张的精神去展露其心灵奥秘的，因而是人的精神—心理的描绘者。托尔斯泰曾说："艺术的主要目的是表现一个人的心灵的全部情况。"① 托尔斯泰也主要是通过展示人的精神—心理的风貌来反映 19 世纪中后期俄国社会现实的，俄国社会各阶层的人在新、旧社会交替时期精神和心理状态的急剧变化，是托尔斯泰小说描写的中心点。他一方面广泛描写人的外在生活流，另一方面又反复详尽地描述人的精神—心理现象流，归宿点则在心灵奥秘的展示上。因此，作为现实主义巨匠之一的托尔斯泰，最擅长的也不是逼真地描摹社会外部形态，而是真实地展示人的心灵世界的真实流变。托氏小说的艺术精华和真正魅力也在这里。

不可否认，《战争与和平》中有动人心弦的情节叙述，有对社会各阶层人的生活风尚的真实描写，也有对炮火连天的战争场面的精彩描绘，但这些描写是为深入展现主人公的内心世界，揭示社会心理服务的。这部小说不仅描写了不同形态的外部生活激流，描写了历史和社会的运动，更主要的是描写了各种人物的内心生活激流，展示了人民大众的群体心理。他自称这是一部"心

---

① 转引自《外国文学评论》1987 年第 2 期，第 109 页。

理历史小说"①。《复活》一直以广泛地描写和深刻地揭露沙皇政府统治下俄国社会的黑暗著称，其实这一切都是为男女主人公心理内容所贯穿的。在这部作品中，托尔斯泰并不像司汤达那样对物质环境几乎置之不理，也不像巴尔扎克那样过于热衷，他往往是通过人物心灵之窗去透视物质环境的；物质环境的展示同主人公的精神—心理活动紧密联结在一起，并为展示精神—心理内容服务，从而完成对男女主人公以及俄国人民精神"复活"过程的描写。主人公精神—心理的演变史是《复活》的主体内容。托尔斯泰通过艺术形象深入到人的心灵深处，他是人类心灵的探索者；对人的精神问题和心理奥秘描述的深刻性与丰富性，是作为艺术家托尔斯泰的最突出的创作风格。正如车尔尼雪夫斯基所说："托尔斯泰天才所具有的心理分析的力量是我们所发现的托尔斯泰伯爵作品的特色。"②

陀思妥耶夫斯基小说对俄国封建农奴制向资本主义转变时期畸形社会描写和揭露的深刻性当然是无可非议的，但他的小说为世界文学所作出的贡献主要的并不在此，而在于他对畸形社会中畸形人性的深刻展露，在于他对人类心灵这个"谜"所作的史无前例的深刻开掘。虽然，他的小说一般都有稳定的情节框架，但外部情节通常都基于人物的心理流变，是人物心理流程凝固后的外化形态，外部情节的演化是以人物心理活动和心理冲突为内在动力的。《罪与罚》中主人公拉斯科尔尼科夫内心的矛盾冲突决定了小说情节的发展，而小说主要情节犯罪与审讯的交替展开则挖掘了主人公复杂的深层心理内容。在环境的描写上，陀思妥耶夫斯基和托尔斯泰很相似：通过作品人物的视角来描绘环境，着

---

① 转引自《托尔斯泰作品研究》，陕西人民出版社1985年版，第99页。

② 《古典文学理论》(5)，人民文学出版社1963年版，第169页。

重描写人对环境的感受,环境往往是人物心理的外化,是人物内心世界的具象化。这和巴尔扎克那种从作者本人的视角客观、冷静地描摹环境有质的不同。陀思妥耶夫斯基还认为:"恶在人类身上隐藏着要比那些社会主义者兼医生所估计的要深得多,在任何社会制度下也不能避免恶,人的灵魂永远是那个样,反常现象和罪孽就来自灵魂本身。"① 正是对人类抱着这么一种带有悲观色彩的认识,他喜欢描写人的怪异心态,从而在发掘人的心灵"黑洞"的过程中,触及了人类意识的非理性区域,他的小说也就露出了现代主义的端倪。

巴尔扎克的小说当然也有精彩的心理描写,有对人的心灵世界的展示,但在巴尔扎克看来,"精神世界变化的源泉是客观现实"②,因而,似乎只要描写了外部客观世界的真,也就等于描述了内部心灵世界的真。所以,他的人物描写,不是直接深入人的内宇宙,而是先从人物所处的客观环境开始。他的小说,主要是通过细致地描写外部社会形态和物质环境来反映生活的,描写的起点是外宇宙、物理境,其宗旨是真实、客观地再现外部世界的整体风貌。由于外部社会形态、物理环境和人的活动是联系在一起的,物理境和心理场无法截然分开,因此,在真实地再现物理境的同时,他的小说也一定程度上真实地表现了心理场,但对心理场的描写,无论如何不是巴尔扎克之所长,也不是他的小说的成就与特色之所在。巴尔扎克是以真实地再现社会外部形态的广阔性与丰富性见长的批判现实主义作家。丹纳在《巴尔扎克论》中曾经有过中肯的评述:

---

① [苏]米·赫拉普钦科:《艺术家托尔斯泰》,上海译文出版社 1987 年版,第495 页。

② [苏]德·奥勃洛米耶夫斯基:《巴尔扎克评传》,中国社会科学出版社 1983年版,第 271 页。

　　他先描写城市，然后描写街道和房屋。他解释房屋的门面，石墙，门面的构造和木料，柱子的基座，藓苔的颜色，窗栏上的铁锈，玻璃上的裂口。他解说房间的分布，壁炉的式样，壁花的年岁，家具的种类和位置，然后过渡到衣服和用品。到描写人物的一章，他还要指出手的结构，脊骨的曲直，鼻梁的高低，骨头有多厚，下巴有多长，嘴唇有多阔。他细数他的手动过多少次，眼瞥过多少下，脸上有几个肉丁，他弄清他的家世，他的教育，他的生平，他有多少田产，有多少进款，他出入的是什么社交场合，和什么人打交道，花多少钱，吃什么菜，喝什么酒，他的厨子是跟谁学的手艺，总而言之，形成而且渲染人性和人生表和里的一切，纵横交织，繁不可数的情况。①

确实，巴尔扎克经常从容不迫地花费巨大的精力和冗长的篇幅去描绘物景、物象，去交代故事的前因后果，去解释人物和环境的关系，始终"把自己的注意力关注在客观世界里发生着的事件和过程上"②，以此反映生活的全与真，这使他的小说不无历史学、经济学、统计学、考古学等多方面的价值，具有再现生活的广度但又缺乏反映生活的心理深度。反映人的外部世界的广阔性与丰富性是巴尔扎克现实主义的独特风格。

　　狄更斯以善于编故事著称，曲折动人的外在情节描写是他的小说的突出特色。在对外部社会形态和物质环境描写的风格上，

① ［法］丹纳：《巴尔扎克论》，伦敦1906年英文版，第110—111页。
② ［苏］德·奥勃洛米耶夫斯基：《巴尔扎克评传》，中国社会科学出版社1983年版，第378页。

和巴尔扎克极为相似：

> 在读者的印象里，再也没有什么事物能比狄更斯描绘的
> 更为生动和逼真，旧房子、会客室、厨房、辟果提的船，特
> 别是学校的操场——这些事物内景轮廓的鲜明性、生动性和
> 精确性都是无可比拟的。狄更斯具有英国画家的激情和耐
> 心。他一一罗列细节：他注意到古老树身的种种色调，他看
> 到破旧箱子、破碎的绿色的石板路和潮湿的墙壁上的裂缝；
> 他能分辨出它们散发出来的各种异常的气味；他记下苔藓斑
> 点的大小，他识别在门上学者的姓名，不厌其详的描述字体
> 的形状。他能把这种细节描写得如此淋漓尽致，原因在于他
> 观察的深入和集中。①

显然，狄更斯的小说也是以描写外部世界见长的。

左拉一般被认为是自然主义作家，但左拉的自然主义和传统
的现实主义并不对立，而是传统现实主义的深入发展，他是巴尔
扎克的忠实后继者②，他的小说对外部社会形态和物质形态描绘
的广阔性和丰富性同巴尔扎克比毫不逊色，而且，这种描写更为
细致精确，更具有实证考据的色彩，这意味着他的小说在外倾性
上比前辈作家更进了一步。

综上所述，内倾性的批判现实主义作家是从表现心理场的宗
旨出发观照物理境的，外倾性的批判现实主义作家是从再现物理
境的角度折射心理境的。前者在展示心灵世界上更具有直接性、

---

① ［法］安·莫洛亚：《狄更斯评传》，上海译文出版社 1986 年版，第 128 页。
② 关于左拉同巴尔扎克的继承关系，可参阅柳鸣九《关于左拉的评价》（二），
《外国文学评论》1989 年第 2 期。

真实性和深刻性，而在再现外部社会形态上趋于主观性、宽泛性；后者则在再现外部社会形态上更具直观性、真实性和广阔性，而在表现心灵世界上则趋于间接性和粗略性。

三

作为两种不同倾向的艺术思维模式，内倾性与外倾性各有特点、各有所长，并且都合乎艺术创作的规律，它们是对立统一的。某一作家在内倾性与外倾性方面有所侧重，并不就与另一方面割裂，而往往是不同程度地互相兼而有之。托尔斯泰在以内倾性为主导的基础上又融合了外倾性特点，如果我们用论证巴尔扎克小说的方法去论证托尔斯泰小说在展现社会外部形态之广阔性的话，也完全可以找到许多根据，反之亦然。但这不是科学、全面的研究方法。况且，托尔斯泰等内倾性作家始终是用内视点由内而外地描写外部社会外部形态的，重心在内宇宙；巴尔扎克等外倾性作家则始终用外视点由外而内地描写人的心灵的，重心在外宇宙。可见，19世纪现实主义文学明显存在双重流向。如果我们只强调这一文学流派在反映外部社会上的广阔性，那么，众多的作家就变得千人一面，成了大大小小的"巴尔扎克"了。进一步说，我们一旦跳出19世纪现实主义文学的历史范畴，把视线往20世纪文学延伸，就会清晰地看到，托尔斯泰等内倾性作家同向内转的20世纪现实主义和现代主义有渊源关系，某些现代主义作家还把托氏等作家的内倾性传统引向了一个极端，一味地开掘人的潜意识"黑箱"，片面地强调人的主观性，割断了内宇宙和外宇宙、主观世界与客观世界之间的联系。巴尔扎克等外倾性作家则同20世纪的纪实文学、报告文学和刻求外形摹写之真的新小说派相沟通，他们的外倾性传统从另一流向走向了现代。① 所以，我们指出 19 世纪现实主义中存在内倾性与外倾性两种流向，并不是要把这一文学流派模式化地一分为二，把众多的作家机械地对号入座，我们是为了阐明：第一，19 世纪现实主义沿着内倾与外倾两种流向沟通了与 20 世纪文学的联系。第二，19 世纪现实主义文学的成就与精华并不只表现在真实广阔地描写人的外部社会生活上，同时还表现在真实、深刻地揭示人的心灵世界上；广阔性和深刻性的双重组合，才构成了完整意义上的 19 世纪现实主义文学传统，只讲它的广阔性而忽视深刻性，只讲客观性而忽视主体性，就使现实主义肤浅化甚至庸俗化，这就人为地把现实主义传统给歪曲了。在这方面，我们的研究者是负有责任的。我们应吸取过去的教训。

（本文原载《社会科学战线》1991 年第 1 期，中国人民大学报刊复印资料《外国文学研究》全文转载，并被收入《社会科学战线》创办 25 周年精选文集《雕文心之龙》）

---

① 当然，左拉从生理学与遗传学的角度研究人，也把文学描写人的心理引向深入，为内倾性的现代派提供了借鉴。但左拉总体上是外倾性作家。

附录二

对批判现实主义文学的文化阐释

现代主义作家是打着"反传统"的旗号登上文坛的,人们也普遍认为现代主义是对19世纪现实主义的反动。但是,如果把"反传统"理解为现实主义与现代主义的完全隔裂,那么,持这种观点的人无论对现实主义还是现代主义都缺乏深层的认识与把握。

人们还普遍认为,19世纪欧洲现实主义之所以被称为"批判的"现实主义,那是因为它深刻地揭露和批判了资本主义社会的种种弊病,引起了人们对资本主义现实制度之永久性的怀疑,具有强烈的社会批判性。其实,社会批判性还不足以说明19世纪现实主义深刻性的全部内涵。批判现实主义的"批判"并非仅仅是社会批判,而且是文化批判。这种文化批判是基于对西方近代传统文化观念的怀疑与动摇,基于对人类未来前景所作的哲学沉思后的忧虑与困惑,其中蕴涵了20世纪西方文化中普遍存在的危机意识;这种文化批判是19世纪现实主义作家为揭示人类共同的精神—心理内蕴,力求使文学超越社会—历史和时间—空间的限定所作的不懈努力。正是这种具有双重超越的深层文化探索,构成了19世纪现实主义向现代主义过渡的契机之一。

一

19 世纪末，尼采在《查拉图斯特拉如是说》（1883—1884年）中发出了振聋发聩的惊呼："上帝死了！"尼采关于上帝之死的预言，预告了将要笼罩 20 世纪西方心灵世界的痛苦、孤独、空虚与焦虑之精神夜幕的降临，是对自文艺复兴以来的人道主义和希伯来—基督教文化价值体系做了彻底否定。他提出"重新评价"旧传统，宣称："重估一切价值，这就是我为人类终极的自我审视行为提供的药方。"① 尼采反传统文化的思想和他揭示的现代人的痛苦、孤独、空虚和焦虑的心理是现代主义文化和文学的基本精神，尼采对人类前景所产生的悲观情绪，弥漫了 20 世纪西方的知识界，他是西方现代主义文化和文学的精神导师和先驱者。当然，尼采的同盟者还有叔本华、柏格森和弗洛伊德等，他们各自用不同的声音和方式发出了上帝之死的惊呼。"上帝"是旧文化传统的象征，"上帝死了"是对西方新文化价值体系崛起和旧文化体系解体这一重大文化史现象的哲学概括与表述，是对历史的过去的总结，也是对历史的未来的预言。

作为西方旧文化价值体系之象征的"上帝"，它不是在一夜间死去的，而是在新文化形成与发展的过程中慢慢死去的。一种旧文化体系的崩溃和一种新文化体系的形成，都不是一朝一夕的事，而往往有一个酝酿、过渡的阶段。"沉舟侧畔千帆过，病树前头万木春。"西方传统文化死亡的过程，正是新文化萌生的过程；新文化又是在旧文化衰落的过程中完成它原始积累的艰难旅

---

① 转引自 W. 考夫曼《尼采》，普林斯顿大学出版社 1950 年英文版，第 75 页。

程，在旧文化的母体中发育问世的。这一进一退、一沉一浮的历史变化，构成了新旧文化的"交叉地段"。在欧洲社会历史发展的过程中，这"交叉地段"便是 19 世纪资本主义的形成期和发展期，也正是批判现实主义文学的形成期和发展期。尼采"上帝死了"的惊呼既然是对"历史的过去"的总结，那么，这个"过去"主要是指"交叉地段"的历史与文化，其中当然包含了批判现实主义文学，因而批判现实主义必然是为尼采等文化先知们提供现代精神养料的土壤。这反过来又说明批判现实主义文学与西方现代主义文化有血缘关系。

作为人的精神意识的文化价值观念，它的演变就其外部因素而言，取决于社会政治经济情势的变更。诸如"20 世纪"、"19世纪"的时间概念，除了对有生命之有限性的人类来讲能提供文化发展的时间纵坐标之外，对这种文化本身并无实际意义。因此，当我们将上述两个时间概念隐去时，我们可以看到，尼采等人揭示的现代文化价值观念无所谓属于"20 世纪"还是"19 世纪"，而属于它赖以生长的资本主义的物质土壤。站在尼采所处的历史基点看，所谓"历史的过去"是指资本主义形成、发展期，既自由资本主义时期，"历史的未来"是指垄断资本主义时期，而这两个阶段整个地又属于资本主义时期。它们作为资本主义发展的两个不同历史阶段，虽然具有不同特点，但在本质上是一脉相承的。这种社会政治经济因素上的同一性，便是尼采"上帝死了"的惊呼能对"历史的未来"作出"预言"的社会历史依据，也说明了两个不同阶段的文化内质具有同一性。因而，现代文化观念不仅属于 20 世纪，也属于 19 世纪，关于现代文化基因在批判现实主义文学中存在的推论，也是合符历史发展逻辑的。为了进一步证实这种推论的正确性，我们不妨对西方资本主义社会的历史与文化作一简要考察。

二

　　19 世纪是欧洲资本主义取代封建主义并走向强盛的时期。资本主义的诞生是人类历史上的一场社会大变革，它打碎了固定的传统社会结构，改变了人的生存处境，也改变了人们原有的价值观念，因此，资产阶级革命和资本主义的确立与发展是西方文化价值体系新旧嬗变的直接原因。在封建时代，"每个人在社会秩序中都有自己应该感到满足的固定位置"；① 每个人的地位与价值，似乎一生下来就已被确定好了，无需个人作出努力。爱上帝、爱邻人、四海之内皆兄弟的基督教伦理观念使人与人之间不无脉脉之温情。在社会经济上，行会制度限制了商品交换的地域范围。人们参与商品交换的主要目的是为了获取生活必需品，而不是为了积聚财富，否则是要受到道德谴责的。因此，在封建时代，人们虽然缺少人身自由，但有一种自觉满足的安全感，社会稳定性强。资本主义的出现，粉碎了传统的社会关系，把个人从各种封建的束缚中解放了出来，人的自我意识得到了强化，人的命运也发生了重大的改变。在资本主义经济制度中，"人不再是'万物的尺度'。19 世纪资本主义的最典型的方面，首先是对工人进行无情的剥削"；"制度与受雇的工人之间根本不存在人类团结一致的意识"；"商人之间的激烈竞争毫无道德限度，就像资本家对工人的剥削一样"②。资本主义似乎给人带来了自由与解放，

---

　　① ［美］埃利希·弗洛姆：《健全的社会》，中国文联出版公司 1988 年版，第 87 页。

　　② 同上书，第 84 页。

而实际上"个人自由完全是虚幻的东西"①，资本主义一方面使
人的无限发展成为可能，但是，在强烈的竞争观念支配下，欲望
驱使人们想办法超过竞争对手，每个人都为自己的利益、自己的
成功而奋斗。在这个社会里，"人不再是自身的目的，人成了他
人的工具"，"人被人所利用，表现了作为资本主义制度基础的价
值体系"。②"对一个人超过他人的极大强调，严重地堵塞了爱自
己邻人的可能性"。③ 总之，由于资本主义的出现，"人的群体关
系恶化，个人从家长式的专制及等级制中'摆脱'出来，却付出
了放弃群体联系这个代价。人们的相互关系失去了道德义务感和
情感特征，从而变得靠单一的经济利益来维持。所有的人际关系
都基于物质利益"。④"19 世纪的社会性格本质上是竞争、囤积、
剥削、权威、侵略和自私。"⑤ 这是一个一切人反对一切人，他
人成为自己的地狱的社会。

面对这样一种残酷的社会现实，人们不仅怀疑资本主义制度
的合理性，而且萌生了反抗情绪，对"自由、平等、博爱"的信
仰产生动摇，对自文艺复兴以来的以理性原则为核心的人道主
义、希伯来—基督教文化价值产生了怀疑。人们在人欲横流、唯
利是图的社会现实中看到了人的不完美，人的本性并非总是趋
善，也是趋恶的，"从心理学的角度看，理性开始和'情感'与
'意志'分离"。⑥ 人们从文化哲理的层次上发现：给人带来苦难

---

① ［美］埃利希·弗洛姆：《健全的社会》，中国文联出版公司1988年版，第86页。
② 同上书，第93页。
③ ［美］罗洛·梅：《人寻找自己》，贵州人民出版社1991年版。
④ ［美］埃凯：《世界范围内的反现代化思潮——论文化守旧主义》，贵州人民出版社1991年版，第76页。
⑤ ［美］埃利希·弗洛姆：《健全的社会》，中国文联出版公司1988年版，第97页。
⑥ ［美］罗洛·梅：《人寻找自己》，贵州人民出版社1991年版。

的现实环境本身也是人自己造成的；人不能实现自身价值的终极原因正在于人本身。在此种情况下，西方人的心灵深处产生了深深的焦虑，因为，"焦虑乃是人在其生存受到威胁时的基本反应，是某种人视为与其生存同等重要的价值受到威胁时的基本反应"。① 这种由焦虑而生的困惑、孤独、痛苦与恐惧的精神—心理因素开始侵入西方人的心灵，悲观主义情绪和危机意识也由此产生。

到了 20 世纪垄断资本主义阶段，"19 世纪习以为常的那些资本主义剥削方式差不多被淘汰。但是这并不能掩盖一个事实，即 19 世纪和 20 世纪的资本主义奠定在一个原则之上：人把人作为工具"。② 从 19 世纪开始的"一切人反对一切人"的战争演化为 20 世纪的"国对国的战争"，"人道主义价值和希伯来—基督教价值，特别是其中个人的价值，因野蛮主义的恶性膨胀而受到了践踏"，③ 人成了非理性动物，人类似乎到了在劫难逃的世界末日。因此，一种更深重的恐惧、焦虑、痛苦甚至绝望的悲观主义情绪，吞没了西方世界。"事实上，20 世纪的精神病比 19 世纪更为严重，尽管 20 世纪资本主义出现了物质的兴盛。"④ 20 世纪的危机意识和悲观主义情绪是 19 世纪的延续和深化。可见，19 世纪自由资本主义与 20 世纪垄断资本主义在本质上的同一性，决定了从属于这两个时代的文化在本质上的同一性和延续性；现代文化是 19 世纪自由资本主义时代完成原始积累，而在

① ［美］罗洛·梅：《人寻找自己》，贵州人民出版社 1991 年版。
② ［美］埃利希·弗洛姆：《健全的社会》，中国文联出版公司 1988 年版，第 91 页。
③ ［美］罗洛·梅：《人寻找自己》，贵州人民出版社 1991 年版。
④ ［美］埃利希·弗洛姆：《健全的社会》，中国文联出版公司 1988 年版，第 101 页。

20世纪垄断资本主义时期得到盛行的，因而，现代文化基因在19世纪批判现实主义文学中的存在是必然的，现代主义和批判现实主义在文化内质上的血缘联系的存在也是必然的。当然，我们还应从具体的作品中寻找更确凿的根据。

三

　　"不自由，毋宁死！"这是司汤达自己的格言，也是《红与黑》中于连的格言。于连短暂的一生苦苦追求的中心内容是"自由"。这种"自由"不仅仅是人身的自由，更重要的是心灵的自由，自我人格的自由。

　　司汤达生活在封建社会解体，资本主义文化兴起的历史转换时期，他的文化品格带有两重性。他接受了启蒙思想的熏陶，反对天主教，追求个性自由与解放，相信自我的力量；也接受了爱尔维修的哲学，认为追求幸福是人的最基本的欲求，世界上任何人除了个人利益外没有别的高尚动机，人永远无法摆脱这种私欲造成的自身局限性。司汤达所处的尔虞我诈的现实社会强化了他对自身局限性的认识。这种主体文化结构决定了司汤达在创作中既表现反封建、反教会的社会批判、政治批判主题，又描绘人在个性自由原则支配下价值追求的迷惘与困惑。于连是这方面的一个最好注脚。

　　于连向往重自我价值与力量的拿破仑时代，希望凭一己之力青云直上，对封建等级制度深恶痛绝。他不肯与奴仆一桌吃饭，不肯接受市长太太的施舍，是出于对人格尊严与心灵自由的维护，他把心灵自由看得高于一切。同样，他对德·瑞那夫人的追求，他在玛特儿小姐面前的不肯轻易就范，与其说是出于由自卑而生的反抗，不如说是对自由心灵的向往与追求。于连的这种自我中心思想和个人主义倾向，带有浪漫主义者的自我扩张特征，他身上带有"拜伦式英雄"和浮士德的印记。但于连在追求精神自由的同时，又有强烈的实利欲求。他忘不了功名利禄，对拿破仑当将军时的年薪特别关注；为了能身居高位，名利双收，他屈从于木尔侯爵，甘当贵族的鹰犬。不过，在于连的一生追求中，实利与人格、人身自由与心灵自由始终是结合在一起的。他周围的现实告诉他，人的本性是自私的，在这个"自私的沙漠"里，成功的唯一方法是"不择手段"。他曾经这样做过，但在这方面却不是一个最终的成功者，因为，他对心灵自由、人格自由的苦苦追求又常常使他在为私欲而奋斗、为人身自由而奋斗的道路上走不了多远。在于连的心灵深处，心灵自由与人身自由的追求往往表现为两难的悖谬形态：既然人的本性是自私的，追求实利，保持人身自由就有其合理性与必然性，但这种追求将丧失心灵自由；既然人的本性是自私的，那么私欲的力量是无穷与永恒的，心灵自由的实现是不可能的，这是人自身的"宿命"。于连的结局便是人的悲剧性命运的最好说明。于连最后虽然身陷囹圄，但他完全可以通过上诉重新获得人身自由，不过他没这样做，而是在慷慨激愤、痛快淋漓地怒斥他的敌人们之后，从容地走上了断头台，结束了他年轻的生命。他是以死表示对封建复辟社会的抗议吗？此说似是而非，或者只说对了一半。因为于连追求的不只是人身的自由，更重要的是心灵的自由，他在认识到"人的本性是自私的"，在这个"自私的沙漠"中无法真正求得心灵的自由这一悲剧性命运时，才舍生就死的。于连身上表现了反封建、反教会，揭露资本主义社会弊端等社会批判内容，还表现了深层的文化批判，表现了资本主义时代的生存状态和人类本性的艺术关照。

　　司汤达在小说中所揭示的人的自私本性，作为人自身存在的对人类历史发展的永恒之破坏力与创造力，实质上与现代主义作品热衷于描写的人类自身的恶和非理性一脉相承。自私的本性使人永远无法走出心灵的炼狱而达到自由的天堂；非理性的存在使人类永远失去人的那种崇高感，人类对自由的追求就走入了绝境。这显然是司汤达与现代主义者在人的人身、人类前景把握上的相异又相似的两种结论。《红与黑》所表现的对人的自由的困惑具有现代特征，但又不是现代主义式的绝望；它关于人的观念的表达是对近代人文主义理性文化的超越；它在人类本体意义上对现实的批判也超越了作者所处的社会时代。这些都是尼采称司汤达"以拿破仑的步伐走向了现代"[1]的内在原因。

　　巴尔扎克企图通过《人间喜剧》再现19世纪前期法国的社会风俗史，他声称自己是"历史的书记员"，然而，这并没妨碍他对人类深层内蕴的开掘与表达。在巴尔扎克小说所描绘的那个艺术世界里，真正的"英雄"是灵魂交给了金钱上帝的人，被金钱煽起的人类的"情欲"是他小说的真正主人公。《人间喜剧》为人们展示的是人类历史进程中人被异化的历史悲剧，巴尔扎克也由此探索着人类的命运与前途的普遍性问题。

　　葛朗台老爹向来认钱不认人，侄儿查理为父亲的自杀而哭泣时，他居然说："这年轻人（指查理）是个无用之辈，在他心里的是死人，而不是钱。"妻子要自杀，他原本无所谓，而当他一想到妻子的死会使他失去一大笔遗产时，他就急得发慌。葛朗台把爱奉献给了金钱，而把冷漠残酷留给了自己，并通过自己又施于他人，于是，他成了索漠城经济上的主人，也成了家庭的绝对权威。高老头的女儿们领受了父亲给的金钱而抛掉了父爱，踩着

---

　　[1] 纽约1958年矮脚鸡古典文学丛书英文版《红与黑》前言。

父亲的尸体登上了巴黎上流社会。拉斯蒂涅在流尽了年轻人最后一滴同情的、神圣的眼泪后才成了所向披靡的强者，建构他的"英雄"性格骨架的是私欲而不是人类之爱的情操。伏脱冷惯于谋财害命，不怕弄脏手，所以最后终于大功告成上升为暴发户。纽沁根在金钱的战争中用无数人的尸骨垒起了他银行家的高楼大厦。吕西安出卖灵魂而得以平步青云，如此等等。这一切都告诉人们，谁能尽快将灵魂交出去，谁就能尽快地成为时代的"英雄"。

　　巴尔扎克对人类社会的关照是深刻的，他借小说抒写了自己为人类的善良天性的失落而发的满腔忧愤，表达了他对人类本体之哲学思考。巴尔扎克看到，历史的进步是靠人的情欲去推动的。"世界是什么？什么是它的动力？在自然主义者巴尔扎克眼里，情欲和利己主义是世界的动力……在这个极为混乱的世界里，每个人相信的是他自己，这个世界里的'动物'不断地想如何保护自己，如何使自己生存下去。这就是巴尔扎克为什么把社会看作利己主义竞技场的原因。"① 既然卑劣的情欲抗议推动历史的进程，那么情欲就有其存在的价值；既然在现实社会中只有那些让情欲和利己主义榨干人性中的善的人才能成为"英雄"，那么恶欲就有它存在的必然性。所以，巴尔扎克的小说对"英雄"、情欲的描写在恐惧与厌恶之中又给予了赞美与肯定，这意味着他对人类恶在历史作用的矛盾中的肯定，在艺术观上则表现为以丑为美。他在《人间喜剧》中热衷描绘的是"遍地的腐化堕落"："在煊红的光亮下，无数扬眉怒目、狰狞可怕的人形被强烈地烘托出来，比真的面貌还要神气，有活力，有生气；在这人群里蠕动着一片肮脏的人形虫、爬行的土灰虫、丑恶的蜈蚣、有毒

---

① ［法］丹纳：《巴尔扎克论》，伦敦 1906 年版，第 218—220 页。

的蜘蛛，它们生长在腐败的物质里，到处爬、钻、咬、啃。在这些东西的上面，则是一片光怪陆离的幻景，由金钱、科学、艺术、光荣和权力所缔造成功的梦境，一场广阔无垠、惊心动魄的噩梦。"① 这不仅是巴尔扎克眼中的法国社会，也是他给人类描绘的被人的情欲所创造出来的未来社会的前景。这个前景所昭示的不是人类的光明与希望，而是危机与死亡。巴尔扎克小说中表现的对人类本体的哲学沉思，在现代主义作家的创作中得到了延续和深化。不过巴尔扎克对人类前途的认识，较之现代主义作家多了一份热情与乐观，而少了一份冷漠与绝望。因为巴尔扎克觉得人性中存在恶，但善也还是存在的，只是人有一种趋恶的本能。拉斯蒂涅原本不也纯洁善良吗？然而，金钱、权力的诱惑勾起了他强烈的欲望，经过内心深处善与恶的搏斗，恶占据了整个心灵。于是，他宁肯听从魔鬼的使唤走向罪恶的深渊，也不愿为了上帝，为了那点可怜的人性善而熄灭情欲之火。他最后对大学生皮安训说："朋友，你能克制欲望，就走你平凡的路吧，我是入了地狱而且还得留在地狱。"巴尔扎克对恶的承认是无可奈何之举，所以他又常常为人性善之失落而悲哀，他的心灵深处对人性善仍保留着眷恋之情。他的小说对贵族阶级衰亡的惋惜之情，一方面是对这个阶级的同情，更深意义上是他在这个阶级身上寄托了人性复归的善良愿望。历史的发展造就了人类文明的进步，但新的文明又注定要成为人类进步的枷锁，每逢此时，人类就萌生思古之幽情，希望回归旧时代。巴尔扎克笔下的那些被同情的贵族，如鲍赛昂夫人等，从深层意义上看，是人性善、人性复归的象征，其中表现的是近代人文主义的文化价值观念。正因为如此，他的小说在表现出对人类前途命运之不幸的困惑、焦虑和恐

---

①　［法］丹纳：《巴尔扎克论》，伦敦 1906 年版，第 111 页。

惧的同时，又不至于使人感到极度的悲观绝望。这正是他与现代主义作家同中相异之处。《人间喜剧》既是"社会风俗史"，也是人类生命的忧思录；既是对现实生活的社会批判，也是一种文化批判；既有旧文化传统的印记，又有现代文化的基因。

列夫·托尔斯泰生活在俄国封建社会解体、资本主义兴起的新旧交替时代。作为俄国专制制度的愤怒抗议者和批评者，托尔斯泰伯爵的创作表现出了强烈的社会批判精神，他是近代西方文坛最杰出的具有社会批判性和政治揭露性的批判现实主义作家。然而，托尔斯泰用毕生精力苦苦探索的核心是关于人的灵魂复活的问题，精神探索贯穿了他生活和创作的全过程。正如 R. 卢森堡所说：托尔斯泰"长期的全部生活创作同时也是对人类生存的'真理'的不倦的思考"。[①] 他从人类生存状态的变革与精神"复活"的角度审视俄国现实社会，因此，他对社会现实的批判不只限于俄国社会狭隘的时空领域，也不限于单一的社会、政治的领域，而是整个人类内部与外部的生活。唯其如此，艺术家托尔斯泰才显得宏大深邃、魅力永存。

在托尔斯泰精神探索过程中，时时萦绕在他心头的是这样一个问题：人为什么活着和怎样活着？这是世界上关于人类本体的原始的、令人困惑的"司芬克斯之谜"。他曾经在纸上写下与此相关的他认为必须回答的六个"不明白的问题"：

1. 我为什么要活着？
2. 我和其他人存在的原因是什么？
3. 我和其他人存在的目的是什么？

---

① ［德］R. 卢森堡：《社会思想家托尔斯泰》，转引自《欧美作家论列夫·托尔斯泰》，中国社会科学出版社 1983 年版，第 369 页。

4. 我感觉到的那个善恶之分有什么意义，它为什么
存在？

5. 我该怎样生活？

6. 死是什么——我怎样拯救自己？[1]

这一连串对"我"所提的问题，事实上是在向整个人类发问。在
整个探索过程中，托尔斯泰从分析自我日常生活开始，再扩展到
现实中人的生存状态的研究；从对自身灵魂的善与恶的拷问，扩
展到对现实中人和社会制度之善与恶的研究；从自身生与死的意
义的追问，扩展到对世界存在的意义的探讨。所以，他的创作中
出现了一系列自传性人物形象。经过漫长的艰难探索，托尔斯泰
在《福音书》中找到了"原始的、'真正的'基督教学说"[2]，也
就找到了智慧的最后断案："爱"。这个"爱"是对上帝，对信仰
的抽象之爱，它要求人们克制各种欲望，要自我牺牲，弃绝一切
享乐，放弃谋取个人幸福的权利；要逆来顺受，爱自己的仇敌；
要走道德自我完善之路，"勿以暴力抗恶"。从这种圣洁的"爱"
出发，他否定了作为贵族伯爵的托尔斯泰自己，否定了以私有制
为基础的现存结构中的一切，期待着在"爱"的圣光普照下发生
一场人类灵魂深处的变革，使人类走向精神"复活"的新生，世
界的秩序在"爱"的准则指导下得到重新安排。代表着他一生思
想和艺术探索之总结的《复活》，就是这种思想的完美表述。它
通过男女主人公的精神"复活"的描写，为人类精神得救指出了
一条作者所希望的光明之路。然而，在写完这部杰作后，托尔斯

---

① ［奥地利］斯蒂芬·茨威格：《作为宗教和社会思想家的托尔斯泰》，转引自
《欧美作家论列夫·托尔斯泰》，中国社会科学出版社 1983 年版，第 456—457 页。

② 同上书，第 467 页。

泰用那种"爱"的思想再度审视自己的生活和周围的现实时，他陷入了更为深重的困惑、迷惘、痛苦和焦虑之中，因为，他探索一生所得的"爱"的愿望在实践中的现实价值微乎其微。到头来，"他无法克服现实对他的思想的反抗，而且恰恰是在他的亲属之间，他的家庭内部对他的思想反抗尤烈，这便成为他生活中最深刻的悲剧。他的妻子疏远了他，他的儿女不理解，为什么为了父亲的理论，偏偏是他们要像女仆和农家子弟那样去受教育，他的秘书和翻译像醉酒的车夫一样为把托尔斯泰著作占为'财产'而相互争吵；在他的周围，没有一个人把神圣的异教徒看作是一个真正基督徒的生活。最终，在个人信仰和他周围幻景的反抗之间的对立使他痛不欲生"。① 尤其给他的精神以致命一击的是，他发现他倡导的那种抽取了人的本能欲求的"爱"，其结果是将人类引向死亡之路，"爱"＝死亡！这是他始料未及的："我绝没有料到，一种严密逻辑……引我到我现在到达的地方……我不愿相信我的结论，但我不能……我不能接受"②。他像俄狄浦斯王一样陷入了悖谬的绝境，他带着"对自己的神圣意愿充满绝望之情"③，逃出了家庭，客死他乡。托尔斯泰"爱"的思想的局限性是不言而喻的，但恰恰是这圣洁的"爱"使他的创作在社会批判和政治揭露上达到了空前强烈的程度。他苦苦探索"爱"的过程，正是他面对"一切都混乱，一切都翻了个身"的俄国社会，为现代人寻找出路、为人类存在的意义寻找答案的过程，社

---

① ［奥地利］斯蒂芬·茨威格：《作为宗教和社会思想家的托尔斯泰》，转引自《欧美作家论列夫·托尔斯泰》，中国社会科学出版社 1983 年版，第 468 页。
② 转引自周立波《〈（名著选读）〉讲授提纲》，见《外国文学研究》1982 年第 3 期。
③ ［奥地利］斯蒂芬·茨威格：《作为宗教和社会思想家的托尔斯泰》，转引自《欧美作家论列夫·托尔斯泰》，中国社会科学出版社 1983 年版，第 468 页。

会批判和政治揭露是精神探索的产物。

托尔斯泰从对自我灵魂的解剖扩展到对人类本性之善与恶的研究，再转向对现有制度的批判，表明他对人类的研究与把握已从文艺复兴以来的近代文学那种注重人的外部获得的研究转向人自身的研究，这是对人的认识上的深化与现代化。他在对人自身的研究中发现人身上隐藏着不可抗拒的情欲和邪恶本能，也即他所说的人身上存在着"动物的人"。这一发现首先是在他自己身上完成的。"托尔斯泰最感苦恼的还是他情欲和堕落的行为"，"这种情欲是人之常情"。[①] 由此他又发现这种情欲是整个人类天性中的恶的本能，"没有任何一个人像托尔斯泰那样目睹并感受发自尘世的情欲"[②]。在他看来，人本身的邪恶和情欲，是滋生社会罪恶的根源。聂赫留朵夫身上的"动物的人"造成了玛丝洛娃的悲剧，安娜的"堕落"也和她自身的情欲有关。既然如此，那么，"为了改变世界秩序，必须改变人"。[③] 在尚存有人文主义理性文化的托尔斯泰看来，这种改变是有可能的，因为，人身上除了"动物的人"之外，还要"精神的人"，即理性的人。所以，他时时期待着、梦想着"内心革命"、"灵魂革命"的发生。聂赫留朵夫的"复活"便是通过自身的善克服恶、理性战胜情欲的"灵魂革命"的实例。托尔斯泰似乎通过聂赫留朵夫证明了人像浮士德那样永远不会坠入地狱。然而，这终究是他的幻想。他临终前的困惑、焦虑与痛苦在他对人的看法上的虚幻之光中涂上了一道晦暗的色彩；他对人自身邪恶的认识以及他晚年在人的问题上产生的进退两难的焦灼心理，足以说明他最终对旧传统文化价

---

① ［苏］亚·托尔斯泰娅：《父亲》，湖南人民出版社 1985 年版，第 60、91 页。

② ［奥地利］斯蒂芬·茨威格：《作为宗教和社会思想家的托尔斯泰》，转引自《欧美作家论列夫·托尔斯泰》，中国社会科学出版社 1983 年版，第 456 页。

③ 同上书，第 464 页。

值观念的怀疑，他已经跨入了现代文化大厦的门槛：他的作品所描写的人的情欲和邪恶本能，实际上触及了以后人们所认识的人的非理性内容；他的怀疑主义精神和危机意识，是现代悲观主义文化的萌芽。"托尔斯泰当年为之苦苦思索的一些问题，今天仍然摆在我们面前，其中的某些问题还带有更尖锐和一触即发的性质。"①

陀思妥耶夫斯基的怀疑比托尔斯泰更具悲观色彩。他的苦难生活经历比托尔斯泰那远离现实的贵族式生活更多地体验到了人生的坎坷和人本身的丑恶。他在人的问题上的困惑、焦虑与恐惧使他对人产生了现代式的厌世心态。他在对人类这个"谜"的无休止的发掘中发现："恶在人身上隐藏得要比那些社会主义者兼医生所估计的要深得多，在任何制度下，也不能避免恶，人的灵魂永远是那个样，反常现象和罪孽主要来自灵魂本身。"② 基于对人的心灵的这种认识，他对人类的总体把握就超越了近代人文主义的文化价值观念。他在《地下室手记》中写道：理性是个好东西，"但意愿（指人自身的恶）是比理性更蕴藉人性的精神要素的东西"，它是"整个生活的表现，即整个人的生活连同理性、连同一切感觉的表现"，"理性只知道它所能知道的东西，而人的本性是尽其所能，充分地活动的，有意识地也罢，无意识地也罢，即便是说谎，但毕竟存在着"。③ 人自身的这种永恒局限，决定了人根本不是人文主义者想象的"巨人"。在《罪与罚》中，大学生拉斯科尔尼科夫贫困潦倒，住在"地下室"一样的房子

---

① ［英］奥凯西：《永放光芒的星辰》，见《欧美作家论列夫·托尔斯泰》，中国社会科学出版社 1983 年版，第 269 页。

② 转引自米·赫拉普钦科《艺术家托尔斯泰》，上海译文出版社 1987 年版，第 495 页。

③ 陀思妥耶夫斯基：《地下室手记》，《世界文学》1982 年第 4 期。

里。他不愿这样像虫一样卑贱地活着，而希望成为拿破仑那样的
"不平凡"的人。但又怀疑自己是否具有拿破仑那样坚强的性格。
他不断地问自己："我是谁？""我同大家一样是虱子呢，还是一
个人？我能越过，还是不能越过？我敢于俯身权力呢，还是不
敢？我是发抖的畜生呢，还是有权力？"为了证明"我是谁"，他
恶杀死了放高利贷的老太婆，从此陷入了自贱自责自我开脱和神
经紧张错乱的煎熬之中。尤其使他绝望的是，他发现原来自己根
本没有"不平凡"者的铜铸性格。"难道我杀死了老太婆吗？我
杀死了我自己。"确实，他杀死了他以为自身中存在的那个"不
平凡"的自我，继续活着的是毫无价值的"虱子"的自我。"我
是谁？"我是虱子，人是虱子！这就是陀思妥耶夫斯基对人作出
的结论。如此的肯定，又如此的悲观。他的这种关于人的文化观
念，早于且又接近于尼采、弗洛伊德和卡夫卡。特别是他小说中
的人物的那种惶惶不可终日的精神状态，表现出了"卡夫卡式人
物"的那种现代人的焦虑与恐惧。陀思妥耶夫斯基为现代文化基
因原始积累的完成作出了重大贡献。

福楼拜也是一个悲观厌世主义者。在他看来，人们生活于其
中的世界是由"魔鬼"操纵的，而这个"魔鬼"就隐藏在人的心
灵深处。用巴尔扎克的话讲，它就是"情欲"，用弗洛伊德的话
讲就是"本能"。它时时诱惑着人们，并把他们引入毁灭的深渊。
《包法利夫人》把爱玛的堕落与她自身难以自制的欲望冲动联系
起来，她不断地走向死亡。欲望燃烧了她的生命，欲望也毁灭了
她的生命，"自己成为自己的地狱"。① 福楼拜用 27 年时间写成
了剧本《圣安东的诱惑》，以梦幻的手法描写中世纪圣洁的隐士
圣安东与魔鬼的诱惑作斗争的故事。魔鬼引诱圣安东进入"梦幻

---

① 拜伦：《曼弗雷德》，上海新文艺出版社 1957 年版，第 56 页。

之乡",经受灵与肉的煎熬之苦,展示了人的潜意识深处"超我"与"本我"的冲突。作者借此进一步证明了无法抗拒的"魔鬼"在人身上存在的事实,他也因此产生了对世界的悲哀与厌恶。正是这种超前的文化意识,福楼拜才被 20 世纪现代主义作家所青睐。卡夫卡"觉得自己是福楼拜'精神的孩子'",他"一生都在学习福楼拜"①。美国评论家康纳里说:福楼拜"给他之后几代作家开创了新的创作道路。当代文坛的大师卡夫卡、乔伊斯、福克纳……都对福楼拜感恩不尽,认为福楼拜开启了他们创作的观念,新小说派的作家们把福楼拜尊为他们的守护神"。还有西方评论家认为福楼拜"影响过现代主义运动的黄金时代的众多作家"。②

哈代的创作弥漫着浓郁的现代悲剧气氛。他的小说一方面展现人物与幻境的悲剧冲突,揭示人的不幸遭遇的社会原因,具有社会批判性;另一方面表现人物与"命运"的悲剧冲突,表达作者对人类生命本体的哲学思考。他笔下的人物,常常受无影的"命运"支配,而"命运"存在于人自身之中。他认为,"性格即命运"③,这"性格"又是人的"内在意志",而"内在意志"则是一种欲望和本能冲动,属于非理性世界的范畴。人的命运由非理性控制,那么人的不幸在于人本身,人也就永远摆脱不了自身的宿命,人的生活就是一系列永恒的痛苦与绝望,"幸福不过是一切痛苦的大戏曲里偶然的插曲"④,世界也是灰暗而缺少希望的。他的小说中的主人公差不多都逃脱不了"命运"的罗网,苦

---

① 〔德〕克劳斯·瓦根巴赫:《卡夫卡传》,北京十月文艺出版社 1988 年版,第 302、304 页。

② 〔美〕C. 康纳里:《现代主义运动》,纽约 1966 年版,第 11 页。

③ 哈代:《卡斯特桥市长》,上海人民出版社 1981 年版,第 136 页。

④ 哈代:《卡斯特桥市长》,上海人民出版社 1981 年版,第 416 页。

苦奋斗得到的是俄狄浦斯式的困惑。他晚期的史诗剧《列王》则
是一部"关于人类不自主地或按其本能冲动行事的历史，即记载
人类盲目行为，展示人们的行为远远落后于应该指导其行的认识
的后面的事实"。① 哈代创作中具有现代意味的文化批判，超越
了社会—历史和时间—空间的范畴。

　　自然主义的倡导者左拉的创作是属于批判现实主义文学之列
的。他要在文学创作中借助生理学、生物学的理论，用科学的态
度与方法潜心研究人身上的邪恶基因。在这一点上，左拉似乎是
对福楼拜关于"魔鬼"研究的延续和深化。当然，左拉的研究在
生理学和生物学方面是毫无结果的，倒是在人类本性之深层内蕴
的把握上，比前辈作家有了进展。他在卢贡家族中找到的"遗传
因素"实质上就是人的潜意识本能；他对人的欲望冲动的描写要
比福楼拜更具体明显。左拉的创作成就加速了欧洲传统文化大厦
的崩毁，促进了现代文化新殿的崛起。

四

　　由此可知，那些杰出的批判现实主义作家从人类文化的角度
批判现实，表达对人类共同命运与前途的关心与同情，他们关注
的不仅仅是一个国家、一个民族和一个时代人的生活。因此，他
们的创作既具有社会批判的强度，又显示了文化批判的深度和广
度，社会批判源于文化批判，并且是文化批判的"副产品"；他
们的创作所反映的生活超越了社会—历史和时间—空间的限定，
上升到了人类文化哲学的高度。此外，批判现实主义实现了现代

---

① ［英］F. E. 哈代《哈代的生活》，伦敦 1903 年版，第 197—198 页。

化基因的原始积累，沟通了现代主义文学在文化内质上的血缘联系，这说明批判现实主义和现代主义不仅没有隔绝，而且，从人类文化嬗变的角度看，现代主义是批判现实主义合规律的发展和延续，它是从批判现实主义脱胎而来的。可见，现代主义者要"反传统"，但历史的"宿命"却注定了他们只能是传统的子孙。

如果上述的分析及其结论是正确的，那么我们还可以进一步说，那些杰出的 19 世纪现实主义作家的创作，并不像某些作家和评论家所说的那样是"肤浅的文学"，表现生活的深刻性也不专属于现代主义。诚然，"现实主义的高瞻远瞩，不是靠对商店或起居室或车站作盘点式的细节描写所能体现的。这些可以作为情节的要素，但它们不是实质性的现实主义。如果仅仅为了做这种描写就把它们都写进去，实际上破坏了作为这种方法的精髓的协调；比如他们会把注意力从人的身上转移到场面上去。就是这样一种认为此类装备齐全的小说样样都有，只是缺少现实个人生活的感觉，在 20 世纪 20 年代确实导致了现实主义的名声败坏"。[①] 然而，无论哪位杰出的现实主义作家都不会满足于这种"盘点式"的描写，"无论哪位文学家和思想家或哲学家，只要是世界级的，他往往不满足于让自己仅仅作为一定阶级或时代的大脑去诊断某历史横断面的弊端，而不以人类之心的资格去纵深探寻地球文化的来龙去脉或剖析人性结构"。[②] 上述批判现实主义作家就是很好的例子。可见，事实已证明，现代主义作家也好，批判现实主义作家亦罢，他们对生活的反映和对人类生存状态的艺术关照，各有其深刻性的表现，并且这种深刻性互有相通相似

---

① ［英］R. 威廉斯：《现实主义与当代小说》，见《文艺理论译丛》（3），中国文联出版公司 1985 年版，第 131 页。

② 夏中义：《艺术链》，上海文艺出版社 1988 年版，第 216 页。

之处。一味地恭维现代主义之深刻的人，常常在迷恋于现代主义艺术表现方式时，把它在形式上的新奇、怪异，以及由此造成的思想内涵、哲学意蕴上的深奥、晦涩，以至在阅读接受过程中的阐释之困难误认为是深刻，这大概不是个别的现象。而认为 19世纪现实主义"肤浅"的人，又表现为另一种偏执，即从既定的"现实主义"理论概念出发，认为现实主义只是模仿生活的外部结构形态，甚至是为某种政治和社会需要服务，自然无深刻性可言。然而，这只是对现实主义，至少是对 19 世纪现实主义的误解或曲解。因为，只有"在较低级的范围内，现实主义还在退化为新闻报道、论文写作和科学说明，一句话，正在退化为非艺术；而在其较高范围内，由于它有那些伟大的作家们，有巴尔扎克和狄更斯、陀思妥耶夫斯基和托尔斯泰、H. 詹姆斯和易卜生甚至左拉，它就常常能超越其理论的限制：它创造了想象的世界。现实主义的理论是极为拙劣的美学"。① 作为人类文学史上一个辉煌奇异的峰峦，批判现实主义文学本身要比现实主义理论对它的解说深刻得多，它的许多杰出作家往往透过社会的和文化的薄层，寻找"人类永恒的破坏或创造之力"，开掘"来源于人类之天性和人类共有的心理及玄学之本原。"② 正是在这些方面所做的不懈努力，使批判现实主义的创作在深层文化内涵上走向了现代，他们创作中蕴涵的现代文化基因，又在现代主义文学中得到延续；他们的创作也显得博大精深，超越了社会—历史和时间—空间的限定。由此我们可以指出：那些认为 19 世纪现实主义是"肤浅"的文学的人，恐怕恰恰是因为自己对现实主义创作

---

① ［美］R. 韦勒克：《批判的诸种概念》，四川文艺出版社 1987 年版，第 243页。

② ［苏］叶·梅列斯金：《神话的诗学》，商务印书馆 1990 年版，第 3 页。

本身理解与认识上的肤浅，才使自己陷入了理论的误区。既然批判现实主义具有这种深刻性、广阔性和现代性，而且我们的国情决定了我们需要现实主义，那么，我们就有必要抛弃偏见，越过理论之迷津，重新认识和考察批判现实主义这一宝贵的文学遗产，吸取其真正的精华，用以滋养我们自己的现实主义理论与创作的机体，从这个意义上讲，批判现实主义是面向我们的。①

当然，我们肯定批判现实主义在文化批判、在对人类总体把握上具有深刻性和现代性，并不意味着对它在人类自身恶的认识以及人类前途的悲观态度上的完全肯定。批判现实主义作家和现代主义作家都过分夸大了人的情欲（或恶、或非理性）因素，过分强调了它对人类社会历史发展的破坏性。他们还把社会的恶归之于人自身的永恒的恶，从而产生悲观思想，这一认识路线是错误的。不过，我们对批判现实主义文学深刻性的认识与借鉴，重要的是取其对人类命运与前途的真实的、孜孜不倦的探索精神和忧患意识，而不在于其结论的正确与否。

（本文原载《文艺理论研究》1990 年第 3 期，中国人民大学报刊复印资料《外国文学研究》全文转载）

---

① 参拙作《19 世纪现实主义文学与我们》，《南京师大学报》1991 年第 2 期。

后 记

在我国文学界，长期以来，对"现实主义"的理解与认识，已远远超出了它本身，而扩大或泛化到了对"文学"的整体理解与认识。但是，对"现实主义"本身的认识与理解，我们以往是很不完整、很不全面的。每当阅读19世纪欧洲现实主义作品时，我总觉得它们的艺术内涵，要比我们的那些关于"文学"的解说要深刻得多、丰富得多。这种令人困惑的矛盾现象引发了我的思考。我感到，在什么是"现实主义"和"文学"的问题上，我们有许多正本清源的工作要做。于是，我就选择19世纪现实主义这一并不"现代"的课题，默默沉思了七年之久。期间，我力图改变思维方式，对19世纪现实主义重做解释。我也确实发现了其中许多尚未被人们认识与发掘的"优良传统"。为此，我常常在激动和兴奋的思考中享受着发现的喜悦，而且也一直认为自己的这种探索与思索是很"现代"的，因而曾把这一课题定名为"十九世纪现实主义文学的现代性"，后又改为"十九世纪现实主义的现代阐释"。我对这一课题研究的现代意义与现实意义一直是深信不疑的。

当然，一种新的学术观点的发现和形成同它们被证实之间，是有一段艰难的旅程的。现在，当我把探索与思考的成果写成这部书稿时，我感到，以前我曾为之兴奋不已的"发现"，如今并不能十分完满地通过逻辑推理与归纳诉诸文字，原先所热切地期待着要达到的论述深度与高度也不那么尽如人意。可见，我的探索还远没达到预期目的，本书只是关于这一课题研究的一个起步而已，并且，这一步是否能立得稳，从而留下一个清晰的脚印，尚不得而知。所以，面对这部已成的小小书稿，我很少有如释重负的快慰，更多的却是深感路途遥遥而自我力量有限的沉重，以及那种企图再迈上新的台阶的冲动与期待。

但是，不管怎么说，我总算有了这个起步，这本书也记录了我的那段永远逝去的岁月。抚今追昔，我不会忘记我的导师郑克鲁教授。关于这一课题的研究，是从我的硕士学位论文撰写开始的，这前前后后，倾注了郑先生的诸多心血。如今，我总觉得：师恩难忘。

学术著作出版之难，是众所周知的。当我在为本书的出版而发愁之际，徐挥先生伸出了友谊之手。他帮我向高等教育出版社竭诚推荐，并不时地教促我抓紧书稿的完成。如果没有他的鼎力相助，本书不仅一时难以问世，本课题的研究进程也将大大延缓。对此，仅仅用"感谢"两字，是断然表达不了其中的情谊的。与他相识，纯属偶然，而留下的记忆，却别有一番意味。

我也不会忘记责任编辑吴学先女士为本书所付出的辛勤劳动，不会忘记浙江省社会科学规划办公室的朱金鉴先生、刘东女士、谢利根先生给予的大力支持。

当然，我更不会忘记我的妻子王少苓对我多年来从事科研工作所给予的理解、支持与协助。

另外，对其他诸多曾经给过我帮助和支持的师长、朋友和同事，在此也致以深深的谢意。

作　者

1994 年 7 月 11 日

修订版后记

大约是 15 年前的这个时候，我在完成《十九世纪现实主义文学的现代阐释》的全部书稿后写下了"后记"。此刻，我在修改完此书，准备交付出版社再版，照惯例，也要写上几句权作"修订版后记"。

本书问世后的十余年里，不断有同仁谈及它，并有一些朋友和素昧平生的读者因教学或研究的需要向我索求此书，每每有溢美之词。确实，可以不虚夸地说，这本小书以及已发表的与之相关的系列论文，在学术界是产生了较好反响的。而且，时至今日，仍未见有同样选题的著作问世。因此，它依然可以说是国内对欧美 19 世纪现实主义文学（批判现实主义文学）作较集中、深入研究的唯一专著。今年 6 月，我在杭州参加中国外国文学学会第六届年会时，又有朋友念及此书，有的还希望得到它。于是，我就把一直想再版此书的愿望付诸了实际行动，着手修订文稿。

在修订过程中，我除了纠正了一些文字错误之外，增加了"导言"中的部分内容、第五章及两篇附录，总体上保持了书稿的原来面目。特别需要提及的是，附录一《审美心理机制的差异性与反映生活的不同取向——对十九世纪现实主义文学的认识》一文，写于 20 世纪 80 年代后期，是我对现实主义问题作深入研究的开始阶段。时值我刚过而立之年，自感思维活跃，有许多想要表达的"学术新见"，欧美19世纪现实主义文学就成了我那段时间倾心研究的核心问题。这篇文章后来发表在《社会科学战线》1991年第1期上，并被中国人民大学报刊复印资料《外国文学研究》全文转载，2005年还被收入该杂志创刊25周年纪念文集《雕文心之龙》。该文集共收入25篇文学论文，其中外国文学论文仅两篇。被收入的论文作者中有朱光潜、季羡林、王瑶、宗白华、程千帆等前辈著名学者。说这些，我断无借名家以自夸的意思，但也确实为我的这篇论文的入选而庆幸，为我对欧美19世纪现实主义文学的研究所倾注的所有激情与心血而欣慰。因为，这篇论文从另一角度说明了我对这一课题研究的价值与影响。

现在，时隔十余年，这本小书将要再版了，我期待着它仍然拥有不少读者，而且，我也深信这一点。

蒋承勇

2009年7月18日于杭州学院路

浙江工商大学博士楼北楼101室